LE POUVOIR DU CHIEN

THOMAS SAVAGE

LE POUVOIR DU CHIEN

Traduit de l'américain
par Pierre Furlan

belfond
12, avenue d'Italie
75013 Paris

Titre original :
THE POWER OF THE DOG
publié par Little, Brown and Company, New York.

Le traducteur remercie le Centre national du Livre pour l'aide qu'il lui a apportée.

Les événements et les personnages de ce roman sont fictifs. Toute ressemblance avec des personnes réelles, vivantes ou mortes, serait pure coïncidence et involontaire.

Si vous souhaitez recevoir notre catalogue
et être tenu au courant de nos publications,
envoyez vos nom et adresse, en citant ce livre,
aux Éditions Belfond,
12, avenue d'Italie, 75013 Paris.
Et, pour le Canada,
à Vivendi Universal Publishing Services,
1050, bd René-Lévesque-Est,
Bureau 100,
Montréal, Québec, H2L 2L6.

ISBN 2-7144-3863-6

À ma femme

Sauve ma vie de l'épée
et ma bien-aimée du pouvoir du chien.

Psaumes

1

C'était toujours Phil qui se chargeait de la castration. D'abord, il découpait l'enveloppe externe du scrotum et la jetait de côté ; ensuite, il forçait un testicule vers le bas, puis l'autre, fendait la membrane couleur arc-en-ciel qui les entourait, les arrachait et les lançait dans le feu où rougeoyaient les fers à marquer. Étonnamment, il y avait peu de sang. Au bout de quelques instants, les testicules explosaient comme d'énormes grains de pop-corn. Certains hommes, paraît-il, les mangeaient avec un peu de sel et de poivre. « Amourettes », les appelait Phil avec son sourire narquois, et il disait aux jeunes aides du ranch que s'ils s'amusaient avec les filles ils feraient bien d'en manger eux aussi.

George, le frère de Phil, qui, lui, se chargeait d'attacher les bêtes, rougissait d'autant plus de ces conseils qu'ils étaient donnés devant les ouvriers. George était un homme trapu, sans humour, très comme il faut, et Phil aimait bien l'agacer. Quel grand plaisir, pour Phil, d'agacer les gens !

Personne ne portait de gants pour des opérations aussi délicates que celle de la castration, mais on en mettait pour presque tous les autres travaux, car il fallait se protéger les mains des frottements de corde qui brûlent la peau, des échardes, des coupures et des ampoules. Tout le monde portait des gants pour prendre le bétail au lasso, poser les piquets de clôture, marquer les bêtes au fer ou leur lancer du foin, et même tout simplement pour monter et faire courir les chevaux ou conduire les troupeaux. Tout le monde, sauf Phil. Il était au-dessus des ampoules, des coupures et des échardes, et il méprisait ceux qui se protégeaient avec des gants. Il avait les mains sèches, puissantes et maigres.

Les aides de ranch et les cow-boys portaient des gants en peau de cheval commandés dans les catalogues de Sears, Roebuck et Montgomery Ward – c'est-à-dire Sears, Rebeurk et Montconnerie, pour reprendre les surnoms que donnait Phil à ces maisons de vente par correspondance. Après le travail, ou encore le dimanche, quand le bâtiment du dortoir était tout embué par l'eau de la lessive ou du rasage et que l'air était chargé du parfum des lotions capillaires de ceux qui s'apprêtaient à aller en ville, les hommes bataillaient avec leurs bons de commande, penchés comme de grands enfants, mordillant le bout de leur crayon, fronçant les sourcils devant leurs pattes de mouche illisibles, s'interrogeant sur le poids et la zone postale. Il leur arrivait souvent de capituler et, avec un soupir, de passer la main à quelqu'un qui maîtrisait mieux l'écriture et les chiffres – un de ceux qui étaient allés jusqu'à l'école secondaire et qui, parfois, rédigeaient les lettres qu'ils adressaient à leur père, à leur mère et aux sœurs qu'ils n'oubliaient pas.

Mais qu'il était merveilleux de glisser ce bon de commande au courrier, qu'il était délicieux et terrible d'attendre ce colis de Seattle ou de Portland, qui, en plus des gants neufs, contiendrait peut-être de nouvelles chaussures de ville, des disques de phonographe, ou un instrument de musique dont le charme éloignerait la solitude des soirées d'hiver, lorsque le vent descend des sommets de la montagne avec des hurlements de loup.

> La meilleure de nos guitares. Idéale pour une musique et des accords de style espagnol. Touche large en ébène, table d'harmonie en bel épicéa naturel au grain serré offrant une résonance incomparable, éclisses et dos en palissandre, filets en corne véritable. Un instrument de toute beauté.

Le temps que leur bon parvienne au bureau de poste vingt-quatre kilomètres en contrebas, ils lisaient et relisaient des descriptions de ce genre, revivant ainsi le moment où ils avaient passé leur commande, ce qui aiguisait encore plus leur attente. Filets en corne véritable !

« Alors, les gars, on étudie le Livre magique ? » leur demandait Phil, debout près du poêle, tapant des pieds pour faire tomber la neige. Il jetait un coup d'œil sur la pièce, jambes écartées, mains nues jointes derrière le dos. Régulièrement, au cours de ces années, quelques jeunes avaient tenté de prendre comme lui l'habitude d'aller les mains nues, peut-être parce qu'ils recherchaient l'approbation d'un sourire ou d'un hochement de tête. Mais leur imitation était passée inaperçue, et ils avaient fini par remettre leurs gants. « On étudie le Livre magique ?

— Ça, Phil, on peut le dire », répondaient-ils, fiers de l'appeler par son prénom mais profitant de la conversation pour refermer le catalogue, car ils ne voulaient pas que Phil puisse les voir fantasmer sur les femmes aguichantes qui présentaient des modèles de corset et de sous-vêtement. Comme ils admiraient son détachement ! Propriétaire de la moitié du plus grand ranch de la vallée, il pouvait s'offrir tout ce qu'il voulait, n'importe quelle automobile, disons une Lozier ou une Pierce-Arrow, mais il n'avait pas envie de voiture. Quand son frère, un jour, avait exprimé le désir d'acheter une Pierce, Phil avait répondu : « Tu veux avoir l'air d'un Juif ? » Et il n'en avait plus été question. Non, Phil ne conduisait pas. Sa selle, suspendue par un étrier à une cheville dans la grande et longue grange en rondins, avait bien vingt ans ; ses éperons étaient en acier ordinaire, sans élégantes incrustations d'argent – non, cc n'étaient pas les éperons qui peuplaient les rêves de certains autres. Il portait des chaussures banales plutôt que des bottes. Il dédaignait le harnachement et les ornements des cow-boys, alors même que, plus jeune, il avait été un cavalier aussi habile que n'importe lequel d'entre eux, et meilleur au lasso que George. Tout son argent et sa famille ne l'empêchaient pas d'être sans façons, habillé comme n'importe quel journalier d'une salopette et d'une chemise en chambray bleu. Trois fois par an, George le conduisait en voiture à Herndon pour qu'il se fasse couper les cheveux ; il s'asseyait à l'avant de la vieille Reo, raide comme un Indien, dans son costume de ville tout aussi raide, son nez impérieux en bec de faucon sous le feutre mou couleur d'ardoise, la mâchoire en avant. Et il s'asseyait de la même manière chez Whitey Judd, sur le fauteuil de coiffeur, ses longues mains fines, tannées par le grand air, immobiles sur les accoudoirs froids, tandis que plusieurs mois de cheveux tombaient en tas sur le carrelage blanc autour de lui.

Un commis voyageur très élégamment mis, avec une épingle de cravate scintillante, en avait un jour ricané, et il avait posé quelques questions à Whitey.

« À votre place, monsieur, avait répondu Whitey, je ne rirais pas. Il peut vous acheter et vous revendre cinquante fois. D'ailleurs, il pourrait le faire de n'importe qui dans cette vallée, à part son frère. Je suis fier de le voir assis dans mon fauteuil, très fier. » Clac, clac, clac. « Lui et son frère sont associés. »

Ils l'étaient, en effet, et plus qu'associés, plus que frères. Quand venait le moment de rassembler le bétail, ils partaient à cheval ensemble et ils discutaient avec le même entrain que s'ils se voyaient pour la première fois ; ils parlaient du bon vieux temps au lycée et dans une université de Californie où George, d'ailleurs, avait été recalé l'année même où Phil avait obtenu son diplôme. Phil rappelait les tours qu'il avait joués à d'autres étudiants, les amis qu'ils avaient eus – comme on avait rigolé ! Phil avait été le garçon doué, et George l'élève laborieux.

C'était en quelque sorte le fruit d'une décision commune s'ils vendaient leurs bœufs chaque automne ou s'ils achetaient un étalon de race Morgan pour améliorer leur cheptel de chevaux de selle. Tous les ans, Phil attendait avec impatience le moment de la chasse, en octobre, lorsque les saules bordant les ruisseaux prennent une couleur de rouille et que la brume des lointains feux de forêt repose comme un voile sur les sommets montagneux. On pouvait voir les deux hommes, sur leurs chevaux de somme, traverser les terres plates en direction des montagnes, Phil portant sa carabine à canon court ou son calibre trente. Il n'était pas rare d'observer ce genre de rapport entre les frères : Phil, grand et anguleux, regardant au loin avec ses yeux bleu ciel puis ramenant son regard sur le sol près de lui ; George, trapu et imperturbable, au trot sur un cheval bai également trapu et imperturbable. Ils pariaient – qui serait le premier à repérer un élan et à tirer dessus ? Un foie d'élan à manger, quel régal pour Phil ! La nuit, ils campaient au-dessous de la lisière des bois et, assis en tailleur devant le feu, ils discutaient du passé ou du projet de nouvelle grange qui ne se réalisait jamais parce qu'il aurait fallu pour cela démolir l'ancienne. Ils déroulaient leurs couvertures côte à côte et ils écoutaient ensemble dans l'obscurité le chant d'un minuscule ruisseau, pas plus large qu'une enjambée mais rien de moins que la source du Missouri. Ils s'endormaient, et quand ils se réveillaient il y avait du givre.

Il en était ainsi depuis des années, alors que Phil venait juste d'avoir quarante ans. Et ils dormaient dans la chambre qui avait été la leur lorsqu'ils étaient petits garçons, dans les mêmes lits de laiton, comme perdus dans cette grande maison maintenant que ceux que Phil appelait les Vieux étaient partis passer l'automne de leur vie dans une suite du meilleur hôtel de Salt Lake City. Là, le Vieux Monsieur s'essayait à la Bourse tandis que la Vieille Dame jouait au mah-jong et s'habillait pour le dîner comme elle l'avait toujours fait. Fermée, la chambre des Vieux accumulait la poussière soulevée par les voitures – il y en avait de plus en plus chaque jour – qui gravissaient en faisant teuf-teuf la route devant la maison. Dans cette chambre, l'air avait pris une odeur de renfermé, les géraniums de la Vieille Dame étaient morts, la pendule de marbre noir s'était arrêtée.

Les frères avaient gardé Mme Lewis, la cuisinière, qui logeait dans une cabane juste derrière et trouvait le temps de nettoyer la maison à sa façon, en se plaignant à chaque mouvement du balai. Mais une autre personne était partie : la fille – la dernière de toute une série – qui avait servi à table et dormi à l'étage dans une minuscule chambre. Sa présence aurait pu sembler bizarre dans une maison de célibataires. Pourtant, les frères se comportaient avec une pudeur presque choquante, comme s'il y avait eu encore des femmes pour régner sur le lieu. George prenait un bain par semaine : il entrait tout habillé dans la salle de bains et fermait la porte à clé derrière lui ; il se lavait en silence, sans faire beaucoup d'éclaboussures et sans chanter ; puis il émergeait tout habillé, mais suivi d'une vapeur qui le trahissait. Phil ne se servait jamais de la baignoire, ne voulait pas qu'il fût dit qu'il prenait des bains. Au lieu de quoi il se plongeait une fois par mois dans le ruisseau, dans un trou profond qu'il était le seul à connaître – le seul avec George et, autrefois, quelqu'un d'autre. Il regardait autour de lui avant de s'y rendre, se méfiant des regards curieux, et il se séchait au soleil parce qu'il se serait trahi en emportant une serviette. En automne ou au printemps, il lui fallait quelquefois briser une pellicule de glace. Pendant les mois d'hiver, il ne se baignait pas. Jamais les frères ne s'étaient montrés nus l'un à l'autre. Avant de se déshabiller, le soir, ils éteignaient les lumières électriques – les premières de cette vallée.

À présent, ils prenaient leur petit déjeuner avec les ouvriers dans la salle à manger du fond, mais ils déjeunaient et dînaient comme jadis dans la salle à manger de devant, avec du linge de table blanc et des couverts en argent. Il n'est ni facile ni souhaitable de se débarrasser de vieilles habitudes ou d'oublier qui on est, un

Burbank possédant les meilleures relations à Boston, dans l'Est, dans le Massachusetts.

Phil s'inquiétait parfois quand il voyait l'expression lointaine que prenait George en se balançant sur son fauteuil à bascule. Les yeux de George fixaient soudain le mont appelé Old Tom, à quelque quarante-cinq kilomètres de là et haut de quatre mille mètres, une montagne qu'ils adoraient. George se balançait alors sans fin, regardant de l'autre côté de la plaine.

« Qu'est-ce qui t'arrive, vieille branche ? demandait Phil. C'est ta tête qui vagabonde encore ?

— Pardon ?

— Je disais, ta tête vagabonde encore ?

— Non, non. » Lentement, George croisait ses lourdes jambes.

« Que dirais-tu d'une petite partie de cartes, de *cribbage* ? » Ils tenaient soigneusement le compte de leurs parties depuis des années.

Selon Phil, le problème de George était qu'il ne faisait pas travailler sa tête. George n'était pas un grand lecteur, comme Phil. Le *Saturday Evening Post* était la limite de ce que George pouvait lire ; tel un enfant, il était ému par des histoires d'animaux et de nature. Phil lisait *Asia, Mentor, Scientific American*, mais aussi les livres de voyage et de philosophie que leurs très chics parents de l'Est leur envoyaient par douzaines à Noël. Phil avait l'esprit vif, pénétrant, curieux – un esprit qu'il enrichissait et qui déroutait maquignons et voyageurs de commerce. Car, pour ces gens, un homme qui s'habillait comme Phil, qui parlait comme Phil, qui avait les cheveux et les mains de Phil, devait être simplet et illettré. Or, ses habitudes et son aspect obligeaient ces étrangers à modifier leur conception de ce qu'est un aristocrate, à savoir quelqu'un qui peut se permettre d'être lui-même.

George n'avait aucun passe-temps, aucune passion. Phil travaillait le bois. Il avait fabriqué les chèvres pour les meules de foin sauvage – fléole, agrostide et trèfle –, creusant d'énormes poutres à l'herminette et au rabot. De ses mains nues et habiles, il sculptait de minuscules chaises qui ne mesuraient pas plus de deux centimètres et demi, dans le style Sheraton ou Adam. Ses doigts bougeaient à la manière de pattes d'araignée, s'interrompant parfois brièvement comme pour réfléchir, car les doigts de Phil possédaient une intelligence propre qui se logeait peut-être dans leur extrémité charnue. Son couteau glissait rarement, et, lorsque c'était le cas, Phil dédaignait le recours à la teinture d'iode ou au phénol sodique, deux des rares médicaments de la maison ; par tradition familiale, en effet, les Burbank ne croyaient pas à la médecine. Ses petites blessures guérissaient rapidement une fois qu'il les avait essuyées avec le foulard bleu qu'il fourrait dans une de ses poches revolver.

Certains de ceux qui connaissaient Phil disaient : « Quel dommage ! » Car la conduite d'un ranch, du moment qu'on en est le propriétaire, n'est pas une activité d'une grande exigence, et elle demande du muscle mais pas beaucoup de cervelle. Si les gens s'étonnaient, c'était parce que Phil aurait pu devenir n'importe quoi : médecin, enseignant, artisan, artiste. Il avait abattu, écorché et empaillé un lynx avec une dextérité qui aurait stupéfié un taxidermiste. Il trouvait facilement la solution des casse-tête mathématiques de *Scientific American* ; son crayon volait sur le papier. En se servant des pages de l'encyclopédie, il avait appris tout seul à jouer aux échecs, et il lui arrivait souvent de passer une heure à résoudre les problèmes de l'*Evening Transcript* de Boston qui lui parvenait avec deux semaines de retard. À la forge de l'atelier, il concevait et réalisait au marteau des pièces ornementales en fer très élaborées : des chenets, des tisonniers en forme d'épée et de trident. Il aurait souhaité pouvoir partager ses talents avec George qui ne s'enflammait jamais, qui d'ailleurs fumait rarement, pour ainsi dire, et n'attendait même plus avec impatience de se rendre à Herndon dans la Reo pour assister à la réunion des directeurs de banque et déjeuner ensuite au Sugar Bowl Café.

« Gras-double, ça te dirait, que je t'apprenne à jouer aux échecs ? » lui demanda Phil, un jour, en s'imaginant les soirées qu'ils passeraient devant la cheminée. Le surnom de Gras-double ne manqua pas d'agacer George.

« Non, Phil, je ne crois pas.

— Pourquoi pas, Gras-double ? T'as peur que ce soit un peu trop difficile pour toi ?

— J'ai jamais été très fort pour les jeux.

— Tu jouais bien au *cribbage*. Et au *pinochle*[1], de temps à autre.

— Oui, c'est vrai, j'y jouais. » Et George, prenant le *Saturday Evening Post*, se perdit dans quelque fantaisie vulgaire.

Phil savait siffler, et bien, avec des notes aussi justes que celles d'une flûte ; il sifflait une mélodie gaie, puis il rentrait dans la chambre, sortait son banjo et égrenait « Red Wing » ou « Hot Time in the Old Town ». Il avait appris tout seul, et c'était un plaisir de voir ses doigts sauter le long des cordes. Autrefois, quand Phil

1. Jeu de cartes ressemblant à la belote. *(N.d.T.)*

jouait, il n'était pas rare que George pénètre dans la chambre sur la pointe des pieds, qu'il s'allonge sur l'autre lit en laiton et qu'il écoute. Mais plus ces derniers temps.

Ces derniers temps, après une mélodie ou deux, Phil quittait le bord du lit où il s'était assis pour jouer, se redressait, rangeait le banjo et prenait le sentier. Foulant le ray-grass qui bruissait sous ses pas, il se rendait au dortoir.

« Alors, les gars », disait-il en clignant des yeux à cause de l'éclat blanc de la lampe à gaz.

Un des hommes se levait toujours pour lui donner un siège, une chaise qui avait auparavant servi dans la Grande Maison.

« Hé, bougez pas », disait Phil. Mais il y avait toujours quelqu'un pour bouger, d'ailleurs sans résultat parce que Phil n'acceptait ni chaise ni faveur de quiconque. Ses visites interrompaient une discussion sur les putes, la politique, les chevaux ou l'amour, et provoquaient un silence qui durait jusqu'à ce que le *crrac !* d'une bûche bougeant dans le poêle fasse écho à ce silence. À ce moment-là, l'un de ceux que le silence terrifiait se sentait obligé de dire quelque chose.

« Qu'est-ce que vous pensez de Coolidge ? » demandait ainsi l'un des hommes, car le *Transcript* finissait par échouer dans le dortoir, et là, il servait d'objet au rebut et d'allume-feu, plus rarement de lecture.

Phil fronçait les sourcils et, d'une seule main, roulait une cigarette à la perfection. Il savait ce que valait un silence lourd de sous-entendus. « Eh bien, je peux dire quelque chose en sa faveur. » Il allumait sa cigarette. « Il a assez de bon sens pour la fermer. » Phil se mettait alors à rire, et une conversation hésitante s'engageait, parfois sur Coolidge. Ensuite, l'un des plus jeunes, espérant le flatter, lui demanderait peut-être son avis sur la selle qu'il voulait commander. Pensait-il qu'il valait mieux un sanglage au centre ou un sanglage aux trois quarts vers l'avant ? La selle Visalia était-elle aussi bonne qu'on le criait partout ?

À la fin, Phil prenait un petit air mélancolique. « Bon, je suppose que vous avez envie de vous coucher, les gars.

— Oh, pas du tout, Phil. » Et d'autres sujets de conversation suivaient, sur le travail du lendemain, ou sur la révision des faucheuses si on était au printemps, ou sur l'endroit où se trouvait un troupeau de chevaux sauvages. Certains soirs, Phil racontait une anecdote sur Bronco Henry, ce cavalier hors pair, ce cow-boy insurpassable qui lui avait enseigné l'art de tresser le cuir brut. Récemment, après avoir fini de raconter une histoire aux gars, Phil avait soudain jeté un coup d'œil pardessus le ray-grass bruissant, en direction de la fenêtre allumée dans la chambre de la Grande Maison. Mais, tandis qu'il regardait, la fenêtre s'était subitement obscurcie. George ne l'avait pas attendu pour se coucher !

« Eh bien, les amis, avait-il dit avec un sourire triste, il faut que j'aille me pieuter. »

Dès qu'il fut parti, l'un des jeunes apprentis cow-boys les plus forts en gueule s'écria : « Hé, il est plutôt solitaire, ce gus, vous trouvez pas ? C'est comme on disait avant qu'il entre, vous croyez que quelqu'un l'a jamais aimé ? Ou qu'il a jamais aimé quelqu'un ? » L'homme le plus vieux du dortoir fixa longuement le jeune homme. Ce que cet apprenti venait de dire était inconvenant, voire laid. Qu'est-ce que l'amour avait à voir avec Phil ? L'homme le plus vieux du dortoir baissa la main et caressa la tête d'une petite chienne marron qui dormait près de lui. « Moi, j'parlerais pas de lui par rapport à l'amour. Et, à ta place, je dirais pas gus quand je parle de lui. Ça manque de respect.

— Bof, répondit le jeune homme en rougissant.

— T'as intérêt à apprendre le respect. Et t'as plein de choses à apprendre, sur l'amour. »

L'automne venu, les frères et leurs aides menaient un millier de bœufs jusqu'aux parcs à bestiaux situés quarante kilomètres plus bas, dans le minuscule hameau de Beech. Sauf si le temps était épouvantable, si une pluie battante venait du nord, si on avait le visage cinglé par la neige fondue ou la circulation sanguine gênée par le froid, c'était un événement qui avait quelque chose d'une excursion, voire d'un pique-nique. Les jeunes pensaient au déjeuner que Mme Lewis avait préparé et qui serait mangé à midi, à l'heure où les ombres se cachent sous les armoises ; ils pensaient au saloon de l'autre côté de la route, face aux parcs à bestiaux, et aux chambres au-dessus du saloon où vivaient les putes.

Quand le soleil se levait, tout rouge, et que le givre fuyait la surface de l'herbe rase et épaisse, le troupeau s'étirait déjà sur plus de huit cents mètres. Captivés par le charme envoûtant de l'obscurité et par ce caractère sacré de l'aurore qui pousse les hommes à tourner leurs regards vers l'intérieur d'eux-mêmes, les vachers restaient silencieux, et les deux frères aussi. Ils écoutaient le toc-toc-toc des pas du bétail et le craquement des armoises écrasées par les sabots fendus, le grincement du cuir des selles et le tintement des gourmettes de mors en argentan. Le soleil tout neuf qui montait au-dessus des collines à l'est révélait un monde si vaste et si hostile aux espérances individuelles que les jeunes vachers se raccrochaient à des souvenirs de chez eux, celui de la chaleur de la cuisine, de la voix de leur mère, du vestiaire de l'école et des cris des enfants sortant en récréation. Levant le menton, ils fixaient à présent leur regard sur une cabane en rondins, abandonnée et ouverte aux intempéries, où des chevaux errants cherchaient un peu d'ombre l'été et où, quelques années auparavant, un homme semblable à eux avait péri ; un endroit où la route s'aventurait près d'une clôture en fil de fer barbelé et où un panneau rouillé, criblé de balles, les invitait à chiquer une marque de tabac qui n'existait plus. À l'avant, penché sur le pommeau de sa selle, chevauchait l'homme le plus âgé du dortoir. Il était grisonnant, le visage ridé, et, comme eux, il avait dû un jour rêver d'un petit coin, de quelques acres, d'une ferme, d'un peu de bétail, d'un pré vert, d'une femme qu'il aurait épousée ; et, qui sait, peut-être d'un enfant.

Puis le soleil, plus haut dans le ciel, émergea des collines et, la chaleur nouvelle ravivant leurs espoirs, ils se mirent à parler, à rire, à plaisanter ; leurs projets se réaliseraient ; quand ils seraient vieux, comme le gars, là, courbé sur sa selle, ils en auraient un, de petit coin. Ils auraient leur argent, ils auraient des projets. En attendant, le nez de leur cheval était pointé vers les parcs à bestiaux, vers le saloon, vers les femmes à l'étage.

Les frères non plus n'avaient pas dit un mot dans l'obscurité, et ils ne se signalaient l'un à l'autre que par leurs silhouettes, l'une mince, l'autre trapue – par leurs silhouettes et par le grincement familier et prolongé de leurs selles. Ainsi, se disait Phil (et il trouvait cela agréable), ils avaient toujours observé ce silence au départ de leurs déplacements, avec leurs pensées tournées vers l'intérieur et le passé, et le silence actuel lui confirmait que le passé n'avait pas changé, pas tellement. Certes, il détestait la diligence, une Stearns-Knight vert foncé qui se frayait désormais à grand bruit un chemin dans le troupeau de bovins – et beaucoup trop vite, de l'avis de Phil. Un jour, le conducteur avait osé klaxonner, et le bruit avait tellement effrayé les bêtes que Phil avait chevauché jusqu'au véhicule qui avançait à une allure d'escargot. Dominant la scène du haut de son alezan, il avait dit au chauffeur tout le bien qu'il pensait de lui. Il fallait voir comme les passagers à l'arrière se faisaient petits !

« Ces branleurs, avait-il grogné. George, t'as entendu comme il a klaxonné, ce con ? Ils se foutent pas mal du poids qu'ils font perdre à tout le troupeau. Moi, j'aimerais bien qu'on les fasse toutes sauter, ces saletés de bagnoles. »

Mais George, fidèle à la Reo (il était fidèle à tout ce qu'il possédait), avait regardé devant lui par-dessus le dos des bêtes. « Bah, avait-il dit. Bah, Phil, il faut avancer avec son temps.

— Avec son temps ! » avait répondu Phil en crachant par terre. Dix ans auparavant, il y avait une véritable diligence, avec un homme véritable, là-haut, sur sa caisse, tenant les rênes d'un bel attelage de quatre chevaux. « Au fait, Gras-double, demanda Phil à George, comment s'appelait-il, ce cocher ? » Il lui arrivait rarement d'oublier un nom, mais c'était aussi un moyen de lancer la conversation de cette nouvelle matinée.

« Harmon, répondit George.

— Oui, bien sûr, t'as raison. » Ce qui les ramena au passé, au temps où ils étaient gosses, au souvenir de Bronco Henry et de l'époque où il y avait encore ces saloperies d'Indiens, les derniers – c'était avant que le gouvernement ne se ressaisisse un peu, pour une fois, et ne les expédie dans des réserves. Phil gardait intact le souvenir des vieux chevaux au dos creusé sur lesquels les Indiens étaient partis, et des bogheis branlants dans lesquels leurs vieux étaient entassés. Toute la semaine, les Indiens étaient passés devant la maison, s'effilochant en petits groupes qui descendaient vers la réserve du sud de l'Idaho, soulevant de la poussière et provoquant les aboiements des chiens. Seul le chef, ce vieux personnage sournois, n'était pas avec eux. Il était mort.

Phil aimait rappeler à George les nombreuses fois où, en conduisant ainsi le bétail, son regard perçant était tombé sur des pointes de flèche indiennes qu'il ramassait pour les ajouter à sa remarquable collection. Pour autant qu'il se souvenait, George n'avait jamais trouvé la moindre pointe de flèche. Phil sourit en son for intérieur. Comment l'aurait-il pu ? Car George avait toujours les yeux braqués droit devant, comme en cet instant, sur le dos poussiéreux des bêtes.

Maintenant, avec quoi exactement, se demanda Phil, allait-il lancer la conversation de ce jour ? Car ce jour-ci était vraiment spécial. Allait-il commencer par Bronco Henry ? Ou par un incident de l'année passée, celui de la voiture qui, en essayant de traverser cette marée de bétail, était partie sur le côté pour atterrir dans le fossé ? Deux femmes et un homme, tous en culottes de golf – voyez le spectacle –, et qui restaient là, bouche bée devant la voiture pratiquement couchée sur le côté, sans rien faire que regarder. Heureusement, s'était dit Phil, que George menait le troupeau – sinon, George aurait attaché sa corde au véhicule pour le tirer hors du fossé, et ces gens n'auraient pas eu la leçon qu'ils méritaient.

Ou peut-être allait-il commencer par le plus important, à savoir que c'était la vingt-cinquième année qu'ils conduisaient leur bétail ensemble. Vingt-cinq ans ! Quelle fierté ils avaient éprouvée, la première fois, et comme ils s'étaient sentis vieux ! Cela voulait dire quelque chose, pour Phil, d'avoir accompli ce premier aller et retour en l'année mille neuf cent : un chiffre rond et beau. Mille neuf cent, rien que ça. Bon sang ! Bon sang ! Henry n'était alors pas plus âgé que George et lui ne l'étaient aujourd'hui – et même, à dire vrai, pas beaucoup plus que les jeunes qui les accompagnaient en ce moment, habillés de leurs fringues tarabiscotées. Ils n'avaient plus la notion de qui ils étaient, à présent, ces jeunes, ils ne savaient plus s'ils étaient bouviers ou acteurs de cinéma. Phil n'avait jamais vu de film, et les poules auraient des dents le jour où il en verrait un. Mais ces jeunes, ils avaient des magazines de cinéma dans leur dortoir, et un individu du nom de W. S. Hart était un peu devenu leur dieu. Il fallait les voir faire un pli dans leur chapeau, maintenant, et se nouer un foulard de soie autour du cou, sans parler de leurs pantalons de cuir tape-à-l'œil ! Il avait entendu dire que l'un d'entre eux s'était fait envoyer des bottes taillées sur mesure avec des incrustations particulièrement chics – il avait dépensé un mois de paye pour un minable machin à se mettre aux pieds. Et après on se demande pourquoi ils finissent à l'aide sociale du comté ! Eh bien, songeait Phil, c'est comme ça : plus les gens sont ignorants, plus ils se croient obligés de se décorer le dos.

George avait un peu dérivé vers la droite, et Phil décida de passer en diagonale à travers le troupeau qui avançait pesamment, mais il fredonnait d'un ton apaisant pour que les bêtes ne s'excitent pas. « Eh bien, mon p'tit Georgie, dit-il en grimaçant un sourire, je crois que ça y est. »

Pour des frères, ils montaient différemment, ils n'avaient pas du tout la même assiette sur le cheval. L'un s'affalait facilement, tenant à peine les rênes dans ses mains nues ; l'autre se tenait droit sur sa selle, raide, le ventre rentré, et il regardait droit devant. « Ça y est ? demanda George en tournant la tête. Ça y est *quoi* ?

— Ça y est quoi ? Quoi, Gras-double ? Aujourd'hui, ça fait vingt-cinq ans. Mille neuf cent, pile poil. Mille neuf cent, point. Point à la ligne. Ça te dit quelque chose ?

— En fait, j'avais oublié. »

Comment avait-il pu oublier ? se demanda Phil. À quoi est-ce qu'il avait pensé, pendant toute cette année ? « Vingt-cinq ans. C'est un peu comme des noces d'argent, ou un truc de ce genre, dit Phil. S'pas ? » Quand il était de mauvaise humeur ou au contraire badin, Phil aimait bien relever ses mots par des tournures peu grammaticales.

« Ça fait un bail, observa George.

— Oui, mais ça fait quand même pas *trop* longtemps. » Il n'en avait pas encore parlé parce qu'il voulait pouvoir souligner tout le temps qui s'était écoulé depuis leur enfance. Pour sa part, Phil avait l'impression de n'avoir pris qu'un an depuis l'époque où il en avait douze et où George en avait dix. Ce qu'il sentait, c'était qu'il était devenu, depuis, infiniment plus intelligent. « Mais permets-moi de te dire, George, qu'on a eu des moments extraordinaires, autrefois.

— Je veux bien le croire. » George plongea la main dans sa chemise pour en retirer une poche de tabac Bull Durham. Il passa les deux rênes autour du pommeau de la selle, ôta ses gants et roula une cigarette : c'était une cigarette épaisse, en forme d'entonnoir.

Phil y jeta un coup d'œil et renifla avec dédain. Il ne

fallait quand même pas croire qu'il allait se coltiner tout le fardeau de la conversation d'anniversaire. Qu'est-ce qui coinçait, chez George ? Il avait mal au ventre ou quoi ? Camper avec lui cet automne n'allait pas être un cadeau. Il avait été bizarre tout l'été. « Dis-moi, Gras-double, apparemment, on t'a jamais appris à rouler une clope d'une seule main. » Là-dessus, Phil partit subitement sur son cheval à travers le troupeau pour aller parler aux jeunes. Il remuait les lèvres en se préparant à leur raconter comment Bronco Henry, alors qu'il avait la fièvre, avait fait une des plus belles chevauchées qu'on puisse voir – et il avait quarante-huit ans. Merde – à certains moments, il avait très envie de raconter toute l'histoire. S'il détestait boire, c'était entre autres parce qu'il avait peur, oui, peur de ce qu'il risquait de révéler.

Soudain, un petit oiseau gris sortit des buissons avec un bruissement d'ailes. L'alezan de Phil broncha et trébucha. Phil eut un brusque accès de fureur, une angoisse proche de la nausée. « Vieux con ! » cria-t-il en tirant sèchement en arrière la tête de l'alezan et en le piquant bien fort de ses éperons. Vingt-cinq ans depuis que Bronco Henry et lui avaient chevauché côte à côte.

Le soleil était haut, à présent, les ombres avaient rapetissé, et les heures devant eux seraient longues et chaudes. Oui, longues aussi les années, songea Phil, et les ombres qu'elles projetaient.

Si le vent était bien orienté et qu'on eût un bon nez, on pouvait sentir les parcs à bestiaux de Beech bien avant de les voir. Ils étaient situés près d'une rivière presque à sec en cette période de l'année, rétrécie, loin de ses bords, avec une surface si calme qu'elle réfléchissait la coupole vide du ciel et parfois les pies qui passaient au-dessus en battant des ailes à la recherche de cadavres de rats à bourse ou de lapins morts de tularémie, voire d'un veau mort et tout gonflé par la maladie du charbon qu'on appelait « patte noire » dans ce pays. Oui, si le vent était bien orienté et qu'on eût un bon nez, on percevait l'odeur de l'eau et les miasmes de soufre et d'alcali provenant de l'indolent petit ruisseau qui rejoignait la rivière à la hauteur des parcs à bestiaux et la polluait.

Si le soleil était au bon endroit et si on avait un regard perçant, on voyait quelquefois l'agglomération apparaître d'abord comme un mirage flottant juste au-dessus de l'horizon : les parcs, les wagons à bestiaux qu'on apercevait au niveau des rapides, les deux saloons avec leur façade de décor et leurs chambres à l'étage, la minable petite école avec son clocheton trapu – tout cela entouré d'armoises, mais avec un terrain nu où les garçons jouaient au ballon et où les filles sautaient à la corde. En face de ce terrain se trouvait la maison appelée L'Auberge, et derrière s'élevaient des flancs de colline dénudés où des chevaux maigres et sauvages paissaient sous un vent perpétuel qui agitait les poils emmêlés de leur crinière et de leur queue. Ce vent hurlait été comme hiver, dévalant en rugissant le flanc de la colline et rasant tout en bas le cimetière où un fil de fer barbelé rouillé et des piquets à moitié pourris empêchaient les bêtes errantes de venir piétiner les tombes et de renverser les jarres à fruits qui, en fait, contenaient souvent des fleurs – de petites jacées au printemps et des castillèjes plus tard. Mais seuls les morts de fraîche date étaient assurés d'avoir des fleurs ; elles se flétrissaient brusquement sous ce soleil, et leur message était éphémère, les tiges pourrissant vite dans les jarres.

Il avait été malin, celui qui avait pensé à décorer une tombe récente avec des fleurs en papier qu'il avait recouvertes d'une jarre renversée pour les protéger de la pluie.

Les cœurs battaient un peu plus vite, à Beech, quand le bruit courait qu'on avait vu de la poussière s'élever sur le plateau et qu'une équipe de vachers à l'argent facile arrivait avec un troupeau. Dans les deux saloons, les barmen vérifiaient le niveau du tord-boyaux dans les bouteilles derrière le comptoir et mettaient en évidence le vrai whisky en provenance du Canada pour ceux qui avaient les moyens, c'est-à-dire pour les éleveurs amateurs de grands gestes.

« Je vous avertis, déclara un barman à un commis voyageur qui avait débarqué à l'improviste la veille au soir du train de Salt Lake City. Écartez-vous de la grand-route et n'allez pas vous planter devant les bêtes. Vous risquez de leur faire peur et les gars auront du mal à les faire entrer dans les parcs. Il y a deux ans, ils ont tiré juste au-dessus de la tête d'un homme qui restait planté là à effrayer le bétail. Sans blague, vous auriez dû voir comme il a couru aux abris, et il avait la queue de son manteau qui battait l'air comme une aile !

— On dirait le Far West ! » s'indigna le commis d'un ton sarcastique. Il avait espéré vendre du petit équipement d'éclairage électrique aux saloons, à l'école et à l'hôtel appelé L'Auberge, mais il n'avait pas trouvé preneur.

« Qu'est-ce que vous croyez, on *est* au Far West, répondit le barman. Pour autant que je sache, les seules lumières électriques de cette vallée se trouvent dans le ranch des Burbank. Le reste d'entre nous se sert de lampes à pétrole.

— Le ranch des Burbank », répéta le commis voyageur en regardant la fille sur le calendrier derrière le bar. On entrevoyait une de ses jarretelles.

« C'est leur équipe qui va venir cet après-midi. Mille têtes. Huit, dix vachers. Et les frères. Suivez mon conseil, ne sortez pas et n'allez pas affoler les bêtes. Qu'est-ce que tu prends, Dolly ? demanda-t-il à une blonde. Hé ! Mais c'est que tu sens bon.

— Merci, dit-elle. C'est de l'eau de Floride, et ce que je prends, c'est du gin, tu le sais parfaitement.

— L'équipe des Burbank arrive.

— Je les ai repérés d'en haut, dit Dolly. Oh ! là ! là ! ça me fait vraiment peur.

— Bon, mais tu as ta nouvelle copine, pour te donner un coup de main.

— Quel cadeau, elle est malade.

— Ah bon ? Elle a la même chose que la vieille Alma, tu te souviens ?

— La tuberculose ? Tu veux rire. Elle a ses ours, comme d'habitude. »

Les cœurs battaient un peu plus vite, aussi, dans l'unique salle à manger du village, celle du petit hôtel appelé L'Auberge. La salle à manger était prête, comme les lits à l'étage. Le registre sur le bureau était ouvert à une nouvelle page propre, et, à côté, dans son odeur de bois de cèdre, il y avait un crayon qu'on venait de tailler.

2

Le vent ne s'arrêtait jamais, à Beech, ni l'hiver ni l'été, pas plus que le moulin à vent planté sur le toit de la remise derrière L'Auberge. La roue à rochet et la chaîne qui commandaient la dérive permettant de faire pivoter le moulin pour l'éloigner du vent s'étaient cassées bien avant que les Gordon ne viennent s'installer. Le moulin tournait été comme hiver, et son axe, relié à la came excentrée qui montait et descendait sans but, sans rien accomplir, sans être attachée à quoi que ce soit, grinçait en permanence et si douloureusement qu'il rendait difficile le sommeil des rares personnes de passage coincées dans ce village. Peu après que les Gordon eurent emménagé, le mari, Johnny Gordon, tenta d'arrêter cet engin, quelqu'un s'étant vivement plaint. Il posa une échelle branlante contre la remise, monta et essaya de comprendre le mécanisme. Un changement de vent aussi brusque que mauvais fit virer vers lui les ailes lancées à toute vitesse : elles lui déchirèrent la veste et lui entaillèrent l'épaule. Après cela, il laissa le moulin tranquille.

« Nous n'aurions jamais dû venir habiter ici, pour commencer », disait-il souvent à sa femme, Rose. Dans ces moments-là, elle le regardait avec ses grands yeux, l'implorant de ne pas encore répéter cela mais ne faisant sortir aucun son de sa bouche. Elle était toute dans ses yeux, cette jeune femme.

Pourtant, ce n'étaient pas seulement les yeux de Rose qui avaient d'abord séduit Johnny, à Chicago, alors qu'il terminait son internat dans un malheureux petit hôpital accueillant surtout des malades de couleur ou dépendant de l'aide sociale. Pour fuir la douleur, la saleté et la misère qu'il côtoyait à longueur de journée, il s'était mis à fréquenter, quelques soirées par semaine, un « palais du cinéma ». Ah, pensait-il, si seulement il avait pu rencontrer une jeune fille possédant la chaleur, la tendresse et le courage de miss Mary Pickford dont le sourire et les yeux faisaient fondre les cœurs, avec ses fossettes, son vif coup d'œil ! Un jour, un peu éméché, il avoua son rêve à deux jeunes docteurs qui s'esclaffèrent bruyamment. « Tu parles trop », lui dirent-ils en guise de conseil. Mais il se cramponna à son rêve et l'enjoliva tant et si bien qu'il en vint à y inclure un cottage couvert de plantes grimpantes et entouré d'une clôture de piquets blancs.

Imaginez donc ! Un soir qu'il était au cinéma, il alla s'asseoir devant, près du piano dont les mélodies vives et les graves martelés expliquaient et soulignaient le drame tremblotant qui se déroulait devant lui. Il resta quelques instants perdu dans son rêve une fois les lumières revenues. La jeune femme au piano toucha son chapeau, remit de l'ordre dans sa coiffure et, ce faisant, se retourna. Imaginez donc ! Elle avait été là, assise à moins de trois mètres de lui, assise là chaque fois qu'il était venu. Ils se regardèrent avec insistance, et il sourit.

Il ne lui proposa pas de venir dans sa chambre ; elle ne semblait pas être de ce genre-là. Les amis de Johnny, pourtant, le lui auraient demandé sans hésiter, ceux-là mêmes qui avaient couvert Johnny de leurs sarcasmes.

« Elle peut toujours dire non », auraient-ils sans doute répliqué à Johnny.

Il ne voulait pas que les choses se passent ainsi. Et son intuition lui donna raison. Vous vous voyez en train de demander à une fille qui joue du piano le dimanche à l'église de monter dans votre chambre ?

Il déclara d'emblée qu'il était médecin, espérant l'impressionner et se poser. « Il y a une fête foraine au bord du lac, suggéra-t-il. On dit qu'elle est formidable. Vous aimez les fêtes foraines ?

— C'est justement une des choses que j'aime le plus !

— À propos, demanda Johnny, quelle est *la* chose que vous aimez le plus ?

— Les fleurs, dit-elle.

— Hmmm.

— Ce n'était pas une suggestion. Vous m'avez posé la question. »

Le père de la jeune fille ne manqua pas d'examiner Johnny de près, même après qu'il eut annoncé qu'il était médecin. « Nous ne rentrerons pas tard, monsieur. » Le père lui lança un drôle de regard et partit avec son journal dans une autre pièce.

« Vous savez, monsieur Gordon..., dit la mère.

— Docteur Gordon, madame.

— ... notre seule enfant. Vous comprenez ce que c'est. Un jour, vous pourriez avoir les mêmes sentiments.

— Pas de doute là-dessus. » Le souffle coupé, il regarda Rose épingler à son manteau les violettes qu'il avait apportées ; il n'avait jamais vu une telle tendresse dans des doigts.

La mère de Rose poussa un soupir. « Elle a toujours adoré les fleurs. Quand elle était petite, elle touchait tout le temps les fleurs des gens. »

Il y avait une chose qu'il pouvait dire en faveur de Rose : elle était toujours partante ! Partante pour tous les manèges, les montagnes russes, et, oh ! là ! là ! votre estomac vous lâche et le grand pendule où on est monté se balance et fait tout un tour. « Oh ! disait-elle, projetée contre lui de sorte qu'il sentait l'odeur des violettes. Je dois dire une chose, continuait-elle après avoir repris son souffle, pour quelqu'un qui prétend ne pas avoir beaucoup d'assurance, vous en avez bien assez pour monter sur ces terribles machins !

— Disons que je n'en manque pas quand vous êtes là. »

Mais elle ne voulut pas entrer dans les tentes où on exhibait les monstres ; il l'avait uniquement proposé pour savoir ce qu'elle pensait des monstres. Il avait mal pour eux, surtout quand ils souriaient.

Donc, à la place, ils allèrent écouter un jeune homme à la barbiche pointue qui chantait des airs d'une nouvelle opérette ; c'est ainsi que Johnny et Rose ressortirent en fredonnant des mélodies de *The Red Mill.* Rose n'avait pas mis le joli petit chapeau qu'il avait admiré la première fois et qu'il croyait décoré de fleurs. Elle portait à la place un foulard noué autour de la tête, un peu à la manière des tsiganes.

« C'est un bandeau, précisa-t-elle en se reculant pour qu'il puisse bien le voir. Il vous plaît ?

— Il me paraît épatant, dit-il.

— Je l'ai découvert dans un magazine. C'est ce que porte Mme Vanderbilt.

— Dites donc, je parie qu'il vous va mieux qu'à Mme Vanderbilt.

— Ça m'étonnerait.

— Moi pas », fit-il posément. Il se rappela, mais il ne savait d'où, une photo de Mme Vanderbilt se dirigeant vers une Rolls-Royce, et, qui l'eût cru, Rose avait en effet un peu l'air de Mme Vanderbilt, mais d'une Mme Vanderbilt que le moindre souffle aurait pu emporter. « Savez-vous que vous ressemblez à Mme Vanderbilt ?

— Vous êtes sincère ? »

Il eut un petit rire. « Oui, et vous le pensez aussi.

— Maintenant, vous connaissez mon petit secret. » Ce bandeau autour de la tête était son signe distinctif. « Dites-leur, vous, moi je bégaye. » C'était ce que disait tout le monde, à cette époque. Et Johnny se mit à rire.

Mais lorsque, quelques soirs plus tard, elle accepta de l'épouser, avec des yeux brillants et des lèvres entrouvertes comme une femme qui sait qu'on va l'embrasser, des larmes jaillirent soudain des yeux de Johnny. Il sentait que sa vie, même s'il ne savait pas trop la définir, était incomplète sans Rose, et il eut peur. Peur pour Rose, ou peur pour lui-même ? Il n'aurait pas su le dire.

« Tout ce que je vous demande, jeune homme, lui déclara le père de Rose, c'est de toujours être bon pour elle.

— Je vous assure, monsieur, que je le serai toujours, répondit Johnny.

— La première fois que vous êtes venu, poursuivit le père en fronçant les sourcils, vous étiez un peu sous l'influence de l'alcool.

— Vous êtes quelqu'un de perspicace, monsieur, dit Johnny. J'admets cette faute. J'avais bu un verre pour me mettre en confiance.

— L'alcool est un triste recours.

— Ce n'est qu'un remède, monsieur, répondit Johnny, si on l'utilise à bon escient. »

Son internat fini, on ne lui proposa pas de rester à l'hôpital ; il s'en doutait, mais n'en fut pas moins déçu. Cela aurait pourtant pu lui faire comprendre à quel point le lien qui l'unissait à la réalité était fragile. Il se disait que s'il avait rencontré Rose plus tôt et si, selon son expression, il avait mis la main à la pâte, on lui aurait demandé de rester. Oui, jusqu'à ce qu'il fasse la connaissance de Rose, il n'avait pour ainsi dire agi que machinalement, ou du moins c'était ce qu'il semblait au directeur.

« Je dois cependant dire quelque chose en votre faveur, John, observa le directeur en regardant à travers le crâne qu'il conservait sur son bureau. J'ai des yeux et des oreilles, et je sais que vous êtes certainement l'un des jeunes gens les plus naturellement bienveillants que j'aie jamais connus.

— Bienveillant ? fit Johnny. Bienveillant ? Je n'avais jamais remarqué, monsieur, que j'étais bienveillant.

— Peut-être bien, continua le directeur en tirant sur sa pipe de la façon dont Johnny aurait souhaité pouvoir le faire – avec autorité. C'est pourquoi j'ai dit naturellement bienveillant. Cela provient, du moins c'est ce que m'en disent ces nouveaux spécialistes, les psychiatres, d'une certaine sensibilité. Et...

— ... et quoi, monsieur ?

— Il nous faut parfois brider notre sensibilité. Elle peut être dangereuse. Je ne suis pas sûr que ce soit une chose qui soit particulièrement utile pour un médecin. C'est dommage, mais c'est comme ça.

— Bon, et qu'est-ce que je devrais faire, monsieur, pour trouver du travail ?

— Une petite ville, John. Une petite ville, jusqu'à ce que vous soyez lancé. »

Il éprouvait une certaine gêne à s'entendre appeler John. Il n'avait pas l'impression d'être John. Il avait l'impression d'être Johnny, et peut-être était-ce là son problème : qui, en effet, peut faire confiance aux Johnny de ce monde, à des gens qui traversent la vie en sautillant dans le rire et les larmes, mais toujours en sautillant ?

Il trouva le village : celui-ci, Beech. Ce lieu dont il disait si souvent : « On n'aurait jamais dû s'installer ici pour commencer. » Et c'est alors que Rose le regardait.

C'était un endroit qui lui avait paru tout à fait possible, un lieu où un jeune médecin peu sûr de lui serait en mesure de s'établir et de gagner sa vie. La voie ferrée y passait. Johnny avait logé Rose à l'hôtel de Herndon, le chef-lieu du comté, à quarante kilomètres au nord, pendant qu'il faisait son enquête dans les environs de Beech : tout le monde avait paru enthousiaste à l'idée d'avoir un médecin.

« Vingt-cinq ans qu'on n'en a plus, lui avait-on dit au saloon.

— Ça fait longtemps », avait constaté Johnny.

On lui avait parlé bien sûr des cultivateurs des terres sans irrigation, derrière la colline qui descendait vers le village. On lui avait parlé des grands ranchs à l'ouest. On lui avait rapporté les rumeurs sur un embranchement du Northern Pacific censé rejoindre la voie ferrée de l'Union Pacific. Beech, situé à cette jonction, grandirait forcément, disait-on. Il y avait à peine quelques mois que des arpenteurs étaient venus travailler avec leurs instruments, et il fallait voir quelle équipe de beaux jeunes hommes c'était !

Entraîné par l'enthousiasme qui se répandait dans le bar, Johnny paya une autre tournée à ses nouveaux amis ; ils trinquèrent tous à un avenir tellement immense que Johnny en eut le souffle coupé, un avenir aussi vaste que la terre dehors. Mais où trouverait-il un logement pour lui et sa femme ?

Il avait une femme ? Ah ! voilà une bonne chose.

Il sortit la photo de Rose.

Eh bien, il avait en effet de la chance. « Tenez, dit le barman, vous pourriez jeter un coup d'œil sur l'ancien hôtel. On l'appelait L'Auberge. »

C'était un petit hôtel avec six chambres identiques au premier étage, toutes équipées d'un lit en fer, d'un lavabo et d'une corde joliment disposée en rouleau près de chaque fenêtre en cas d'incendie. L'Auberge était abandonnée depuis suffisamment de temps pour avoir la réputation, chez les enfants de l'école, d'être une maison hantée ; ils y avaient aperçu des lumières, ils avaient vu des visages aux fenêtres. L'un des plus hardis avait lancé un caillou par une des fenêtres du haut, et il racontait qu'il avait entendu une sorte de cri. C'était surtout lorsque les rayons de la lune tombaient contre les bardeaux bruns usés par les intempéries, éclairaient les fenêtres et faisaient ressortir les ramures de cerf délavées au-dessus du panneau où on lisait L'AUBERGE – oui, c'était surtout à ce moment-là qu'elle semblait hantée.

Mais, à la lumière du jour, elle paraissait tout à fait solide et innocente ; le moulin à vent qui dépassait du toit de la remise, derrière, donnait à l'ensemble l'air d'être bien dans la réalité, et Johnny songeait que tant que sa pratique de médecin ne serait pas établie, ils pourraient de nouveau ouvrir L'Auberge – avoir deux cordes à leur arc. Bien dans la réalité, lui aussi.

La banque de Herndon était propriétaire des lieux, et Johnny arriva pratiquement tout de suite à un accord avec le banquier. L'héritage de la tante qui avait souhaité qu'il fît médecine assura le versement initial et lui permit d'acheter aussi la Ford d'occasion dont il aurait besoin pour ses visites. Il lui resta assez pour équiper un cabinet dans une des chambres du premier étage. Un fauteuil métallique habilement conçu se dépliait pour former une table d'examen ; un squelette humain grimaçait dans une vitrine.

Il accomplissait à présent la dernière des choses indispensables. « Viens voir ici, Rose », dit-il. En souriant, il la regarda se relever ; elle était agenouillée près de la maison à planter des pavots de Californie, une des rares fleurs censées bien pousser dans ce sol ingrat et acide. Il tenait encore dans sa main la bêche qui lui avait servi à creuser le trou du poteau qui soutenait la traverse – le tout formant une sorte de potence pour le panneau qu'il avait raboté, poncé, peint et fixé à la traverse par quatre pitons à vis, de façon à le laisser pendre librement.

JOHN GORDON
Docteur en médecine

« Oh ! tout ce vent, ici, dit-elle en regardant le panneau se balancer. Mais c'est à peine si je l'entends, maintenant. Oui, ça a l'air très bien.

— On s'habitue au vent, reprit-il, après quelque temps. » Puis ils rentrèrent et se mirent à nettoyer. Du Lysol et beaucoup de bon savon chaud avec de l'eau pour chasser les vieux fantômes.

Ce fut lui qui accoucha son fils. Il sortit lui-même son

fils béni du ventre de la mère, et ils commirent ensemble l'erreur de donner à l'enfant le prénom assez ambigu de Peter sous le prétexte qu'il avait appartenu au père de Rose – mais cet homme de forte carrure s'était fait plus tard appeler Pete.

Johnny se disait qu'il n'avait jamais vu de spectacle plus adorable que celui de sa femme au lit, donnant le sein à l'enfant ; il la servait, il s'asseyait près d'elle et lui lisait du Byron, enchanté par le miracle et la beauté de la naissance. Ah ! comme tout le monde le félicitait, et comme il se tenait droit au volant de sa Ford, un grand sourire aux lèvres, distribuant des cigares ! Un jour, alors qu'il avait surpris le reflet de son propre visage dans un miroir, il continua à se regarder, songeur. Il songeait que chaque fois que Rose levait la tête de ce qu'elle faisait, elle avait le sourire. Il se demanda si quelqu'un l'avait jamais remarqué.

Les pavots fleurirent, se fanèrent et moururent ; le vent d'hiver hurla en dévalant les lointaines montagnes, et puis de nouveau il n'y eut plus de neige sur le sol, les pavots repoussèrent et refleurirent, se fanèrent et moururent. Même s'ils n'en parlaient pas entre eux, les Gordon étaient troublés de voir que leur petit garçon blond avait du retard pour marcher, mais aussi pour parler, et quand enfin il marcha – quel jour mémorable ! –, il le fit d'un pas raide et mécanique qui n'utilisait que peu le genou, un pas qui laissait penser que la marche était une capacité acquise avec beaucoup de peine et non pas un instinct humain. Quand enfin il parla, le garçon les stupéfia parce qu'il zézayait légèrement en articulant selon une cadence mesurée d'adulte qui leur montra qu'il était en avance, et pas en retard malgré son front un peu trop large, ses grands yeux innocents et une habitude troublante qui lui donnait l'air d'écouter au loin. À quatre ans, il savait lire.

Johnny apprit vite une chose curieuse qui ne l'avait pas gêné au premier abord : lorsque les grands propriétaires de ranchs, leur épouse et leur famille avaient besoin d'un médecin, ils se rendaient en voiture jusqu'à Herndon et en profitaient pour faire des achats et dîner au Herndon House ou au Sugar Bowl Café. Ils aimaient prendre place dans les grands fauteuils en cuir vert du hall de l'hôtel et accueillir des amis, laisser leur regard se poser à travers les grandes baies vitrées sur des gens de la ville accomplissant Dieu sait quelles courses, ainsi que sur leur propre voiture soigneusement garée dehors. Ils aimaient faire lentement un tour en ville, s'émerveiller de l'immense et impeccable pelouse qui s'étendait devant le palais de justice néogothique en briques jaunes, derrière lequel se trouvait la prison où le shérif gardait ses ivrognes et ses vagabonds préférés. Ils goûtaient les rues bordées d'arbres dans le quartier résidentiel, ils restaient devant la vitrine de la pharmacie, impressionnés et intimidés en regardant les bandages herniaires en caoutchouc. Ils allaient à pied jusqu'à la gare pour voir le train arriver et s'arrêter. Comme la terre tremblait ! Comme les jets de vapeur étaient assourdissants ! Puis ils revenaient au Herndon House où ils avaient pris une chambre avec bain, et ils profitaient de tout ce luxe, ils souriaient, ils savouraient d'avance la projection de film à laquelle ils assisteraient plus tard dans la soirée. Il n'y avait pas un tel luxe, à L'Auberge, ni de choses aussi excitantes à Beech où le vent hurlait. Et il n'est pas reposant de faire halte dans un endroit qui sent le désespoir et l'échec.

Pendant toutes les années où Johnny Gordon exerça à Beech, il fut fidèle, absolument fidèle, au serment d'Hippocrate, et jamais il ne refusa un appel à l'aide, qu'il fût payé ou non. Ses patients étaient les cultivateurs sans irrigation qui vivaient derrière les collines, et leur existence était d'une certaine manière parallèle à la sienne. Ils avaient été attirés à l'Ouest par des prospectus colorés, imprimés par les compagnies ferroviaires : on leur promettait une terre bon marché – il y en avait en abondance, on le savait – et de la pluie – il n'y en avait pas, on le savait tout autant. Seuls les grands propriétaires de ranchs qui tenaient les ruisseaux et les rivières étaient en mesure de prospérer. Au moins, si cela pouvait les consoler, les cultivateurs sans eau, les Norvégiens, Suédois et autres Autrichiens, iraient à l'échec mais dans un environnement bien propre.

« Bon sang, Rose, s'écriait souvent Johnny, c'est vrai que c'est impeccable chez eux. On pourrait manger par terre. Viens faire la tournée avec moi, un de ces jours, et on pique-niquera. »

Le médecin, on l'appelait pour soigner des os fracturés, des bras déchirés et mutilés par les dents de scies circulaires. D'anciens citadins maladroits qui avaient reçu un coup de sabot de cheval ou de vache dans les parties génitales. Ou leur femme qui accouchait. Quand Johnny arrivait dans sa Ford, ils avaient déjà mis l'eau à bouillir pour qu'il puisse nettoyer ses instruments ; il riait et les félicitait des bébés qu'il extrayait et que le monde autour d'eux faisait hurler de rage ou gémir ; s'asseyant à la table de la cuisine qu'on venait de récurer, il fêtait l'événement avec le père et blaguait pour détourner son attention des souffrances de sa femme. « Pourquoi est-ce que l'oncle Sam porte des bretelles bleu-blanc-rouge ? » En chantant, il tanguait dangereusement sur la route qui le ramenait à Beech, avec, à l'arrière de sa Ford, un ou deux gallons de vin de cerise de Virginie. « Ils paieront quand ils pourront », disait-il à Rose pour la rassurer. Et ils le faisaient, quand ils pouvaient.

Mais, à présent, le panneau portant son nom qui pendait à la potence devant L'Auberge était tellement usé par les intempéries qu'il était devenu illisible. Un soir, le vent fit tomber les bois de cerf décolorés au-dessus de l'entrée. L'Auberge aussi avait besoin d'être repeinte, mais tout à l'intérieur était d'une propreté sans faille et les vitres brillaient. Ce n'étaient pas les honoraires de Johnny, mais les marchands itinérants qui passaient par là avec leurs textiles et leurs articles de mercerie, ou encore les quelques maquignons qui s'arrêtaient une nuit et prenaient un repas – oui, c'étaient eux qui payaient les factures.

Peter fut non seulement la proie de la gamme habituelle des maladies infantiles, mais aussi d'une foule de refroidissements et de fièvres qui lui ôtèrent ses forces et réduisirent ses bras à n'être qu'une couche d'os autour d'une fragile moelle. Johnny se demandait si les gens n'allaient pas voir dans les maladies perpétuelles de son fils le reflet de ses compétences médicales et s'il n'existait pas, dans les livres anciens, quelque paradoxe analogue à celui du cordonnier mal chaussé et qui dirait que le fils du médecin est toujours malade. Mais Peter ne se plaignait jamais et il n'était pas non plus exigeant : il manipulait consciencieusement les jouets que ses parents lui offraient avec insistance. Il apprit de bonne heure ce que signifie être exclu et il contemplait la vie avec des yeux sans expression, profondément enchâssés, des yeux qui voyaient tout ou peut-être rien. Il ne jouait pas au ballon, préférait les livres et la solitude ; le soleil lui répugnait, et quand il sortait sous sa lumière il s'arrêtait toujours pour cligner des yeux et les protéger avec sa main.

Les gens éteignaient leurs lampes à pétrole tôt dans la soirée, à Beech – ils soufflaient juste un peu dans le verre –, et leur monde s'abandonnait alors aux seules lumières qui s'attardaient derrière les fenêtres des malades ou aux flammes pâles et vacillantes dans les abris de verre des aiguillages proches de la gare, et parfois à la clarté de la lune. C'était à ce moment-là que Peter aimait sortir de la maison.

« Qu'est-ce que tu faisais dehors ? » lui demandait Rose, ou Johnny. Et Peter répondait toujours : Rien.

Rien, et pour eux ce rien signifiait qu'il avait marché, marché pour aller nulle part. Mais, un soir, l'horloge de la cuisine continua à tourner jusqu'à ce que deux heures se soient écoulées, et Johnny fut pris d'une panique soudaine qui lui noua les intestins. Pendant un quart d'heure, il resta assis à se couper les ongles, craignant de communiquer à Rose son étrange terreur. « Je crois que je vais sortir pour voir ce qu'il trafique », dit-il.

Le sol était plat, il brillait de l'éclat de la lune dont les rayons, pris dans la première rosée déposée sur les armoises, dessinaient devant lui un sentier comme ils l'auraient fait sur de l'eau. Rien d'autre que la rivière, à son idée, n'était susceptible d'attirer le garçon, et au bord de la rivière il n'y avait que les saules blottis en un seul être massif. Le garçon ne pouvait se trouver que *là*. Sinon, eh bien, quoi ? En s'approchant des saules, il ralentit le pas.

Et c'est là qu'il le trouva, assis le dos contre les saules, au plus près de la rivière et de l'endroit où l'eau se séparait au milieu du courant avec des remous et des miroitements pour contourner une souche prise dans une barre de sable. Le murmure des rides sur l'eau avait peut-être couvert les pas prudents de Johnny, car le garçon était immobile, le visage baignant dans la fraîcheur des rayons, l'os de sa tempe projetant une ombre qui cachait ses yeux enfoncés comme dans un domino. Ayant la sensation de faire intrusion dans un mystère, Johnny hésita. Il avait hésité de la même façon les quelques fois où il était tombé sur son fils en train de se contempler dans le miroir ondulé accroché au-dessus du lavabo. Les yeux du garçon avaient une expression si neutre que Johnny ne pouvait savoir si son fils était en quête de quelque chose, s'il se jaugeait ou s'il recherchait simplement la compagnie de sa propre image, mais quand le garçon se retournait, c'était sans aucune gêne – sans avoir l'air de ressentir là quelque chose d'étrange, de déplacé, ou quoi que ce soit d'autre. C'était Johnny qui sentait la culpabilité l'aiguillonner et, chaque fois, il avait envie de partager avec Rose le fardeau de l'incident, mais, chaque fois, il gardait le silence.

À présent, il y avait quelque chose dans la façon dont tombait le tissu du manteau du garçon, quelque chose aussi dans l'ombre qui obscurcissait son expression, et dans le demi-éventail que tissaient les saules noirs en s'étendant au-dessus de lui, qui suggérait le religieux, un moine en prière. Johnny eut brusquement l'idée que l'attitude distante de son fils n'était peut-être pas un détachement de médecin ou de scientifique, mais un retrait de mystique, de prêtre. Johnny parla alors, mais il fut également frappé par ce que sa propre voix avait d'inapproprié. « Peter ?

— J'allais justement rentrer. » Sans aucun étonnement.

« Je me demandais ce que tu faisais.

— Je regardais.

— Tu regardais ?

— La lune. »

De même que les volailles dans le poulailler tuent à coups de bec leurs congénères blessées ou bizarres, de même à l'école on faisait de Peter un souffre-douleur qu'on couvrait de quolibets et qu'on traitait de chochotte – le chuintement haineux de ce mot était partout. Mais c'était seulement quand les autres traitaient son père d'ivrogne que Peter se retournait contre eux. Comme ils étaient plus rapides, ils l'esquivaient facilement et formaient un cercle autour de lui, les yeux brillants de gaieté, leurs bouches lançant à l'unisson un « ha-ha-ha » nasal qui le déchirait cruellement. Ces cercles, il le savait, leurs pères en avaient déjà formé, ainsi que leurs grands-pères, pour torturer quelque autre paria ou quelque autre marginal ; et leurs enfants feraient exactement la même chose.

Docteur Gordon
Docteur ivrogne

Il recommença à foncer sur eux en serrant ses maigres épaules, puis soudain il s'immobilisa, son regard se posant d'abord sur l'un d'entre eux, puis sur un autre : Fred, qui venait tous les jours à l'école à cheval avec une selle de cinquante dollars, et Dick, le fils du barman, qui gribouillait sur les murs des W-C, qui y avait fait un trou pour pouvoir reluquer les filles et dont les notes en classe étaient presque aussi bonnes que celles de Peter ; et encore Larry le sournois qui pesait déjà pratiquement quatre-vingt-dix kilos et arborait la plupart du temps un grand sourire mais parlait rarement. En les regardant, Peter eut une conviction aussi fermement trempée que celle d'un vieillard rusé : il devrait les combattre sur son propre terrain, pas sur le leur. Et il sut que ce n'était pas seulement contre eux qu'il nourrissait cette haine froide, neuve et impersonnelle, mais contre tous les individus normaux, riches, enviés et bien protégés qui oseraient insulter l'image des Gordon qu'il portait en lui.

Cette image prit peu à peu une forme concrète lorsqu'il entreprit de réaliser un album de photos, de dessins et de publicités qu'il découpait dans de vieux magazines dont peu de gens, dans cette région, avaient jamais entendu parler : *Town and Country, International Studio, Mentor, Century*. Ces revues avaient été données à l'école par une femme peu ordinaire qui habitait plus loin dans la vallée. Au fil des ans, elles s'entassaient sans être lues dans l'obscurité du vestiaire, à côté de cartons pleins de snow-boots laissés sur place et de moufles abandonnées. L'institutrice, une dame placide et gentille qui pensait souvent à son enfance et à un petit chat qu'elle avait eu et aimé, ne voyait pas pourquoi on n'aurait pas pu découper ces revues : elles n'avaient presque rien à voir avec les choses auxquelles ses autres élèves ou elle-même attachaient une quelconque valeur. Ce qui caractérisait les dessins que Peter choisissait, qu'il découpait et collait ensuite avec ses mains pâles, c'était le luxe et la richesse : des vues de paquebots en mer, le départ d'un train prestigieux, des collections de bijoux, des manoirs anglais, de lourdes tentures, des bagages en cuir, la plage de Newport et les autos qui y transportaient les baigneurs à la mode – des Locomobile, des Isotta-Fraschini, des Minerva. Mais le luxe et la richesse n'étaient pas la seule caractéristique de ses choix : chaque dessin, chaque photo ou publicité contenait des personnages qui lui rappelaient son père ou sa mère, sa mère debout sur une terrasse regardant au-delà d'une pelouse taillée avec soin, son père se faisant enregistrer dans un grand hôtel. Il entreprit ainsi un livre de rêves, édifié en rempart contre l'échec de sa famille et contre l'éternel gémissement du vent. C'était aussi une esquisse du monde à venir. Ce monde, il le réaliserait en devenant un grand chirurgien, quelqu'un qui lirait une communication devant des savants de France et se tiendrait un peu à l'écart en écoutant les étrangers parler de la beauté de sa mère et de la gentillesse de son père.

Pour l'instant, il restait de marbre lorsque ses camarades d'école racontaient que son père parlait à une pute.

Car c'était ce que son père avait fait : il avait parlé à une femme qui avait débuté dans une bonne maison de Salt Lake City. Une fois ses fleurs fanées, après un bon nombre de disputes, elle avait pris le train pour Herndon où elle travaillait dans les chambres bleu-blanc-rouge. C'est à Herndon qu'elle avait commencé à beaucoup prier et qu'on l'avait trouvée à maintes reprises agenouillée à côté de son lit. Elle se rendait dans des églises la nuit (deux d'entre elles n'étaient jamais fermées), et on pensait qu'elle était folle. Si elle ne s'était pas fait remarquer par toutes ces prières et génuflexions, elle aurait peut-être échappé à l'œil vigilant de la mère maquerelle qui décela les symptômes de la phtisie. Comme elle voulait que sa maison continue à être propre, elle proposa à la femme malade, Alma, d'aller à Beech, où l'on avait grand besoin d'une fille et où la clientèle était moins regardante.

« Dieu vous viendra peut-être en aide, commenta la tenancière, vous mettez beaucoup de foi en Lui. »

Elle se retrouva à Beech avec une valise en carton qui contenait plusieurs kimonos, une cartouche de cigarettes Milo Violets et une vieille photo de ce père qui l'avait flanquée à la porte. Si seulement elle l'avait écouté. S'il ne l'avait pas aimée, il ne l'aurait pas châtiée.

Pour le docteur Johnny, entré de bonne heure prendre un verre, il était évident que ce n'était pas de phtisie que souffrait Alma : ses yeux le montraient, ainsi que son teint et la façon dont fonctionnait son esprit. Il avait un don stupéfiant pour les diagnostics. Quelques années plus tard, à l'époque des spécialistes, il aurait pu connaître le triomphe, et avoir un cabinet avec de lourds meubles espagnols et des tapis persans. Il arrive ainsi que certains naissent au mauvais endroit et au mauvais moment. Quand il auscultait un patient, il lui semblait qu'on lui chuchotait quelque chose à l'oreille, peut-être au moyen du stéthoscope, et il légua à son fils ce talent pour le diagnostic.

Johnny prit Alma la prostituée à part et lui offrit un verre. « Vous savez, dit-il, vous ne devriez pas travailler.

— Dieu m'a dit de travailler, répondit-elle en avalant une petite gorgée.

— Ce n'est pas seulement pour vous.

— Je leur dois rien.

— Si, pourtant. Vous savez bien que vous leur devez quelque chose, sinon vous ne parleriez pas de Dieu. Vous savez ce qu'Il veut. »

Elle se toucha la tempe avec le plat de la main. « Si

Dieu m'a menti, qu'est-ce que je vais faire ? » Elle était restée quelques jours au lit, et elle chancelait.

« Pour l'instant, abstenez-vous de tout contact. » Un mois de plus passa, de nombreuses nuits, de nombreux matins.

« De toute façon, déclara Johnny à Rose, elle en a encore pour une semaine. Peut-être un peu plus, mais elle ne sortira jamais de son lit. Maintenant ils disent qu'ils ne veulent pas qu'elle meure là-bas ; en tout cas, c'est un sale endroit pour mourir, cette petite chambre. » Il jeta un bref coup d'œil en direction de Rose et prit une cigarette, une Sweet Caporal. « C'est vrai, il y a des gens qui diraient qu'elle ne mérite pas grand-chose.

— T'es drôlement distant, Johnny, tu ne trouves pas ? dit Rose. J'ai déjà préparé une chambre pour elle, ici. »

Il eut les lèvres qui se tordirent en un sourire, il s'approcha de Rose et lui souleva le menton. « Je reconnais bien là ma petite madame Vanderbilt.

— Non, Mme Gordon, dit-elle. Mme John Gordon. »

Par la suite, dans le village, L'Auberge fut appelée le Bordel parce qu'une pute folle, qui ne cessait de prier, y était morte. À Herndon et à Beech, un bon nombre de braves dames se sentirent autorisées à faire semblant de ne pas voir Rose – bien que son mari fût médecin – quand elles la croisaient dans la rue. Il est vrai qu'on avait du mal à lui pardonner sa beauté – aussi inutile et insouciante que celle d'un papillon – ainsi que la facilité de son sourire et la fierté de son allure.

« Oh, je te parie qu'il sera médecin, disait Johnny en échafaudant des plans. Tu as vu comme il lit tout le temps ? Et ses yeux ouverts ? C'est ça, le truc, les yeux ouverts. Il adore les faits. »

C'était vrai, Peter adorait les faits et s'enfermait dans sa chambre avec l'*Encyclopaedia Britannica*. À douze ans, il étudiait les dessins de Vésale, il lisait Hippocrate et certains passages de Virgile ainsi que les revues médicales que son père ne sortait même plus de la bande qui les entourait.

« Oh, disait Johnny, il ira dans des endroits où je ne suis jamais allé », et il avait le cœur qui se gonflait de fierté, la tête qui s'emplissait du paysage ravissant de l'avenir de son fils. « Tu verras bien.

— Toi aussi, tu es quelqu'un de bien, lui rappelait Rose.

— De bien ? Quelqu'un m'a dit un jour que j'étais bienveillant, pas bien. Je ne me raconte pas d'histoires. C'est ça, mon mérite. Remarque que c'est presque toujours ce que souhaitent les hommes, que leur fils soit mieux qu'eux. Oui, Rose, c'est vrai. Et d'ailleurs je n'ai jamais tellement eu confiance en moi. Mais chacun a quelque chose qui lui manque. » C'est ainsi que nous excusons nos défauts, en les avouant.

Parfois, lorsque Johnny buvait, il se sentait l'égal des grands propriétaires de ranch : ils avaient l'argent, mais lui, il avait l'instruction. Quand ils menaient leur bétail au village, il venait tranquillement au saloon une fois que la poussière était retombée, et il trouvait là les garçons vachers qui faisaient la fête. Il se mettait alors à discuter – il y allait de son pipeau, comme disait le barman. Debout au milieu des meilleurs d'entre eux, avec son costume sombre de médecin et son col amidonné, il exposait ses théories sur la politique, l'éducation et l'Europe.

« Attendez, disait-il, ils vont se battre, là-bas, et on va

se retrouver en plein dedans, vous allez vous retrouver en plein dedans et moi aussi. » Ils croyaient qu'il était cinglé. Il ne semblait pas voir qu'ils s'écartaient subrepticement de lui lorsque ses paroles se faisaient indistinctes, qu'il renversait son verre sur lui et que, sans y penser, il touchait le bras des autres. La plupart des gens le respectaient ; certains le plaignaient. Il y en avait qui se souvenaient du jour où il s'était aventuré sur la grand-route, alors qu'il était nouveau dans le village, parce qu'il voulait voir son premier grand troupeau de vaches ; un homme avait tiré juste au-dessus de sa tête en l'insultant, et Johnny était parti en courant se terrer derrière la gare de marchandises. Bon sang, il y était bien resté plusieurs heures.

Une fois, pourtant, Johnny s'adressa au mauvais propriétaire de ranch. On pouvait sentir que l'homme qui se tenait debout, là, son verre à la main, commençait à être agacé d'entendre Johnny se lancer dans sa dernière lubie, le manque de fierté civique à Beech. Pourquoi, demandait-il, ne peignait-on pas l'école ? Pourquoi est-ce que les gens allaient vider leurs ordures là-bas sur la colline, les exposant au monde entier ? Pourquoi est-ce qu'ils dégradaient cette belle campagne ?

« Hein, regardez-moi justement ça ! s'exclama-t-il en jetant par la porte du saloon un coup d'œil vers l'endroit de la colline où le soleil s'accrochait aux boîtes et aux morceaux de verre récemment déposés. Trois mètres de plus, et ils auraient foutu tout ça dans le cimetière. C'est un spectacle affligeant, voilà ce que j'en dis. »

Le propriétaire de ranch éleva alors la voix : « C'est ce que je dirais de vous.

— Pardon, m'sieur ? » demanda Johnny qui ne comprenait pas.

L'éleveur ne répondit rien, mais un petit murmure d'assentiment parcourut le saloon.

« Bon, déclara Johnny, prenez la question des fleurs. Vous arrivez dans une petite ville, et vous voyez des fleurs ici et là, un peu partout : ça vous montre que les habitants ont ce qu'on appelle de la fierté civique, mot qui vient du latin *civitas* qui signifie cité. Prenez les gares, même là, à Herndon, on va mettre un beau parterre de fleurs sur une belle pelouse verte. Les gens qui regardent par les fenêtres des wagons les voient, et ils quittent la ville sur une excellente impression. Et on ne serait pas surpris si un jour ou l'autre il y en avait qui revenaient pour s'installer dans cette ville, pas vrai ? » Johnny s'interrompit et plongea un regard méditatif dans son verre. Le silence de la salle l'encouragea. « Bon, prenez la question des fleurs, recommença-t-il. Prenez ce qu'on a fait, ma femme et mon fils et moi. » Sa femme, son fils et lui avaient embelli L'Auberge, est-ce que ce n'était pas évident ? Du houblon grimpait au flanc de la véranda, et il fallait mettre une qualité spéciale de corde pour que le houblon monte bien, sinon il poussait en hauteur et puis il retombait d'un coup en un gros tas tout vert, de son propre poids. Bon, du houblon, des pavots de Californie et des capucines grimpantes. Tout cela poussait bien, à Beech, du moment qu'on arrosait. « Vous nous avez sans doute vus, dehors, en train d'arroser nos plantes. »

L'éleveur parla de nouveau. « C'était ça que vous fabriquiez, il y a quelques années, quand j'ai déchargé mon fusil au-dessus de votre tête ?

— Ah, c'est vous qui avez fait ça ? Bon, je reconnais, monsieur, que je l'avais cherché. Je ne connaissais pas tellement les habitudes, à cette époque.

— Ah bon ? fit l'éleveur.

— Et quand l'hiver arrive, poursuivit Johnny, vous n'avez plus de fleurs. Pas vrai ? Eh bien, c'est pour ça que mon fils et ma femme, à l'automne, ils vont sur les plateaux à l'extérieur du village, et ils cueillent ce que certains appellent des mauvaises herbes. Ils les teignent, et ça vous fait des fleurs pour tout l'hiver.

— Ah bon ? » murmura l'éleveur. Quelqu'un toussa.

« Et c'est pas tout, continua Johnny en versant soigneusement une dose de whisky dans son verre. Mon fils a des mains de chirurgien, des mains très habiles. Il peut prendre du papier crépon, le tortiller et en faire des fleurs artificielles. Ces fleurs-là, messieurs, sont celles que vous trouvez sur les tables de notre salle à manger pendant les mois d'hiver. Imaginez un peu : un garçon de douze ans qui étudie les dessins de Vésale et qui lit des textes incroyablement profonds, à douze ans ! Vous imaginez ça ?

— Et il fabrique des petits bouquets, en plus, dit l'éleveur.

— Pardon, m'sieur ? » Johnny parcourut le bar des yeux, regardant chaque visage. Il ressentit alors le besoin soudain de les impressionner davantage et, du coup, il cita quelques mots grecs se rapportant aux fleurs.

« C'est quoi, ça ? » demanda l'éleveur.

Johnny sourit, et il se sentit rayonner de triomphe. « Du grec, monsieur. Un médecin doit étudier le grec, cela fait partie de sa difficile formation.

— Ça me semble pas être du grec, à moi.

— Je vous le garantis, monsieur. »

L'éleveur eut un éclat de rire. « Vous avez intérêt à retourner à votre petite fac de j'sais pas où. Parce que le mot grec pour ce genre de fleur, c'est πόθος. C'est ce qu'ils mettaient sur les tombes. »

Ce fut une explosion de rires, et Johnny resta hésitant, essayant de comprendre et de s'accrocher à un visage qui puisse le réconforter. Mais il n'en trouva pas. « Eh bien, monsieur… »

Alors l'éleveur parla, et la salle fit silence, un silence aussi épais que de la glu. « Et celle-là, docteur, vous l'avez déjà entendue ? » L'éleveur cita un vers d'Ovide en latin. « Qu'est-ce que vous en pensez, de celle-là ? »

Johnny comprit, et son visage devint couleur de sang. « Pourquoi me dites-vous une chose pareille ? demanda-t-il.

— Parce que je suis partisan de dire la vérité, docteur. Avez-vous envie de dire aux gens d'ici ce que ça signifie ?

— Non, monsieur, certainement pas.

— Eh bien, je vais le leur dire, moi. Ça signifie que vous êtes une bite d'âne. Comme votre chochotte de fils, d'ailleurs. »

Johnny ôta son chapeau, se lissa les cheveux et remit son chapeau. Il ne quittait pas l'éleveur des yeux. « Mon fils n'est pas une chochotte.

— Nos gars, ici, disent que si.

— C'est parce qu'il lit. Parce qu'il réfléchit.

— C'est parce qu'il fait des bouquets de fleurs en papier. Parce qu'il ne connaît pas la différence entre une balle sortie et une chandelle. »

C'était idiot, de la part d'un homme aussi petit que Johnny, de vouloir lui porter un coup. Idiot de dire : « Vous pouvez pas traiter mon fils de chochotte ! » Parce que l'éleveur le pouvait et le fit, encore et encore.

L'éleveur agrippa Johnny par le devant de sa chemise amidonnée, le maintint et le secoua, puis, en détendant le bras, lança Johnny comme un linge mouillé, l'envoyant heurter le mur en face où il s'écroula en tas.

Johnny commença à se relever, mais il s'effondra de nouveau. Puis, au bout d'un moment, sans regarder qui que ce soit, il se remit sur ses pieds et on le regarda traverser la route en titubant, traverser l'espace vide qui le séparait de L'Auberge. Sa progression dérangea quelques pies qui avaient trouvé un rat à bourse mort et qui protestèrent en criant.

« Mon Dieu, qu'est-ce qu'il t'est arrivé ? s'écria Rose. Qui t'a déchiré, qui t'a déchiré la chemise ?

— Je me suis bagarré.

— Je t'en prie. Tu es blessé ?

— Non, Rose, je ne suis pas blessé. Je veux juste monter me coucher.

— Te coucher, John ? Mais pourquoi tu veux te coucher, si tu n'es pas blessé ?

— Je n'en sais rien. Mais je veux aller au lit. » Il se leva de sa chaise. « Où est notre garçon ?

— Je ne sais pas.

— Où penses-tu qu'il soit ? »

Rose répondit d'une voix calme. « Je crois qu'il est descendu à la rivière.

— Je ne voudrais pas qu'il me voie me battre.

— Je t'en prie, ne t'en fais pas pour ça.

— Rose… Rose ?

— Oui, John ?

— Rose, je n'ai pas dit la vérité. Ce qui m'inquiétait, ce n'était pas qu'il me voie en train de me battre. Peut-être que mon problème c'est que je ne supporte pas la vérité.

— Je ne suis pas sûre de savoir de quoi tu parles, John.

— Il y a une seconde, j'ai dit que je ne voulais pas que Peter me voie en train de me battre. C'est ce que j'ai dit.

— Oui.

— Et ce n'était pas vrai.

— Pourquoi, ce n'était pas vrai ? Est-ce que tu voudrais qu'il te voie en train de te battre ?

— Oui.

— Mais pourquoi, pourquoi ? »

Le visage de Johnny se noua en une grimace. « Pour lui montrer que je me bats bien.

— Il y a mieux à faire que ça, tu le sais.

— Si tu te bats bien, tu peux démolir n'importe quel mec qui te déchire ta chemise et t'envoie dinguer contre le mur et dit que ton fils… dit que ton fils est une chochotte. » Johnny ferma les yeux. « Voilà, je l'ai dit.

— Tu as dit quoi, John ?

— J'ai dit toute la vérité. Ce que je ne voudrais pas qu'il voie, c'est son père écroulé au pied d'un mur avec tous les gens qui regardent.

— Il ne t'a pas vu, John.

— Comment en être sûr ? Avec tout le boucan qu'il y avait ? Tu sais comment on entend une voix, et comment on saisit ce qui se dit ?

— Je suis certaine qu'il était à la rivière. Il a un endroit où il va, là-bas.

— Tu vois, quelle humiliation, avoua Johnny en fixant un instant les yeux de sa femme. Quelle humiliation épouvantable, épouvantable. Pour un garçon.

— Une humiliation ? Pour notre garçon, ou pour toi ? Comment peut-on être humilié si on est humble, comme le Christ nous le demande ?

— Le Christ, dit Johnny. Est-ce que tu pourrais me mettre une serviette froide mouillée ? »

Elle lui prépara la serviette, la lui appliqua et le surveilla jusqu'à ce qu'il soit endormi. Elle s'attendait qu'à son habitude, en se réveillant, il lui demande un verre ;

pendant les quelques jours à venir, elle lui en donnerait juste assez pour qu'il puisse fonctionner ; il n'en demandait jamais plus qu'elle n'estimait nécessaire.

Mais, à présent, quand il se réveillait, il traînait au lit, les yeux dans le vague, ne demandant rien. Rien. Ce fut elle, alors, qui lui suggéra de prendre un verre, car il lui avait souvent dit que le whisky calmait la douleur, et il souffrait de douleur.

« Non », répondit-il.

Elle lui apporta de la soupe. Elle refroidit sans qu'il la touche. Il restait allongé, les mains jointes sur les couvertures ; le jour s'étira, la lumière diminua, les oies passèrent en direction du sud. Du saloon, de l'autre côté du terrain vide, leur parvenait le gai tintement du piano mécanique.

« S'il te plaît, Rose, ferme la fenêtre. »

Ce ne fut pas Rose, mais Peter qui lui répondit : « Père, je suis venu t'apporter quelque chose. »

Johnny ouvrit les yeux et sourit. Son fils était debout au milieu de la chambre. « M'apporter quelque chose ?

— Est-ce que tu peux y voir, avec cette lumière ?

— Mais bien sûr.

— Je les ai faits pour toi. Cet été. »

Johnny s'assit sur le lit et son fils lui mit des oreillers derrière le dos. « Ça me fait du bien, Peter, ces oreillers. Bon, alors, qu'est-ce que tu as apporté ?

— Trois dessins, père. »

Père, se dit Johnny. Bon Dieu, quel mot, quelle responsabilité, et il prit les dessins. Il y en avait dix, et ils représentaient tous le système racinaire des plantes du bord de la rivière. Johnny ferma les yeux et suça ses lèvres. Que leur excellence lui rappelait la médiocrité de ses propres dessins ! « Je suis très fier de toi, dit Johnny, je n'ai jamais fait aussi bien.

— C'est toi qui m'as appris », fit Peter. Une fois Peter parti, Johnny se tourna vers le mur. Le garçon savait, ou alors il avait entendu ; sinon, si ce n'était pas la pitié, qu'est-ce qui l'aurait poussé à lui apporter des cadeaux ?

Pendant l'année qui suivit, il ne toucha pas à la boisson. Il ne chantait plus ; son visage se creusa, et ses yeux refusèrent toute intimité. Il ne parlait qu'à peu de gens, et personne ne l'appelait plus Johnny. Un jour d'automne où l'air avait une forte odeur de neige, en fin d'après-midi, Johnny retourna d'une visite dans les collines derrière le village. Il avait fait accoucher une femme d'un enfant mort.

Quelle chance, pour ce gosse, quelle chance, se disait-il. Cette âme-là ne connaîtrait jamais l'échec, ne tremblerait pas devant l'inexorable principe de la nature qui veut que les faibles soient détruits par les forts. Dans sa vieille Ford, en se rendant là-bas, dans la cabane de papier goudronné, il avait regardé depuis le sommet de la colline et remarqué la poussière soulevée par les Indiens qui passaient dans leurs bogheis et sur de vieux chevaux de selle efflanqués, les Indiens exilés de leurs dernières terres de la vallée – trente familles en partance pour la réserve, désormais pupilles de la nation et objets d'une maigre charité. C'est ainsi que les forts dépossèdent les faibles. Et certains sont des cibles de choix.

« J'ai vu ces Indiens, confia-t-il à Rose ce soir-là.

— Peut-être qu'à certains égards c'est mieux pour eux.

— À certains égards ? Mais c'est qu'ils sont dépossédés, dépossédés. Rose, où est notre fils ?

— Dans la remise, derrière. Il dit qu'il a encore des choses à te montrer.

— Il ne devrait pas travailler à la lumière d'une lampe. Ses yeux.

— John ?

— Rose ?

— John, tu vas bien ?

— Mais oui, bien sûr.

— Tu m'as paru bizarre, juste une seconde.

— Bizarre ?

— Tu étais parti. Tu m'avais quittée.

— Je vais bien. » Il eut un sourire, puis il vint brusquement vers elle et l'embrassa. « Tu es quelqu'un de courageux, dit-il. Maintenant, je vais aller voir Peter et puis je crois que je vais monter.

— Tu veux quelque chose ? Est-ce qu'il y a quelque chose ?

— Non, rien du tout, Rose. »

La remise au-dessus de laquelle tournait le moulin était rattachée à l'auberge ; un petit poêle à bois en faisait un endroit confortable, qui sentait la fumée et le pétrole. Sur les murs, Peter avait fixé des étagères qui se creusaient légèrement sous le poids mort et noir des ouvrages de médecine de Johnny. On y trouvait aussi les corps empaillés de rats à bourse et de lapins, des vases à bec, des cornues et d'autres accessoires de chimie. C'était là que Peter échappait aux souffrances quotidiennes de son Gethsémani scolaire, aux piques et aux quolibets ; c'était là qu'il se perdait dans un univers à lui, un univers qu'il ne mettait jamais en doute. Là, quand il s'asseyait à sa table, ses yeux prenaient le regard intériorisé, l'air retiré et absorbé des sourds. Son visage pâle était si lisse que Johnny se demandait s'il aurait un jour besoin de se raser, et rien ne trahissait son émotion à part la légère pulsation d'une veine le long de sa tempe gauche.

« Ta mère m'a dit que tu avais quelque chose de nouveau à montrer, dit Johnny.

— Une nouvelle plaque, père. »

Johnny s'approcha. « Peter, j'ai l'impression que tu étais en train d'écouter quelque chose. » Le garçon avait fixé une lampe-torche à un support en bois, de sorte que les rayons arrivaient exactement sous la lentille. « Hmmm, c'en est un qui est rare. » La plaque transparente portait l'image d'un bacille qui tue des rongeurs. « C'est un beau dessin, en plus. » Johnny se redressa lentement et, tel un vieillard, il mit son bras en arrière et se pressa le bas du dos en grimaçant un peu. « Tu as des mains superbes, Peter. Laisse-moi en voir une. » Il prit la main de Peter et en regarda la paume bien lisse. « C'est tellement drôle, tu sais.

— Qu'est-ce qu'il y a de drôle ?

— Oh, dit Johnny en souriant. Ce qu'il y a de drôle, je crois, c'est qu'un père ait tant de mal à parler. Peut-être que c'était aussi le cas pour mon père. C'est peut-être pour ça qu'il n'a jamais rien dit. Mais pour une fois je vais dire ce que je veux. Et ce que je veux dire, Peter, c'est que… je t'aime. »

Peter resta silencieux, puis il fixa sur son père ses yeux énormes, des yeux qui semblaient refléter la pièce entière, le monde entier. Mais la veine bleue sur sa tempe droite, une veine sinueuse comme un ver, gonfla un peu. Johnny était sur le point de se retourner et de partir lorsque Peter parla. « Père, dit-il, moi aussi je t'aime. »

Johnny suça ses lèvres, et quand il fut en mesure de parler il dit : « Dans ce cas, tout va bien. Si j'avais une chose à te dire, tu sais ce que ce serait ? »

Au-dessus d'eux, le moulin tournait sous le vent sec et froid – et il tournait sans but, sans accomplir le moindre travail, il faisait juste semblant. Johnny n'avait même pas réussi à le vaincre, car il s'était retourné contre lui et lui avait entaillé l'épaule bien avant la naissance de son brillant garçon.

« Je ne vois pas vraiment, père, murmura Peter.

— Je te dirais, Peter, de ne jamais te soucier de ce que racontent les gens. Les gens ne peuvent pas savoir ce qu'il y a dans le cœur des autres.

— Je ne me soucierai jamais de ce que racontent les gens.

— Peter, s'il te plaît, ne le dis pas tout à fait comme ça. La plupart des gens qui ne s'en soucient pas, oui, la plupart d'entre eux deviennent durs, insensibles. Il faut que tu sois bienveillant, il faut que tu sois bienveillant. Je crois que l'homme que tu es capable de devenir pourrait faire beaucoup de mal aux autres, parce que tu es si fort. Est-ce que tu comprends ce qu'est la bienveillance, Peter ?

— Je n'en suis pas sûr, père.

— Eh bien, être bienveillant, c'est essayer d'ôter les obstacles sur le chemin de ceux qui t'aiment ou qui ont besoin de toi.

— Ça, je le comprends. »

Johnny suça de nouveau ses lèvres. « J'ai toujours été une sorte d'obstacle, Peter. Mais à présent je me sens bien. Merci de m'avoir compris. Et maintenant, j'y vais. » Il s'attarda pourtant encore un peu, un petit sourire aux lèvres, puis il fit soudain un pas en avant et posa sa main à plat sur la tête de Peter. « Tu es un brave, un brave garçon », dit-il. Puis il sortit et monta dans une des chambres à l'étage.

C'est là-haut que Peter le trouva plus tard après avoir entendu un bruit.

« Peter ? cria Rose. Peter ? Mais qu'est-ce que tu fabriques, là-haut ? »

Peter ne répondit pas. Elle l'appela de nouveau depuis le bas de l'escalier, mais comme en aparté. « Tâche de ne pas réveiller ton père. Je crois qu'il est très fatigué.

— Je descends tout de suite. »

Lorsqu'il fut en bas, il resta sur le seuil de la cuisine et lui dit « mère » au lieu de « Rose ». Dans sa bouche, ce mot de « mère » paraissait si étrange, si solennel, qu'elle se retourna de la cuisinière où elle mettait de l'eau à bouillir pour le thé.

« Oui, Peter ? »

Il venait juste, apparemment, de coiffer ses cheveux blonds, car il tenait encore dans sa main droite le peigne de poche noir qu'il avait toujours sur lui, et avant qu'elle ne continue à parler, il passa son pouce sur les dents, puis il recommença et recommença. Elle trouva ce bruit glaçant. « Peter, je t'en prie. »

Il restait là, debout, et ses yeux fixaient quelque chose au-delà de sa mère sur le mur d'en face. Elle se retourna pour suivre son regard. « Qu'est-ce que tu vois, là ? »

Peter restait debout, se demandant quels mots il allait utiliser pour lui dire qu'il avait trouvé son père là-haut et qu'il venait de le décrocher de l'endroit où il s'était pendu avec une de ces cordes disposées en rouleau près des fenêtres pour qu'on puisse s'échapper en cas d'incendie.

3

Les voisins, bien sûr, puis les touristes qui eurent vent du suicide, montrèrent L'Auberge comme l'endroit où « ça » s'était passé, et les clients du saloon, en buvant et en regardant le moulin à vent tournoyer de l'autre côté de la route, admiraient le courage de la belle petite femme qui s'élançait hors de la maison pour décrocher le linge pendu au fil, tâtait tel ou tel vêtement et se penchait pour arroser les fleurs. Certains d'entre eux auraient bien voulu les voir de plus près, elle et son garçon, afin de surprendre au fond de leurs yeux quelque trace de la tragédie. La femme avait fait de sa maison un restaurant, mais à cause des rumeurs les clients n'étaient pas nombreux : la salle à manger pouvait bien se trouver juste sous la chambre où « ça » s'était produit, ce qui risquait de leur rappeler les décès et les déceptions enfouis dans leur propre vie.

Mais nombre de ceux qui avaient connu Johnny partirent s'installer ailleurs, car on ne gagnait sa vie, à Beech, que de façon marginale et avec des efforts désespérés. Comme les voitures tombaient de moins en moins en panne, celui qui avait fait de sa grange un garage en bordure de route ferma boutique et s'en alla, laissant les mauvaises herbes étouffer la pompe à essence rouge. L'élevage de poulets fit faillite. L'homme qui vendait des pierres bizarres et du bois pétrifié n'avait jamais réussi à lancer son affaire. De nouveaux barmen remplacèrent les anciens. L'Auberge à son tour fut peinte en rouge et rebaptisée Le Moulin Rouge. Les voyageurs de commerce qui passaient par Beech étaient trop fatigués pour se laisser impressionner par de vieux stigmates, ou alors ils arrivaient trop tard dans la soirée pour en être avertis – d'ailleurs, la seule autre possibilité qui s'offrait à eux consistait en une chambre sale au-dessus d'un magasin. La guerre aussi fit diversion et obligea les gens à affronter une réalité curieusement déconcertante, à savoir que des hommes qu'ils avaient connus, avec lesquels ils avaient bu ou s'étaient disputés, des hommes qu'ils avaient aimés ou trompés, étaient morts en France dans des tranchées. Comment était-il possible, se demandaient-ils en regardant le soleil descendre par-dessus les montagnes à l'ouest, comment était-il possible qu'un homme qu'ils connaissaient fût mort en France ?

Ensuite, les saloons furent fermés pendant un certain temps, et Rose Gordon acheta à l'un d'entre eux un piano mécanique de deux mille dollars qu'elle paya dix dollars ! Puis les saloons rouvrirent – en catimini – sous la direction d'importateurs d'alcool de contrebande qui venaient du Canada en faisant la course dans leurs Hudson. Quelle était la voiture la plus rapide, la Hudson ou la Cadillac ? Eh bien, je vais vous dire : l'autre jour, il y avait Paul McLaughlin, l'avocat de Herndon, dans une Cadillac, et Jerry Disnard, le contrebandier d'alcool, dans une Hudson. Ils ont pris la nouvelle route, et McLaughlin doublait Disnard...

C'est ainsi que, avec la guerre et les contrebandiers

d'alcool qui descendaient la nuit du Canada, le suicide qui avait eu lieu jadis au Moulin Rouge commença à s'évanouir dans les brumes du mythe et de l'extraordinaire. Des gens se trompaient, affirmant que Johnny s'était tué d'un coup de feu. D'autres prétendaient qu'il avait pris un poison dont seuls disposent les médecins. D'autres encore affirmaient qu'il avait tout simplement disparu, qu'il avait planté là femme et enfant, mais que de toute façon la petite femme abandonnée était quelqu'un de bien, qu'elle avait un sacré cran pour rester et transformer sa maison en une sorte de relais routier. Des gens de Herndon, à la mode, enrichis par la guerre, fonçaient à grand bruit de moteur dans leur Mercer ou leur Stutz, s'arrêtaient dans les bars où l'on servait illégalement de l'alcool, puis allaient manger du poulet à cet endroit appelé Le Moulin Rouge. Elle s'y connaît, pour la pâte à frire sur le poulet, ça je peux vous le dire !

Évidemment, vous pouviez prendre du bifteck si vous le souhaitiez, et il y avait des piles de petits pains chauds qui fondent dans la bouche ainsi qu'une salade de laitue flétrie par des bouts de bacon brûlant. Le café, elle le préparait dès votre arrivée, il n'avait donc pas attendu dans de grands récipients comme ailleurs ; et si, ensuite, vous aviez envie de danser, il y avait un piano mécanique avec toutes les vieilles chansons : « Just like a Gypsy », « Joan of Arc » et les autres mélodies de la guerre. Mais qui veut encore penser à la guerre ? Alors, « Tea for Two » et « By the Light of the Stars ».

Le garçon, son fils ? Il sert à table, mais elle entre et elle demande si tout va comme vous voulez, et chaque fois c'est parfait.

Oui, mais le garçon ?

Comment voulez-vous que je sache ? Il a presque fini

le lycée, ou il l'a à moitié fini, je crois. Eh bien, c'est qu'on dirait qu'il vous *regarde*. Mais il ne vous voit pas ou ne veut pas vous voir. Non, il y a tout un tas de gosses brillants qui sont comme ça. Ils étudient trop. J'en sais rien. Un médecin. *Bien sûr* que ça coûte énormément. Est-ce que j'ai dit le contraire ? Pourquoi croyez-vous qu'il travaille si dur ? Non, vous devriez y aller un jour d'un coup de voiture, mais à votre place je réserverais. Et je commanderais le poulet, à votre place. Il se pourrait qu'elle joue du piano, pour vous. C'est ce qu'elle faisait autrefois, paraît-il, elle jouait pour gagner sa vie.

C'est Peter qui engraissait les poulets, qui leur préparait une bouillie de son à l'odeur aigre avec du lait écrémé apporté par les cultivateurs des terres non irrigables, et quand les poulets étaient gras, c'était lui qui les tuait parce que Rose en était incapable – elle ne supportait même pas de regarder. Quand venait le jour de les abattre, Rose rentrait, fermait portes et fenêtres, commençait à chanter et, s'il le fallait, se bouchait les oreilles pour ne pas entendre les horribles cris rauques quand Peter coinçait d'abord un volatile puis un autre dans un angle du poulailler. Les volailles savaient ce qui les attendait, et Rose aussi, c'est pourquoi elle se bouchait les oreilles ou chantait.

Il leur arrachait la tête en la tordant, estimant que c'était à la fois moins cruel et plus sûr que la hache et le billot. Il attrapait brusquement un des poulets par le cou, et il imprimait une rotation à son poignet ; le corps tournait deux fois sur lui-même et tombait décapité au sol où il se mettait à sautiller, puis s'affalait et se contractait tandis que la tête jetée de côté contemplait d'un œil brillant et stupéfait son propre corps s'agiter par saccades. C'était seulement lorsque celui-ci avait faibli et gisait, inerte, que la paupière s'abaissait sur l'œil et que tout prenait fin, tout. Peter n'avait pas une seule fois éclaboussé de sang sa chemise propre ; et cette capacité à rester immaculé lui était apparue comme une préparation à l'avenir. Ébouillantés, plumés et flambés, les poulets pouvaient alors passer aux yeux de Rose pour des produits alimentaires, et elle était en mesure de les faire frire.

À présent, tout était prêt pour l'équipe des Burbank ; l'un d'entre eux ayant téléphoné au saloon, le barman était venu dire que les Burbank comptaient prendre du poulet pour dîner et qu'ils seraient douze à dormir. Rose abandonna sa chambre et se prépara un lit de camp dans la cuisine ; Peter irait dans la remise avec les livres de son père. Tout était fin prêt, même un crayon bien taillé posé à côté du registre. « Oh là là ! fit Rose, si seulement les Burbank venaient tous les ans, et puis les autres propriétaires de ranch. Oh là là ! »

Peter souriait rarement à quelqu'un d'autre qu'à sa mère.

On voyait le moral des jeunes monter en flèche dès qu'on s'approchait de Beech. Là, en bas, le pays était un peu plus installé, et un œil perçant pouvait distinguer les toits des granges et des maisons sur des parcelles minuscules. Plusieurs automobiles se frayaient lentement un chemin dans le troupeau qui se divisait et se coulait de part et d'autre de ces machines aux formes dures, comme de l'eau autour d'un rocher. Les jeunes vachers faisaient un peu d'esbroufe devant les conducteurs et les passagers : ils donnaient quelques coups d'éperon à leur monture du côté gauche pour qu'elle fasse un écart et caracole comme un vrai cheval sauvage. Phil grimaça un sourire. Jeunes cons ! Mais il éprouvait une réelle affection pour eux ; même s'ils n'avaient pas la qualité des cow-boys d'autrefois, celle d'hommes tels que Bronco Henry, c'était ce qu'il y avait de mieux aujourd'hui, et, dans un sens, George avait absolument raison : il faut progresser avec son temps, accepter les automobiles et les panneaux de publicité que les pharmacies font clouer sur les poteaux de clôture ou coller sur les murs des granges et des remises abandonnées. Phil était d'avis que Mme Lewis ne pourrait plus jamais leur confectionner une gamelle assez copieuse pour leur faire aussi le souper à Beech – non, plus maintenant que cette autre femme avait ouvert son restaurant. À dire vrai, Phil lui-même ne crachait pas sur un bon dîner au poulet ! À dire vrai, son ventre gargouillait plutôt furieusement !

Et il y avait fort à parier qu'ils tomberaient au bar sur quelques vieux de la vieille qui se souviendraient du pays tel qu'il était jadis, des gens avec qui on pouvait tailler une bavette et boire un coup ou deux. Phil prenait plaisir à offrir une tournée à des amis, et il aimait voir la manière dont l'équipe des Burbank prenait possession du village quand elle y entrait. La racaille avait appris à garder ses distances, à se tenir à l'écart du saloon, et cela valait pour les cantonniers mexicains de la voie ferrée pas même capables de parler américain, comme pour les fermiers incultes des terres non irrigables ou pour les bergers descendus des pâturages au nord du village.

S'il y avait une chose que Phil ne supportait pas, c'était bien l'ivresse ; elle heurtait son désir instinctif d'ordre et de décorum. Parce que bon, un soûlot, dès qu'il vous met le grappin dessus, il vous bassine avec des âneries. Il fait semblant d'être quelqu'un qu'il n'est pas, il joue un personnage trop grand pour lui. Et vous aurez beau l'insulter ou lui balancer n'importe quoi pour le remettre à sa place, il continuera à jacasser. Phil se souvenait d'un soir, il y avait plusieurs années de cela, où il s'était trouvé debout au bar, là, à savourer l'ambiance, lorsqu'un de ces piliers de bistro était entré d'un pas dansant et s'était employé à se rendre indésirable. Bon, Phil n'avait rien contre les gens qui prennent un verre ou deux – ça lui arrivait à lui aussi de temps à autre. Mais faut pas charrier !

Imaginez que vous veniez de conduire du bétail sur la route pendant quarante kilomètres et que vous saliviez déjà à l'idée d'un bon verre, et puis voilà un emmerdeur de poivrot qui vient vous casser les oreilles. En toute justice, le barman devrait le virer, mais s'il s'en abstient, qu'est-ce que vous allez faire ?

Ce mec-là, Phil l'avait jaugé d'emblée, du premier coup, dès qu'il s'était pointé à Beech – ah, c'était quand ? Il y avait déjà des gens qui s'étaient plaints de cet individu ; seulement, Phil n'était encore jamais tombé sur lui. Eh bien, une fois suffisait !

Jadis, c'était un soûlot de berger qui venait là – et il entrait avec sa chienne, mais Phil ne supportait pas de voir des animaux dans une maison où il y a des êtres humains. Cette chienne se couchait et flairait les pieds du berger, levait les yeux vers lui et regardait sa bouche qui n'arrêtait jamais. Ce connard vous assommait de ses histoires sur sa chienne, ah ! qu'elle était intelligente, et rapide, et confiante, et fidèle, et, bordel, pleine d'amour.

« Cette petite chienne, avait affirmé le berger en se retenant au comptoir pour ne pas tomber, cette petite chienne est comme ma femme.

— Ça m'étonnerait pas », avait répliqué Phil d'un

ton sec. Mais le berger n'avait pas saisi. Il continuait à bavasser. De temps à autre, quelqu'un le menait dehors, la salle retrouvait alors un peu de calme et Phil poussait un soupir.

On peut pas gagner à tous les coups, et Phil s'était laissé enfermer avec cet abruti qui, c'est pas croyable, parlait de fleurs en prenant à témoin la salle et Phil en particulier. Oui, le pauvre Phil était coincé, là. Avec cet abruti auquel Phil n'aurait pas accordé deux sous de crédit. Phil lui avait alors montré de façon aussi évidente que le nez au milieu de la figure que sa compagnie était indésirable. Et puis… bon, merde.

« J'aurais pas fait ça, déclara George à Phil.

— C'est sûr, que tu l'aurais pas fait, répondit Phil gaiement. T'étais pas obligé de l'écouter. »

Ce brave George était imbattable pour ce qui était de plaindre les autres. Phil se demanda à cet instant dans quelle mesure c'était ce sentiment de compassion qui poussait George à réserver le repas et la chambre dans l'établissement de cette femme. Parce que ce pilier de bistro à la noix s'était suicidé quelques années avant. Un fou.

Phil poussa son cheval au côté de George. « Eh bien, Gras-double, la voilà juste devant toi, la métropole de Beech. »

George hocha la tête. « La voilà en effet.

— Ça m'a l'air bien calme, dans le village. Faut croire qu'ils sont tous aux abris. On devrait faire entrer le troupeau sans problème.

— Ouais, on devrait. »

Phil fronça les sourcils. « Qu'est-ce qu'il y a qui va pas, Gras-double ?

— Rien du tout, Phil.

— J'ai l'impression que ça te fait mal de sortir deux mots et de les mettre ensemble.

— J'ai jamais été un grand bavard, Phil.

— T'es pas la machine à parler d'Edison, ça c'est sûr. » Phil chevaucha en biais à travers le troupeau et arriva à la hauteur d'un des jeunes vachers. « J'ai tellement faim, dit-il, que mon gros intestin est en train de bouffer le petit. » Ce qui fit rire le jeune homme, mais Phil ne se sentit pas mieux. Vingt-cinq ans : un peu comme des noces d'argent, et pourtant il y avait eu pendant tout le trajet une sorte d'aigreur. Quoi exactement, il n'aurait pas su le dire. Son âge ? Il avait tout juste quarante ans. Est-ce qu'il était dépassé par l'époque ? Il se mit à rire. Pendant une seconde, il avait commencé à s'apitoyer sur lui-même !

Il était quatre heures de l'après-midi lorsque les Burbank et leur équipe, fiers et droits sur leurs selles, entrèrent dans Beech ; ils avaient rarement observé un tel calme. Les vachers savaient que les gens les contemplaient avec admiration de derrière leurs fenêtres, et que les filles à l'étage s'occupaient de se rendre plus jolies, se préparaient. Même le vent semblait apaisé. Loin devant eux, à bonne hauteur sur la colline, quelques chevaux sauvages étaient en train de paître. Ils avaient rarement observé un tel calme, et Phil restait aux aguets au cas où quelque trublion se serait hasardé dehors, effrayant le bétail. Personne ne s'y risqua ; il n'y eut pas un chien pour aboyer ; les bœufs à l'avant ne stationnèrent qu'un moment devant la grande barrière, les pattes raides, la tête baissée à humer l'air, puis ils se lancèrent soudain en donnant au passage un rapide coup de sabot aux piliers de la barrière. En un quart d'heure, le troupeau fut rentré, à l'abri, et la lourde planche de la barrière se referma sur eux – sur quatre-vingt mille dollars de bœufs.

« Jamais vu ce coin aussi calme, dit Phil. Hein, Grasdouble ? Je les ai jamais vus entrer si facilement.

— C'est bien vrai, acquiesça George.

— Eh bien, Pipelette, reprit Phil, est-ce que ça te dirait d'aller faire un tour là-bas pour rincer la poussière qu'on a sur la langue ? »

Les jeunes vachers faisaient des bruits joyeux, et le vieux cow-boy, le plus vieux du dortoir, souriait. Assis bien droit, avec leurs éperons qui tintaient, ils chevauchèrent jusqu'au saloon et attachèrent leurs montures. À l'intérieur, Phil grimaça un grand sourire. « À boire pour l'équipe », lança-t-il, et le barman les servit à l'exception des deux qui avaient déjà fait le tour de la maison pour monter par l'escalier extérieur. Phil leur avait lancé un clin d'œil. On ne les reverrait pas avant peut-être une demi-heure.

« Bien, dit George, je vais aller faire un tour du côté du bureau du télégraphe pour voir s'ils savent quelque chose au sujet de la forte. » C'était du jargon, à la fois ésotérique et argotique. De même que les coiffeurs appellent « coupe-chou » leur rasoir à main et que les médecins disent volontiers « billard » pour « table d'opération », les gens des ranchs parlaient de « forte » pour dire « locomotive ». Sans la forte, seuls les wagons déjà aperçus au niveau des chutes d'eau pouvaient être chargés.

« Ils ont déjà téléphoné qu'elle arriverait tard, lui fit remarquer Phil. Bon, te perds pas dans les rues. » Et il regarda George, très droit, traverser d'un pas raide l'aire parsemée d'armoises qui menait à la gare. Pauvre George, songea Phil. Il mettait les gens mal à l'aise, et il le savait. Les jeunes ne parvenaient pas à boire avec plaisir, ils ne pouvaient pas bien rigoler quand George était là ; ils gardaient les yeux baissés et ils faisaient attention à ce qu'ils disaient quand George était là ; pour aller voir les filles, ils faisaient le tour par l'extérieur et prenaient l'escalier de derrière – et après, les filles ne descendaient jamais quand George était là. Personne n'avait envie de mettre une pièce de cinq *cents* dans la boîte à musique, et un endroit auquel George accordait la grâce de sa présence était bon pour un enterrement, ça c'était sûr. Pour l'instant, il allait se rendre à la gare, discuter le coup avec le télégraphiste et rester en coulisse autant qu'il le pourrait. En tout cas, c'était prévenant de sa part.

Cela ne signifiait nullement que Phil, de son côté, eût quelque commerce avec les putes, ou qu'il racontât des histoires de cul, ou qu'il se trémoussât en dansant comme certains hommes de son âge : ce genre de bêtises n'était pas pour lui, pas sa tasse de thé. C'était un Burbank, lui aussi, et son échelle de valeurs personnelle était – bon… mais il était tolérant – c'était une chose que la vie lui avait apprise –, et les hommes qu'il employait le savaient. Ça lui plaisait, de les voir s'en donner à cœur joie, même s'ils se rendaient totalement ridicules. George, ça le gênait.

C'est ainsi que, le soir tombant (et vraisemblablement la forte allait être encore retardée), Phil sortit derrière le saloon pour pisser, et il trouva le plus jeune des vachers assis sur le marchepied d'une automobile, affalé, la tête pendant piteusement entre ses genoux, déjà malade. La voiture devait appartenir à un de ses potes monté de Herndon par la grand-route. Phil ne put s'empêcher de rire. Un des copains du jeune lui envoyait des petits coups, essayant de le remettre sur pied.

« Va-t'en, va-t'en, gémissait le jeune. Oh, putain, va-t'en. »

Mais son ami insistait. « Allez, viens, maintenant. Il faut qu'on le fasse. Il faut qu'on le fasse maintenant.

— Oh ! va-t'en, s'il te plaît, va-t'en. » Sous la lumière blanche de la lampe à gaz qui brillait à l'intérieur, le visage du pauvre gamin était vert. C'était une chose dont ce garçon allait se souvenir longtemps, d'avoir été si malade en écoutant ces airs animés sortant de la boîte à musique.

Phil termina de pisser et soupira d'aise (tant son envie avait été pressante). Il reboutonna son Levi's et s'avança vers le garçon. « On s'amuse ?

— Oh ! Phil, dit le jeune en levant vers lui des yeux qui ressemblaient à de minuscules betteraves bouillies. Oh ! Phil. »

Phil gloussa. « Tu te sentiras peut-être bien une fois que t'auras mangé.

— Oh ! bon sang, non, parlez pas de manger. Je vais mourir.

— Mourir, tu rigoles, lança Phil en riant. T'as des années et des années de malheur qui t'attendent. »

Et d'ailleurs, quand est-ce qu'on *allait* enfin manger ? Il leur fallait à tous quand même un peu plus que l'œuf mariné, le hareng et les cacahuètes qu'on donnait au bar. Si la forte avait été là, ils auraient déjà eu fini de charger, ils auraient eu la panse pleine et se seraient couchés. Mais ce ne serait pas la première fois qu'ils chargeraient à la lumière des lanternes.

« Je me souviens d'une fois », déclara Phil gravement, après être revenu à l'intérieur. Et il raconta comment ils avaient chargé le bétail, là, au cœur de la nuit et au cœur de l'hiver, à l'époque de Bronco Henry. « Il faisait moins quarante-cinq degrés, poursuivit-il.

Avec un temps pareil, on a intérêt à faire attention. Un couillon de nouveau qui travaillait pour les Ainsworth s'est complètement bituré et puis il s'est mis à courser le bétail dans l'enclos en respirant fort par la bouche. Il s'est gelé les bronches. Mort le lendemain. » Il se retourna. « Et toi, bon sang, où t'étais passé ? » demanda-t-il à George soudain surgi comme de nulle part.

« Le type du télégraphe m'a invité chez lui, juste au-dessus de la gare, pour un caoua. Il a un chouette petit endroit, là-haut, et une chouette petite femme.

— Des nouvelles pour la forte ?

— Elle arrivera pas avant demain matin. Je me suis arrêté au restau et je leur ai dit qu'on allait pas tarder à venir manger. »

La femme du restaurant en question avait mis trois tables bout à bout pour asseoir toute l'équipe. Elle accueillit George et Phil assez chaleureusement – son suicidé de mari avait sans doute gardé pour lui l'épisode où il s'était fait jeter comme un malpropre. Bon, hé, quel est l'homme qui irait se vanter à une femme d'un truc aussi honteux ? Elle avait sorti des serviettes blanches, une par place, ce qui, pensa Phil, devait être une sacrée expérience pour ces vachers à qui les serviettes allaient à peu près aussi bien que des rince-doigts. Classieux ! On aurait même payé un ticket d'entrée pour voir ce que les gars allaient faire avec. L'établissement avait quelque chose d'un relais routier chic, et Phil en déduisit que ce devait être la raison des bougies dans de vieilles bouteilles de vin.

Et des fleurs en papier, oui, des fleurs en papier.

Phil aurait préféré avoir toute la salle pour lui, pour

l'équipe des Burbank, mais il y avait dans un coin une tablée de six qui les avait contemplés bouche bée quand ils étaient entrés. Phil avait toujours détesté voir des inconnus qui vous lorgnent, qui chuchotent, qui portent leur serviette à leur bouche comme s'ils étaient des messieurs et des dames. Une de ces femmes fumait d'ailleurs une cigarette sans se gêner, et tant pis pour la vulgarité – pourtant elle s'en donnait, du mal, pour avoir l'air élégante en se tapotant les lèvres avec sa serviette comme une personne de qualité, et puis elle revenait à sa cigarette ! De l'avis de Phil, une femme capable de fumer en public était capable de n'importe quoi. D'ailleurs, c'était le cas. Elle buvait.

Là-bas aussi il y avait des fleurs en papier sur la table, des fleurs dans une bouteille qu'on avait peinte pour qu'elle n'ait plus l'air d'une bouteille de lait.

« Eh bien, qu'est-ce qu'on a comme service ? demanda Phil à haute voix. Si on peut pas avoir la forte, qu'on ait au moins du service, pas vrai, les gars ? » Les jeunes vachers, intimidés par l'atmosphère guindée de ce relais routier chic et par leurs serviettes, regardèrent Phil en admirant son aplomb.

Et puis, par la porte battante, entra le fils de l'aubergiste avec une serviette blanche sur le bras – oui, absolument. Vêtu d'un pantalon sombre repassé et d'une chemise blanche amidonnée, il gratifia d'un sourire leur table, celle des Burbank, et passa tout simplement devant elle pour aller à celle qui était dans l'angle. Phil gloussa avec dureté. « Hmmh, fit-il d'une voix forte, faut croire qu'on est tous des Noirs, ici. »

Il y avait en tout cas une chose que Phil pouvait vous affirmer : que ce jeune garçon, là-bas, avec une serviette sur le bras, était une chochotte. Phil l'avait observé alors qu'il se tenait debout devant la tablée de six. Un peu trop au garde-à-vous pour Phil, un peu trop soigné, avec une drôle de petite arrogance. Ce devait être l'idée que ce gosse se faisait d'un serveur style frenchy, un truc qu'il avait vu dans un film ou dans une histoire idiote qu'il avait lue dans un magazine.

Oui, le garçon parlait à la tablée de six, et oui, il zozotait un peu comme toutes les chochottes que Phil avait entendues, et il avait une façon à lui de goûter ses propres paroles. Bon, il y a des gens qui peuvent s'entendre avec eux, de même qu'il y a des gens qui peuvent s'entendre avec des Juifs ou avec des négros, mais ça les regarde. Phil, lui, ne pouvait pas les supporter.

Il ne savait pas pourquoi, mais ils créaient en lui un malaise qu'il sentait jusque dans son ventre. Merde, qu'ils se réveillent et prennent forme humaine !

Et voilà que cette petite chochotte venait de passer juste à côté d'eux avec cette façon qu'il avait de regarder et sur ses lèvres une moue qui donnait à Phil envie de les lui écraser !

« Ouais, reprit Phil en se penchant tellement en arrière que les pieds à l'avant de sa chaise se soulevèrent, faut croire qu'on est tous des Noirs. »

George demeurait là sans bouger, tel Grand Visage de Pierre.

Hmmh ! Phil savait comment faire enrager ce gamin, et il gloussa rien que d'y penser. Imaginez que vous ayez un gosse comme lui ! Oh, Phil connaissait le moyen de le faire enrager. Phil était assis à une extrémité de cette table improvisée pour les festivités, et George s'était mis à l'autre bout ; ils étaient ainsi placés exactement comme pour leurs petits déjeuners à la table de la salle à manger de derrière, maintenant que le Vieux Monsieur et la Vieille Dame menaient leur vie mondaine dans le paradis de Brigham Young (pour reprendre le nom que Phil donnait à Salt Lake City).

Et voici qu'à cette table du village de Beech, vers huit heures d'un soir d'automne de l'an 1924, Phil tendit le bras et sortit les fleurs en papier de la bouteille de lait peinte. Elles avaient quelque chose d'incongru dans ses longues mains gercées et crevassées. À midi, il s'était coupé en ouvrant une boîte de sardines, et il n'en avait pas parlé, de même qu'il n'avait pas essuyé le sang. C'était donc là que se trouvaient les fleurs, livrées à cette main d'une habileté si prodigieuse.

« Oh ! mais voyez un peu, dit-il, je me demande quelle jeune fille a bien pu confectionner ces mignons petits bouquets. » Et il se pencha pour les sentir, les approchant de son nez mince et sensible.

Il fut étonné de constater que le garçon ne rougissait pas. Son visage pâle resta pâle, et Phil ne remarqua que le léger battement d'une veine bleue sur sa tempe, une veine qui avait surgi brusquement, comme un ver. Le garçon se retourna et vint droit vers lui.

« Les fleurs ? C'est moi qui les ai faites, monsieur. Ma mère m'a appris. Elle a un don, pour ça. »

Phil se pencha de nouveau et remit avec grand soin les fleurs en place, les touchant et faisant semblant de les disposer au mieux. « Oh ! veuillez m'excuser », et il lança un grand clin d'œil aux gens autour de la table.

« Est-ce que vous souhaitez passer votre commande maintenant, monsieur ? »

Phil bascula de nouveau sur les pieds arrière de sa chaise. Il parla en traînant sur les voyelles. « Je croyais que c'était réglé. Je croyais qu'on s'était mis d'accord au préalable. »

C'est alors que George éleva la voix après s'être

bruyamment éclairci la gorge. « Ce qu'on veut, garçon, c'est le poulet. »

Les hommes avaient décidé de ne pas s'occuper des serviettes. George utilisa la sienne comme il est de règle. Phil accrocha la sienne sous son menton et se pencha en avant pour savourer son poulet. Il était bien obligé d'admettre que le plat était bon, mais peut-être à cause du piment que donne la faim. La tablée de six avait dégagé, et en vitesse ; le garçon s'employait à présent à débarrasser et à éteindre leurs bougies. Phil se sentit beaucoup plus à l'aise après leur départ, et il raconta une anecdote amusante dans laquelle Bronco Henry, une fois le bétail chargé, s'était bien bituré ici, à Beech, il y avait des années de cela, et s'était réveillé le lendemain matin dans la grange de l'autre côté de la route avec un licou autour du cou, attaché à la mangeoire comme un cheval. Un de ses copains lui avait joué ce tour. « Et je peux vous dire, ajouta Phil en riant, qu'il avait pas l'air fier.

— Bon, fit George. Vous, les gars, vous pouvez y aller, moi je vais m'installer ici.

— Il t'a pas encore apporté la note ? demanda Phil.

— Non. Vous n'avez qu'à tous aller là où il y a des lumières et de la musique, continua George en s'exprimant de façon plutôt recherchée pour lui, et je vais m'installer. »

Ils reculèrent donc leurs chaises en les raclant et se rendirent en face. Les filles de l'étage étaient descendues et se tenaient au bar où elles fumaient des cigarettes, lançaient des sourires et quémandaient des consommations que les jeunes vachers, Phil le voyait bien, se faisaient un plaisir de leur offrir. Il se sentait bizarrement loin de tout, avec même une sensation de solitude, et il aurait presque souhaité ne pas être un

Burbank, ou quelque chose de ce genre, sans savoir trop quoi. Ces jeunes auraient tous la tête lourde le lendemain matin quand il faudrait charger le bétail, et peut-être allaient-ils attraper la chaude-pisse ou la vérole, mais en tout cas ils s'en donnaient à cœur joie pour l'instant, et peut-être, qui sait, peut-être cela valait-il la peine. Ils firent valser leurs quelques sous et courtisèrent les dames, puis ils se mirent à chanter.

« ... *hot time in the old town tonight* ».

La plupart d'entre eux ne connaissaient pas les mots et se contentaient de la-la-la, mais Phil s'en souvenait et, en contemplant son verre vide, il bougeait les lèvres pour articuler les bonnes paroles. Il se rappelait tellement bien le petit gamin ignorant qu'il était à l'époque de la guerre contre l'Espagne, et en ce temps-là il y avait des fanfares dans tous les parcs de toutes les villes et des feux d'artifice tous les ans pour la fête nationale ; des jours de fierté, mais passés, morts. Est-ce que ce n'était pas un de ces jours-là qu'il avait pour la première fois aperçu Bronco Henry ?

« ... *hot time in the old town tonight* ».

Phil sortit pisser, et il regarda vers l'est où la lune allait se lever. Il soupira, frissonna, boutonna son pantalon et, une fois qu'il eut terminé, il fit le tour pour éviter le saloon – il en avait assez de tous ceux qui étaient à l'intérieur –, puis il traversa le terrain parsemé d'armoises pour aller à l'hôtel – Le Moulin Rouge, en fait. Comme il n'y avait personne à la réception, il fit lui-même le travail : il prit le crayon et marqua son nom ainsi que celui de George, parce que, apparemment, George avait oublié cette petite formalité.

En haut, Phil jeta un coup d'œil dans une chambre, puis dans l'autre, mais George n'était dans aucune des deux. Il entra donc dans celle où il avait regardé en dernier, ôta ses chaussures et son pantalon, et se glissa dans le lit. Il lui faudrait rester éveillé jusqu'à ce qu'il entende le pas lourd et familier de George dans l'escalier, et puis l'appeler pour qu'il vienne ici.

La lune était levée et la chambre remplie de sa clarté. Elle embrassait la cuvette et le broc blancs, l'armoire haute et étroite, elle embrassait le rouleau de corde de chanvre sous la fenêtre. Phil se tourna et se retourna dans son lit puis, se mettant sur le dos, il regarda le plafond et pensa à ce qu'on raconte aux gosses, que la lune les rendra fous. Il se leva, grand et mince dans son caleçon long, et s'approcha de la fenêtre. La lune exerçait sur lui un effet étrange. Où était donc passé ce satané George ? Soudain, il sourit intérieurement en se rappelant les paroles de sa mère.

Va chercher George. Va chercher ton frère. Malgré toutes leurs différences, ils étaient frères. Ils avaient au moins une chose en commun : le lien du sang.

George était sans doute avec l'employé du télégraphe. Phil s'avança en chaussettes vers l'autre fenêtre. Hé, l'ami George…

Les fenêtres au-dessus de la gare étaient sombres ; sous le clair de lune, le bras du sémaphore était levé pour pouvoir annoncer l'arrivée de la forte, et les rayons de lune se battaient avec l'œil pâle et blanc de la lanterne au-dessus du dispositif d'aiguillage. Plus loin, ils se déposaient comme de l'eau sur le chaume de la colline derrière le village, et ils illuminaient les tombes les plus basses, semblables à une poignée de dés qui auraient roulé jusqu'en bas.

Avait-il somnolé ? Phil avait-il somnolé ? Car George était là dans la chambre, debout de profil, debout sans bouger, et Phil eut l'impression de prendre George la main dans le sac. Sinon, pourquoi se tenait-il debout immobile au milieu de la chambre ?

« George ?

— Hmmh. »

Phil sentit le poids de George creuser le lit. George se pencha et enleva ses bottes en grognant sous l'effort ; ensuite, il se leva pour défaire sa ceinture.

« Où t'étais ? chuchota Phil. Les autres sont déjà couchés ? »

Il y eut un long silence. Puis George parla. « Phil, qu'est-ce que t'as dit ce soir, sur son fils ? Elle en a pleuré. »

Elle ?

Elle !

Eh bien ! Le gamin avait donc couru dans les jupes de sa maman, ou alors c'était la maman qui avait écouté derrière la porte. Elle ! Phil renifla pour se dégager le nez, et il avala. George avait eu beau s'inquiéter pour « elle », Phil ne craignait pas que George vienne lui faire des reproches. Car, Phil le savait bien, George n'adressait jamais de reproches à quiconque : il faisait preuve ainsi d'une vertu si peu commune et si inhumaine qu'elle donnait probablement la clé de la gêne que les gens ressentaient en sa présence. Le silence de George passait à leurs yeux pour de la désapprobation et ne leur offrait pas la moindre possibilité de l'attaquer et de se disputer avec lui. Son silence les laissait avec un sentiment de culpabilité, et ils n'avaient aucun moyen de diluer cette culpabilité par de la colère. Inhumain ! Mais Phil n'éprouvait aucune culpabilité. Il avait toujours appelé un chat un chat, et il jouait cartes sur table.

Si cette femme était derrière la porte battante quand il avait parlé – eh bien, elle n'aurait pas dû écouter ; et si elle l'avait fait, alors quoi ? Ça ne lui ferait pas de mal de savoir ce que les gens pensaient de son garçon. Peut-être que ça lui mettrait les pendules à l'heure, que ça lui permettrait de faire une petite suggestion au gosse, de le redresser un peu.

Mais qu'est-ce qui avait retenu George en bas si longtemps ? Est-ce qu'elle avait pleuré sur son épaule ? Est-ce qu'il l'avait touchée ? Est-ce qu'il l'avait caressée ? Phil grimaça rien qu'à l'idée. Quand George monta dans le lit, Phil en était à se passer la langue sur les lèvres. Il avait vraiment du mal à s'imaginer George en train de toucher et de caresser une femme.

Phil parla au clair de lune. « T'as des nouvelles pour la forte ?

— Non », dit George.

Elle pleurait.

Elle !

4

Phil vit George.

Les yeux de Phil étaient bleus comme le jour. Sans expression ? Certains les disaient innocents. Mais ils étaient perçants, très perçants, et leur iris n'était pas moins sensible que la cornée ; les plus subtils changements de lumière ou d'ombre, par conséquent, alertaient Phil. De même que ses mains nues détectaient la partie pourrie au cœur du bois – la faiblesse cachée –, de même ses yeux avaient la capacité de voir alentour et au-delà, et jusqu'à l'intérieur. Son œil transperçait la pitoyable supercherie naturelle qu'on appelle mimétisme, il décelait le contour vague de la biche immobile comme une souche qui se camoufle en se pressant contre des branches sèches et épaisses, contre les feuilles, contre la terre ; et, en souriant, il tirait pour tuer. Il savait si un loup gris boitait en remarquant, dans la poussière ou dans la neige, l'empreinte plus légère de la patte touchée ; il apercevait le frémissement dans le chaume et regardait la couleuvre se décrocher la mâchoire pour avaler de minuscules bébés souris pendant que la mère bondissait en rond tout autour et criait. Ses yeux suivaient le vol irrégulier des pies à la recherche de charognes, d'animaux gonflés par la putréfaction ou de la jambe de bœuf pourrie qu'on avait traînée derrière la resserre à bois. Dans le coude abrupt d'un ruisseau où l'eau désorientée tournait sur elle-même, il regardait la truite se « dissimuler » dans l'ombre d'un rocher. Mais il voyait davantage que les créatures naturelles. Dans la nature elle-même – dans la façon qu'on veut croire aléatoire et innocente qu'elle a de se disposer et de s'organiser –, il voyait le surnaturel. Dans l'affleurement rocheux, sur la colline qui s'élevait devant la maison du ranch, dans le fouillis des buissons d'armoises qui défiguraient le versant de la colline comme de l'acné, il voyait la forme étonnante d'un chien en train de courir. Les pattes de derrière, sveltes, projetaient vers l'avant les épaules puissantes ; le museau tout chaud était baissé dans la traque de quelque pauvre chose effrayée – de quelque idée – qui s'enfuyait en franchissant les ravines, les bosses et les ombres de ces collines du nord. Mais, dans l'esprit de Phil, il n'y avait aucun doute sur la manière dont se terminerait la traque. Le chien aurait sa proie. Phil n'avait qu'à lever les yeux vers les hauteurs pour sentir l'haleine du chien. Mais si vivant et saisissant que fût cet énorme chien, seule une autre personne l'avait vu, et ce n'était en aucun cas George.

« Qu'est-ce que tu vois là-haut ? lui avait un jour demandé George.

— Rien. » Mais les lèvres de Phil se tordaient et dessinaient le léger sourire de celui qui s'approche du mystère du monde. C'est ainsi que vivait Phil : il observait, il notait, il calculait, là où la plupart d'entre nous ne font que voir et oublier.

À présent, il était devant la forge, dans l'atelier où l'on travaillait le métal, et il regardait au-dehors par la large ouverture de la porte. Un pied posé sur un bloc de bois qu'il avait cloué contre un flanc de la forge, il mit un bras sur le levier lisse et usé du soufflet ; il plia facilement son corps élancé ; le soufflet se gonfla et se ratatina, tel un énorme poumon de cuir, forçant les flammes qui chauffaient un fer feuillard pour faire un patin de traîneau. Il regarda la fumée de charbon flotter vers l'extérieur et se déposer sur le ray-grass sec pour former une couette sale et grise. Il renifla et sentit l'arrivée certaine de la neige.

C'était un dimanche. Le soir précédent, les jeunes aides du ranch avaient couru en ville rejoindre des copains venus dans de vieilles voitures d'occasion ; ils étaient partis dans leurs costumes bon marché avec en main un chèque qu'ils avaient échangé contre de l'argent dans un des saloons de Beech ou de Herndon – s'ils étaient allés jusque-là. Phil eut un sourire. Ils seraient de retour lundi avant le petit déjeuner, malades, les yeux enfoncés, sans le sou, peut-être infectés. Phil entendit tinter vivement le loquet du dortoir, puis il vit la porte s'ouvrir et deux des hommes les plus âgés porter à l'extérieur une bassine d'eau qu'ils vidèrent ; il les regarda regarder l'eau couler et s'étaler, s'enfoncer dans le sol. L'âge leur avait appris à être abstinents, s'il ne leur avait rien appris d'autre. Le dimanche, ils prenaient un bain et lavaient leurs vêtements en martelant les chaussettes et les caleçons avec une boîte à café en fer fixée à un manche de pelle. Ils se rasaient, s'aspergeaient de lotion capillaire, puis ils s'asseyaient sur les fauteuils à bascule et se balançaient. Ceux qui savaient écrire rédigeaient des lettres en serrant fort le crayon, en plissant les yeux et en obligeant ces capricieuses lettres de l'alphabet à s'insérer entre les lignes bien espacées de leurs blocs rudimentaires. Plus tard, ils jouaient un peu au fer à cheval ou ils attrapaient une carabine vingt-deux long rifle et descendaient des pies dans les saules de derrière, près de l'endroit secret où Phil se baignait. C'était dans ce coin qu'un jour, vers la fin du printemps, il avait trouvé un nid délabré – il y avait des brindilles dans tous les sens – et quatre jeunes pies prêtes à prendre leur envol. Les vieilles incitaient les jeunes, elles jacassaient sans arrêt, elles les appelaient, elles les encourageaient. Pour s'amuser, Phil avait capturé les jeunes et les avait ramenées à la grange dans un sac de jute – un acte gratuit, et une fois qu'il les eut apportées chez lui il s'en désintéressa. On disait que si on leur coupait la langue elles apprenaient à parler, mais Phil savait depuis longtemps déjà que ce n'était pas vrai.

C'était un dimanche (comme aujourd'hui), et il donna les jeunes pies à l'un des hommes du dortoir qui disait savoir parfaitement quoi faire d'elles.

« Espèces de saloperie », grogna l'homme. Car les pies se laissent porter sur le dos des chevaux et des vaches où elles picorent les plaies qu'elles trouvent et mangent la chair vivante. Elles se posent par terre au printemps et avancent d'un air guilleret, l'œil vif, tordant la tête d'un côté et de l'autre pour tout voir ; ce qu'elles cherchent, c'est un veau nouveau-né pour lui arracher les yeux.

Cet homme avait des capsules de dynamite à peu près de la taille de balles de vingt-deux. « Bon, dit-il, j'ai travaillé dans le minage. » Il enfonça une capsule dans l'anus de chaque pie, puis un petit bout de cordeau. Tout le monde s'était rassemblé derrière le dortoir pour regarder. Le soleil était chaud et promettait une belle journée ; on avait appelé quelques hommes qui étaient derrière la grange à prendre le soleil en mâchouillant des allumettes.

« Qu'est-ce qui se passe ? » demanda Phil.

Quelqu'un, un bonhomme pittoresque, gloussa : « Ass-ass-inat [1] ».

« Eh bien, espèces de saloperie », déclara l'assassin. Une par une, il jeta les petites pies dans les airs. Cette étrange occasion de s'échapper les rendait brièvement aptes à voler, et elles montaient en flèche avant de partir à l'horizontale et d'exploser là-haut l'une après l'autre ; quelques plumes retombaient en flottant, comme des cendres. C'était une mort rapide, plus rapide que si on leur avait tiré dessus ou tordu le cou, et en plus ce n'était pas une mort sans but, contrairement à la plupart, car elle avait permis d'égayer un peu le dimanche, estima Phil. « Pour dire les choses tout à fait franchement », conclut-il en s'approuvant lui-même et en bougeant les lèvres. Il arrivait souvent à Phil de parler ou de rire intérieurement, il en était conscient, et il savait que ce n'était pas la façon de parler des déments, simplement sa manière de rehausser ou de fixer une pensée – ce que d'autres font en la notant à l'aide d'un crayon. Il n'était pourtant pas sûr d'approuver ce que cet homme venait de faire, et après l'explosion des deux premiers oiseaux il avait froncé les sourcils et était parti.

« Qu'est-ce qu'ils font, là-bas derrière ? lui avait demandé George.

— Comme d'habitude, ils tirent sur des cibles.

— C'est pas le bruit d'une carabine », avait dit George.

Phil était monté dans leur chambre et il s'était allongé

1. Jeu de mot sur *ass*, qui veut dire « cul ». *(N.d.T.)*

sur le lit, mécontent de lui-même et vaguement en colère contre George. Ils avaient toujours été proches, et leurs vies avaient tellement été complémentaires – l'un mince, l'autre trapu, l'un habile, l'autre lourdaud, ils étaient comme deux jumeaux en un, et ne pas pouvoir être franc irritait Phil ; il se sentait perdu et mécontent.

Il ôta ensuite son pied du bloc de bois cloué, choisit sur le râtelier derrière lui le marteau approprié, posa la feuille de métal sur l'enclume et se mit à la battre et à la ramollir ; il se disait que George entendrait peut-être résonner l'enclume, qu'il sortirait pour faire un tour et discuter, si toutefois il en avait fini avec son interminable *Saturday Evening Post*. George l'avait pris après le petit déjeuner, puis il avait gagné son fauteuil dans le séjour, croisé les jambes, et s'était mis à lire. Depuis peu, il lisait toute la sainte journée, et il fallait le torturer pour lui arracher un mot. George ne lisait jamais que des futilités, contrairement à Phil. Phil ne voyait pas pourquoi on aurait dû lire des nouvelles, des histoires d'animaux ou des récits à énigmes ; on en apprendrait bien plus sur les animaux en les observant qu'en lisant une histoire sur eux, et bien plus sur les énigmes par la simple contemplation.

Oui, il y avait dans l'air une odeur de neige, et n'était-il pas inhabituel de voir le vent se lever si tôt dans la journée ? Et gémir en soufflant dans le bâti du treuil où était suspendu un bœuf tué récemment. Phil jeta un coup d'œil vers l'enclos qui servait d'abattoir. Deux pies venaient de se poser sur une peau de vache qu'on avait jetée, côté chair, sur la clôture. Elles étaient très occupées, s'employant à la nettoyer de ce qu'il restait de viande et de gras ; une bourrasque leur fit perdre l'équilibre, et Phil eut un sourire ; il leur en fallut, des efforts, pour reprendre pied et se remettre à se gaver !

Il recommença à forger sa lame de fer, puis il jeta un autre regard de l'autre côté du ray-grass qui tremblait et frissonnait sous le vent matinal – de l'herbe inutile. C'est alors que Phil vit George.

Il vit George traverser la route en direction du garage. Il enleva son pied du bloc de bois.

Qu'est-ce qu'il était en train de fabriquer, ce George ?

George ouvrit une des portes du bâtiment.

Phil fit une pause, le soufflet retomba en soupirant, le feu baissa, Phil observait George.

Quelque chose qui n'allait pas dans la vieille Reo ?

Hmmmh, se dit Phil.

Quand George ouvrait une des portes du garage, c'était pour réparer quelque chose sur la voiture, démonter une des bougies et la nettoyer avec son canif, souffler dans le tuyau d'arrivée d'essence, ou allez savoir.

Phil estimait que c'était bien pour George d'avoir une fonction et une compétence particulières – et de sentir qu'il les avait. C'est ainsi que Phil laissait toujours George se charger des palabres avec les maquignons et se contentait d'écouter pour être sûr que George ne se faisait pas rouler. Peu de temps auparavant, Phil était dans le garage pour voir ce que trafiquait George, et il l'avait trouvé assis derrière le volant, tout simplement assis. Phil s'était assis à côté de lui. « Qu'est-ce que tu fais ? Tu rêves ? »

George l'avait regardé, puis il avait toussé et s'était penché en avant. Il avait passé le bras sous le tableau de bord comme s'il y avait eu un problème là-dessous. « Un fusible, avait murmuré George.

— Je me demandais ce que tu trafiquais.

— Oh, je trafique jamais grand-chose, faut croire », dit George.

Phil ne se rappelait pas avoir jamais vu George s'occuper de la voiture un dimanche, et George n'avait pas mentionné de problème la concernant – s'il y en avait eu un, il aurait amplement eu l'occasion d'en parler.

Phil se tenait dans la large embrasure de la porte de l'atelier, les jambes écartées, et ses yeux bleu ciel regardaient de l'autre côté, en direction du garage. Il l'avait construit de ses mains, là, au bas de la colline, devant la maison.

À présent, George était dans le garage, et Phil sur le point de s'y rendre lorsque l'autre porte s'ouvrit ! Bizarre de voir les deux portes s'ouvrir un dimanche !

George mettait la voiture en marche. Au bout d'un moment, un panache de fumée s'échappa du pot d'échappement, d'abord bleu, puis gris, puis blanc, et George se mit à faire reculer la voiture tandis que le jour gris se reflétait dans sa pâleur sur la petite vitre à l'arrière de la vieille Reo. Sans jeter un regard derrière lui, George prit la route.

Phil le suivit des yeux depuis l'atelier jusqu'à ce que la voiture soit un point noir disparaissant de l'autre côté d'une colline en contrebas, puis il posa le patin de traîneau à terminer debout contre le mur de la forge et gagna la maison d'un pas rapide. Il s'allongea sur le lit de la chambre à plat dos, les doigts entrelacés sous sa nuque. Il demeura ainsi un moment puis s'assit, prit son banjo sur l'étagère du placard, le sortit de son étui et se mit à gratter un peu, la tête penchée, les sourcils froncés. Légèrement désaccordé ?

Il s'éclaircit la gorge, regarda droit devant lui, essaya

« Red Wing » puis « Jolly Coppersmith ». Lorsque les notes de cette dernière mélodie se furent évanouies, il s'éclaircit encore la gorge et rangea le banjo. L'instrument était bien, il n'était pas désaccordé. Phil s'étendit de nouveau.

Le triangle de la porte de derrière tinta pour annoncer le dîner. Phil entendit les hommes pénétrer bruyamment dans la salle à manger du fond ; la porte extérieure claqua dans leur dos ; ils semblaient s'amuser, rire et plaisanter. Phil entendit la voix irritée de Mme Lewis, qui rouspétait peut-être parce qu'ils laissaient le froid entrer – c'était une sorte de vieille blague. Puis Phil se leva et resta debout dans la chambre parce que Mme Lewis risquait de passer dans l'entrée pour le prévenir que le dîner était prêt et Phil n'aimait pas qu'on le voie allongé, pas même le dimanche. Quand Mme Lewis arriva d'un pas lourd dans la salle à manger de devant avec le gros rôti, Phil était déjà attablé, et ses yeux bleu ciel regardaient dehors, au-delà des champs gris.

« Mon frère a pris la route, dit-il à Mme Lewis. Il n'est pas encore rentré. Gardez-lui une tranche de viande sur une assiette et quelques patates au chaud dans le four pour son retour.

— Vous comptez qu'il vienne ?

— Oui, j'y compte », répondit Phil. Lorsque Mme Lewis fut dans la cuisine et qu'elle eut refermé la porte sur l'impossible boucan des ouvriers, Phil contourna la table jusqu'à la place de George où, selon son habitude, Mme Lewis avait posé le rôti. Il en coupa un morceau pour lui, se servit de pommes de terre et de navets braisés et rapporta le tout à sa place. Il regarda une fois de plus par la fenêtre, puis il se mit à manger. Il n'avait pas encore terminé que Mme Lewis revenait avec une tourte aux pêches ramollie. La neige avait commencé à tomber.

Le dîner fini, Mme Lewis disparut dans ses quartiers à l'arrière de la maison, et Phil alla s'étendre de nouveau. Des animaux que George et lui avaient tués baissaient vers lui des yeux qui auraient eu besoin d'être lavés – trois cerfs, un élan, un bouc et un mouton sauvage des Rocheuses. L'antilope était là depuis toujours.

Phil fut obligé de sourire. Quand ils étaient gosses – Phil avait deux ans de plus, c'étaient des gamins de six et huit ans –, Phil aimait bien faire marcher George, se moquer de lui en lui disant que l'antilope était vivante. Est-ce que George ne la voyait pas remuer la tête de temps à autre ? Les yeux de George s'agrandissaient alors, sa bouche se resserrait, et il se tournait vers le mur.

« Tu peux pas lui échapper, lui racontait Phil. Elle te regarde justement maintenant et elle secoue sa vilaine tête. » Du coup, George en mouillait le lit dans son sommeil, et Phil le taquinait aussi à ce sujet. La Vieille Dame avait été obligée de mettre un drap en caoutchouc sur le lit de George. Il paria qu'aujourd'hui encore il pouvait faire rougir George de ce drap.

Mais ils avaient tué eux-mêmes tous les autres animaux. Le Vieux Monsieur ne tuait jamais rien, ce n'était pas du tout un chasseur, pas même un éleveur, en fait, un gentleman éleveur, pour ainsi dire. Quelqu'un avait dû donner l'antilope au Vieux Monsieur, quelqu'un qui voulait s'attirer ses bonnes grâces.

Les animaux baissaient leur regard vers lui. Tout était devenu si sombre que l'idée d'allumer effleura Phil, mais il n'avait jamais fait une telle chose pendant le jour, et il ne la ferait jamais. La neige tombait fort. En supposant que ça continue comme ça et que l'ami George se retrouve coincé, est-ce qu'il avait ses chaînes avec lui ?

George avait beau apprendre lentement, une fois qu'il avait appris il n'oubliait jamais rien – il gardait tout enfermé au fond de lui. On pouvait lui demander : Dis, George, combien est-ce qu'on a fait de foin en 1916 ? Il répondait, et on pouvait vérifier avec les chiffres qu'il conservait dans le secrétaire à cylindre du bureau. Il n'utilisait jamais de marque-page et ne pliait jamais de coin de page dans un livre parce qu'il pouvait se souvenir du numéro de la page où il s'était arrêté – un savoir mécanique curieux, une mémoire mécanique que sont censés posséder des gens comme lui. Phil estimait que si George pouvait se remémorer les choses de cette façon, c'était parce qu'il avait un esprit plus lent que le sien. George avait moins de choses à penser, et il fixait toute l'énergie de son cerveau sur ces quelques choses.

C'est ainsi que George n'omettait jamais de remonter les poids de la grande horloge dressée près de la porte d'entrée du séjour. Tous les dimanches après-midi à quatre heures pile, George se levait de son fauteuil, s'avançait vers l'horloge, la regardait bien en face, levait le bras vers le sommet du meuble où la clé était cachée, insérait la clé dans l'étroite et longue porte de verre, la tournait, ouvrait la porte, introduisait ses mains épaisses et douces en prenant soin de ne pas déranger le grand balancier de bronze sur lequel la lumière faisait des dessins, deux cales dont les pointes se touchaient au centre ; George tirait d'abord sur une chaîne puis sur l'autre, faisant alterner ses mains comme s'il grimpait à la corde, avec lenteur, force et assurance. Après avoir refermé la petite porte et remis la petite clé dans sa cachette, George regardait de nouveau l'horloge bien en face, puis il jetait un œil sur sa montre de gousset toujours juste.

Et c'était comme ça ! Mais c'était magnifique à voir. C'était bien autre chose que de voir quelqu'un remonter une stupide horloge. C'était voir un homme faire en sorte que les choses aillent toujours comme elles étaient allées et comme elles iraient toujours.

Quand la Vieille Dame et le Vieux Monsieur avaient filé à Salt Lake City habiter dans cet hôtel de luxe – et ils étaient partis au milieu d'une semaine d'hiver après une sorte de bagarre entre Phil et eux –, l'horloge était brièvement restée orpheline, car c'était le Vieux Monsieur qui l'avait toujours remontée. Phil s'était demandé ce qui se passerait quand il serait quatre heures sans que le Vieux Monsieur soit là, et il avait fait en sorte de se trouver dans le séjour à trois heures et de lire *Asia* pendant un moment pour qu'il ne fût pas évident qu'il voulait savoir ce qui se passerait à quatre heures. Il détestait dévoiler son jeu. Il s'était mis à lire et à relire sans cesse la même ligne dès que l'horloge avait sonné les trois quarts d'heure. Et si, à quatre heures, George ne faisait rien du tout, s'il continuait à lire son *Saturday Evening Post* ? Devrait-il inciter George à y aller ou devrait-il remonter lui-même l'horloge ? Non, ce n'était pas le genre de responsabilité qu'il voulait, et il n'estimait pas non plus devoir l'assumer.

Il y eut un petit cliquètement, de minuscules pignons qui s'engrenaient ; puis un petit intervalle de temps. Ensuite, ce fut le carillon qui annonça l'heure.

BONG

Phil renifla quelque chose qui lui obstruait le nez. Le son mourut dans la pièce. Phil pouvait presque sentir la mort du temps. Alors, George se leva. Il posa le

Saturday Evening Post sur le siège de son fauteuil sans le regarder et il s'avança vers l'horloge.

L'opération fut menée par George avec la dignité qui était celle du Vieux Monsieur, et Phil, en souriant intérieurement derrière son magazine, *Asia*, sut que George avait observé le Vieux Monsieur pendant des années, qu'il s'était préparé à ce moment où il entrerait facilement dans la brèche. Phil n'avait pas lieu d'être inquiet, mais on se demande parfois si les gens sont bien comme on le croit, ou si on les croit seulement tels alors qu'ils sont comme ils sont et pas comme on le croit.

Phil eut un instant envie de se lever et de féliciter George de ne pas l'avoir déçu, d'être bien comme il l'avait espéré, comme il l'avait cru, comme il avait su qu'il était. Mais évidemment il ne l'avait pas fait, parce qu'il n'y avait jamais eu de sentiment exprimé entre eux par des mots et il n'y en aurait jamais. Leur relation n'était pas fondée sur la parole. Phil n'avait encore jamais connu qui que ce soit qui puisse se permettre de trop parler sans être un pauvre imbécile.

Il n'y avait donc aucune raison de se demander si George avait ses chaînes avec lui, hormis le fait qu'il était parti précipitamment. On gardait les chaînes tendues entre deux gros clous enfoncés dans le mur du garage pour qu'elles ne s'emmêlent pas ; ça aussi, ça ressemblait à George. Mais s'il continuait à neiger et que George n'eût pas ses chaînes ?

Phil avait l'impression d'avoir besoin d'un peu d'air frais de toute façon. Il prit donc son chapeau sur le dessus de la bibliothèque – c'était toujours là qu'ils avaient rangé leurs chapeaux et les jumelles –, l'enfonça vigoureusement sur sa tête, enfila sa vieille salopette en jean, traversa le séjour en passant devant l'horloge et sortit. Pour neiger fort, il neigeait fort. Il fit une pause et respira profondément, regardant entre les flocons. Il toussa et cracha. Il y avait deux vaches égarées qui se blottissaient là-haut sur la colline contre la clôture de barbelés.

Il resta debout dans le garage à l'abri de la neige et du vent ; le sol en ciment était caché par la terre argileuse que la Reo avait fait entrer au fil des ans : il en était tombé de sous les ailes – si c'est comme ça qu'on les appelle –, et elle formait deux sillons bien bosselés.

Pas de chaînes sur les clous.

Bien sûr. Phil savait que George n'aurait pas oublié. George n'avait pas non plus oublié de remonter l'horloge, car, en passant, Phil avait remarqué que les poids étaient déjà trop hauts pour être visibles. George l'avait remontée peu dc temps avant de prendre la route – il n'avait donc jamais eu l'intention d'être de retour à quatre heures ! George n'aurait que ce qu'il méritait s'il se retrouvait coincé et devait faire à pied toute la foutue distance depuis l'endroit où il serait pris par la neige ! Mais quand il rentrerait, Phil n'était pas près de lui poser la moindre question, ça c'était sûr et certain ! Là-dessus, il pouvait parier sa tête, c'était sûr et certain ! Il revint dans la maison et s'allongea sur son lit.

Juste après minuit, une voiture s'arrêta dans la cour latérale.

Ah !

Mais ce n'étaient que les jeunes rentrant d'une soirée de fête. Jusqu'à ce qu'il les entende parler et chanter et que quelqu'un s'écrie « Oh, putain, arrête ta comédie ! », jusqu'à ce moment-là, donc, Phil avait cru qu'ils avaient peut-être porté secours à George et l'avaient ramené. Mais si George avait été avec eux, ils n'auraient pas été en train de chanter. Phil se redressa sur son lit, puis il fit pivoter ses longues jambes sur le bord et vers le plancher, se disant qu'il ferait peut-être bien de sortir et d'aller voir s'ils avaient aperçu George. Mais pourquoi l'écouteraient-ils ? Et puis ça n'aurait pas l'air bien. Ils n'avaient pas besoin d'être au courant – de savoir que George était parti. Phil s'étendit de nouveau et entrelaça ses longs doigts sous sa tête.

L'horloge sonna deux heures.

C'est alors que George arriva. Au lieu d'entrer directement dans la chambre, de se déshabiller dans le noir et de se mettre tout de suite au pieu, il resta un moment dans le séjour. Assis dans un fauteuil ? Debout près de la cheminée sous le portrait de la Vieille Dame ? En train de fumer ? En tout cas, ce qu'il faisait, il le faisait en silence. Phil attendit.

Puis, un instant plus tard, George suivit le couloir et entra dans la chambre. Phil l'entendit s'asseoir sur le lit, il entendit le grincement. George grommela et retira ses bottes. Non, pas ses bottes. Ses chaussures. C'était un bruit de chaussures. Ensuite, Phil vit s'élever l'ombre noire de George. George défaisait sa ceinture.

Phil poussa un grognement soudain, un bruit d'animal sauvage, comme s'il émergeait du sommeil. « Ahhhh ! » marmonna-t-il à plusieurs reprises. « Hé, qui est là ?

— Du calme, dit doucement George. C'est moi.

— Bordel, quelle heure il est ? » Et Phil se demanda si, pour une raison ou une autre, George allait mentir.

« Deux heures passées.

— Putain. On réveille pas les gens à cette heure-là.

— Eh bien, rendors-toi.

— Non, tiens, je vais m'en fumer une, du moment que je suis réveillé. » L'obscurité ne troublait jamais les mains de Phil. Il tendit le bras et, à tâtons, ramassa sa pochette de papier à rouler et son tabac. Une allumette flamba, il tira une bouffée et toussa. « T'es tombé sur de la neige, en bas ?

— Pas vraiment, fit George.

— T'es descendu jusqu'où ?

— Jusqu'à Beech. C'était là que je voulais aller.

— Beech ? » Alors, Phil viola un principe. Il fut indiscret. Mais il couvrit cette violation par un ton très très léger et une inflexion enjouée. « Qu'est-ce que tu trafiquais, là-bas, m'sieur Georgie ? Tu courais la gueuse, peut-être ? »

Un petit silence, et le vent qui passait sous la porte. « Je discutais avec Mme Gordon.

— C'est ça. Elle a pleuré sur ton épaule, je parie.

— Exactement. »

Elle ! Elle pouvait signifier la fin du monde tel que le connaissait Phil.

Depuis leur enfance, certains de leurs parents de l'Est venaient chez eux à quelques années d'intervalle pour se distraire, et ils emmenaient avec eux des amis, généralement des filles. Il fut facile de deviner, dès que Phil et George furent en âge de bander, ce que la Vieille Dame avait en tête, et il fut aussi facile de deviner ce que les filles avaient en tête. Des aristocrates indigents, comme les appelait Phil, venus pour refaire leur fortune. Ils parlaient tous comme s'ils avaient eu une côte de porc coincée entre les dents. Phil n'aimait guère les zozos de l'Est, hommes ou femmes, et d'emblée il prit l'habitude de partir dans la forêt quand ils étaient là. C'est donc George qui se retrouvait avec eux dans les pique-niques organisés par la Vieille Dame ; c'est

George qui était obligé de les emmener au parc de Yellowstone. Bon sang ! Quand George commença à piloter ces parents aristocrates indigents qui voulaient aller à Yellowstone, on avait encore les vieilles diligences à six chevaux.

Il suffisait à George de se regarder dans la glace pour comprendre que ce que voulaient ces minettes, ce n'était pas lui mais son nom et son argent, un bon matelas bien doux pour le reste de leur petite vie d'intrigues. Au fil des ans, elles avaient réussi à emmener George dans des chevauchées au clair de lune, et elles auraient bien mérité que George les encloque et les envoie paître, mais évidemment il est rare que le gratin se fasse engrosser. C'est réservé aux filles du peuple.

George leur avait donc échappé et, d'après ce qu'en savait Phil, il n'avait jamais répondu aux lettres, aux billets doux qui lui parvenaient de temps en temps de Boston et des banlieues les plus chics, et où l'on parlait d'un « délicieux » séjour, de l'Ouest si « pittoresque », mon cher, et quel enchantement si à la « saison » d'hiver George..., etc. Phil ne pouvait s'empêcher d'avoir un petit rire en pensant à l'ami Georgie sur son trente et un, en jaquette, rien de plus qu'un pingouin bostonnant avec la reine de la soupe à la tomate. Et la Vieille Dame les appelait « les Nouvelles Gens ».

« Je n'oublierai jamais la lune de l'Ouest », avait écrit une de ces idiotes à George. Apparemment, George avait oublié la petite poupée qui n'oubliait pas.

Allez donc comprendre, si ça vous chante, comment George, qui pouvait s'offrir le meilleur cul de la côte Est, avait réussi à s'acoquiner avec une pouffiasse dont le mari s'était suicidé et qui avait un passé de joueuse de piano dans un bastringue. La Vieille Dame en crèverait la gueule ouverte. Sortons vite les sels, pour elle. Imaginez qu'il ait à présenter cette femme à des gens de la famille ? Phil avait beau rire, il respectait la qualité, la qualité authentique, et si George s'était fait mettre le grappin dessus par la nana du clair de lune, il aurait au moins pu la sortir en public sans se mettre un sac sur la tête. N'était-il donc pas capable de voir ce que projetait cette femme ? Est-ce qu'il fallait que quelqu'un le lui dise en face ? S'il voulait tirer son coup, si c'était ce qui lui filait un tel prurit, il était bien évident qu'il n'avait pas besoin de certificat de mariage pour ça.

Phil gloussa intérieurement. Ça lui rappelait une histoire. Celle d'un mec qui, dans un bled, était allé voir le shérif pour un certificat de mariage et, après son départ, le shérif s'était aperçu qu'il lui avait donné un permis de chasse à la place. Alors il avait foncé à l'hôtel où le couple était descendu et il avait frappé à grands coups de poing sur la porte en criant : « Si vous l'avez pas fait, le faites pas. C'est pas le permis pour ça ! »

Oh non, on n'a pas besoin de permis.

Ou alors, il l'avait peut-être mise en cloque ?

Bon, il y a aussi des moyens de se tirer d'une telle affaire, sauf si on a le cœur plus gros que la tête, et parfois Phil trouvait que c'était le cas de George.

La Vieille Dame en ferait une hémorragie.

Le *Saturday Evening Post* restait sans être lu, les tubes de papier havane qui l'entouraient s'empilaient sur la table comme du bois à brûler. Le dimanche, sans rien dire à Phil, George prenait la route juste après le petit déjeuner et parfois ne rentrait pas avant des heures impossibles. Un des aides du ranch laissa entendre en présence de Phil que George et cette femme – elle s'appelait Rose – avaient été vus dans les rues de Herndon, mais Phil se détourna et fit semblant de ne pas avoir entendu.

On pouvait peut-être deviner ce que George pensait réellement de cette femme, ce qu'il voulait réellement d'elle, en considérant qu'il ne l'avait pas emmenée au ranch. Si George était sérieux, il l'aurait certainement voulue au ranch, pas vrai ? au lieu de se faufiler avec elle en cachette dans les rues de Herndon à la nuit tombée.

Le dimanche, Phil sculptait et taillait beaucoup le bois ; il tressait aussi du cuir. Il avait commencé à travailler sur une nouvelle carte du ranch qu'il mettrait au mur du bureau ; c'était un cadeau pour George, une façon, peut-être, de le rappeler à ses responsabilités envers la famille. Phil sifflait beaucoup et il réfléchissait, allongé sur son lit.

Début décembre, un coup de froid soudain vint après la neige. Le soleil se levait tard et peinait à passer au-dessus de la colline aux armoises devant la maison ; sur le sommet de la colline, Phil et George avaient construit un cairn fait de multiples cercles de petites plaques d'argile. On le voyait depuis les fenêtres et la véranda de devant, et il s'élevait à l'endroit même où le soleil surgissait le 21 juin. Ah ! bon sang, quand donc l'avaient-ils construit ? En 1901 ? À peu près à ce moment-là, en tout cas. En ce matin du coup de froid, le soleil était loin au sud du cairn et il se traînait. Après le petit déjeuner, on eut encore besoin de lumière dans le séjour, et le claquement de l'appareil fournissant la lumière électrique résonna contre la colline. Phil sortit sur la véranda de devant pour humer l'air. De l'autre côté des champs, il entendit un coyote hurler – chose rare à cette heure tardive –, et puis ces imbéciles de chiens se mirent à aboyer. Phil gratta une allumette sur son ongle et regarda le thermomètre punaisé contre un des piliers en rondin qui soutenaient l'avancée du toit. Il poussa un sifflement et regarda de nouveau. Moins quarante-huit degrés ! Voilà quelque chose à dire à George, quelque chose pour démarrer la conversation de la journée.

« Eh bien, George, dit-il, je crois que je vais être obligé de mettre mes gants, aujourd'hui.

— Pourquoi ça ?

— Moins quarante-huit, jeune homme ! C'est comme autrefois !

— Phil, dit George.

— Qu'est-ce que tu veux savoir, vieille branche ?

— Phil, est-ce que tu as écrit à la Vieille Dame ?

— Ouais. Je leur ai envoyé un mot l'autre jour.

— Tu as parlé de Rose.

— Rose ? Oh, Rose. Eh bien, franchement, tu sais aussi bien que moi ce que la Vieille Dame dirait si tu t'embringuais avec elle. Tu sais ce qu'elle en penserait, la Vieille Dame, ce qu'elle ressentirait. George, on a toujours été des gens unis, dans la famille, pas vrai ? Imagine ce que ressentirait la Vieille Dame.

— La Vieille Dame ressentirait, dit George, ce qu'une Mme Burbank ressent pour une autre Mme Burbank.

— Répète un peu ? dit Phil en penchant la tête pour mieux entendre.

— On s'est mariés dimanche. Elle s'est débarrassée de sa propriété là en bas. »

Ce fut un sacré choc pour Phil, à tel point qu'il sortit et resta debout dans la grange. C'était justement le jour qu'avait choisi son cheval de selle pour faire des siennes, pour se cabrer dans sa stalle comme s'il n'avait jamais vu Phil de sa vie, cet imbécile. Phil tira le cheval hors de la stalle, l'attacha de près et se mit à le frapper sur la tête avec la couverture de selle pour lui enseigner deux ou trois choses. Sale abruti d'animal, et Phil cogna de nouveau. Le cheval tirait sur la corde de toutes ses forces et roulait tellement des yeux qu'on en voyait le blanc.

5

Lorsque George trouva Rose en train de pleurer, il sut qu'il était totalement dépassé. Il pensait pouvoir se débrouiller face à de la colère, mais il avait peu d'expérience avec les pleurs. « Je suis venu, dit-il, régler l'addition. » Elle le regarda et secoua la tête. « Dans ce cas, vous me l'enverrez ? »

Elle hocha la tête et se détourna. Il fit alors une chose osée. Il tendit la main et lui tapota le haut du bras en souriant, puis il s'en alla, descendit à pied au bord de la rivière pour réfléchir – lui qui n'allait jamais nulle part à pied. Lui qui n'avait encore jamais marché au bord de cette rivière, n'avait encore jamais entendu le faible bruit qu'elle faisait en son milieu à l'endroit où le courant lent se divisait pour contourner un banc de sable. Imaginez, se dit-il, que quelqu'un le trouve là, au clair de lune, assis au bord de la rivière où il n'était encore jamais allé. Eh bien, se dit-il, imaginez que quelqu'un l'y trouve.

Elle fut stupéfaite de le revoir quelques semaines plus tard.

Ce qu'elle gérait, c'était un hôtel et un restaurant où les gens entraient tout simplement. Quand on a affaire au public, on peut dire adieu à l'intimité.

Mais George Burbank frappa. Il déclara : « Je me suis dit que je vous ferais une petite visite.

— Je vous en prie, entrez », dit-elle. Elle n'était pas sans appréhension, car qu'est-ce qui pouvait pousser George Burbank à venir la voir ? Elle avait envoyé la facture. Elle avait reçu un chèque. Elle s'imaginait que déjà la voiture de George Burbank avait été repérée quand elle était passée devant les saloons et que déjà sa propre réputation se ternissait. « Nous avons un groupe qui va venir à midi, dit-elle. Comme vous voyez, je suis occupée en cuisine.

— Madame Gordon, je ne veux pas vous embêter. »

Dans ce cas, s'il ne voulait pas l'embêter, on pouvait se demander pourquoi il ne partait pas.

« Voulez-vous venir vous asseoir dans la cuisine ?

— Oui, merci », répondit George Burbank.

Près de la fenêtre de la pièce se trouvait la table en bois brut sur laquelle Peter et elle mangeaient. « Voudriez-vous vous asseoir ici ? Il faut que je fasse la pâte des biscuits.

— Occupez-vous des biscuits. Je vais m'asseoir ici. »

C'est ce qu'il fit, et il se mit à lire les étiquettes sur les bouteilles de sauce. Peter avait un penchant pour les assaisonnements et les épices. Cette sauce très saine, lut-il, est idéale pour les viandes, le fromage et le poisson. Il suivit avec un doigt le contour des fleurs sur la nappe cirée. « L'automne a été bien sec, se hasarda-t-il à dire, j'ai remarqué que la rivière est basse.

— Oui, il a fait très sec. Il y avait des gens ici, l'autre jour, qui disaient que cet automne est le plus sec de tous ceux dont ils se souviennent.

— Ils ont raison, ces gens, observa George. C'est un automne sec.

— Je suppose qu'il faut s'y attendre », dit Rose.

Il aimait voir la farine sur les mains de Rose. « Oui, il faut s'y attendre. On peut pas faire autrement. » Il n'en connaissait pas plus sur l'amour, se dit-il, que sur les pleurs, mais il prenait plaisir à être assis là. Et il prenait plaisir à cette conversation qui lui semblait sur le point de prendre une tournure encore plus alerte. Autrement dit, il savait tout ce qu'il y a à savoir de l'amour : c'est un régal de se trouver en présence de la personne qu'on aime.

« Peter est à l'école, il lave les fenêtres. » Elle s'interrompit, pensant qu'il risquait de trouver provocatrice son évocation de l'absence de Peter.

« Je suppose que vous devez être fière de lui, d'après ce que j'en entends dire. »

Elle se sentit soudain farouchement protectrice à l'égard de Peter, et des larmes lui brûlèrent les yeux. « D'après ce que vous en entendez dire ?

— Oh ! J'ai entendu dire que c'est un jeune homme intelligent. »

Deux voitures s'arrêtèrent devant la maison, le groupe venant de Herndon. La porte s'ouvrit et la petite cloche au-dessus lança son avertissement. Les voix traduisaient l'excitation du froid et la gratitude pour la chaleur du feu de cheminée. « Je vais aller les faire asseoir, dit Rose. Peter devrait être de retour dans quelques minutes. »

George avait l'impression qu'ils étaient assez bruyants, là-dedans. Quand Rose revint, elle dit : « Ils ont apporté du vin. Je préférerais qu'ils ne fassent pas ça. Je ne sais pas au juste ce qu'en dit la nouvelle loi, mais ça me paraît bizarre. Si quelqu'un entrait… »

George se leva lentement. « Voulez-vous que j'aille leur parler ? »

Rose, abasourdie, eut un rire. « Oh, non ! Je m'en occuperai une autre fois. » Imaginez un peu, pensa-t-elle, George Burbank qui leur tombe dessus. Depuis la cuisine.

« Comme vous le dites, déclara George.

— Je me demande ce qui retient Peter. »

George renifla les biscuits. « Faut croire qu'il n'a pas fini les fenêtres, dit-il.

— Et ces gens sont arrivés en avance. » En avance, et bruyants.

« Je dirais, remarqua George, qu'ils ont plus que du vin, là-dedans. Ça me fait plutôt l'effet de gnôle. »

Ils étaient en avance et faisaient de plus en plus de bruit. Des gens de Herndon : l'entrepreneur de pompes funèbres qui ressemblait à Teddy Roosevelt, et son sourire ravi à l'idée de contempler votre corps dans quelques années. Il y avait un pharmacien et deux blondes. Le groupe comprenait aussi le dentiste le plus en vue de Herndon, un homme qui s'était en quelque sorte rendu célèbre en arpentant la rue South Pacific avec une canne et un costume de Palm Beach, et en plus, en ce froid début d'un après-midi d'automne, il était accompagné d'une femme qui n'était pas son épouse et qui s'appelait Consuela. C'était elle qui lui tendait les instruments dans son cabinet, une beauté brune très admirée à Herndon. Quant à l'épouse du dentiste, c'était une femme qui tenait en haute estime les missionnaires et les païens : elle aimait rouler dans Herndon avec son dentiste de mari, les dimanches après-midi de beau temps, dans leur Cadillac bordeaux, avec le pasteur assis sur le siège arrière. La femme du dentiste, à ce moment-là, se trouvait quelque part dans un autre État auprès d'une amie malade. Et maintenant, voilà que venait ici la nouvelle petite bande branchée, la nouvelle bande de noceurs de Herndon, des gens qui bougeaient sans cesse, toujours avertis des nouveaux endroits, le Green Lantern, le Red Rooster, des relais routiers chics à l'éclairage tamisé qui s'ouvraient et se fermaient, des lieux un peu louches, enfumés, avec de petits orchestres qui jouaient une musique suggestive. Des gens neufs avec de l'argent neuf, et parmi eux de jeunes éleveurs qui zigzaguaient sur les routes poussiéreuses dans leur grosse voiture parce qu'ils avaient réussi à mettre la main sur le chéquier familial. On avait vu certains d'entre eux rentrer à l'aube de fêtes qui avaient duré toute la nuit, avec, assise à l'arrière du roadster, une jolie jeune fille qui avait les deux pieds sur le volant ! Et sur le strapontin de la voiture, un couple ivre encourageait la fille. Nul ne pouvait prédire où tout cela finirait, ces gens qui restaient debout toute la nuit en captant sur leur poste de radio des stations lointaines.

« Je n'aurais jamais dû mettre ce piano là-dedans, soupira Rose. Écoutez un peu ! »

Au moment où elle franchit la porte battante en venant de la cuisine, George entraperçut les clients se livrer à une sorte de danse effrénée, et ils ne le faisaient d'ailleurs pas très bien. Le plancher entier en tremblait, jusque dans la cuisine.

« Bon sang, dit Rose. J'aimerais bien que Peter rentre. Il faut que je mette le poulet en route, et Peter devrait servir la salade. Parfois, si on pose la nourriture sur la table… » Elle s'arrêta pour réfléchir. « Monsieur Burbank, je cours chercher Peter. »

« Oh, ma poupée ! hurla quelqu'un dans la salle.

— Secoue ta jambe ! cria quelqu'un d'autre.

— Madame Gordon, déclara George, je vais servir leur salade. »

Avant qu'elle ait pu répondre, il prit deux assiettes sur le plan de travail et ouvrit la porte battante d'un coup d'épaule. Rose entrevit dans l'intervalle la beauté brune qui lançait haut ses jambes et agitait son long collier de jais.

Alors que la porte ne s'était pas encore rabattue sur George, Rose s'en approcha, épouvantée par ce que celui-ci venait de faire.

Le bruit et les rires se poursuivirent un instant, et les voix s'élevèrent encore plus haut. Puis il y eut un silence aussi brusque que complet. Un accord au piano ne trouva pas sa résolution. Dans ce silence, elle entendit la voix de George : « Bonjour, dit-il en riant. Apparemment, c'est moi le nouveau garçon. Comment ça va, docteur ? »

Lorsque George revint chercher d'autres salades, il vit Rose s'appuyer contre l'évier. Il s'approcha aussitôt d'elle, se disant qu'elle pleurait puisqu'il l'avait déjà une fois trouvée dans cet état. Mais si elle pleurait, maintenant, c'était de rire. « Vous avez été impeccable, chuchota-t-elle. Ils ont été sciés. Même dans leurs rêves les plus fous… » Et elle se plia de nouveau en deux. « Vous avez été impeccable. »

Bien ! pensa-t-il. Il avait *fait* les choses bien. Et, jusqu'ici, personne ne l'avait jamais trouvé amusant.

« Monsieur Burbank, lui dit-elle plus tard tandis qu'ils prenaient le café dans la cuisine, deux fois, au moment où j'avais des soucis, vous vous êtes trouvé là. Et, vous savez, je n'ai pas souvent des soucis. »

Si Johnny Gordon avait révélé à Rose qui lui avait déchiré sa chemise et l'avait jeté comme un chiffon sale contre le mur, elle n'aurait jamais accepté George

Burbank. Mais Johnny n'avait rien dit, car il avait le sentiment qu'en donnant le nom de quelqu'un on lui donne aussi un visage, et son humiliation était plus facile à supporter si cet homme était sans visage, si ce n'était qu'une force semblable au destin. Et comme elle goûtait de plus en plus la compagnie tranquille de George – elle en venait même à l'attendre –, elle se fit une raison au sujet de l'incident des fleurs en papier. Peut-être M. Phil Burbank n'avait-il pas eu d'intention particulière. Quel est l'homme adulte, en effet, qui aurait envie d'humilier un garçon ? N'était-elle pas trop sensible, trop prompte à se rappeler de vieilles moqueries de cour d'école, à les retrouver même dans les mots d'une conversation tout à fait ordinaire ? Quel est l'homme adulte qui a envie d'humilier un garçon ?

George lui fit une demande solennelle. « Puis-je vous appeler Rose ? Voulez-vous m'appeler George ?

— Bien sûr, George. »

Le dimanche suivant, une autre demande solennelle : « Voulez-vous m'épouser ? »

Elle ne fit pas semblant d'être étonnée. « Je veux être juste, George. J'aimais mon mari. Je ne suis pas sûre qu'une femme puisse aimer deux fois.

— Bien sûr. Comment pourriez-vous le savoir ? Mais si vous avez de l'affection pour moi, ça viendra peut-être plus tard. Et je pourrais payer les études de votre fils. N'importe quelles études.

— Je peux le faire seule. C'était si important pour John, de l'aider à poursuivre des études. C'était peut-être la dernière chose en laquelle il croyait.

— Comprenez-moi, je l'aiderai pour ses études, je vous prêterai l'argent ou ce que vous voudrez, que vous m'épousiez ou pas. Vous voyez, quand nous sommes ensemble, quand nous rions et parlons, ça vaut tout ce que je pourrais jamais faire pour vous ou pour le garçon.

— Mais, voyez-vous, je ne veux pas de votre argent.

— Comme c'est drôle, dit-il. Je croyais que c'était la seule chose que j'avais, de l'argent, jusqu'à ce qu'on soit ici assis à rire et à parler. C'est drôle, mais à présent, même quand je suis tout seul, je me sens bien. »

Elle baissa les yeux vers les larges pieds de George. Ses chaussures étaient vieilles mais venaient d'être cirées. Elle leva les yeux vers ses mains, presque aussi larges que longues, et chaudes bien qu'il fût tout juste entré en venant du froid. Brusquement, elle eut l'impression de savoir exactement à quoi il avait ressemblé quand il était enfant.

« Je vous en prie, ne faites pas ça, dit-il.

— Je ne vais pas me mettre à pleurer, le rassura-t-elle. Mais je pensais à la chance que j'ai eue, de connaître deux hommes bons. »

En rentrant chez lui au volant de la vieille Reo, il fredonna sans cesse la valse de « The Pink Lady ». Supposons qu'elle lui apprenne à danser, supposons un peu. Quand il clignait des yeux en direction des étoiles, les rayons lui semblaient fuser directement vers le sol comme des javelots. Et quelle journée de Noël ils pourraient passer ensemble !

Les vieux Burbank avaient plus de chance que la plupart des éleveurs à la retraite ; un grand nombre d'entre eux, en effet, brisés par ces hivers froids et longs, par le vent qui hurlait, par la pensée des espaces inhabités – rendus infirmes par les rhumatismes, les doigts tordus par l'arthrite et recourbés contre la paume cornée de leurs mains comme des serres d'oiseau mort, obligés de voir les jeunes prendre le relais, chevaucher, manier le lasso, chasser et gérer alors qu'eux-mêmes ne feraient plus jamais rien de tout cela –, un grand nombre d'entre eux, donc, plongeaient dans la boisson, fréquentant les bars de Beech ou de Herndon où ils contemplaient le reflet de leur vieux visage farouche et déçu dans les cruels miroirs dressés derrière le comptoir. Ceux d'entre eux qui ne devaient leur succès qu'à eux-mêmes finissaient ainsi en buvant avec les hommes au-dessus desquels ils n'avaient cessé de s'élever leur vie durant ; ils recherchaient le même oubli, ils s'enfonçaient dans la même vieillesse. Seule une mince palissade sépare le cimetière des riches de la fosse commune.

Chez eux, ils observaient et critiquaient, s'offensaient d'un rien, insistaient pour rédiger les chèques, faisaient la tête, sûrs que leurs fils et leurs filles souhaitaient leur mort avant qu'ils ne passent, eux aussi, le cap ultime.

Ce qui distinguait les vieux Burbank, ce n'était pas tellement qu'ils fussent plus riches que les autres, car il y avait bien une demi-douzaine d'éleveurs capables de sortir deux cent mille dollars en liquide. Par exemple le vieux Tom Bart – malgré les rumeurs de dépenses folles et de nuits entières passées dans des hôtels à faire la fête. Les Bart et les Burbank se rencontraient rarement, sauf dans les rues de Herndon, et c'était alors Tom Bart qui se tenait modestement sur la réserve, lui que l'on prenait pour un boute-en-train ; il se raidissait, souriait et restait muet devant l'imposant maintien de la Vieille Dame et la coupe des vêtements du Vieux Monsieur. George, qui l'eût cru, avait une admiration secrète pour Tom Bart. Phil, lui, le tenait pour un imbécile et le surnommait le Nullard Gueulard.

Non, ce n'était pas qu'ils fussent plus riches que les

autres, mais ils avaient de l'instruction et des relations dans le monde ; la lecture et la réflexion remplaçaient le whisky ; ils passaient sur leur phonographe Victrola des arias chantées par les sopranos Melba et Galli-Curci ; ils se perdaient dans les pages de *Town & Country, International Studio, Mentor* ou *Century*, des magazines qui s'empilaient sur la table jusqu'à ce que quelqu'un, en se rendant à Beech en voiture, les dépose à l'école. Des discussions sérieuses sur les événements actuels prenaient la place de l'excitation bizarre que d'autres trouvent dans la colère ou le désespoir – des discussions véhémentes au cours desquelles il leur arrivait de s'interrompre et de se fixer du regard dans un brusque silence.

Ils ne pouvaient pas convenir à Phil, ils ne pouvaient pas lui plaire, et les coups d'œil qu'il leur décochait leur rappelaient la futilité de leur existence. À la suite de certains épisodes déplaisants, les Vieux prirent une suite d'angle dans le meilleur hôtel de Salt Lake City, firent enlever le mobilier de l'hôtel (pourtant très bien) et installer le leur. Ils devinrent amis avec des gens comme eux, des retraités, anciens éleveurs, marchands de bois ou propriétaires de mines qui connaissaient l'Australie et l'Afrique du Sud aussi bien que l'Ouest américain. Ils envoyaient souvent des lettres à l'Est, lisaient l'*Evening Transcript* de Boston, se promenaient au soleil ou contemplaient, depuis leurs grandes fenêtres du dernier étage, les montagnes couvertes de neige. Mais pendant leurs silences, parfois longs, l'un d'eux regardait soudain l'autre et faisait un sourire aussi bref qu'encourageant, un sourire auquel l'autre répondait promptement, et puis c'était de nouveau le silence.

Les sourcils de la Vieille Dame s'écarquillèrent fortement lorsqu'elle lut que George allait peut-être se marier. Après avoir reçu la première lettre de Phil, elle en écrivit plusieurs à George, mais elle les déchira toutes sauf la dernière. Quelle absurdité, se disait-elle, d'écrire à un homme adulte de ne pas se marier tant que sa fiancée n'a pas reçu l'approbation de la famille, car la lettre de Phil disait que cette femme avait joué de la musique dans un bar et qu'elle avait un enfant presque déjà grand. Il n'avait pas mentionné d'ex-mari. Dans sa dernière lettre, elle supplia George de « bien réfléchir », une expression qui servait depuis longtemps d'adage dans leur famille, et, en tout cas, de leur permettre d'être présents au mariage. « Si nous n'étions pas là, écrivit-elle à George, ça aurait l'air bizarre. » Elle montra ce courrier au Vieux Monsieur qui s'arrêta un instant de faire les cent pas.

Il examina la lettre. « Je crois que c'est égal à George, si ça a l'air bizarre. Il n'a encore jamais rien fait qui ait eu l'air bizarre. Comment une seule chose pourrait-elle compter dans un tel bilan ?

— C'est important pour Phil. »

Le Vieux Monsieur se tourna vers elle. La question qu'il était sur le point de poser l'avait souvent préoccupé. Il l'avait formulée cent fois, en ouvrant les lèvres pour la prononcer. Mais jusqu'à présent, en rencontrant les yeux de la Vieille Dame, il était resté silencieux, car il se demandait si, dans cette interrogation, elle ne risquait pas de sentir quelque critique contre elle. « Crois-tu... ? » Abasourdi, il se rendit brusquement compte qu'elle avait été hantée par la même question. Ce fut donc elle qui l'exprima.

« Est-ce que je crois qu'il puisse y avoir quelque chose – quelque chose qui cloche chez Phil ? »

Le Vieux Monsieur sentit son estomac se creuser, mais il était soulagé que cette affaire sorte. « Si c'était le cas, ce ne serait pas ta faute.

— Ni la tienne, dit-elle en regardant sa montre. Quelle heure est-il, s'il te plaît ? Je déteste ces petites montres. Je n'arrive pas à voir les aiguilles et elles retardent toujours. » Ils expédièrent la lettre et se préparèrent à la suivre : ils firent leurs bagages et signalèrent à la femme de chambre d'arroser les géraniums. Ils envoyèrent un télégramme demandant à George de venir les chercher à Beech.

Il était sur le quai et, en souriant, il s'avança dans l'obscurité. Il portait le manteau de bison qui le rendait gigantesque et il était courbé contre le vent d'hiver qui balayait de la neige sèche sur le quai. « Bonjour, mère, dit-il en se penchant pour l'embrasser. Bonjour, père », et, cérémonieusement, il serra la main du Vieux Monsieur. « Comme vous voyez, il s'est mis à neiger.

— Content de te voir, dit le Vieux Monsieur.

— Moi aussi, dit George. La voiture est derrière le coin de rue, vous vous en doutez.

— Comme toujours ? » fit le Vieux Monsieur.

La Vieille Dame agitait follement ses pensées pour dire quelque chose, trouver un mot sur le voyage, sur le repas qu'ils avaient pris dans le train, sur quelque chose qu'ils avaient vu par la fenêtre, une anecdote. Elle ne se souvenait que d'un enfant en pleurs, d'une mère mécontente et de l'odeur d'une orange pelée. « Quelqu'un est avec toi ? demanda-t-elle.

— Ma femme », répondit George.

« Eh bien, qu'est-ce que tu penses d'elle ? » Les vieux Burbank étaient installés dans leur ancienne chambre.

« L'horloge remarche, dit le Vieux Monsieur, mais

les fenêtres font toujours du bruit. » Il s'avança et regarda par la fenêtre.

« Tu ne m'as pas entendue ? Je t'ai demandé ce que tu pensais d'elle.

— Ce que je pense d'elle ? Je trouve que c'est très attentionné de sa part de nous laisser cette chambre pendant que nous sommes ici. Mais qu'est-ce qu'on peut savoir, après seulement trente kilomètres dans le noir ?

— Ça fait plus de trente kilomètres. Pendant que tu étais dans le bureau avec George, elle a frappé à la porte et je l'ai laissée entrer. Elle a dit une chose très étonnante.

— Ah bon ? Et quoi ?

— Elle a dit : Comme je connais George, je savais que je pourrais compter sur votre gentillesse.

— Eh bien ?

— Ça m'a plu. Qu'elle voie la gentillesse de George. »

Le Vieux Monsieur se retourna, laissant la fenêtre noire qui réfléchissait la lampe derrière lui. « Est-ce que tu vas lui donner quelques bijoux ou des choses de ce genre ? »

La Vieille Dame toussota, se tapota la poitrine et alla jusqu'à la fenêtre. Sur le rebord, il y avait un géranium mort dans un pot. « Je vois que Miss Jones est morte. Je crois qu'il vaut mieux attendre et voir. Dommage qu'il y ait un enfant. Ce qu'on fait passer d'abord.

— Le géranium était déjà en train de mourir avant qu'on parte, tu te rappelles ? Ce n'est pas… l'enfant. Tu le sais. » Le Vieux Monsieur se tourna brusquement, traversa la chambre, effectua un autre demi-tour brusque et revint du même pas. « Je peux te dire une chose, c'est qu'elle me fait de la peine. »

La Vieille Dame lui dit : « Je ne t'avais pas vu tourner en rond comme ça depuis que tu étais parti de cette maison. » Ils entreprirent de défaire leurs bagages. « Tu ne trouves pas qu'il fait terriblement froid, dans cette chambre ? On oublie ce que c'est que le froid. »

Il leva le nez de sa valise. « Je ne t'avais pas entendue mentionner le froid depuis que tu étais partie de cette maison. »

Rose aussi avait senti le froid la première fois qu'elle était venue dans la maison. Le mariage avait eu lieu après Noël au presbytère anglican de Herndon. George s'était demandé s'ils devaient inviter des gens. Elle avait estimé qu'à cause de Peter l'événement devait rester privé. Comprenait-il ? Apparemment, oui. Il avait répondu : « À ta guise. » Mais il avait eu un sourire.

« Sauf, bien sûr, ton frère, avait-elle dit.

— Il ne met jamais les pieds à l'église. Il déteste s'habiller. »

Peter, lui aussi, avait fait preuve de compréhension. « Tu sais que j'aimerai toujours ton père. Si je croyais que tu serais blessé que je me marie ? Si je croyais que tu ne comprendrais pas ? » Peter avait souri. « Est-ce que tu comprends ? »

Peter avait regardé par la fenêtre au-delà des armoises rabougries, au-delà de l'école, en direction de la rivière et du bouquet de saules où il avait l'habitude d'aller s'asseoir et de faire des projets en regardant la lune. « Je comprends. »

Ce que son discours avait de guindé rendait depuis longtemps sa mère perplexe, ses « certes », ses « à savoir » – mais aussi sa façon de l'appeler Rose. Elle ne voulait pas l'interroger sur ses motivations, craignant peut-être une réponse dans laquelle il révélerait que l'amour qu'il avait pour elle était en quelque sorte de peu d'importance. En fait, le nom « Rose » correspondait plus précisément à l'image qu'il avait d'elle – davantage celle d'une amante que d'une mère, car elle demeurait pour lui, après la mort de son père, l'unique objet de son étrange affection, l'unique sujet de l'album qui lui servait de guide et de bible depuis cinq longues années. Il n'était nullement jaloux de George Burbank, ou, si tel était le cas, son sentiment était aussi bien contrôlé et aussi impersonnel que sa haine envers ceux qui essayaient de détruire ses images intimes. Le mariage rendrait simplement possible pour sa mère ce qu'elle méritait, et ce bien avant qu'il soit en mesure, lui, de le lui donner ; et le fait qu'elle obtienne ce qu'elle méritait était tout ce qui importait à Peter. Le mariage l'éloignerait définitivement de ce Moulin Rouge où elle servait les gens que Peter méprisait et avait en horreur, où elle devait affronter des commentaires avinés et des sourires insinuants du seul fait qu'elle était obligée de gagner sa vie. Le mariage assurerait l'avenir de Peter alors qu'il n'avait qu'un désir, assurer celui de Rose. Plus vite qu'il ne l'avait rêvé, elle voyagerait habillée à la mode de *Harper's Bazaar*, conduirait une Lincoln ou une Pierce, prendrait une cabine de luxe sur un paquebot et ferait des arrangements de fleurs fraîches.

Pendant les heures qui précédèrent le mariage, sa mère resta dans une chambre de l'hôtel Herndon House tandis que George amenait Peter au magasin Green's acheter un costume.

« Équipez ce jeune homme de tout ce qu'il veut », déclara George au vendeur, et Peter sourit en voyant

George se regarder brièvement dans son complet de serge bleue tout neuf, puis rentrer le ventre et serrer d'un cran de plus sa ceinture neuve. « Ta mère veut qu'on ne déjeune que tous les deux, dit George. Je suppose que pendant ce temps-là elle veut se mettre sur son trente et un et nous faire une surprise. Mais de toute façon elle a toujours l'air superbe ! » Ils mangèrent au Sugar Bowl Café. « Bon, prends ce que tu veux. Moi, je prends toujours le flétan frit, quand je sors. Ça me fait un petit changement. Mais toi, vas-y, prends ce que tu veux. » Jamais encore Peter n'avait eu autant de chili con carne qu'il en voulait. « Donnez-en encore un bol au jeune homme, dit George à la serveuse. C'est une sorte de fête, pour nous. »

Peter était le seul invité au mariage, et à juste titre pensa-t-il, car il était la seule autre personne concernée au premier chef. L'étalage de roses que George avait commandé, et qu'une employée méticuleuse du fleuriste avait disposé dans des pots en bronze sur l'autel, lui avait plu. Ce geste si sentimental de George l'avait sincèrement ému et, pendant la cérémonie de mariage, c'est tout juste s'il respira ; il se contenta d'humecter ses lèvres au moment où George prit la main de sa mère pour lui glisser l'alliance au doigt. Mais son cœur fit un bond lorsque sa mère se retourna, sourit, toucha et remit en place le pli de son ensemble de voyage bleu marine – un geste d'une aisance et d'une élégance telles qu'il n'avait jamais vu mieux, d'une beauté à fendre le cœur, le geste de la charmante, ravissante et riche Mme Burbank. Elle marche en beauté, se dit-il en citant d'après les livres de son père. Elle marche en beauté comme la nuit [1].

1. Vers célèbre d'un poème de Byron. *(N.d.T.)*

Il lui faudrait prendre plus tard une de ces roses. Quelques pétales pressés figureraient avantageusement dans la dernière page de l'album.

Rose trouva à Herndon une certaine Mme Mueller, une diététicienne travaillant à l'hôpital, une femme propre, amidonnée et ambitieuse qui fut heureuse d'avoir Peter en pension pour le reste de l'année scolaire.

« J'essaierai de venir te voir tous les week-ends, promit Rose à Peter. Et peut-être parfois auras-tu envie de venir au ranch. Ce sera amusant, pas vrai ? »

Peter pensa que non, mais il n'en dit rien. Il eut son léger sourire et prit la main de Rose. C'est ainsi qu'il fut éloigné de Beech où il avait été l'objet de sarcasmes et mis à l'écart en tant que rejeton d'un suicidé. Au lycée de Herndon, il y avait une vraie bibliothèque, des cours de physique et de chimie. « C'est une chambre agréable, estima-t-il.

— Peter, fit-elle, j'ai parfois l'impression que tu ne m'écoutes pas. Est-ce que tu m'écoutes ? Je n'arrive jamais à savoir ce que tu penses.

— Je vais faire davantage attention », dit-il. Il se sentait soulagé de ne plus devoir songer qu'à son propre avenir. « Donne le bonjour à... George.

— Je sais. Tu as du mal à savoir comment tu dois l'appeler, c'est ça ? Mais il désire tant de choses pour toi. »

Rose se souvenait du froid lors de ses premiers moments dans la maison du ranch. Le frère de George se tenait debout au milieu de la pièce lorsqu'elle était entrée avec George par un après-midi d'hiver. Elle avait attendu sur les marches pendant que George mettait la vieille Reo dans le garage ; le bruit de l'échappement du générateur de lumière électrique claquait contre la colline devant. Les chiens du ranch, alertés par le grondement de la voiture et l'éclat des phares, avaient aboyé puis contourné la maison en courant, et maintenant ils gémissaient et sautaient sur George qui revenait lourdement du garage en portant les valises. Il les posa et ouvrit la porte. Rose entra la première, et le frère était debout au milieu de la pièce.

« Bonsoir, Phil, salua George. Tu te souviens de Rose.

— Oh ! bonsoir, dit Phil.

— Il y a un problème avec la chaudière ? demanda George.

— Aucune idée. »

C'était une pièce immense et peu meublée, car la Vieille Dame et le Vieux Monsieur étaient partis avec des fauteuils, laissant des espaces béants. Depuis ce jour, quelques années auparavant, on n'avait pas redisposé les meubles. Ils avaient laissé là les carpettes navajos qu'ils avaient introduites de temps à autre comme convenant à une maison de ranch, mais le motif indien n'avait jamais réussi à dissiper l'atmosphère d'élégance déçue. Le feu était préparé dans la cheminée, mais il n'était pas allumé. Au-dessus, il y avait le portrait de la Vieille Dame qui regardait de haut avec son air bostonien, et dont les yeux étaient à la hauteur de Rose chaque fois que celle-ci bougeait.

« Bon, je vais descendre secouer un peu cette chaudière, déclara George.

— On a eu un voyage tellement bien, fit Rose.

— George, reprit Phil, le Vieux Monsieur a écrit. La

voiture postale a apporté la lettre ce matin. Il veut un papier notarié, mais j'arrive pas à mettre la main dessus. Ça t'embêterait de le chercher ?

— J'suppose que ça peut attendre jusqu'à demain matin, dit George.

— J'ai passé la journée ici à t'attendre », observa Phil.

« Rose, dit George en s'agenouillant près de la cheminée et en mettant une allumette contre le petit bois. Viens ici te réchauffer. Je vais descendre secouer la chaudière.

— Tout va bien pour moi, j'ai tout à fait chaud », assura Rose en se rapprochant quand même. Elle était terrifiée à l'idée de rester seule.

« Non, je vais juste aller en bas. Ça ne me prendra qu'une minute. » Il regarda un instant le feu léger du petit bois lécher faiblement l'écorce dure et résistante des bûches vertes, puis il se retourna et sortit en traversant la grande salle à manger avec tout son mobilier d'acajou lourd et trapu. Rose entendit une porte s'ouvrir et se fermer, des pas qui descendaient.

Elle devait bientôt connaître ce sous-sol, inondé chaque printemps, avec l'eau qui montait, toute luisante à cause de l'huile qui fuyait de la pompe à eau ; elle allait trouver les niches de souris qui se noyaient et flottaient, le ventre en l'air et gonflé, dans la petite zone de lumière filtrant entre les fenêtres au niveau du sol. Pour le moment, elle entendait un frénétique remue-ménage, en bas, puis le raclement d'une pelle sur du béton, si insupportable qu'il lui mit les nerfs à vif, enfin le claquement d'une porte en fer. Elle sentit une fumée de charbon.

Elle ne parvenait pas à maîtriser son tremblement, ni à calmer le début d'un mal de tête inhabituel. Phil s'était assis près de la lampe à crépine posée sur la table au milieu de la pièce, et il tenait une revue en l'inclinant péniblement pour recevoir assez de lumière. Quand Phil lisait, ses lèvres bougeaient. Rose avait l'impression que le silence était pire que tout ce qu'elle pouvait dire, mais sa voix légère était coincée dans sa gorge. « Bon, Phil, mon frère, commença-t-elle, c'est bien d'être ici. »

Les lèvres de Phil continuèrent à bouger, à lire. Puis il leva les yeux de son magazine, regarda droit vers elle et sourit. Il souriait alors que les pas lourds de George gravissaient l'escalier qu'elle ne connaissait pas encore. Il continua à sourire, puis il dit avec clarté : « Je ne suis pas votre frère. »

George remonta. « Je vous ai entendus parler ensemble », observa-t-il plaisamment. Tandis qu'il parlait, la porte de la cuisine s'ouvrit et Mme Lewis entra d'un pas lourd, fredonnant quelque mélopée funèbre, en vue de mettre le couvert pour trois.

Après dîner, Phil resta quelque temps à lire près de la lampe ; puis il se leva brusquement et longea le couloir d'un pas déterminé jusqu'à la chambre, ferma la porte derrière lui, sortit son banjo et se mit à l'accorder. Il était forcé de sourire, oui, il y était forcé en pensant à la manière dont George arrivait dans la maison avec cette femme en essayant de lisser les choses. Comment avait-il dit ? Tu te souviens de Rose ? Oui, c'est ça. C'est quoi, comme nom, Rose ? Un nom de cuisinière. Il était obligé de sourire, il ne pouvait pas faire autrement en revoyant George, un genou au sol devant le feu à allumer – un peu déçu que Phil ne s'en soit pas chargé avant leur arrivée, que le séjour ne soit pas très confortable ni accueillant. Ha, ha, ha. George aurait dû connaître Phil un peu mieux que ça, ne pas croire qu'il allait faire quelque chose dont il n'avait pas envie. Phil se sentait forcé de sourire en pensant au long regard en biais que lui avait lancé Rose à table lors du dîner. Il savait de quoi il avait l'air, et il savait comment il allait l'énerver. Autrefois, c'était quelque chose qui agaçait la Vieille Dame, de le voir avec une chemise froissée, une barbe de trois jours, pas peigné, les mains sales. Autant qu'elle comprenne vite qu'il ne faisait pas les choses comme les autres pour la bonne raison qu'il n'était pas comme les autres, qu'il faisait exprès de ne pas toucher sa serviette à table, qu'il tendait le bras sous le nez des autres au lieu de demander qu'on lui passe le plat, et s'il lui fallait renifler pour se dégager le nez, eh bien, il reniflait. Si leurs parents si chics de la côte Est pouvaient le digérer, cette femme le pourrait forcément aussi, et si elle n'avait pas l'habitude de voir un homme partir de table sans d'abord faire des courbettes et dire « Excusez-moi », il vaudrait mieux pour elle qu'elle s'y fasse tout de suite. Ah oui (il fut obligé de sourire), elle n'était pas au bout de ses surprises.

Il avait tout compris d'elle, et cela dès le moment où il l'avait aperçue, il l'avait vue comme une femme qui avait trop peu confiance en elle pour oser enfoncer un coin entre George et lui en répétant ce qu'il lui avait dit, à savoir qu'il n'était pas son frère. Elle allait faire attention de ne pas pousser George, de ne pas risquer sa colère, de ne pas se mêler des sentiments qu'il avait pour sa famille, parce que c'était grâce à George qu'elle mangeait. Et même si, par hasard, elle pleurnichait, qu'est-ce que ça lui rapporterait ? La maison appartenait autant à Phil qu'à George, l'argent également, et le ranch était organisé de telle façon qu'on ne pouvait pas le partager sans dommages financiers liés aux droits d'utilisation de l'eau, aux pâturages, etc. Si elle cherchait des ennuis, elle allait se retrouver dans un vrai pétrin. Il la voyait bien, à présent, arriver la première fois dans cette maison par un soir d'hiver dans une tenue toute neuve que George lui avait évidemment achetée, et elle était morte de peur.

Phil ne se cachait nullement de rire et de parler souvent tout seul – de « se tenir compagnie », comme il disait. Il jouait à répéter les paroles de ceux qui l'amusaient, à les savourer. Et, d'une voix de fausset féminine dont la justesse faisait froid dans le dos, il imita Rose. Comment avait-elle dit cela ? *On a eu un voyage tellement bien*. Phil pouvait s'imaginer combien le voyage avait été agréable, avec le vent et la neige qui devaient s'infiltrer entre les rideaux des fenêtres, là où les œillets en métal avaient été arrachés. Les pieds à moitié gelés, les mains trop raides pour bouger, souffrant du froid, et les faibles lumières de la vieille Reo qui s'épuisaient sur les ornières gelées. De plus, Phil avait horreur des gens qui essaient de faire la conversation, estimant que c'était une tactique pour se donner le sentiment d'être à la hauteur de la situation et se faire bien voir. Rose savait qu'elle n'avait pas sa place ici, parmi les Burbank. La seule question était celle-ci : Combien de temps faudrait-il à George pour s'en rendre compte ?

Et puis George qui remonte du sous-sol après avoir farfouillé dans la chaudière ; il remonte et dit : « Je vous ai entendus parler ensemble », et il s'en satisfait. Oh ! George se satisfaisait de peu, c'était un fait. Et la femme et Phil avaient parlé ensemble, c'était un fait.

Phil s'éclaircit la gorge, sourit et commença à égrener « Red Wing » au banjo en regardant le lit vide de l'autre côté de la chambre. Plus loin, dans l'obscurité, se trouvait l'abattoir. Il leur faudrait tuer bientôt une bête.

Il n'y avait plus guère qu'un arrière-train dans la glacière.

Soudain les doigts de Phil s'immobilisèrent sur les touchettes du banjo tandis que les doigts de sa main droite restaient en l'air, recourbés comme des pattes d'araignée au-dessus des cordes. Il regarda vivement le rai de lumière sous la porte de la salle de bains entre sa chambre et celle des Vieux. George, ou Rose ?

Lorsque les Vieux avaient la grande chambre de l'autre côté de la salle de bains, ils déverrouillaient toujours la porte de Phil dès qu'ils avaient fini là-dedans, dès qu'ils avaient terminé leurs ablutions, de sorte que si lui ou George voulait s'y glisser, la pièce leur était entièrement dévolue. Certes, Phil n'y entrait jamais, bizarrement mal à l'aise à cause des affaires de la Vieille Dame, ses parfums, ses eaux de toilette, son savon Pears et ses serviettes portant son monogramme. La pièce avait l'odeur déplaisante des femmes, et ni le plat à barbe du Vieux Monsieur ni ses rasoirs à main n'avaient de pouvoir fumigène suffisant pour la chasser. Phil était tout secoué quand il tombait sur quelque vêtement léger et transparent pendu sur un séchoir pliant. On aurait été en droit de penser que la Vieille Dame aurait tenu ce genre de chose cachée, loin des yeux, et quand on l'entendait avec ses discours si maniérés, qu'on la voyait marcher de son pas si distingué, on se disait qu'elle aurait gardé de telles choses pour elle. Non, Phil se servait du lavabo au fond du couloir, du petit cabinet austère et fonctionnel qui avait l'odeur d'un savon tout aussi fonctionnel et de la serviette grise et humide sur son rouleau. Phil ne comprenait pas comment George avait pu prendre son bain dans l'autre salle de bains pendant que la Vieille Dame vivait dans la maison, et maintenant George allait dénuder son corps devant cette femme. Allait-il d'abord éteindre les lumières ?

Phil dressa l'oreille. Quelqu'un verrouillait la porte entre eux.

Était-ce George qui avait tourné la clé, ou bien la femme ? Ce devait être la femme, car, au bout d'un temps raisonnablement long, la porte ne fut pas déverrouillée comme autrefois. Ce devait être la main de la femme qui, à la place, essaya avec précaution le bouton, vérifiant que la porte était pour ainsi dire fermée contre lui. Et on pouvait parier sa chemise que même si c'était George qui l'avait fait, c'était la femme qui était derrière. Phil resta allongé dans l'obscurité, tout raide, à penser à cette femme qui allait s'étendre avec George, qui le laisserait travailler sur elle, et, peut-être, la mettre enceinte.

6

À l'université, Phil avait deux ans d'avance sur George et, dès sa première année, il entra à sa façon dans l'histoire de l'institution : à cette époque, un demi-million de dollars, cela signifiait beaucoup d'argent, et Phil avait à peine eu le temps de s'inscrire, puis d'aller à pied sous le soleil californien jusqu'au dortoir de l'université que, grâce au téléphone arabe, la valeur du ranch avait déjà peut-être doublé dans l'esprit des jeunes appartenant aux fraternités [1]. Les vêtements de plouc qu'il avait apportés avec lui – ceux qu'il mettait déjà au lycée de Salt Lake City – soulignaient simplement le fait que ce garçon était assez riche pour ne pas se soucier de la mode. On l'invita donc dans toutes les fraternités, et on chercha à le recruter. Il croulait sous les flatteries, on lui proposait de la bière, on lui offrait des cigares et les cigarettes Egyptian Dieties dont certains de ces jeunes types s'étaient entichés.

Il se rendait partout en se demandant jusqu'où iraient ces gens, et il s'installait dans leurs fauteuils de cuir, ses

1. Associations d'étudiants ; chacune possède une maison où vivent ses membres. *(N.d.T.)*

longues jambes croisées, taciturne et sûr de lui, s'amusant intérieurement de les entendre bavarder, parler de base-ball et de voitures. Il n'avait pas un regard envers les jeunes dames d'un établissement pour filles qu'ils invitaient et faisaient parader devant lui. « Comme des vaches de concours agricole », observa-t-il plus tard. Chaque fraternité faisait de lui un prix à gagner et soupçonnait les associations rivales de pratiques déloyales, toutes souhaitant coopter cet étudiant qui, le moment venu, permettrait d'ajouter une aile à la maison, voire de la reconstruire en entier, de remeubler le séjour et – surtout – d'attirer du nouveau sang jeune tout aussi riche, car la richesse attire la richesse.

C'est pendant la dernière nuit de ce qu'on appelle la « semaine de recrutement », lorsque les élèves de première année, après avoir pris leur décision, inscrivent leur choix sur une feuille de papier qu'ils glissent dans une boîte, que Phil connut son petit moment historique.

Naturellement, les jeunes gens avec lesquels il dînait ce dernier soir pensaient que c'était leur association qu'il avait choisie – sinon, pourquoi serait-il avec eux en ces ultimes heures ? –, et Phil se retrouva donc avec le président de la fraternité à sa gauche et un professeur de l'université à sa droite. Ceux parmi les jeunes qui travaillaient pour payer leurs études enfilèrent leur veste blanche et servirent le poulet frit et les petits pains chauds.

Le président fit une petite allocution sur le sens de la fraternité. Il déclara que c'était une bonne chose. Il déclara que l'homme n'était pas fait pour vivre seul.

Puis, sous les applaudissements, le professeur se leva, but une gorgée d'eau et parla de ce que signifiait pour lui, maintenant qu'il avait un certain âge, le fait d'avoir été membre de cette fraternité. La camaraderie l'avait aidé à franchir bien des passes difficiles. Il se rassit sous les applaudissements.

Ensuite, on alluma les bougies et on éteignit les autres lumières. Les frères se levèrent et entonnèrent le chant de la fraternité avec une harmonie bien rodée ; ils avaient la tête légèrement penchée et, à la fin, ils se donnèrent la main.

On moucha les bougies, on ralluma les lampes. Phil remarqua avec amusement que quelques personnes pleuraient sans honte. Il se leva.

« J'aimerais à mon tour prononcer quelques paroles, annonça-t-il, et on l'applaudit.

« Messieurs, commença-t-il en passant l'assemblée au crible de ses yeux bleu ciel. Je sais, messieurs, pourquoi vous m'avez demandé d'être des vôtres. Vous me l'avez demandé à cause de mon argent. Pour quelle autre raison voudriez-vous de moi, messieurs ? Vous ne savez même pas si j'ai une cervelle dans mon crâne. Vous ne connaissez pas la moindre foutue chose à mon sujet, et pourtant vous m'avez demandé d'être des vôtres. »

Il poursuivit en disant que ces marques d'attention qu'on lui avait prodiguées, on estimait probablement qu'il les prenait pour un hommage. En réalité, il les prenait pour ce qu'elles étaient : une insulte.

Il n'y eut, dans la salle, aucun autre bruit que celui des respirations.

« Sur ce, messieurs, je tire ma révérence. »

Il sortit de la salle à manger, puis de la maison.

C'est peut-être pourquoi, deux ans plus tard, George – à son tour étudiant de première année – resta à attendre dans sa chambre que des membres des fraternités viennent l'inviter. Assis à sa table de travail avec ses pieds plantés bien droit devant lui, il contemplait ses mains carrées, prêt à sourire à toute personne qui frapperait et entrerait. Il avait un bonjour gravé sur le visage. Déjà, le long du couloir, il avait entendu frapper ailleurs, puis résonner des voix, des rires bruyants et gais, enfin des pas dans l'escalier.

Un peu plus tôt dans la semaine, il avait pris note de la mode en vigueur, et il s'était aussitôt rendu dans une boutique où, en transpirant, il avait acheté des vêtements. Puis, derrière le rideau, il s'était changé et les avait mis. Il avait émergé transformé.

Maintenant, il attendait, ses larges pieds dans ses chaussures neuves fermement plantés devant lui.

« Sans doute, lui expliqua Phil plus tard, sans doute y a-t-il eu un problème parce que tout le monde se souvenait de ce que j'avais fait. Ce n'était sûrement pas du tout ta faute. »

Mais George n'en crut jamais rien, et il n'oublia jamais cette attente dans sa chambre, celle d'un jeune homme trapu avec ses larges pieds plantés devant lui. Lorsque le couloir retrouva enfin le silence, il enfila son pyjama neuf et se mit au lit ; par la fenêtre ouverte, il entendait des voix et des chansons, et la nuit californienne n'était pas chargée de l'odeur des armoises mais de celle de fleurs qui lui étaient inconnues.

Le soleil de février brillait sur la neige couvrant la vallée – un soleil aveuglant quand il étincelait sur le pare-brise plat de la vieille Reo. George et Rose clignaient des yeux pour s'en protéger. Ils se rendaient à Herndon pour une réunion à la banque, George dans son manteau en peau de bison, ses gants montants, ses protège-oreilles et son chapeau de ville ; Rose avec une cape en peau de phoque, un chapeau assorti qu'elle avait rabattu sur ses oreilles, et des moufles épaisses ; autour des jambes, elle avait une lourde couverture que George lui avait installée. La vieille voiture serpentait dans les ornières gelées, et, dès qu'on dépassait les quarante kilomètres à l'heure, les chaînes de neige faisaient ta-kam-ta-kam. George clignait des yeux en regardant autant la route que la jauge de température Moto-Meter qui remplaçait le bouchon du radiateur et dont la colonne d'alcool rouge restait gentiment au-dessous de la marque Danger. Les moteurs de voiture, à cette époque, connaissaient sans cesse la surchauffe : les radiateurs commençaient par geler, puis ils bouillaient et débordaient. Certaines personnes prétendaient que le mélange de miel et d'eau faisait un bon liquide de refroidissement qui ne gelait jamais ; d'autres utilisaient du pétrole lampant, mais George savait que le pétrole pourrissait les Durit, fuyait sur le moteur et provoquait des risques d'explosion. Il avait essayé l'alcool de bois avec de bons résultats. « Mais ils devraient fabriquer un produit à mettre dans le radiateur qui ne bouillirait pas, déclara George. Parfois, je me dis qu'on devrait acheter une Franklin. » La Franklin était une bonne voiture, et elle était refroidie à l'air, mais George avait entendu dire qu'elle aussi avait ses inconvénients. Comme elle ne prenait pas d'eau, on ne pouvait pas la remplir d'eau chaude pour la faire démarrer, et il fallait donc la mettre en prise et la tirer avec un attelage de chevaux pour que le moteur se mette en marche. « Du coup, j'sais plus, avoua George. D'une certaine façon, c'était plus facile quand il n'y avait pas de voitures, parce qu'on n'était pas obligé d'en avoir – on n'aurait même pas pu si on avait voulu. »

Rose éclata de rire.

« Qu'est-ce qui te fait rire comme ça ? demanda George.

— Toi. Tu es si drôle. »

La remarque fit plaisir à George qui eut un grand sourire. « Ce que j'aimerais vraiment, reprit-il, c'est une Pierce.

— Eh bien.

— J'ai toujours aimé les moteurs.

— Eh bien, achètes-en une.

— Je crains que ça fasse un peu bizarre. »

Un peu de temps s'écoula. « Ça me paraît être un bon endroit, dit soudain Rose.

— Un bon endroit ? Pour quoi ?

— Pour un pique-nique. »

George gloussa, jeta un coup d'œil sur le champ enneigé et, au loin, les flancs bruns de meules de foin semblables à de petits points, avec du bétail blotti contre l'une des meules et la forme indécise du troupeau qui bougeait et se recomposait en se pressant autour d'elle. Les traces récentes d'un gros lièvre près de la route ne menaient nulle part. Les armoises semblaient fanées et cassantes, chaque brindille et chaque feuille raide de froid.

« Oui, on a une belle vue, ici, fit Rose. Sur les montagnes. Mets-toi au bord et arrête-toi. » Il la regarda, il la vit se retourner et passer le bras sous un tas de couvertures. Elle en retira un sac et une bouteille Thermos. « Du café chaud et des sandwichs.

— Eh bien, dis donc, tu m'épates ! s'exclama George. Mais il n'est même pas midi ! Au cours de toute ma vie, je n'ai jamais rien mangé en dehors de l'heure prescrite. Tu le savais ? »

Le café était bon, et en plus il était chaud. George était d'avis que ça donnait bon goût à une cigarette ensuite. « Je ne crois pas que jamais quelqu'un, dans tout ce pays, ait déjà fait un pique-nique dans une voiture », observa George. Il se sentait très impatient d'arriver à la réunion de la banque pour parler de ce qu'ils venaient de faire. Il voyait déjà l'expression qu'allait prendre le vieux Foster. « Jusqu'ici, j'ai toujours détesté ces voyages, confia-t-il. Après les réunions, il y avait toujours quelqu'un, et puis encore quelqu'un d'autre, pour m'inviter à dîner chez eux. Ils me tiraient pour ainsi dire de mon trou, vois-tu, et leur femme ne savait que faire de moi. On n'a pas beaucoup de place pour les solitaires. Je n'ai jamais été doué pour la conversation. C'est Phil, celui qui sait parler. Bien souvent, je leur ai dit que j'avais autre chose à faire, et soit je rentrais à la maison en voiture, soit j'allais au Herndon House pour dîner. » Il s'interrompit. « Rose ?

— Oui.

— Oh, rien. » Il avait été sur le point de faire un aveu terrible, de dire à Rose que, lorsqu'il allait dîner au Herndon House, il prenait un box dont il tirait les rideaux pour que personne ne voie qu'il était tout seul. « J'allais juste dire que c'est drôlement bien de ne pas être seul.

— Tu ne seras plus jamais seul, George.

— Tu vois, j'aimerais bien, de temps à autre, inviter des gens à monter au ranch pour manger. Seulement, je sais pas par qui commencer – tout le monde a été si gentil, si amical. Oui, j'aimerais bien de temps à autre inviter quelqu'un, nos amis à nous, tu vois. On pourrait engager une fille, comme celle qu'on avait autrefois, et elle servirait à table, comme quand ma mère était là. Il y a une cloche, quelque part, tu la sonnes, et la fille entre. C'était comme ça.

— Tu crois que nous avons vraiment besoin qu'une fille entre ?

— Je suppose qu'on n'en a pas vraiment besoin. Mais ça me ferait plaisir, d'engager une fille, enfin comme tu voudras.

— Sans doute, ce serait bien.

— Alors, tu vois, tu ne serais même pas obligée de penser à la table, et puis après on pourrait se lever et aller discuter, et, si ça ne t'embête pas, tu pourrais jouer du piano, si on avait un piano. Oui, moi, ça me plaît beaucoup, quand tu joues du piano. C'est une chose que ma mère n'a jamais su faire. On écoutait des disques sur le phonographe Victrola. » Il s'interrompit et la regarda.

« Est-ce que je parle trop ?

— J'adore t'entendre parler.

— Je ne voudrais pas prendre l'habitude de trop parler, tu sais. » Il vit alors sur le pare-brise le reflet d'un rapide sourire de Rose. En gardant les yeux droit devant lui, il tendit le bras et lui prit la main, submergé par une vague de tendresse qui l'effraya presque. Pendant un instant, il resta confondu par une caractéristique de Rose qu'il constatait pour la première fois : quand elle levait les yeux de ce qu'elle faisait – et ça pouvait être n'importe quoi, y compris sortir un sandwich de son emballage sur le siège avant d'une voiture –, elle avait le sourire. Il se demanda si jamais quelqu'un d'autre l'avait déjà remarqué.

De Herndon, on apercevait en premier le silo à céréales avec son toit de métal pointu qui miroitait au soleil ; puis, près de la voie ferrée, la goulotte à charbon noire et massive qui évoquait, pour les enfants, un gigantesque animal. Venaient ensuite les grands bâtiments de style faux gothique, en brique, d'un institut pour professeurs qui donnait en quelque sorte son ton à la ville, car de beaux jeunes hommes et de belles jeunes femmes venaient de tout l'État pour y étudier, et l'on pouvait les voir dans les cafés-glaciers, assis sur des tabourets aux pieds faits de lourds fils de fer tressés, en train de parler de leurs livres ou de se tenir par la main. Rose et George dépassèrent l'hôpital en brique, et le vent leur apporta l'odeur de pommes de terre bouillies, de viande en train de rôtir et de chloroforme. Ta-kam, ta-kam, faisaient les chaînes de neige. Ce que Rose éprouvait alors était assez répandu chez les éleveurs qui arrivaient en ville dans leur voiture : un sentiment inhabituel de détermination et d'excitation accru par le spectacle des vitrines, des hommes rudes d'aspect qui regardaient par les fenêtres des salles de billard, de l'énorme horloge au-dessus de la porte du bijoutier, du terrain enneigé jouxtant la gare où des chiens batifolaient, de la fontaine de béton à sec en hiver mais où, l'été, une tête de lion en bas-relief faisait jaillir de ses lèvres un jet d'eau retombant dans un bassin en forme de coquille où les chevaux – peu nombreux ces temps-ci – pouvaient boire.

Les voitures, devant le Herndon House, étaient garées en épi ; dans l'hôtel, assis fièrement dans de grands fauteuils en cuir vert, des éleveurs à la retraite jetaient vers l'extérieur des regards qui paraissaient offensés autant par les voitures que par les piétons qui marchaient à grandes enjambées dans le froid en frissonnant. Oui, c'est pas étonnant, disaient entre eux les vieux éleveurs en changeant de position dans les fauteuils pour reposer leurs os âgés. Les gens de la ville ne sont pas assez habillés. Chez ces vieux, on grognait et on grommelait beaucoup, car c'étaient des gens qui étaient souvent en colère – contre le gouvernement, l'époque, les prix, et contre leurs enfants et leurs petits-enfants qu'ils aimaient cependant. Ils étaient mécontents parce que ces enfants et petits-enfants ne venaient pas assez souvent les voir avec les arrière-petits-enfants, et quand ils venaient, il fallait entendre les prétextes qu'ils avançaient pour repartir s'occuper de leurs affaires – pour ce que ces affaires pouvaient bien être ! Les anciens avaient rarement l'occasion de poser les questions qu'ils avaient envie de poser, rarement l'occasion d'inviter à dîner ces jeunes qui disaient qu'il leur fallait tout de suite rentrer au ranch, rarement la possibilité d'emmener les enfants au cinéma ou de se promener avec eux dans la rue. Oui, pour les jeunes, il fallait tout de suite rentrer au ranch – du moins, c'était ce qu'ils prétendaient. Eh bien, ils n'auraient que ce qu'ils méritaient, ces jeunes, si les vieux se remariaient ou modifiaient leur testament ! Ça leur remonterait un peu les bretelles ! Et il y avait un bon nombre de femmes, dans cette ville, prêtes à sauter sur l'occasion !

Oui, mais alors les jeunes seraient furieux, et les vieux se retrouveraient encore plus seuls que jamais. Ils n'auraient plus jamais la possibilité de voir leurs arrière-petits-enfants.

Au Herndon House, dans une niche près de l'entrée de la salle à manger, la sténotypiste publique tapait ses dossiers et ses testaments. La porte des toilettes pour hommes s'ouvrait et se fermait, et le groom en laiton sifflait et soupirait, s'ouvrait et se fermait, donnant très brièvement à voir le même carrelage blanc qui recouvrait le sol du vestibule. On échangeait des sourires et des salutations, et les gens qui n'étaient pas habitués à l'excitation de la ville souriaient d'un air gêné.

Aujourd'hui, l'ambiance du Herndon House était plus affairée que d'habitude ; le hall bourdonnait, et les enfants, plantant là leurs parents, couraient et, les jambes raides, se livraient à des glissades sur le carrelage ; le réceptionniste se précipitait sans cesse pour les arrêter mais, comme il n'y arrivait pas, il pestait et lançait des regards mauvais.

« Il y a foule aujourd'hui, par ici, remarqua George en ralentissant la vieille Reo. Il doit y avoir quelqu'un d'important dans le coin. »

Puis ils virent de quoi il s'agissait. À l'angle, devant l'entrée latérale, se trouvaient deux limousines noires, chacune avec un chauffeur. « Ah oui, dit George. C'est l'équipe du gouverneur. Il y a une grande réception, ici, à l'hôtel. Mince, j'ai oublié.

— Quoi donc ?

— J'ai oublié de lui répondre. J'étais censé participer à ce raout, et puis j'ai oublié parce que je pensais à toi et à me marier, et je n'ai pas répondu. Bon, de toute façon, j'avais cette réunion à la banque.

— Mais alors, tu le connais ? demanda Rose.

— Oh, je l'ai rencontré deux ou trois fois à la capitale. Le Vieux Monsieur le connaissait bien. Ils étaient copains, pour ainsi dire. »

George descendit devant la façade en briques rouges de la banque. À l'intérieur, les directeurs s'étaient réunis dans une salle réservée où ils avaient parlé argent. Ils se rendirent ensuite tous ensemble au Sugar Bowl Café pour déjeuner parce que c'était toujours là qu'ils étaient allés, et ils commandèrent soit le flétan frit, soit le steak, puis la tarte. « Je te retrouverai à trois heures à l'hôtel, dit George à Rose. Salue Peter pour moi, et demande-lui s'il y a quelque chose qu'il aimerait se procurer. »

Rose se glissa derrière le volant. « Tu vas me manquer », dit-elle.

Il la regarda. « Moi, te manquer ? C'est vrai, Rose ? » Son visage s'éclaira. « Oh ! c'est bien. »

Elle se pencha et l'embrassa, et il rougit. Quelle journée, quelle journée ils avaient eue ! Un pique-nique, voyez un peu, au milieu de l'hiver, et puis se faire embrasser par une femme adorable en pleine ville devant une banque qui a quinze millions de dollars d'actifs. Que de choses étranges, étranges et merveilleuses, peuvent arriver à un homme s'il a un peu de patience. « Et, s'il te plaît, je voudrais te manquer aussi, ajouta Rose.

— Il y a quelque chose que je voulais dire pendant tout le trajet en venant ici. Je voulais te dire combien je suis fier de toi, et combien je suis heureux avec toi. » Puis il la quitta et entra dans la banque avant qu'il ne dise quelque chose d'insupportablement délicat.

Dans la maison où Peter avait pris pension, les locataires s'essuyaient les pieds et entraient doucement, de même qu'ils éteignaient la lumière en sortant de la salle de bains comme le leur ordonnait le joli petit panneau. On parlait sans élever la voix et discrètement, comme dans un hôpital ou un salon mortuaire. Ce n'était pas une maison gaie, mais le silence et l'ordre convenaient parfaitement à Peter ; là, il pouvait réfléchir.

Rose frappa avant d'entrer, et ce fut Peter en personne, aussi cérémonieux qu'un maître de maison, qui lui ouvrit et l'embrassa. Il avait le visage bien propre de celui qui se frotte souvent à l'eau et au savon, une chemise raide d'amidon et des chaussures bien cirées. Il la fit monter dans sa chambre où elle se sentit étrangère.

C'était une pièce qui, de toute évidence, avait été gardée en réserve pour des locations occasionnelles, car elle avait des meubles trop bons pour qu'on les jette et pas assez bons pour qu'on vive avec. Elle ressemblait plus à une salle de séjour qu'à une chambre. Le lit de bronze, très orné, aurait pu servir de décor à un accouchement de l'époque d'Édouard VII. Dans un coin, il y avait une table dont le support était une gerbe de bambous attachée en son milieu par des fibres de rotin et s'évasant pour soutenir le plateau. Dessus était posé un vase peint, rempli d'épis de typha dorés. Le papier peint était couleur de sang séché, et il y avait des tableaux sur deux des murs : un Christ représentant la lumière du monde, à l'air blessé et interrogateur ; en face, une tablette longue et étroite, surmontée d'une mauvaise reproduction du *Cavalier riant*[1], avec, dessous, un texte imprimé qu'on pouvait difficilement accorder avec le sujet du tableau :

Dors paisiblement dans cette aimable chambre,
Ô toi, quel que soit ton nom…

« Est-ce que tu es très heureux, ici ? » demanda Rose. C'était une question sensée, et elle la posa alors qu'elle était assise dans la chaise droite devant la table sur laquelle Peter étudiait. Là, tous les crayons étaient rangés bien droits, et il n'y avait pas un papier, pas un livre, qui débordât sur un autre. Peter n'égarait jamais rien, ne perdait jamais rien, n'était jamais en retard, n'avait jamais rien oublié.

« Je ne pourrais pas être plus heureux, lui dit-il. Et je me suis fait un nouvel ami.

---

1. Tableau de Frans Hals. *(N.d.T.)*

— Parle-moi de lui. » Elle le sentait très chaleureux.

« Son père enseigne au lycée. Il pense vouloir devenir professeur d'université. Il m'a appris à jouer aux échecs, et on y joue beaucoup. Là, ce n'est pas une question de chance, tout repose sur le talent.

— Je suppose que tu es un bon joueur.

— Je le serai.

— Et le travail scolaire ?

— C'est super. »

Elle se demanda s'il avait jamais exprimé une émotion plus forte.

Chaque fois qu'elle lui proposait de venir passer un week-end au ranch, il s'excusait – parlant de travail scolaire, de lectures, ou bien il avait déjà d'autres projets et elle ne voulait pas lui demander lesquels. Elle était sûre que c'était à cause de Phil qu'il n'avait pas envie de venir au ranch, mais elle ne pouvait pas mentionner Phil ouvertement.

« Et toi, tu es heureuse ? » lui demanda-t-il ensuite.

Elle ne s'était pas préparée à cette question ; elle parla avec raideur. « George est bon avec moi, tu sais. Qu'est-ce qu'on s'est amusés en descendant ici en voiture, aujourd'hui ! On s'est arrêtés pour un pique-nique, on a regardé les montagnes. Tu sais, il y a plein de neige. J'avais préparé quelques sandwichs, on avait une Thermos de café chaud, et on a discuté là, en mangeant. Tu sais, c'est le genre d'homme avec lequel on peut faire des choses. » Mais elle n'avait pas répondu à la question. Elle sentait sur elle les yeux de Peter. « Tu sais, j'ai tout oublié des typhas dorés ! » Son brusque éclat de rire dans la chambre était bizarre, et elle se demanda soudain ce qu'elle faisait là. Et Peter, que faisait-il dans cette chambre invraisemblable ? Allait-il y passer tout l'été en trouvant une excuse puis une autre jusqu'à ce que le problème de Phil éclate au grand jour ? Cette chambre, qu'est-ce qu'elle avait de commun avec elle et avec Peter ? La chambre ne faisait partie d'eux – d'elle, de Peter et de John – qu'en un seul sens : en ce que les livres de médecine de John étaient bien rangés dans une bibliothèque vitrée et modulaire où devaient jadis avoir été exposées les œuvres de Dickens et de Scott. Et il y avait aussi le crâne.

« Les livres de ton père, dit-elle. Est-ce que tu les apporteras avec toi au ranch, quand l'année scolaire sera terminée ?

— Oui, tous. Et je prendrai le crâne. » Le crâne était tout ce qui restait de ce squelette dont Johnny avait été si fier et qui prouvait qu'il était médecin, car seul un médecin pouvait se procurer un squelette, seul un médecin avait cet horrible privilège. Les autres os, Peter les avait enterrés à Beech, dans un sac. Rose avait souhaité ne jamais savoir où.

Les portes vitrées de la salle à manger du Herndon House étaient déjà ouvertes, et, de l'autre côté, des serveuses se pressaient dans tous les sens, faisant cliqueter les couverts et tinter la lourde vaisselle en porcelaine de l'hôtel tandis qu'elles nettoyaient ce que le gouverneur avait laissé. Une des serveuses aux yeux innocents complotait de voler l'assiette du gouverneur – quelque chose à ajouter à la cuillère à café qu'elle avait déjà laissée tomber dans la poche de son uniforme –, afin de la donner à son petit-fils. Un jour, ça pourrait avoir de la valeur. Elle dirait que le gouverneur, content de son service, la lui avait donnée.

Et les hommes sortaient tranquillement, en bavardant, en agitant leurs bons cigares pour marquer leurs propos ; ces hommes à qui l'on avait demandé de représenter la ville de Herndon, de s'ajouter aux forces de progrès, constituaient la bonne société locale. Ce n'étaient pas des gens brillants ; s'ils l'avaient été, ils ne se seraient pas installés à Herndon, mais c'était ce que Herndon avait de mieux à offrir : les commerçants, l'entrepreneur de pompes funèbres, les médecins, les dentistes ; les plus ambitieux d'entre eux s'étaient au moins frottés à l'université d'État et cherchaient à présent avec ardeur à engranger leurs premiers cinquante mille ou cent mille dollars. Et en ce moment où quelqu'un d'éminent se trouvait parmi eux, leur but dans la vie devenait plus clair : sans leur argent, auraient-ils été invités à partager avec le gouverneur des petits pois, du poulet à la crème et une tranche napolitaine ? Non. De toute évidence, on ne les aurait pas invités. Leur guide, l'homme le plus riche de la ville, était président de la banque et il avait bien d'autres fers au feu – mais, comme George Burbank, il était pris par une réunion. Sans leur guide, les autres hésitaient à aborder le gouverneur. Ils se contentaient de l'entourer, terriblement impressionnés par ce qu'on leur avait raconté de cet élu qui était allé à Washington en compagnie de l'homme le plus riche de l'État dans un wagon ferroviaire privé, un wagon qui, entre autres articles de luxe, était pourvu d'une baignoire. Pendant le trajet, on leur avait servi de la tortue d'eau douce, et le champagne avait coulé à flots ; à certains arrêts, on avait monté des fleurs fraîches.

Le gouverneur, que son éminence rendait solitaire et qui en avait par-dessus la tête de la conversation de son conseiller, un individu qui ne savait penser et parler que de politique ou alors d'une dent qui commençait à lui faire mal, fut heureux d'être enfin salué par George

Burbank dont le nom était en tête de liste d'un répertoire intitulé : *Hommes éminents de notre État.*

« Voilà longtemps que nous ne nous sommes pas vus, dit le gouverneur avec un large sourire, et il envoya une claque sur le large dos de George.

— Comment allez-vous, gouverneur ? » demanda George. Ils parlaient comme des égaux, chacun de son propre point d'élévation. Chacun s'enquit de la santé de l'autre et de celle des gens qui lui étaient chers. Le gouverneur posa des questions sur la sévérité de l'hiver, et ils opposèrent sa douceur bienvenue à la terrible rigueur de l'hiver 1919, un hiver qui restait encore dans tous les esprits parce que, le foin ayant été épuisé, le bétail avait péri de faim ou gelé dans les prés, tandis que les chevaux sauvages mangeaient les graviers qu'ils trouvaient sous la neige.

« Au fait, où était-ce, la dernière fois que nous avons discuté tous les deux ? demanda le gouverneur.

— Mais au restaurant du Sénat, répondit George. Mon père et moi avions pris un ragoût au bœuf. »

Le gouverneur eut un petit rire. « Au fond, George, dit-il, il n'y a rien de tel qu'un bon ragoût au bœuf.

— C'est bien vrai.

— D'ailleurs, George, ce ragoût est une spécialité du restaurant. Il faudra nous y retrouver un de ces jours pour en prendre un ensemble.

— Voilà une excellente idée, approuva George. Je suis sûr que ma femme apprécierait.

— Votre femme, dites-vous ? » demanda le gouverneur en reculant d'un pas. Il eut un large sourire. On ne l'en avait pas averti. Voilà à quoi lui servait son conseiller. Un conseiller pour quoi faire ? « Mes félicitations. Je ne savais pas.

— Ça n'a pas été une grande noce. Voyez-vous, ma femme est une veuve. »

Le gouverneur hocha la tête et mâchouilla le bout de son cigare. Il semblait comprendre comment le fait que la femme de George fût veuve éclaircissait certaines choses. « Pas une grande noce, dites-vous ?

— Pas du tout. C'est ce que souhaitait ma femme.

— Eh bien, George, je vois que vous vous habituez à la corde au cou, comme le reste d'entre nous. Grand chanceux ! Je vais vous dire, ma femme et moi souhaiterions vous inviter à dîner, et pas pour un ragoût, George. Non, pas pour un ragoût ! »

Mais George avait déjà sa propre idée.

Les montagnes entouraient Herndon et le soleil se couchait dans un ciel clair. Il fit donc nuit alors qu'ils n'avaient pas encore terminé leurs courses ; les vitrines des boutiques étaient chaudes et attirantes. George passa chez le fabricant de harnais pour se procurer un nouveau jeu de colliers et reprendre une selle qu'un vacher avait donnée à réparer. Il laissa Rose à l'épicerie où elle acheta des caisses de fruits en boîte, car les Burbank nourrissaient bien leurs travailleurs, et ceux-ci s'en vantaient auprès des hommes des autres ranchs. Elle choisit des poires, très prisées dans cette région, et les moitiés de pêche à la chair dure, fort appréciées elles aussi, si glissantes et si résistantes dans leur épais sirop au sucre qu'un seul geste maladroit de la cuillère les envoyait voler sur la nappe. Comme elle avait géré Le Moulin Rouge, Rose avait l'habitude d'acheter de grandes quantités : un demi-cochon, trente douzaines d'œufs, quatre jambons, quatre sacs de pommes de terre, de la confiture de framboises en bocaux de quatre litres. Mais à l'époque du Moulin Rouge, elle attendait son tour pour être servie. Plus maintenant. Désormais, en tant que Mme Burbank, elle était gênée par l'obséquiosité du vendeur, voire par celle du propriétaire qui venait en personne la servir, lui demander ce qui lui plairait. « L'ancienne Mme Burbank, lui expliquait-il, aimait s'approvisionner en spécialités », et il touchait les étagères portant le crabe et le homard en boîte, les rillettes de viande et les fromages en pot. « Vous êtes des gens qui avez toujours su avoir une bonne table », et Rose se méprisait parce qu'elle commandait une demi-caisse de ceci et de cela – pourquoi se méprisait-elle, elle ne le savait pas au juste. Peut-être parce que… parce que cela diminuait d'une certaine façon Johnny Gordon. Et les Burbank, qui, eux, n'avaient besoin de rien, en étaient diminués encore davantage. Personne n'avait jamais indiqué le homard à la femme de Johnny Gordon, ni fait attendre pour elle les autres clients.

Ils prirent leur repas du soir au Sugar Bowl Café ; au-dessus d'eux, deux énormes ventilateurs, rappels de l'été lointain, restaient immobiles sous un haut plafond aux caissons de métal couleur crème. La grande salle était vide, à part eux et deux voyageurs qui plaisantaient avec une serveuse d'aspect négligé qui ne les lâchait pas – une nouvelle qui ne devait pas connaître cette ville, car elle ne se hâtait guère pour servir Rose et George.

« C'est drôle, maintenant que j'y pense, fit George, mais il y a quelques heures, j'ai dîné ici. En ville, on dit "déjeuné". » Il eut un petit rire. « Et, tu vois, je vais prendre le flétan une fois de plus.

— Une fois de plus ? » Elle avait le cœur qui fondait, quand il faisait la conversation. Il avait du mal, et elle se doutait bien qu'on lui avait dit (c'était évidemment le cas) qu'il n'était pas doué pour parler. Quels efforts il faisait pour se rendre agréable !

Lorsqu'ils eurent fini, il lui dit : « Reste ici une minute. Il fait froid, dehors. Je vais foncer et mettre les rideaux. Reste et finis ton café. »

Il avait posé les colliers neufs et la selle sur la banquette arrière, et les rideaux des fenêtres conservaient une odeur fétide de sueur de cheval : un rappel du ranch, cette destination sans joie – les chiens allaient surgir en courant et en aboyant, quitter les ombres dessinées par la lune dans lesquelles ils dormaient ; Rose et lui descendraient du garage d'un pas lourd, envoûtés par le silence de la nuit ; ils ouvriraient la grande porte d'entrée et entreraient dans la salle silencieuse. George passerait devant et chercherait l'interrupteur ; la pièce prendrait un air tout étonné sous l'éclairage soudain ; la lumière actionnerait le générateur dans la cave, et son échappement se mettrait à pétarader ; alors, ils se dépêcheraient de gagner leur chambre pour se déshabiller et éteindre la lumière qui provoquait un tel vacarme. Puis, dans le silence retrouvé, elle entendrait Phil renifler et tousser, renifler et tousser comme quelqu'un qui est réveillé depuis longtemps et qui attend.

Tandis que la ville se glissait derrière eux et que disparaissaient les dernières lumières, elle se sentit un peu mélancolique en pensant à des gens, des gens ordinaires qu'elle avait aperçus par une fenêtre et qui étaient assis en train de manger.

« Eh bien, nous rentrons chez nous, déclara George. Oui, m'dame !

— Quelle belle sortie nous avons faite », dit-elle en resserrant sa cape sur ses épaules. Elle frissonna et pensa à la chaleur calme de la chambre de Peter, à la curieuse atmosphère de serre qui y régnait et au crâne humain. « J'aime le clair de lune.

— Tu sais, Rose, je pense à quelque chose.

— À quoi ?

— Tu te souviens ? On avait parlé de piano.

— Oui, je m'en souviens.

— Rose, quel est le meilleur piano ? Ça m'a toujours plu, quand tu as joué. C'est vraiment gai, tu trouves pas ?

— C'est vrai que j'aimerais avoir un piano, mais je ne joue pas assez bien pour avoir le meilleur.

— Mais si ! Tu es excellente. Regarde, ma mère aimait écouter de la musique sur le Victrola, mais elle était incapable de jouer la moindre chose. Je lui ai dit que tu jouais, et elle a répondu qu'elle aurait vraiment souhaité pouvoir en faire autant. Elle m'a dit que j'avais de la chance d'avoir trouvé une femme douée. C'est le mot qu'elle a employé. Douée.

— Tu ne m'as pas un peu enjolivée ?

— Comment est-ce que ce serait possible ? Et sais-tu pour qui tu vas jouer ?

— Pour toi.

— Pour moi, bien sûr. Mais tu vas aussi jouer pour le gouverneur. Et pour la femme du gouverneur.

— Oh, mon Dieu, George ! » Et elle sentit sa gorge se nouer.

« Il va venir le 1er du mois prochain. Je me suis dit que tu aurais plaisir à faire sa connaissance. Il est formidable. » Ils roulèrent un moment en silence, et il parla de nouveau. « On vient juste de passer là où on a pris notre pique-nique. Le pique-nique d'hiver, Rose.

— C'était juste là ? » Dans un frisson, elle eut l'impression qu'ils avaient dépassé bien plus que l'endroit du pique-nique, et elle se prépara à arriver une fois de plus au ranch dont la maison allait émerger sous la lune dans sa grande carcasse et ses rondins ; une fois de plus, elle allait entendre les chiens aboyer – comme si

George et elle étaient des étrangers ou des gitans. Ils entreraient dans la maison, et elle entendrait Phil renifler et tousser.

Le piano, un Mason & Hamlin, fut apporté de Salt Lake City à Beech par train et resta sur un de ces wagons express, enveloppé d'une bâche grise en cas de neige, jusqu'à ce que le chef de gare soit en mesure de suivre les instructions et de faire venir de Herndon un camion pour le transporter jusqu'au ranch. Il déclara qu'à son avis le piano pesait une tonne. Il passa plusieurs coups de fil à Herndon et appela George pour lui annoncer que la société de transports était submergée, qu'un des hommes parfois disponible pour l'enlèvement des objets venait de se marier et de prendre quelques jours de lune de miel comme il se doit, dit-il, mais que la société cherchait quelqu'un d'autre pour aider le chauffeur. Celui-ci, en effet, disait qu'il était impossible de venir tout seul parce que, pour un piano, on a besoin d'être aidé et on ne trouve pas facilement ce genre d'aide dans un coin comme Beech. George se souvenait de ce chauffeur comme d'un homme de haute taille qui regardait par-dessus la tête des gens.

La société de transports téléphona ensuite au chef de gare pour lui dire qu'elle avait déniché un jeune homme qui aiderait le chauffeur, un jeune et robuste Suédois, plein de bonne volonté mais maladroit ; et quand ce Suédois arriva à Beech avec le chauffeur dans un camion à pneus pleins et à transmission par chaîne, il souleva mal le piano et se blessa le dos avant même d'avoir pu enlever le piano du wagon. Il s'écroula de douleur sur le quai de la gare, le visage livide, de la sueur perlant sur son front. S'était-il brisé le dos ? Par un heureux hasard, le shérif du comté était au comptoir de l'un des bars de Beech avec sa boisson habituelle, et il fut donc en mesure de conduire le jeune Suédois à l'hôpital de Herndon. Plusieurs hommes sortirent du bar, et, entre eux, le chauffeur et le chef de gare, ils réussirent à hisser le piano sur le camion, mais plus tard le chauffeur déclara sans détour à George que le transport de piano était un métier spécialisé et que c'était un miracle si tous ces hommes-là ne s'étaient pas cassé le dos. Il ajouta qu'à un endroit entre Beech et le ranch la chaîne de transmission s'était brisée et qu'il était resté coincé là, lui, le chauffeur, par une température de moins dix-huit degrés jusqu'à ce qu'il réussisse à bricoler une goupille pour réparer cette saloperie.

Rose se trouva seule pour réceptionner le piano. Le chauffeur refusa le café qu'elle lui proposa. « C'est mauvais pour les reins », expliqua-t-il. Son père non plus n'avait jamais bu de ce truc. « C'est la dernière fois que j'accepte un contrat pour transporter un piano.

— Je ne peux pas vous dire, répondit Rose confuse, combien ça me rend malade de voir tous les embêtements que cette affaire a causés.

— Et quand est-ce que vous pensez que vos hommes vont rappliquer ? demanda le chauffeur en sortant sa montre de gousset Ingersoll.

— Sûrement pour midi.

— Un miracle qu'il se soit pas pété le dos, dit le chauffeur. Il a trois enfants en bas âge. »

La neige avait commencé à tomber au moment où ils entreprirent de décharger le piano. Les aides du ranch allèrent chercher, derrière la maison, des cordes et des planches de cinq centimètres par dix, et ils installèrent une rampe allant du sol au camion. Le chauffeur les dirigeait en regardant par-dessus leur tête. « Bon sang de bon sang, disait-il, vous y prenez pas comme ça. C'est comme ça que le Suédois s'est esquinté le dos. »

George travaillait avec les ouvriers ; ils réussirent enfin à traîner le piano en haut des marches de l'entrée, le sortirent de sa caisse d'emballage, le poussèrent à l'intérieur centimètre par centimètre et vissèrent les pieds. Phil ne mit pas les pieds hors de sa chambre. « Votre gars à la gare de Beech m'avait pas dit que c'était un piano, que vous aviez là, remarqua le chauffeur. Il y a plein d'endroits où, pour ça, on paie, disons, dix dollars de l'heure. Je suppose que c'est parce qu'on a de fortes chances de se péter le dos. »

Les filles qu'on employait pour un salaire, comme les putes, se recrutaient dans les familles de petits agriculteurs ou d'éleveurs du Sud, là où la terre était mauvaise – une terre alcaline, poussiéreuse, couverte d'amarantes et de chardons. C'étaient des filles malheureuses, maussades, stupides, qui détestaient leur condition, leur père, la conscience d'être une bouche de trop à nourrir et ainsi de suite.

Elles arrivaient avec une valise en carton, les cheveux très frisés – pensant que c'était ce que le monde voulait –, et elles lavaient la vaisselle, récuraient les planchers, faisaient les lits, servaient à table et prenaient le fou rire avec les hommes salariés du ranch qui, pour leur part, n'avaient qu'un objectif immédiat. Elles étaient peu nombreuses à tenir longtemps. Elles saisissaient vite ce que leur situation avait de stérile : elles ne pouvaient pas épouser un des aides du ranch, car, dans un ranch, il n'y a pas de place pour un employé marié. Tel un prêtre marié, il est incapable de rester concentré sur son travail, et il est toujours à courir là où se trouve sa femme. Il y avait des filles qui tombaient enceintes et disparaissaient ; d'autres retournaient à leur lieu d'origine et, encore une fois, elles pleuraient et se disputaient avec leurs parents. D'autres atterrissaient au Dixie Rooms où on les payait deux dollars la passe, et dix pour la nuit entière – un curieux calcul financier.

Lola, qui répondit à l'annonce de George dans le *Recorder*, arriva au ranch avec une chemise de nuit dans sa valise et un trésor constitué de magazines de cinéma qu'elle n'arrêtait pas de relire dans sa petite chambre à l'étage. Nombreuses étaient les vedettes de cinéma qui elles aussi étaient issues de rien et qui, à présent, se promenaient dans des limousines, prenaient bain sur bain et portaient les peaux d'animaux rares. C'était une fille vive et vite affolée, de bonne volonté, qui marchait les pieds tournés en dedans. Elle élevait rarement la voix au-delà du chuchotement, de peur que le bruit n'offense quelqu'un. Elle craignait Mme Lewis qui se répandait en maximes sinistres et parlait de jolies jeunes filles retrouvées ligotées dans des coffres de voiture en Californie ou dans des endroits analogues ; elle craignait aussi les aides du ranch qui lui lançaient des clins d'œil et lui proposaient de monter en croupe avec eux pour faire une sortie le dimanche.

La présence de Lola laissait Rose désœuvrée, sauf pour prévoir les repas et s'exercer à ce piano qui avait endommagé le dos d'un brave et jeune Suédois père de trois enfants. Dieu merci, ce dos n'avait pas été brisé. Le piano était noir, brillant, et il méritait mieux que les partitions que Rose posait sur le pupitre. Elle avait un répertoire pitoyable : quelques valses de Strauss, une marche militaire et des accompagnements sirupeux pour des chansons telles que « The Rosary » et « Just Like a Gypsy », un morceau qui plaisait à George et qu'il ne manquerait pas de demander lorsque le gouverneur viendrait. Rose était effrayée par la fierté que suscitait chez George son maigre talent ; il ne remarquait jamais ses fausses notes. Elle entreprit de s'exercer avec zèle afin de parvenir à bien jouer ses morceaux pour que George puisse être fier à bon escient.

Phil quittait la pièce dès qu'elle se mettait au piano ; il le faisait de façon si ostensible qu'elle n'arrivait plus du tout à jouer tant qu'elle ne le savait pas entièrement hors de la maison ou dans sa chambre avec la porte fermée ; elle le soupçonnait d'avoir un goût bien meilleur que George et de se moquer d'elle sous cape en sachant qu'elle s'exerçait pour impressionner le gouverneur.

Portes, portes, portes, portes : il y en avait cinq donnant sur l'extérieur dans cette maison, et Rose connaissait le bruit que faisait chacune en s'ouvrant ou se fermant. La porte de derrière, que Phil utilisait, était celle par où le vent entrait et soulevait le tapis du couloir qui se tordait alors avec des ondulations de serpent. Elle entendit Phil rentrer dans la maison un après-midi : il marchait d'un pas rapide, léger, levant haut l'arrière de ses pieds plutôt petits. Elle l'entendit refermer la porte de sa chambre derrière lui. Protégée par cette porte fermée des pensées de Phil et de tout ce qui émanait de lui, elle s'assit et se mit à jouer ; mais, tandis qu'elle écoutait son jeu d'une oreille critique, elle perçut un autre son, celui du banjo de Phil, et elle se rendit soudain compte que, lorsqu'elle se lançait, il jouait lui aussi. Elle s'interrompit, les yeux fixés sur les touches. Le clink-clink du banjo s'arrêta aussi. Prudemment, elle recommença. De nouveau le banjo. Elle fit une pause, le banjo aussi. Elle eut alors la sensation d'une créature qui lui grimpait le long de la nuque : il jouait précisément la même chose qu'elle – en mieux.

Phil était incapable de lire une note, mais il n'en avait pas besoin. Il jouait d'oreille, et il pouvait jouer n'importe quoi du moment qu'il l'avait entendu une fois ; il reconnaissait tout de suite l'intention et le plan du compositeur. Il décelait de la même façon la logique à l'œuvre dans la musique de Mozart – une musique qu'il avait souvent entendue s'échapper des persiennes du meuble Victrola. Ces vieux disques n'enregistraient que les orchestres exécutant des transcriptions de Mozart pour cuivres et bois, parce qu'à cette époque la cire ne permettait pas de graver les instruments à corde. Il méprisait ce que jouait Rose, des morceaux qui n'étaient ni chair ni poisson – le genre de truc qu'elle avait sans doute pianoté dans son bastringue ou Dieu sait où ; et il savait fort bien pourquoi elle s'exerçait comme elle le faisait.

Ce vieux George avait vendu la mèche.

« Le Grandissime va venir dîner ici, avait dit George.

— Eh bien, m'sieur, mais c'est qu'on monte dans le Gr-ra-and Monde, remarqua Phil. On va sortir les rince-doigts ? » Et Phil avait ri. Voilà donc la manière dont George voulait introduire sa pianoteuse de femme dans le Gr-ra-and Monde ! Il se marrait en écoutant Rose s'escrimer sur son buffet tout neuf, faire bourde sur bourde, larguant ses notes comme des miettes de pain, et puis, quand elle avait fini, il jouait le morceau correctement.

Il fallut plusieurs jours à Rose avant de se rendre compte de ce qu'il faisait, et alors elle s'arrêta de jouer sauf s'il était dehors. Maintes et maintes fois, Phil entendit Rose s'interrompre lorsqu'il ouvrait la porte de derrière, et ça, c'était presque aussi bon que de la singer. Elle était facile à énerver. Comme elle avait les mains qui tremblaient, quand elle servait le café ! Phil ne supportait pas les gens qui se prennent eux-mêmes en pitié.

La pauvre s'était apparemment mis dans le crâne qu'elle ferait bien de s'habiller chaque soir pour souper, et elle mettait autour de sa tête un truc dont on avait dû lui dire que c'était joli – peut-être s'exerçait-elle encore pour le Grandissime (lequel Grandissime n'avait été qu'un avocat de cambrousse jusqu'à ce qu'un politicien madré s'empare de lui et lui fasse épouser une femme qui avait un peu de classe). Même ce vieux George, depuis son mariage, s'attifait d'une chemise propre, et Phil avait surpris chez lui, et même chez la petite dame, un regard peiné lorsqu'il arrivait à table habillé exactement comme il l'avait toujours été et le serait toujours. Ils vivaient quand même dans un ranch, et pas dans quelque station touristique pour couillons, comme la petite poupée semblait le croire.

Phil fut étonné de voir George venir lui parler dans l'atelier où il travaillait le métal. Phil était debout devant la forge, un pied confortablement posé sur le bloc de bois qu'il avait cloué, son long bras non moins confortablement installé sur le levier du soufflet ; il actionnait le levier avec ardeur, se courbant facilement en deux, chiquant du tabac au rythme de son mouvement. Dans le lit de charbons ardents se trouvaient d'autres pièces de fer très élaborées. L'atelier était jonché de tisonniers, de chenets et de pièces sans utilité pratique mais qui traduisaient simplement la façon dont Phil exprimait au moyen de ses mains ce que concevait son cerveau remarquable. Il maniait le marteau et les pinces de ses doigts nus, afin qu'aucun morceau de cuir ou de tissu ne vienne troubler la netteté de l'image formée par son cerveau. En attendant que le métal chauffe jusqu'à atteindre le rouge cerise souhaité, il avait les yeux fixés sur la colline enneigée où il voyait l'épaisse fumée sortir en nuages lents par la grande porte et se déposer lentement sur le sol. Il ne dit rien quand George entra, regarda autour de lui et s'installa sur un chevalet. George restait toujours assis un bon moment avant de parler, car il n'avait pas la pensée rapide. Mais Phil savait qu'il était troublé, et ça ne l'étonnait guère. Peut-être l'ami George avait-il compris que le mariage n'était pas tout à fait à la hauteur de ce qu'on racontait. Presque tous les week-ends, il fallait qu'il emmène Bobonne à Herndon voir le mignon petit qui avait besoin de sa chère maman. Pourquoi était-elle incapable de se conduire toute seule à Herndon et de laisser George à son *Saturday Evening Post* ? Parce qu'elle avait peur des routes l'hiver. Un de ces jours, quelqu'un allait lui donner une bonne raison d'avoir peur !

Qu'est-ce qui avait poussé George à sortir de la maison ? Entendre Rose taper sur son buffet à touches ? La petite dame se collait à un de ses morceaux, faisait une faute, recommençait – et toujours la même faute. Ça vous faisait grincer des dents. Pauvre vieux George, assis là à attendre l'erreur suivante.

Ou alors, était-il possible que George se soit mis à cogiter sur ce que serait l'été prochain, quand le gosse serait dans la maison à entrer et sortir sournoisement, rappelant constamment à ce brave Georgie qu'il n'avait pas été le premier à tringler Rose ? Il avait comme l'impression que George détestait les chochottes autant que lui, et maintenant on allait en avoir une justement là, dans la maison, à fouiner et à tout écouter. Phil ne supportait pas leur façon de marcher et de parler.

Phil n'aurait pas été étonné d'apprendre que George avait commencé à se faire du souci pour le dîner avec le Grandissime. Comment avait-elle réussi à monter un coup pareil, cette fille ? Bon, si un homme est assez idiot pour vouloir une femme à ce prix-là, il y a des choses qu'elle est capable de tenir cachées – mais pas s'il invite des gouverneurs ou des gens de ce calibre à dîner. Phil avait lu *Lysistrata*. Quelle farce, ce dîner. Phil serait obligé de se taper toute la foutue conversation, et puis notre petite Mamzelle Bastringue allait nous cogner ses morceaux gnangnan avec toujours les mêmes fautes. Bon, très bien. Ça servirait de leçon à George. Phil n'était pas snob, mais on ne peut quand même pas se marier en dehors de sa classe. Et la femme du Grandissime, qu'allait-elle en dire ?

George était là, assis sur le chevalet. Il était préoccupé, c'était vrai, par quelque chose qu'il lui répugnait de dire. Et il valait mieux qu'il parle vite s'il voulait s'exprimer en privé, parce que l'un ou l'autre des ouvriers n'allait pas tarder à sortir du dortoir. Même si le dimanche après-midi, quand les hommes avaient fini de nourrir le bétail, ils étaient libres pour le reste de l'après-midi – libres de graisser leurs articles en cuir, de laver leurs fringues, d'écrire des lettres (s'ils savaient écrire), d'inonder le dortoir ou de lire dans des magazines des histoires de cow-boys dont ils se moquaient mais qu'ils croyaient au fond d'eux-mêmes –, ils ne se sentaient pas à l'aise dans le dortoir si George était hors de la maison. Il possédait une autorité bizarre dont il n'était même pas conscient, la capacité de déranger, peut-être parce qu'il ouvrait si rarement la bouche que son silence amenait les autres à regarder en eux-mêmes, à percevoir une culpabilité dont on savait qu'elle était là. Dans quelques instants, les hommes sortiraient et ils se rendraient à la grange pour avoir l'air occupés. Phil eut un sourire.

Inutile de laisser George souffrir plus longtemps.

Phil l'aida en lui apportant le baume de la parole humaine – façon d'amorcer la bonne vieille pompe, pour ainsi dire. « Eh bien, vieux pote, qu'est-ce que t'agites dans ta caboche ? »

George leva les yeux vers Phil. « Eh bien, Phil, commença-t-il.

— Vas-y, vieille branche, crache le morceau. » Phil fit reculer sa chique contre sa joue pour parler plus clairement.

Phil aimait les petites confessions de George. De bon matin, un jour de 1917, les maquignons étaient arrivés, et ils faisaient de la lèche pour essayer d'avoir le bétail au prix qu'ils voulaient. Phil, lui, avait lu bien des choses et avec attention. Il donna donc son avis à George : « Ne te précipite pas. Cet abruti de professeur de Princeton va nous foutre en guerre fissa, et, à ce moment-là, on va récupérer un gros paquet de galette. »

Mais George, qui ne se laissait pas toujours bousculer, se raidit et vendit. Et comme de bien entendu, en avril, l'ami Wilson nous lança dans cette saloperie de guerre. George compta cinq mille tickets de manque à gagner, et Phil fut très satisfait de voir George bouffer son chapeau.

À l'époque où ils étaient à l'université, Phil n'avait que des A, et le doyen en personne l'avait un jour fait venir pour le féliciter. Ce doyen s'intéressait d'ailleurs aux ranchs et à ce genre de vie. « Au fait, Burbank, s'exclama-t-il soudain en se levant pour baisser le store qui filtrait le soleil de Californie, pourquoi votre frère marche-t-il mal ? En anglais, surtout ?

— Vous voulez savoir ce qui le tracasse ?

— Il est en train d'échouer.

— D'échouer ? demanda Phil, l'air étonné.

— Apparemment, l'anglais ne rentre pas. Vous ne pourriez pas l'aider un peu ?

— Je ne suis pas sûr qu'il ait l'équipement. »

Mais il parla à George. « Je veux bien te le dire, vieux pote, mais c'était quand même gênant pour moi. Le doyen voulait savoir comment, dans une même famille, il peut y avoir un type qui ramasse que des A et l'autre les notes les plus nulles. Qu'est-ce qui t'arrive, mon frère ? »

George rougit comme une tomate. « Je suis désolé, Phil, dit-il.

— Quel bien ça te fait d'être désolé ? Tu vas être obligé de t'y coller et de te servir de ta caboche, ou alors ils vont te virer et tu vas être obligé d'affronter le Vieux Monsieur. Tu sais bien ce qu'il en pense, lui, des échecs.

— Je sais, dit George.

— D'ailleurs, si j'étais toi, continua Phil, je partirais dès la fin de l'année. Tu ferais mieux de voir la réalité en face, t'as pas l'équipement pour ce qu'on appelle l'enseignement supérieur. Inutile de te cogner le carafon contre un mur de pierre, mec. »

George eut beau lutter tout le reste de l'année, il se fit virer à la fin. Phil se souvenait de la manière dont son frère était planté devant le miroir à se regarder. Phil venait d'avoir son diplôme avec mention. George aurait sauvé ce qui lui restait de fierté s'il avait suivi le conseil de Phil.

George, à présent assis sur le chevalet dans l'atelier de forge, n'avait pas l'air d'avoir précisément confiance en lui. Phil le regarda baisser sa main gantée et ramasser une poignée de copeaux odorants que Phil avait faits un peu plus tôt en rabotant une planche. George considéra les copeaux tout propres emmêlés au creux de sa main comme un nid de souris. « C'est un peu dur à dire, murmura George, ce que je vais te dire.

— Vas-y, crache.

— C'est à propos du Grandissime, le gouverneur. »

On y était donc. Phil avait vu juste. « À propos du Grandissime, dis-tu ?

— Pas vraiment lui, mais plutôt sa femme.

— Continue. » Les commissures des lèvres de Phil esquissèrent un sourire tendu, et il se mit à chiquer.

« Je me disais que ça ne lui ferait sans doute pas grand-chose, au Grandissime, mais que ça pourrait embêter sa dame.

— Mais quoi donc, bon sang ?

— Ça pourrait l'embêter que tu viennes manger sans t'habiller un peu. »

Phil fut à peine troublé dans le rythme de son action sur le soufflet. Il se contenta de garder les yeux fixés sur George jusqu'à ce que celui-ci eût laissé tomber les copeaux en forme de nid de rats et fût reparti dans la froide grisaille de l'après-midi.

7

Au début, Rose ne savait pas très clairement pourquoi ses pensées se tournaient de plus en plus vers le passé – vers son père qui était fier de sa maison et de tout ce qu'elle contenait, du porte-parapluies dans l'entrée, du téléphone dont il s'approchait avec gravité et qu'il abordait poliment en disant toujours « Ici les Wilson... » avec une voix montante, mais aussi vers sa mère et ses inquiétudes sur la santé des plantes d'intérieur. Sa mère s'habillait avec davantage de soin le jour où on lui livrait le *Ladies Home Journal* – comme pour un jour férié –, et elle remerciait le facteur comme s'il lui avait fait un cadeau. Puis, soudain, en pensant à ce facteur qui apportait le *Journal* et aux plantes d'intérieur, Rose se rappelait le calme curieux de certains dimanches après-midi et le son du piano chez les voisins, le bruit assourdi des gammes et des exercices de sa meilleure amie avec laquelle elle jouait des morceaux à quatre mains. Cette amie venait parfois chez elle avec un livre sur le sens des rêves. Montées à l'étage, elles interprétaient leurs songes en étouffant des fous rires.

La voix de sa mère : « Qu'est-ce que vous trafiquez,

les filles ? Je vous entends de loin, dehors. Hattie Brundage a téléphoné, et elle dit qu'elle va avoir toutes les Eastern Stars [1] chez elle demain. Ça va pas être facile pour elle, et est-ce que tu voudras bien t'occuper des fleurs ? Si ces gens étaient des étrangers, je crois que tu devrais les faire payer. J'vous jure. Je crois que plus tard tu devrais travailler chez un fleuriste. Mais qu'est-ce que je vais pouvoir donner à manger à ton père ce soir ? Lui qui déteste les restes. »

Puis le lycée et les échanges de photos de classe, le livre d'autographes qu'on faisait circuler en fin d'année et le jour de la remise des diplômes avec l'odeur de l'herbe fauchée et quelques-unes des filles prêtes à fondre en larmes, Mlle Kirkpatrick qui enseignait l'anglais et qui passait parmi elles et, d'un air impérieux, redressant tel ou tel volant ou tel ruban dans les cheveux. « Maintenant, il faut que chacune d'entre nous présente le mieux possible. » Mlle Kirkpatrick était vigilante, au cas où l'une des filles tricherait et se mettrait du rouge aux joues. « Rose, les fleurs sont extraordinaires, cette année. » Dehors, dans le hall, les garçons circulaient en bande, chargés de chaises pliantes tandis que le concierge rouspétait.

Elle n'était ni major ni deuxième de la promotion, il s'en fallait de beaucoup. Elle était assise dans une sorte de garde-à-vous rigide lors de la classe de géométrie, et elle dessinait des triangles et des trapèzes très nets qu'elle légendait de sa petite écriture bien affirmée, mais le sujet lui était inaccessible. Et pourtant son nom était apparu aussi sur le programme, mais à part.

Arrangements floraux : Mademoiselle Rose Wilson

---

1. Société de femmes souvent associée aux francs-maçons. *(N.d.T.)*

Pendant les quatre dernières années, c'était elle qui avait disposé les fleurs offertes par des associations : le club des Elks, celui des Eagles, celui des Woodmen.

« Bien, je suis certain que vous tous, ici, me connaissez, déclara le principal pour commencer son allocution. Certains d'entre vous ne me connaissent que trop… »

Un rire poli fusa dans toute l'assemblée, car quelques garçons ne connaissaient en effet que trop le principal et son bureau aux boiseries vernies, le sifflement du radiateur à vapeur, le buste de Lincoln et le drapeau américain poussiéreux. Le principal était un vieux monsieur qui avait de solides croyances, et il s'était mis à parler d'atteindre la lumière à travers l'obscurité.

C'était ainsi, la cérémonie de remise des diplômes. « Maman, dit-elle, c'est absolument superbe, sur toi. Et toi, papa, on dirait un jeune homme.

— Oui, n'est-ce pas qu'il fait jeune ? murmura sa mère. Franchement, est-ce que tu aimes ce chapeau ? Je trouve que c'est abominable, leur façon de mettre des plumes d'oiseau sur les chapeaux de femme, maintenant. »

Son père avait ri. « On doit quand même tous s'en aller un jour. Il y a plein d'hommes de mon âge qui ont l'air bien plus jeunes que moi. Il faut mieux se faire à l'idée.

— Vaut, murmura sa mère. Il *vaut* mieux. Ton père veut savoir si tu peux te procurer encore d'autres programmes. Avec ton nom dessus. Il dit qu'il est d'accord pour les payer, mais je lui ai dit qu'ils n'allaient pas les faire payer, pas vrai ?

— Oui, je suis sûre que je peux m'en procurer

d'autres. Et puis c'est vraiment pas grand-chose, d'arranger des fleurs.

— Allons donc ! répliqua son père. Pourquoi est-ce qu'ils te mettraient sur le programme, sinon ? Moi, je peux pas imaginer quelque chose de plus beau à faire pour une jeune femme. Il y en a un bon paquet, aujourd'hui, qui ne sont même pas capables de coudre un bouton sur une chemise.

— Ce serait gentil de sortir ta propre fille, un de ces jours, proposa la mère.

— Bon, je vais te dire ce qu'on va faire, annonça le père. On va aller tous les trois chez McFadden, on va s'installer et on va commander tout ce qu'on voudra. Qu'est-ce que vous en dites, mesdames ?

— Pete, dit la mère, je trouve ça formidable. »

Fiers comme des rois, ils prirent place chez McFadden sur des sièges aux pieds faits de fils métalliques tressés. « McFadden a un bel établissement, à mon humble avis.

— Depuis quand ton avis est-il humble ? demanda la mère en souriant.

— Je remarque, poursuivit le père, qu'il a même posé sur la table un flacon pour saupoudrer de la muscade.

— C'est ce que les jeunes mettent maintenant dans leur lait malté, expliqua la mère.

— Je suppose, fit le père, qu'on doit prendre pas mal de poids à manger souvent comme ça. On ne doit pas garder l'air jeune longtemps.

— Je suppose », acquiesça la mère. Elle hocha la tête, haussa les sourcils, et ses lèvres formèrent distinctement le mot bonsoir à l'intention de gens qu'ils connaissaient et qui vinrent les saluer. « Voici donc la jeune fille qui a disposé ces superbes fleurs.

— Pendant quatre ans, dit le père. Elle a un talent pour les fleurs. »

Les fleurs, les fleurs, les voix et les fleurs. Elle se demanda si les autres se souciaient de réminiscences aussi fragiles, s'ils cherchaient parmi de telles ombres et des voix aussi poussiéreuses – et pour trouver quoi ? Se trouver ?

Car il lui avait semblé récemment qu'elle avait perdu son identité, et c'était précisément pour la trouver qu'elle fit une composition florale de divers matériaux suffisamment bizarres pour mettre sa grande habileté à l'épreuve. C'étaient des matériaux qu'elle avait d'abord repérés grâce aux jumelles dont George se servait pour examiner les montagnes. Elle les avait aperçus contre la clôture en fil de fer qui entourait le pâturage à chevaux au-dessous de la maison, et, en eux-mêmes, ils étaient plutôt insignifiants. Mais qu'est-ce que l'art (se disait-elle pour se défendre), sinon un arrangement de choses banales ? Qu'est-ce que Cézanne, sinon de la ligne et de la couleur, et Chopin, sinon du son ? Qu'est-ce qu'un parfum, sinon des odeurs calculées, et qu'est-ce que le froufrou du beau linge, si ce n'est du lin ? Cette composition, comme ses exercices au piano, comme le soin qu'elle apportait à s'habiller chaque soir et le pique-nique fantasque au bord de la route, était destinée à faire plaisir à George. Elle voulait le surprendre. Et elle y parvint.

Il n'avait jamais vu une telle chose de toute sa vie et il eut le visage qui rougit quelque peu. Puis il parla gravement, en choisissant ses mots. « Oh ! mais c'est extraordinaire ! Oh ! mais je… je trouve que c'est très joli.

— Joli ? Je n'en suis pas sûre, mais j'espérais que ça te plairait. Je réalisais d'autres choses de ce genre, avant.

— Ah bon ? Il faut croire que les gens réalisaient plein de choses, avant. Oui, ça me plaît vraiment. Je crois que ma mère n'aurait pas été capable d'en faire autant. Elle était davantage du côté de la lecture, elle lisait tout le temps et elle parlait toujours de plein de choses, tu vois. » En lui-même, il se disait : c'est tout juste si ma femme pèse cinquante kilos. J'aime voir son profil. Il se disait : cette chose a été faite avec des mauvaises herbes, et il anticipait la réaction de Phil. Il trouvait tout à coup intolérable qu'à travers cet innocent objet d'artisanat Rose devienne la cible du rire aigu et moqueur de Phil. Car s'il s'en abstenait devant elle, Phil le ferait dans le dortoir, il lancerait ce rire tranchant, plein de dérision, dont il avait déjà gratifié George un jour de Noël, il n'y avait pas longtemps de cela, parce que George, pour faire plaisir à sa mère, avait mis par-dessus ses vêtements une robe de chambre de soie bleue et de drôles de pantoufles assorties – le cadeau que sa mère lui avait donné pour Noël.

Soudain, Phil était apparu.

Ensuite, ce rire de dérision avait retenti dans le dortoir : des éclats de voix qui semblaient sortir d'un tonneau. Aussi loin que remontaient les souvenirs de George, Noël avait toujours été un moment de gêne. Les Vieux comptaient sur lui pour trouver l'arbre : il le choisissait avec soin dans un endroit où les plantes recevaient de la lumière de tous les côtés, il s'assurait que les branches étaient belles et égales, et il le descendait de la montagne dans un traîneau. Puis il le portait à l'intérieur de la maison, le dressait dans l'angle désigné, et la Vieille Dame s'exclamait toujours « J'adore Noël ! » avant de commencer à le décorer. Le Vieux Monsieur se chargeait des endroits les plus hauts – ceux qu'elle ne pouvait pas atteindre – et il y accrochait les boules de verre brillantes qui recevaient et déformaient l'image de la pièce, qui la faisaient vaciller sous les reflets de la fenêtre en face de la colline aux armoises. La veille de Noël était toujours longue et pénible, avec une odeur particulière, à moins que ce ne soit à cause de l'obscurité de la maison, ou alors de son étrangeté, parce que les meubles avaient été déplacés pour faire de la place à l'arbre, et les heures qui se suivaient au long de cette journée menaient toutes au même moment, celui où la Vieille Dame sortait les cadeaux et les empilait sous l'arbre. « Que cet arbre sent bon ! » Dans les yeux de la Vieille Dame, dans son sourire, George voyait le reflet de ce qu'elle avait sans doute été un jour, mais – comme la pièce dans les boules brillantes – de façon déformée. On ouvrait ensuite les caisses venues de l'Est, on en sortait les présents qu'on mettait également sous l'arbre, puis on soupait. Les aides du ranch, dans la salle à manger de derrière, riaient et poussaient des exclamations devant leurs cadeaux, les cravates et les chèques que la Vieille Dame leur avait distribués de tout temps et que George continuait à donner (mais pas dans du papier-cadeau, bien sûr). Puis Phil se levait de table, allait dans la chambre et fermait la porte pendant qu'on ouvrait les cadeaux et que la Vieille Dame faisait semblant. Elle n'avait jamais appris – *ils* n'avaient jamais appris – à accepter Phil tel qu'il était et à laisser courir. Elle voulait croire – *ils* voulaient croire – que les Burbank, au moins ce soir-là, étaient comme n'importe qui d'autre. Mais ils ne l'étaient pas. Phil les considérait comme des dilettantes brouillons qui se prenaient les pieds dans le tapis, des songe-creux, de doux rêveurs, et, hormis Phil, c'était ce qu'ils étaient. Comment un homme, un seul homme, peut-il avoir le pouvoir d'obliger tous les autres à voir en eux-mêmes ce qu'il y perçoit, lui ? D'où tire-t-il son autorité ? Pourtant il l'a, et de quelque part. Ça n'aurait pas coûté tant que cela à Phil, de venir dans la salle à manger de derrière, ce soir-là, et de jouer le jeu, même si Noël le gênait, même s'il n'avait pas plus d'intérêt pour les montres en or, les couteaux de chasse ou les présents achetés par correspondance à une maison qu'il surnommait Dufric, Dufrac & Dufroc, que George n'en avait pour la robe de chambre en soie bleue et ces drôles de pantoufles où il n'y avait de place que pour l'avant du pied. Des mules, avait-elle dit.

Des mules !

Quelle mouche avait donc piqué la Vieille Dame pour qu'elle s'avise de lui acheter un truc pareil ? Quand est-ce qu'il porterait ces machins ? Existait-il un seul endroit au monde où l'on mettait ça ? Est-ce que des hommes, des parents à eux ou des amis de l'Est osaient s'affubler d'un tel costume et traverser une pièce sans avoir honte ?

« Bien sûr que ça me plaît, dit-il à la Vieille Dame. Ça me plaît bien. » Puis, sentant son regard sur lui, il passa la robe de chambre par-dessus ses vêtements parce que c'était sa mère et, bon sang, il n'allait quand même pas avoir peur de l'amour. C'est alors que Phil surgit dans l'embrasure de la porte.

« Vise-moi un peu le Grand Moghol ! » Et ce rire qui lacérait tout.

Bon, songea George, j'ai perdu pas mal de poids, depuis cette époque.

Le Vieux Monsieur avait déclaré : « Phil, il y a d'autres mondes que celui-ci. J'ai moi-même une robe de chambre comme celle-là. »

Le regard de Phil s'attarda sur le Vieux Monsieur avec nonchalance. « Certes, tu en as une. Mais c'est dans ce monde-ci que nous vivons. C'est toi qui as quitté l'autre monde. Je n'ai d'ailleurs jamais compris pourquoi. » Puis, après une pause. « L'as-tu compris, *toi* ? »

La Vieille Dame eut ce sourire qui lui servait de masque pour tout. Lorsque Phil fut reparti dans le couloir, elle dit : « Je pense que ce serait bien, maintenant, si tu mettais le disque de Schumann-Heink. Sans lui, ce n'est pas vraiment Noël. »

Ce disque sur le Victrola, c'était vraiment le bouquet, parce que, dans cette pièce, chanter les anges, les bergers et les Saintes Vierges, sans parler du Fils de l'Homme, ça frisait la démence.

Il achetait des fleurs pour Rose, encore des fleurs, toujours des fleurs – de vraies fleurs, et par douzaines. Il en achetait pour obliger les gens à se secouer, à prendre note – et il vidait la boutique ! Des fleurs destinées à calmer la brûlure du rire qui allait éclater, il en était sûr, puisque Rose avait essayé de créer des fleurs à partir de ce qui n'en était pas. Il aimait *à moitié* ce qu'elle avait réalisé ! Il en était même fier ! Mais bon, il n'y avait pas une chance au monde que Phil passe à côté de cette œuvre sans la remarquer. Pas une chance.

Et George avait raison. Phil la repéra au premier coup d'œil. Phil ne ratait jamais une petite méchanceté. Seul dans la salle, il resta debout au-dessus de l'œuvre, les pieds bien écartés, la tête penchée. Il huma, comme s'il cherchait une odeur. Devant lui, sur une plaque de schiste que cette femme avait ramassée, il voyait une amarante séchée qui faisait deux fois la taille d'une tête d'homme. Les vrilles extérieures étaient recourbées pour dessiner une sphère parfaite autour du réseau de petites branches. Sur ces dernières, et pas au hasard, la femme avait fixé des ailes rouge feu, réalisées avec un matériau qu'il ne sut pas nommer au premier abord mais qu'ensuite – ses yeux ayant percé le camouflage pour arriver à la forme et à la couleur de l'original – il reconnut comme étant cette plante sale, couleur de sang, aux feuilles plates et pointues, qui poussait en abondance le long de la clôture du pâturage à chevaux et qui séchait pendant l'hiver pour prendre une couleur encore plus foncée. Elle avait dû la faire tremper dans l'eau pour en éclaircir le ton. Il avait entendu dire, ou il avait lu, que les Indiens s'en servaient pour fabriquer une teinture cramoisie. Lorsqu'elles avaient séché après le trempage, les feuilles pointues s'étaient joliment recroquevillées. Écartées les unes des autres, elles étaient à présent perchées sur chaque branche d'amarante avec autant de vivacité que des colibris écarlates. Bon sang, se dit-il, cette femme pourrait être dangereuse, finalement ! Il se recula et plissa les yeux. Il avait l'imagination fertile. Souvent, il voyait des sourires et des froncements de sourcils dans les rouleaux de nuages, ou encore le visage de la terreur, et pour lui le vent fredonnait des mélodies. Plus précisément, c'était le don qu'il avait d'arranger les événements naturels en structures ordonnées qui mettait ses sens en éveil ; c'était ce don qui lui permettait de distinguer cette chose que son cœur appelait « le chien sur la colline ».

« Bon sang », murmura-t-il, et il considéra l'objet que la femme avait conçu. Il faut qu'elle soit sacrément fière d'elle-même, songea-t-il, pour avoir autant réalisé avec si peu. Parce que cet objet avait l'air vivant, en fait. Phil cligna encore des yeux. C'était quoi ? Des oiseaux en cage ? Une bouffée de fumée, des flammes qui enserrent quelque chose ? Réaliser autant avec si peu ; et lui revint un proverbe sur l'impossibilité de tirer de la farine d'un sac de son.

8

Au fil des ans, les vieux Burbank – peut-être par sentiment de *noblesse oblige*[1] et peut-être parce qu'ils se sentaient seuls – avaient donné toute une série de dîners dont aucun n'avait été une réussite. Ce n'était pas seulement parce que les Burbank n'avaient pas grand-chose en commun avec les autres éleveurs, c'était parce que les hommes et les femmes de ce pays n'avaient en commun que des choses qu'on ne pouvait pas mentionner lors de dîners. Depuis le début, le temps où les invités arrivaient en boghei ou avec un attelage d'élégants trotteurs assortis en paires – des hambletonians ou des standardbred –, jusqu'à l'époque actuelle où un homme assis très dignement au volant de sa Maxwell ou de sa Hudson Super Six amenait sa femme en voiture dans la cour, les personnes des deux sexes étaient séparées, les maris et les femmes restant à part comme s'ils n'avaient jamais fait connaissance et ne souhaitaient jamais le faire. Les heures précédant le dîner étaient malaisées ; les femmes se tenaient en rang d'un côté de la pièce, les hommes de l'autre, et l'air dans

1. En français dans le texte.

l'espace qui les séparait devenait lourd, hostile et plein de gêne.

Les femmes craignaient que leur robe n'aille pas – ou alors leur coiffure, ou leurs ongles. Elles se protégeaient en se tenant assises bien droites et tendues, comme elles s'imaginaient que les dames le faisaient, et elles n'osaient pas ouvrir la bouche de peur qu'il n'en sorte quelque chose de laid comme un crapaud, qui les ridiculiserait. Pour répondre au bavardage de la vieille Mme Burbank, qui parlait de livres et d'articles sur lesquels elle était tombée en parcourant les journaux, elles n'avaient que des sourires on ne peut plus figés, car elles n'avaient lu ni ces livres ni ces journaux. Avant cet instant, avant d'être piégées dans ce salon, la raison de telles lectures ne leur était jamais apparue.

De son côté de la salle, le Vieux Monsieur ne réussissait pas davantage à faire réagir les hommes à ses tentatives de discussions politiques sur la guerre contre l'Espagne, sur la guerre des Boers, sur les troubles dans les Balkans. Ils ne connaissaient rien de l'Espagne ni des Boers, encore moins des Balkans, et ils se mettaient eux aussi à l'abri en s'asseyant bien droit et en transpirant. Ils touchaient leur cravate et leur col, ils regardaient leurs pieds qui leur paraissaient bizarres dans leurs chaussures neuves. La musique que les Burbank passaient sur le Victrola ne pouvait pas réunir les sexes : des passages d'*Aïda* ou d'opérettes du moment telles que *The Runaway Girl, Mademoiselle Modiste, The Red Mill.* On avait roulé les tapis et on invitait le groupe à danser, mais les Burbank n'avaient pas de musique pour une contredanse ou une scottish, et les éleveurs et leurs femmes ne faisaient que se trémousser un instant en s'essayant à la valse ou au pas de deux tout en regrettant les murs chéris de leur propre maison.

Comme ils étaient sans instruction, discuter leur semblait un exercice périlleux, car s'ils parlaient de ce qu'ils connaissaient, de ranchs et de l'élevage du bétail et des chevaux, la conversation risquait de virer traîtreusement vers les détails de la reproduction : vers l'achat et la valeur de taureaux et d'étalons qu'on appelait par délicatesse des « messieurs-vaches » et des « messieurs-chevaux », ce qui suggérait tout de même qu'il y avait autre chose dans la vie et dans le mariage que le simple fait d'habiter sous un même toit, et que chaque couple dans cette pièce était coupable de cette autre chose – malgré toute la distance entre eux en cet instant, malgré leur visage de bois et leur absence de réaction. Le monde devait soupçonner leur faute. Il y avait peu de sujets de conversation qui soient à la fois sûrs et n'exigent pas trop d'imagination ou de connaissances. On s'attardait donc sur les décès récents dans leur milieu, sur la durée et la nature des dernières souffrances, les dernières paroles, la dernière scène, les derniers aliments avalés, et sur la perte subie par les survivants.

La météorologie offrait toute une palette de sujets propices à la conversation, et, dès qu'on abordait ce domaine, les gens s'en emparaient avec un enthousiasme presque hystérique, comme si chaque invité devait s'exprimer et se soulager – avant que ce thème ne soit abandonné, vidé de toute vie et de toute force – en parlant des extrêmes de la température, de l'humidité, de la pluie, de la neige en flocons ou fondue, de la vitesse du vent, des bourrasques passées et à venir. Une fois la météo épuisée, la compagnie pouvait rester assise, muette jusqu'à ce que le dîner soit annoncé par le carillon de porte que faisait tinter la jeune femme engagée pour le service.

Les vieux Burbank avaient appris assez tôt à ne pas embarrasser leurs invités de rince-doigts et de petites assiettes à beurre ; les couverts étaient réduits au minimum. Manger en groupe était à peine moins gênant que de se livrer aux fonctions corporelles, et les invités regardaient avec attention pour voir comment les Burbank s'y prenaient.

Il était extrêmement difficile de manger et de parler en même temps, mais George se souvenait d'un dîner où le pasteur épiscopalien avait fait irruption, se permettant une visite paroissiale impromptue, peut-être parce qu'il ne se rendait pas compte que les Burbank n'avaient pas particulièrement besoin de Dieu et que, s'ils en avaient besoin, ce seraient eux qui iraient vers Lui. Et c'était ce pasteur qui avait abordé le sujet du chou (sa femme, d'origine allemande, était friande de chou) ; il avait été à la fois stupéfait et flatté de voir avec quelle avidité la compagnie s'était saisie de cette question, les femmes exprimant leur affection ou leur aversion pour ce légume, les hommes s'en servant comme tremplin pour livrer leurs souvenirs sur la manière dont leur mère préparait la choucroute ou sur les premiers jardins du pays, et pour rappeler ce cher passé depuis longtemps disparu. On avait échangé des recettes sur la façon de préparer et de préserver le chou, le rendre plus savoureux, et chaque femme avait promis en hochant la tête d'essayer sans tarder la recette des autres. Phil évoquait cette soirée sous le nom de Dîner du chou, et ce fut l'un des derniers que voulurent organiser les vieux Burbank. Mais il y en avait eu d'autres : le Dîner du trou boueux, le Dîner du grizzly.

Une fois le repas fini, les invités étaient libres de débiter, avec des yeux fuyants, les excuses les plus plates avant de s'en aller. Ils laissaient le Vieux

Monsieur accroupi devant le meuble Victrola où il rangeait ses disques avant de se relever et de contempler le feutre vert du plateau du phonographe sur lequel il rabattait un couvercle semblable à un cercueil ; ils laissaient la Vieille Dame qui allait ôter ses bijoux devant sa coiffeuse et contempler d'un œil dégrisé son visage dans le miroir. Les invités, déjà à plusieurs kilomètres de là, roulaient en silence dans leurs voitures froides, honteux du comportement rigide et artificiel de leur partenaire, se demandant ce qui clochait chez lui ou chez elle pour qu'il ou elle soit incapable de parler, de valser, de se montrer à la hauteur des circonstances. Pourquoi s'étaient-ils mariés ? Pourquoi avaient-ils trimé pour acquérir des biens et de l'argent si, à la fin, ils devaient rester assis dans les fauteuils du Herndon House à regarder les gens de la ville vaquer à leurs courses légitimes et mystérieuses ?

Le jour de la visite du gouverneur s'annonçait comme de plus en plus proche.

« Qui devrais-je inviter ? demanda Rose à George qui admirait beaucoup sa façon de parler. Il faudra que tu me donnes une liste. Et, bien sûr, ils viendront tous. On ne refuse pas un dîner donné pour un gouverneur. Oh ! George. »

Mme Lewis se montra coopérative ; elle n'avait jamais vu de gouverneur et cette opportunité lui plaisait.

« Mais bien sûr, vous pourrez lui être présentée, lui dit Rose.

— Non, merci », fit Mme Lewis. Elle souhaitait seulement le regarder depuis la fenêtre quand il arriverait en voiture et quand il repartirait. Elle ferait des muffins et préparerait des poulets à la manière de sa pauvre mère. « Pendant quelque temps, j'ai eu l'impression qu'elle emporterait sa recette avec elle dans la tombe », avait ajouté Mme Lewis. Elle demanderait à l'un des hommes d'aller chercher de la glace à la glacière, et elle préparerait une mousse d'érable.

« Eh bien, Rose, voilà mon avis », déclara George en se rappelant le Dîner du chou. Si ça ne te fait rien, on n'invitera personne. Il n'y aura que toi, moi et Phil. Phil est un crack de la conversation, et après dîner tu peux animer la soirée au piano. Ça n'a jamais bien marché, d'inviter des tas de gens. » Il lui raconta alors le Dîner du chou. « Le visage de ma mère en était devenu livide, et il lui a fallu des années pour réussir à en rire.

— Comme tu voudras, George. » Elle avait tant compté sur la sécurité du nombre (la table pouvait accueillir vingt-quatre personnes), elle avait tant compté éblouir le gouverneur par le nombre, tant souhaité se cacher dans la multitude... « Je m'étais juste dit que ce serait plus facile.

— Non, ce ne serait pas plus facile. Ce serait plus dur. Parfois, je me demande si j'ai bien fait de nous lancer là-dedans.

— Ne t'inquiète pas, lui dit-elle.

— Oh ! je ne m'inquiète pas. »

La table fut mise pour cinq, et il y eut cinq rince-doigts et cinq petites assiettes à beurre, en ce jour d'avril où, dès le matin, il avait menacé de neiger avec des nuages bas à flanc de montagne et où la fumée du dortoir s'accumulait près du sol. De l'étage filtrait, comme un fantôme, une odeur de cheveux roussis : c'était Lola, la fille de service, qui s'activait avec sa lampe et son fer à friser. À deux heures de l'après-midi, il fallut jeter par-dessus bord tout espoir de voir le gouverneur et Madame renoncer à venir à cause de quelque affaire officielle, d'une grâce à accorder à un criminel, d'une présidence à une cérémonie solennelle. Le gouverneur, en effet, téléphona de Herndon pour annoncer qu'ils étaient bien en route. « Il est d'excellente humeur », dit George à Rose, et ils échangèrent un long regard. « Il dit qu'il sera content d'un bon verre et que cela plaira aussi à sa femme. Ne sois pas étonnée si elle fume. »

Les portes de chaque côté du buffet étaient fermées à clé, abritant des whiskies et des gins tels que personne d'autre n'en buvait jamais dans cette vallée, et la clé était cachée, pendue à l'intérieur du dressoir. Avant que le Vieux Monsieur n'aille à Salt Lake City, il était le seul à se servir de cette clé ou à toucher les bouteilles, et George s'était senti bizarrement émancipé lorsqu'il avait ouvert les portes pour la première fois et contemplé cet étalage : des gins Holland et Booths, des whiskies écossais House of Lords et Chivas Regal. Le Vieux Monsieur avait longtemps été opposé à ce que les femmes boivent, de même que George, comme Phil, était opposé à ce que les femmes portent les cheveux courts et se fassent remarquer d'une manière générale, mais l'époque l'avait obligé à proposer aux femmes un cocktail qu'on appelait Orange Blossom et dont la recette se trouvait dans le manuel de boissons intitulé *101 Idées de cocktails*, également sous clé derrière la petite porte.

« Je préparerai ces cocktails quand ils seront arrivés, dit George, pendant que tu leur feras la conversation. » Et ses yeux se dérobèrent à ceux de Rose. Derrière lui, elle toucha les serviettes sur la table. Il prit les bouteilles de gin et de bitter, les sortit du buffet et les posa sur un plateau d'argent. Il tendit le bras pour prendre le shaker en argent marqué d'un monogramme, le genre d'objet que s'offraient entre eux des gens comme les Burbank. « Tu n'aurais pas vu Phil ?

— Hmmh, non, murmura-t-elle. Pourquoi ?

— Il doit être à l'atelier, dit George. Ou dans le dortoir.

— Tu as regardé dans sa chambre ?

— Oh, oui. J'ai regardé, il n'y est pas.

— Alors, je suppose qu'il est dehors. » George ne pouvait pas savoir, pensa-t-elle, à quel point elle était mal à l'aise dès qu'on parlait de Phil. Ne se rendait-il pas compte que Phil ne lui avait pas adressé directement la parole plus de deux fois ? Et, les deux fois, c'était à table pour demander quelque chose qu'il ne pouvait pas atteindre avec ses longs bras ; alors, il lançait le nom de cette chose dans la direction de Rose : le sel, le pain. Ou bien, George trouvait-il naturel que Phil ne lui parle pas, comme s'ils n'avaient rien en commun du fait que l'un était un homme et l'autre une femme ? Ou était-il conscient d'une tension qu'il ne pouvait supporter qu'en l'écartant de son esprit ? Quand Rose parlait de Phil, sa bouche devenait sèche, sa langue épaisse. Penser à lui dispersait tout ce qu'elle pouvait avoir d'agréable ou de cohérent à l'esprit et la ramenait à des émotions infantiles. Ce fut presque avec soulagement qu'elle vit une tache apparaître au loin sur la route, au sommet de la montée, et le soleil illuminer un bout de verre ou de métal sur la voiture du gouverneur.

« Les voilà, dit-elle le cœur battant.

— En effet », et la main de George remonta jusqu'à sa cravate. Rose ne l'avait encore jamais vu dans un costume, sauf à quelques occasions, en ville, et elle avait l'impression qu'ils allaient assister à un enterrement.

Avec des sourires figés, ils descendirent les marches de la véranda et restèrent debout près de la barrière destinée à empêcher les vaches errantes de venir piétiner la maigre pelouse. La voiture du gouverneur entra dans l'allée du garage et s'arrêta. Alors, George et Rose – elle portait ses nouveaux escarpins de satin à boucles d'acier – franchirent la plage de gravier.

Le gouverneur descendit et ouvrit la portière de sa femme. Puis il se retourna. « Ça fait longtemps ! » cria-t-il, et, sous le couvert de la voix joyeuse du gouverneur, sa femme se déplia, redisposa sa petite fourrure sur elle et descendit sur le gravier malcommode. C'était une belle femme aux cheveux gris, avec une allure raide et nerveuse et un sourire vif. « C'est très gentil à vous de nous laisser venir, cria-t-elle. Je n'ai pas encore vraiment respiré de tout l'hiver. Ah ! l'air, ici. » Et elle eut un rire ravi. « Mais, dans cet État, on ne sait jamais s'il faut prendre un parapluie ou des raquettes. Je vous le dis !

— Quel bonheur de vous voir, dit Rose.

— Ah ! fit la dame en inspirant. Cet air ! » Elle se tourna avec grâce vers George. « À mon avis, cet endroit doit manquer à vos parents. Ce printemps est tellement plein de promesses. » Elle fit tranquillement le tour de la flaque d'eau.

George eut un sourire. « Le problème, c'est que nos anciens ont commencé à craindre le froid il y a quelques années de cela.

— Je veux bien le croire, renchérit le gouverneur.

— Je suppose qu'en vieillissant, dit la dame, on se met à craindre le froid. Mais ne trouvent-ils pas qu'on gèle, à Salt Lake City ? Je me souviens d'un temps bien froid, là-bas.

— Il y fait assez froid, admit George.

— Il me semble avoir lu que l'hiver passé la température était descendue à moins trente-quatre. Et puis il y a une telle humidité. Le lac.

— Ils sont dans un bon hôtel, là-bas, dit George. Il y a des poissons rouges dans le hall et c'est bien chauffé.

— J'adore Salt Lake et l'hôtel Utah. »

Rose se sentit un peu désespérée. « Je n'ai jamais été à Salt Lake », avoua-t-elle.

La femme du gouverneur lui prit la main. « Ne vous inquiétez pas. Nous nous y retrouverons un jour pour dîner. Nous allons programmer quelque chose d'enchanteur. »

Ils donnaient l'impression de ne pas pouvoir se mettre en route, de ne pas pouvoir arriver jusqu'à la maison. Pour se donner une contenance, George fronça les sourcils en regardant un des pneus avant de la voiture, et il lui envoya un coup de pied comme s'il vérifiait quelque chose. Puis il leva les yeux vers le gouverneur. « Je vois que vous avez mis ces nouveaux pneus ballon.

— Eh oui, monsieur, c'est ce que j'ai fait, reconnut le gouverneur pensivement, et, croyez-moi, on sent la différence quand on roule !

— Je suppose, dit George. De grands pneus comme ça.

— Quelle voiture conduisez-vous, à présent ? demanda le gouverneur.

— Malheureusement, il ne s'agit que d'une Reo.

— Pourquoi, George ? La Reo est une bonne machine. »

Malgré le soleil, l'air était froid, et un petit vent chuchotait qu'il y avait des congères pas très loin dans les montagnes. Les deux femmes, bras croisés, regardaient les hommes. Pourquoi ne pouvait-on entrer dans la maison ? Rose jeta un coup d'œil sur la femme du gouverneur et remarqua une expression voilée d'ennui, de fatigue et de malaise. Elle venait de rouler pendant trois cents kilomètres pour rester là à regarder des hommes donner des coups de pied dans des pneus.

« Eh bien, dit Rose en souriant. Si nous rentrions ?

— En voilà une excellente idée, rugit le gouverneur. Une excellente idée d'une excellente petite dame ! » Et ils traversèrent la plage de gravier, les femmes devant, les hommes à la suite, avec George qui admettait avoir songé jadis à acheter une Pierce-Arrow.

« Hmmmh, fit le gouverneur, ça, c'est une machine. »

George posa le manteau du gouverneur dans le bureau donnant sur le séjour. Le gouverneur redressa vivement les épaules et regarda autour de lui. Les deux femmes disparurent dans la chambre, et, une fois au milieu, la femme du gouverneur s'arrêta et prit une grande inspiration. « On ne devinerait jamais qu'on se trouve dans un ranch, n'est-ce pas ? On ne devinerait absolument jamais qu'on se trouve à la campagne, dans un État de l'Ouest. »

C'était une pièce immense, moquettée de rose. Sur les murs d'un blanc nacré, des reproductions de Fragonard dans des cadres argentés – de jolies scènes sylvestres – absorbaient la lumière froide du nord. Les fenêtres avaient une bordure de luxueuse dentelle blanche retenue par des nœuds en satin, les mêmes nœuds qui étaient posés comme d'énormes papillons sur les abat-jour en dentelle des lampes. L'une des lampes était à côté d'une méridienne. Le lit à baldaquin avait une alcôve pour lui tout seul, et il était flanqué de hautes commodes. Le miroir de la coiffeuse était aussi grand qu'une glace de trumeau, et il réfléchissait avec indolence tout un étalage de lourds objets en argent et de carafes en cristal qui valaient sûrement des milliers de dollars. Le nombre d'objets, leur désordre, et le fait que la vieille Mme Burbank n'eût pas pris la peine de les emporter avec elle dans son hôtel de Salt Lake, tout cela apparut aux yeux de la femme du gouverneur comme une attitude insultante à l'égard du luxe. Comme il était étrange qu'elle-même, qui était née pour posséder de telles choses, ne les ait en réalité que comme des objets prêtés et seulement tant que son mari resterait gouverneur ! Ensuite, ce serait la fin des voitures officielles, de la résidence, du cuisinier, du jardinier, de la bonne, et ils devraient retourner dans une maison très moyenne, son mari retrouverait son cabinet d'avocat très moyen en attendant que le cœur du peuple veuille bien changer de nouveau. Alors que cette petite femme, près d'elle, était née sans rien. Elle avait demandé à son mari qui était cette Mme Burbank, et, après avoir cherché, il avait découvert qu'elle avait tenu une sorte de pension. Pension ou pas, c'était elle à présent qui possédait ces trésors, et c'était son mari qui pouvait parler d'acheter une Pierce ou pas, selon son humeur – ou plutôt selon son humeur à *elle*. Mais supposez que cette petite femme en noir à côté d'elle ne réussisse pas à vivre à la hauteur de tout cela ? Elle devait perpétuellement se sentir mise à l'épreuve, en train de jouer un rôle, de porter un masque qui risquait un jour de glisser. La femme du gouverneur ne pouvait s'empêcher d'être un peu jalouse de celle qui faisait semblant d'être destinée depuis toujours à cette chambre. « Imaginez cela ! Trouver une telle élégance dans… un ranch ! » Elle s'était arrêtée pour admirer les deux statuettes en porcelaine de Saxe qui flanquaient la coiffeuse : l'Amour, et l'Amour aveuglé. À l'oreille de la première, un gros chérubin chuchotait de petits riens.

Un chérubin semblable posait un ruban de fleurs sur les yeux de la seconde qui protestait gracieusement en levant les mains. « Quelle élégance !

— J'en ai bien peur », répondit Rose en souriant. La femme du gouverneur se raidit, car elle voyait là une acceptation désinvolte de la richesse de même nature que le désordre des objets en argent. Puis elle sourit intérieurement. Cette petite dame, en effet, ne se forçait-elle pas à être désinvolte pour rendre tolérable la perte de ces choses en cas d'échec… ? « Bien, dit-elle, je suis certaine que les hommes se demandent ce qui nous est arrivé. »

Les hommes fumaient un cigare. Ils se levèrent tous les deux en même temps. « Mon frère sera bientôt là, fit George. Nous n'avons qu'à commencer avec les cocktails. Il a dû être retenu par quelque chose. »

C'est alors que Rose comprit que Phil ne viendrait pas.

Jusque-là, elle s'était demandé si cela ne valait pas mieux ainsi. Comment George ou elle pourraient-ils expliquer – en admettant que les explications soient possibles – ses vêtements, ses cheveux, ses mains abîmées par les intempéries et lavées approximativement ? Elle se mit soudain à prier en silence pour qu'il apparaisse, car, lorsqu'elle parlait – et elle avait une voix si effrayée qu'elle sortait de la partie la plus haute de sa gorge –, elle exprimait ces mêmes banalités dont George avait dit qu'elles avaient rendu tous ces autres dîners assommants. Et à ces dîners-là il n'y avait pas eu d'invités très importants, juste d'autres éleveurs. Plus la conversation serait ennuyeuse, plus la soirée allait dépendre du piano. Sans Phil, tout allait reposer sur le piano.

« Le temps a été terriblement changeant »,

remarqua-t-elle. Le gouverneur et sa femme approuvèrent, tandis que George entrechoquait les verres dans le buffet de la salle à manger et préparait des cocktails Orange Blossom comme il avait vu son père le faire.

« Un temps très féminin, énonça le gouverneur en riant. Il est incapable de se décider.

— Je t'en prie ! » dit sa femme en faisant semblant d'être offensée. Mais George apporta les boissons. « Oh, les superbes cocktails ! s'écria-t-elle. Des Orange Blossom, je parie.

— En effet, fit George. C'est ça.

— Voyez-moi ça, dit la voix tonnante du gouverneur.

— J'ai peur que ce soit un peu des boissons pour dames, observa George avec une certaine timidité.

— Et pourquoi ne le faudrait-il pas ? demanda la femme du gouverneur. Est-ce qu'il n'y a pas des dames, ici ? »

Ils sourirent tous de cette simple évidence, mais lorsque le silence se fit de nouveau, Rose se surprit à fixer du regard la place à table que Phil aurait dû occuper, juste occuper, et elle détourna les yeux. Son regard rencontra celui de George, et elle le vit malheureux. Il toussa et se leva. « Je vais jeter un rapide coup d'œil derrière pour voir où est mon frère.

— Mais bien sûr », murmura la dame en prenant une gorgée, avec un regard plaisant juste par-dessus le bord de son verre. Le gouverneur se leva à moitié et se rassit. « Il n'y a pas longtemps, il est arrivé quelque chose de très drôle », commença sa femme. Elle raconta qu'un rongeur, un néotome, s'était introduit dans le palais officiel, avait pris des cuillères marquées du timbre de la salle à manger de l'État et les avait transportées à l'étage dans le placard de la chambre. Là, il avait construit un nid pour cacher son trésor. « J'y suis entrée un soir, et je suis tombée sur ce rat qui se dressait sur ses pattes de derrière en me montrant les dents ! » Elle se leva et imita la posture du néotome. « Vous pouvez me croire, je ne riais pas, à ce moment-là ! Puis j'ai appelé mon mari, qui est venu en courant, en pyjama. Je crois que le néotome l'aurait attaqué – il n'était pas du genre à respecter les gens –, mais notre fils avait rangé ses skis à côté, et mon mari en a pris un et s'est brillamment défendu. Il a même fini par tuer la bête. Dans cette région, vous dites bien que ce sont des nuisibles, n'est-ce pas ? J'ai une dette éternelle à l'égard des sports d'hiver… » Rose sentait que cette anecdote valait plus qu'un sourire, qu'on attendait d'elle plus qu'un sourire, mais elle ne parvint pas à mettre de la chaleur dans son rire. Elle prêtait l'oreille pour percevoir le bruit qui lui indiquerait que George avait soulevé le loquet en fer de la porte du dortoir, qu'il était entré, qu'il avait posé des questions et qu'il était reparti après avoir de nouveau manœuvré le loquet. George avait déjà eu assez de temps pour cela, assez de temps pour aller jusqu'à la grange, la longue grange sombre où Phil restait parfois assis à méditer et à occuper ses mains à quelque activité. Assez de temps, aussi, pour revenir, et Rose leva le menton en essayant d'entendre si on ouvrait la porte de derrière. À la fin on l'ouvrit, et, comme toujours, un courant d'air froid précéda les pas de George.

George s'éclaircit la voix. « J'ai bien peur que mon frère n'ait eu quelque chose à faire. Rose, est-ce que tu pourrais dire à Mme Lewis que nous allons manger dans un instant ?

— Oh, quel dommage, dit la femme du gouverneur. Je ne parle pas de passer à table, je parle de votre frère. Il ne lui est rien arrivé, j'espère. J'ai tellement entendu parler de lui. On dit que c'est quelqu'un de brillant, n'est-ce pas ?

— Eh bien, fit George, je suppose qu'il y a tout simplement quelque chose qu'il a été obligé de faire. »

Avec ce qui lui restait de dignité, Rose traversa la salle à manger pour aller dans la cuisine.

À table, la femme du gouverneur recommença son histoire. « Je racontais justement à votre femme, monsieur Burbank, quand vous étiez dehors, qu'il est arrivé quelque chose d'extraordinaire. Ce néotome...

— Oui, dit George avec sérieux, c'est le genre de chose que font ces rongeurs. Ma mère a perdu comme ça plusieurs bagues et un dé à coudre. Ils ne respectent pas les gens, et je ne crois pas qu'il y ait d'autre petit animal qui ait une telle attitude de défi. »

Vint le moment où Lola apporta le café dans la cafetière en argent, et elle le posa devant Rose avec les tasses. Mon Dieu, pria Rose, faites que mes mains ne tremblent pas.

« Quel dommage pour votre frère d'avoir raté un si bon repas, remarqua le gouverneur.

— Dans un ranch, en réalité, on ne sait jamais, dit George. Il y a toujours des imprévus.

— Oui, je suppose que c'est comme ça. Pas comme dans les autres métiers, les autres branches.

— Non, dit le gouverneur, dans un ranch, il ne peut pas y avoir des heures de travail bien définies, régulières. Je redoute le jour où les travailleurs des ranchs vont s'acoquiner avec les syndicats.

— Tu penses qu'on va en arriver *là* ? demanda sa femme.

— On ne sait jamais, répondit le gouverneur. Ces

types-là se dressent sur leur train arrière et sont capables de vous défier, exactement comme ce rat.

— Je suis désolée, s'excusa Rose, vous aviez dit que vous ne vouliez pas de sucre.

— Oui, oui, oui, oui, mais c'est très bien comme ça. J'aime le bon café comme celui-là, n'importe comment. »

Les mains de Rose ne tremblèrent vraiment que lorsqu'ils eurent porté leur deuxième tasse de café dans le séjour. Elle n'avait pas demandé à Lola de débarrasser le couvert de Phil et, de l'endroit où elle était assise, Rose pouvait le voir. Et s'il lui était arrivé quelque chose ? Et si le mépris qu'il avait pour elle l'avait mené à sa mort ? Les histoires se pressaient dans sa tête comme de l'air dans un vide, et c'était un cheval qui trébuchait dans un trou de blaireau, le cou du cavalier brisé, une avalanche de rochers couvrant son corps de tonnes de schiste qui le broyaient et l'étouffaient. Ou alors Phil avait traversé un ruisseau, et la glace, traîtresse en avril, avait cédé, et il avait été aspiré sous une eau vive et silencieuse. C'étaient là des causes de mort assez fréquentes, dans cette région, et c'était le sujet de bien des chansons que reprenaient les hommes dans le dortoir. Comme la tasse tintait contre la soucoupe, elle les écarta l'une de l'autre, croisa les mains et se mit à tourner sa bague.

La femme du gouverneur jeta un regard rapide autour de la pièce dans l'espoir de trouver un objet qui puisse ranimer la conversation, et elle s'arrêta enfin sur le portrait au-dessus de la cheminée, sur la poitrine généreuse, les yeux, les perles. « Est-ce votre mère, monsieur Burbank ?

— Peinte il y a quelques années, admit George.

— Je dirais qu'elle a le visage d'une femme qui a

accompli bien des choses, déclara la dame, en pensant qu'une femme possédant de telles perles n'est pas obligée de se préoccuper d'accomplir grand-chose.

— Elle lit énormément, dit George, et elle écrit beaucoup de lettres.

— La correspondance est un grand art, observa le gouverneur.

— Ou *peut* l'être, dit sa femme en modifiant sa remarque.

— Il y a un livre qui s'appelle *Les Meilleures Lettres au monde*, annonça le gouverneur. Un ouvrage très instructif. »

Sa femme eut un petit rire. « Tu t'en es servi plus d'une fois, dit-elle avec malice, dans tes discours.

— Secret d'État ! » répondit-il en riant et en agitant une main vers elle.

George était sur le point de préciser que sa mère avait, toute seule, collecté l'ensemble des fonds qui avaient payé l'hôpital de Herndon, mais il se ravisa lorsque la femme du gouverneur reprit :

« Jouait-elle aussi du piano ?

— Non, non, dit George. Pas la moindre note ! Je crois bien l'avoir entendue répéter mille fois qu'elle aurait vraiment souhaité en être capable.

— Il n'y a que vous, alors, madame Burbank ?

— Si on peut appeler cela jouer, proféra Rose entre ses lèvres raides. Avant mon premier mariage, j'ai joué du piano dans un cinéma. » Elle sourit. « Et je suis terriblement rouillée.

— Voyons, Rose, protesta George. Tu as beaucoup joué, récemment. C'est vrai.

— Je crois que vous êtes bien trop modeste, dit la dame. Jouez-nous donc quelque chose.

— Ce serait un vrai plaisir », insista le gouverneur, qui voyait le piano comme un moyen raisonnable de terminer une soirée malaisée. Il savait qu'une fois la dernière note jouée ils pourraient se lever et s'excuser. Souvent, avait-il découvert, on pouvait utiliser ainsi une dernière tasse de café, ou la dernière levée au whist, ou encore la sonnerie insistante du téléphone.

Rose jeta un coup d'œil sur George, qui souriait de fierté. Elle se leva et s'avança vers ce piano qui avait peut-être démoli le dos d'un jeune homme et dont les accords avaient suscité l'imitation haineuse de Phil. La table de la salle à manger, débarrassée de tout sauf du couvert de Phil, était placée de telle façon que Rose la voyait de face ; et, prise d'une folie momentanée, elle se dit que c'était Phil qui avait prémédité les choses ainsi et que, de là où il était, il en souriait. Son implacable malveillance la poursuivait et lui troublait l'esprit. Elle avait les mains moites, la gorge sèche. « Très bien, je vais essayer. » Elle sourit.

Elle s'acquitta tant bien que mal d'une valse de Strauss facile, n'osant pas aller au-delà d'un jeu mécanique, comme un enfant qui répéterait son ABC sans y penser.

Derrière elle, ils applaudirent tous les trois et attendirent.

Ce fut George qui parla. « Est-ce que tu voudrais bien jouer ce morceau que j'aime ?

— Lequel est-ce ? » demanda-t-elle pour gagner du temps, un peu de temps pour rassembler ses pensées, pour chasser par un effort de volonté l'étrange engourdissement qui la gagnait, qui partait à présent de ses épaules et s'étendait à ses mains et à ses doigts.

« Tu sais bien, celui des tsiganes. Sur la tsigane.

— Ah oui, "Just Like a Gypsy[1]". » Elle rougit, consciente qu'il se rendait compte qu'elle savait ce qu'il avait voulu dire. C'était un morceau assez simple, mais sentimental, et après chaque phrase elle ajoutait toujours une petite coda, une légère cascade de notes qui élevait quelque peu le morceau au-dessus du registre porté sur la partition. C'était une petite mélodie mélancolique qui faisait chanter l'esprit et l'envoyait planer dans un pays éphémère de douce nostalgie. Curieusement, George le prosaïque, George le muet, avait peut-être vu dans cette mélodie quelque chose de Rose, et il était possible que l'affection qu'il avait pour cet air eût coïncidé avec le début de l'affection que Rose avait éprouvée à son égard en ces premiers temps où elle jouait pour lui à l'auberge sur le vieux piano mécanique.

Très professionnellement, elle se frotta les mains quelques instants, prit une bonne respiration, posa ses doigts sur les touches, constatant avec effarement que ses doigts étaient totalement dépourvus de sensation et de connaissance. Elle croisa ses mains sur ses genoux et les regarda. Derrière elle, l'horloge ronronna, se préparant à sonner, et Rose attendit le carillon qui pourrait, Dieu sait comment, la désensorceler. Mais l'horloge sonna et l'esprit de Rose resta tout aussi vide, ses doigts tout aussi morts. Elle se retourna sur le banc et sourit. « Je regrette, dit-elle, mais je n'arrive pas à m'en souvenir. »

Stupéfait, George entrouvrit les lèvres mais garda le silence. C'était la première fois que Rose voyait de la déception sur son visage, une première déception vis-à-vis d'elle qu'elle ne pourrait pas rattraper.

1. « Tout comme une tsigane », chanson de Seymour Simmons et Nora Bayes, tirée de l'opérette *Ladies First* (1918). *[N.d.T.]*

« Bon, fit le gouverneur, ne vous en faites pas pour ça.

— Mais oui, ajouta sa femme. Moi, j'oublie souvent des choses.

— Des discours, reprit le gouverneur d'un ton qui monta presque jusqu'au rire. Il m'est arrivé d'oublier des discours.

— Un jour, quand j'étais en pension, dit sa femme, je jouais dans une pièce de théâtre, j'ai ouvert la bouche et rien n'est sorti, absolument rien.

— Je suis navrée, s'excusa Rose, mais tout est parti.

— Ça n'a aucune importance, dit le gouverneur, vraiment aucune.

— D'ailleurs, il faut que nous repartions, fit observer sa femme. Je ne m'étais pas rendu compte qu'il était si tard. La nuit tombe si tôt qu'on perd la notion du temps. Mais l'été, l'été si long, n'est pas loin de nous ! »

Ils restèrent de nouveau debout à côté de la voiture du gouverneur ; le soleil, qui s'était enfoncé derrière les montagnes, avait emporté le printemps avec lui. Des filets de glace traversaient déjà la flaque près de la voiture.

« Charmant, c'était absolument charmant, dit la femme du gouverneur. Il faudra nous revoir dans quelque temps. »

Les hommes échangèrent une poignée de main. George tint la portière pour la femme du gouverneur.

« J'espère que vous reviendrez nous voir, dit Rose.

— Mais bien entendu », affirma le gouverneur avec un grand sourire.

George contemplait l'un des pneus ballon. Il fit un sourire au gouverneur et lança un coup de pied contre le pneu. « Bonne chance avec vos pneus, lança-t-il. Ç'a été une belle journée.

— Merci, George, merci », dit le gouverneur en montant dans sa voiture. Tout le monde fit au revoir en agitant la main.

« J'arrive tout de suite », dit Rose à George au moment où il se dirigeait vers la chambre. Elle attendit quelques instants après que la porte se fut refermée sur lui, lui donna le temps d'ôter sa chemise et ses chaussures – elle savait que sans eux il ne s'aventurerait en aucun cas dans le séjour –, puis elle enleva rapidement l'assiette de Phil, son verre et ses couverts. Elle le fit rapidement mais en silence, prenant garde d'éviter les bruits de vaisselle quand elle remettait les assiettes dans le placard, prenant soin aussi de ne pas faire tinter les couverts. Ce n'était pas par souci de cacher à George ce qu'elle était en train de faire, au cas où il aurait écouté, mais parce que le son de ces ustensiles non utilisés leur aurait conféré une dimension supplémentaire. Elle n'aurait pas supporté de se retrouver face à eux le lendemain matin.

Lorsqu'elle eut fini, George était déjà au lit mais n'avait pas éteint la lumière. « Je suis désolée, s'excusa-t-elle, je suis désolée d'avoir joué si piteusement.

— Oh, dit-il, ça ne fait rien. Je suppose que tout le monde peut avoir le trac, surtout s'il n'a jamais rencontré de gouverneur auparavant. Peut-être que les cocktails ont eu un peu trop d'effet sur toi. »

Elle commença à parler. Il ne s'était pas du tout agi de trac. Le fait de jouer devant un gouverneur ne l'exposait pas plus à la critique que de jouer devant un public dans la fosse d'un cinéma ou pour un groupe en train de dîner. Ne trouverait-il pas bizarre qu'elle ait été paralysée simplement par l'assiette et les couverts de quelqu'un qui n'était pas là ? Elle pensa au crâne que Peter gardait sur son bureau à Herndon. Elle avait toujours détesté cette chose-là.

Elle se déshabilla dans la salle de bains et traîna en buvant un verre d'eau. Elle avait un mal de tête épouvantable et ne pouvait pas mettre la main sur l'aspirine.

Il resta silencieux quand elle vint au lit, et au bout de quelques instants il se tourna et peu à peu sa respiration devint régulière. À son tour, elle prit une respiration égale, comme si elle était endormie. Des bribes catastrophiques de cette journée nageaient dans sa tête, isolées et accentuées par l'obscurité. Pourquoi avait-elle raconté à la femme du gouverneur qu'à l'époque où elle jouait du piano elle le faisait sur un piano droit dans la fosse d'une grande salle de cinéma ? Oui, pourquoi, puisqu'elle désirait donner à cette femme le sentiment que George avait épousé une personne de qualité ? Cela avait sûrement à voir avec Johnny. C'était un dilemme séculaire, celui des personnes remariées, un dilemme tel, finalement, que pour apaiser les consciences les théologiens affirment qu'il n'y a pas de mariage voulu par Dieu.

George se racla la gorge, et Rose sut qu'il ne dormait pas. Elle tendit le bras et lui prit la main. Un des chiens, derrière la maison, se mit à lancer des aboiements soudains et désespérés ; un autre se joignit à lui. Elle entendit le loquet du dortoir claquer et l'un des hommes crier : « La ferme ! » Les chiens se turent brusquement, et elle les imagina en train de se glisser de nouveau sous la maison.

La main de George se raidit.

Un instant plus tard, elle l'entendit elle aussi : un claquement de sabots distant, mesuré et aussi appuyé qu'une marche des morts sur une terre gelée. Le claquement se rapprochait toujours, de plus en plus fort en arrivant près de la maison et puis de moins en moins fort en allant vers l'écurie. Là, il cessa.

De nouveau les chiens. Une autre voix lança une obscénité.

Phil.

Rose tressaillit.

George toussa.

Le temps qu'il fallait pour conduire un cheval dans l'obscurité de l'écurie, le temps qu'il fallait pour défaire la sangle et laisser la sous-ventrière pendre librement, le temps qu'il fallait pour ôter la selle et la couverture, suspendre la selle, laisser le cheval aller à l'enclos à foin.

Ils entendirent Phil s'introduire par la porte de derrière et la refermer avec autant de force que s'il avait été midi. Ils entendirent ses pas rapides. Lorsqu'il avait ouvert, le vent s'était engouffré dans le couloir et avait sifflé sous la porte du fond.

La porte de Phil se referma. Puis, à travers le battant verrouillé qui les séparait de la salle de bains, ils entendirent tousser et renifler.

George se roula alors de côté, se dégageant des couvertures. Il s'assit au bord du lit.

« Qu'est-ce qu'il y a… ?

— Il vaut mieux que j'aille lui parler.

— Lui parler ?

— J'sais pas. J'ai peut-être été trop dur avec lui.

— Dur ?

— Rose, tu sais bien. Il n'a pas grand-chose. Et c'est mon frère.

— C'est ton frère. Tu es obligé. Je sais. »

George s'habilla, entra dans la chambre de Phil et resta debout. Au bout d'un moment, ses yeux distinguèrent les reflets mats du lit en laiton. « Phil ? »

La voix de Phil résonna comme en plein jour. « Quoi ?

— Je me suis dit que j'allais entrer et...

— Bon. Tu es entré. Tu as quelque chose à me dire ?

— Phil ? Hé, j'aurais pas dû te dire ce que je t'ai dit. » Il entendit le petit bruissement du papier à cigarette. La flamme d'une allumette fusa, mourut – le noir.

Quand Phil tirait sur sa cigarette, la lueur lui inondait brièvement le visage. « Vos excuses, tous les deux, vous pouvez vous les garder », dit-il.

À présent, le gouverneur et sa femme étaient près de Herndon où ils avaient réservé à l'hôtel pour la nuit. Pendant quelques kilomètres, le gouverneur resta silencieux, voyant à quel point les gens échouaient à s'apprécier mutuellement, voire à communiquer. Il avait trouvé la soirée pénible, mais s'il l'avouait – même à sa femme –, il risquait de révéler ce qu'il croyait, à savoir que la plupart des gens ne s'associent que par ennui ou par envie de profit. Avoir sa table honorée par la présence d'un gouverneur n'était pas une chose négligeable, et il le savait. Sa visite était-elle censée lancer la nouvelle Mme Burbank ? Il y avait pourtant son intérêt, lui aussi, sa visite devant assurer le versement de ces milliers de dollars qui avaient toujours représenté la contribution des Burbank à ses campagnes électorales. Mais, à présent, que ressentait-il ? Il était défensif à l'égard de la femme de Burbank. « Je n'aurais pas cru que George Burbank puisse épouser une si jolie femme.

— Tu peux m'allumer cette cigarette ? lui demanda

sa femme. Elle n'est pas si belle que ça. Il y a plein de vent, dans la voiture. Non, je veux bien qu'elle soit belle, mais elle a peur. Et puis elle faisait semblant de bien connaître les cocktails, mais ça ne lui a pas réussi.

— Je n'ai pas remarqué.

— S'il s'agit d'une femme, il faudrait qu'elle tombe raide pour que tu remarques quelque chose. C'est parce que tu ne veux pas voir.

— En parlant de voir, est-ce que tu as aperçu, sur la table d'angle, cette composition florale ?

— C'est un bien grand nom.

— Bon, et qu'est-ce que tu en as pensé ?

— J'ai trouvé ça... malin. Le genre de chose qui réclame un commentaire.

— Tu n'en as pas fait.

— C'était à *toi* de le faire. Une femme ne souhaite pas que ce soit une autre femme qui lui dise qu'elle est intelligente. Autant lui dire qu'elle est en chasse.

— Je n'ai pas du tout l'impression qu'elle voulait être maligne.

— Bien sûr. »

Ils redevinrent silencieux. Parfois ils apercevaient, à droite ou à gauche, les lumières solitaires d'un ranch. Au moment même où ils entraient dans Herndon, sa femme énonça précisément ce que le gouverneur craignait d'entendre. Elle articula la pensée pénible qui avait trotté dans la tête de son mari.

« ... durera pas très longtemps », dit-elle. Une voiture qui avait brusquement ralenti devant eux donna au gouverneur l'occasion de freiner, de s'occuper et ainsi de faire comme s'il n'avait pas entendu sa femme. Mais ce n'était pas un vrai refuge, car il savait qu'elle savait qu'il écoutait et entendait toujours. « Qu'est-ce que tu viens de dire ?

— Je disais qu'à mon avis elle a sans doute déjà échoué.

— Tu vois l'échec bien vite, tu ne trouves pas ?

— Et puis, juste quand nous remontions en voiture, elle a dit quelque chose de très bizarre. Elle a dit : Vous avez été très gentils.

— Et alors, c'est un problème, de dire ça ? »

Elle se retourna et lui sourit. « Ne sois pas sur les nerfs comme ça. Et j'aimerais bien une autre cigarette. »

Un chien sortit de l'ombre en courant, et le gouverneur faillit le heurter. « Bordel, maugréa-t-il, tu fumes trop. »

9

Vinrent des jours cléments, avec le soleil qui remontait toujours vers le nord ; peu nombreux furent les veaux qui gelèrent avant de pouvoir se mettre debout et téter ; peu nombreux furent ceux qui naquirent tordus, cette année-là, la colonne vertébrale gelée en forme de S ou les sabots tournés de telle façon que leur côté touchait le sol quand ils marchaient ; peu de veaux furent mort-nés ce printemps-là – maigre pitance pour les pies, qui, les yeux brillants, la tête penchée, surveillaient chaque naissance. Maigre pitance, aussi, pour les coyotes faméliques qui rôdaient à la limite des saules rosis de printemps.

La neige commença à reculer au-delà de la ligne des bois, les jacinthes bleues jaillirent de leurs feuilles veloutées au milieu des armoises, de petits oiseaux écumèrent le sol en cherchant où faire leur nid. C'est alors qu'on se mit à marquer les bêtes : trois mille veaux. Phil en avait châtré quinze cents, tout fier de constater que ce couteau, qu'il tenait entre ses mains et dont le fil castrateur était usé d'avoir été aiguisé cent fois, avait émasculé quinze mille taurillons. Il y avait eu un autre couteau avant celui-ci, et encore un autre auparavant.

Au moment où le dernier veau se remettait debout tant bien que mal et, encore sous le choc, les jambes écartées par la douleur, partait en courant rejoindre le troupeau, Phil regarda devant lui le soleil qui s'enfonçait rapidement à l'ouest. Il y avait tant de beuglements, dans le corral, qu'on ne s'entendait même pas penser, et tant de poussière qu'on en suffoquait. Qui n'aurait pas été fatigué après une semaine de marquage ? Il essuya sur son pantalon les traces de sang du couteau et replia la lame d'un coup sec. Sans savoir comment, il se fit une coupure au pouce, et un peu de sang se mit à couler. Il sortit son foulard de sa poche.

Putain ! songea-t-il. Châtrer mille cinq cents veaux et puis se faire une entaille au pouce quand on a fini ! Mais il cicatrisait facilement et il grimaça un sourire. « Eh bien, Gras-double, quelque chose me dit qu'on a terminé. » Il se redressa et, du pied, envoya de la terre sur le feu mourant.

George acheva d'enrouler sa corde et alla l'attacher au pommeau de sa selle. « Quelque chose me dit que t'as raison », fit-il. À l'extérieur du corral, les chiens étaient couchés, le museau entre les pattes ; ils se reposaient, mais ils surveillaient, et les testicules ne les intéressaient plus. Deux jeunes cow-boys, couverts de sueur après avoir joué à lutter contre des veaux, enfilèrent en se secouant leur chemise en chambray bleu.

« Ouais, dit Phil, terminé. »

Le jour où Peter, venant de Herndon, arriva au ranch, les hommes conduisaient le bétail dans les forêts – des vaches et des veaux dont le marquage tout récent commençait déjà à peler. Les feuilles nouvelles des armoises, écrasées par les sabots des bêtes, dégageaient une forte odeur sur la piste. Devant, les montagnes étaient immenses et fraîches.

Une grande partie des plateaux sur lesquels ils conduisaient à présent le bétail avait été occupée par des cultivateurs travaillant sans irrigation, et des clôtures en fil de fer barbelé rouillé barraient l'ancien sentier en direction des montagnes. Ici et là, le troupeau devait zigzaguer pour contourner ces obstacles, chose qui ne cessait d'irriter Phil. Ces gens dépourvus de moyens d'irrigation étaient pour la plupart des étrangers, Finlandais, Suédois et consorts, et Phil, qui n'avait déjà pas grande sympathie pour les étrangers, n'en avait aucune pour les agriculteurs. Leurs baraques en rondins ou en planches à clin couvertes de papier goudronné, leurs tentatives futiles pour faire pousser des arbres qui donneraient de l'ombre dans ce sol imprévisible et alcalin, leurs vêtements – de grandes salopettes et des chaussures trouées –, leurs femmes qui plantaient et sarclaient à leur côté, tout cela ne manquait pas de rappeler à Phil que les temps changeaient.

« Ces connards sont même pas foutus de parler américain », dit Phil au jeune cow-boy qui chevauchait près de lui. Phil était un ardent patriote. « Il y a vingt ans de ça, il n'y avait pas une seule de ces saloperies de barbelés dans tout le pays. C'est plus comme à l'époque dont je te parlais, quand Bronco Henry était là, vivant et en forme. » Une fois de plus, le troupeau dut changer de direction avant de repartir vers la réserve forestière. Nombreux étaient les cultivateurs qui, sans eau, avaient fait faillite. Presque tous, en fait, car il ne tombait jamais assez de pluie, les prières demeuraient vaines, et c'étaient les éleveurs qui étaient propriétaires des ruisseaux. Ça faisait du bien à Phil de voir les baraques désertes, transformées en refuges pour chauves-souris et mulots. Les portes se creusaient, et, quand enfin elles s'écroulaient sur leurs gonds en cuir séché, des chevaux recrus de soleil se risquaient à l'intérieur. Mais les clôtures en fil de fer barbelé rouillé restaient là pour vous obliger à faire un détour, et à la fin vous en aviez tellement marre que vous arrachiez la clôture et la rouliez en un tas que vous jetiez dans les broussailles.

« Ça devait être bien, c't' époque-là, dit le jeune cow-boy.

— Tu l'as dit », grogna Phil.

Juste devant eux, une vache en chaleur grimpa sur le dos d'une autre vache pour montrer son manque, et puis ce fut le large dos d'un taureau qui se pressa au milieu du troupeau pour parvenir jusqu'à elle. Au moment où elle se laissait glisser de la croupe de l'autre vache, le taureau se mit à la renifler. Coquette, elle commença à courir, mais il la rattrapa vite et la monta, la harponna et la poussa vers l'avant, le dos arqué. Elle vacilla sous son énorme poids jusqu'au moment où, rassasié, il la laissa filer, et elle partit en trottant, toute bossue.

Parfois, Phil préférait ne pas remarquer ces choses. D'autres fois, il choisissait de les voir. Pour l'instant, il regardait le jeune homme à côté de lui et il vit ses lèvres s'entrouvrir. « T'en fais pas, lui dit Phil, tu vas pouvoir aller en ville dans pas longtemps. »

Le jeune homme rougit.

Phil sourit intérieurement. Il estimait que c'était à peu près la seule chose à laquelle ces jeunes pensaient, et qu'est-ce que ça leur apportait ? De l'argent perdu, ou une maladie, ou alors ils se retrouvaient casés à Herndon avec une petite traînée qui les trompait dès qu'ils mettaient le nez dehors, et voilà. Ça le dépassait, de voir comment des gens pouvaient se détruire pour un peu de cul – et démolir la vie de tous ceux qui les entouraient. En réalité, George n'avait pas plus de jugeote que ce minus à côté de lui. Il s'était fait mettre le grappin dessus, et maintenant on allait avoir le beau-fils au ranch. « Ouais, dit Phil au jeune gars. C'était une époque superbe. » Il avait envie de cogner.

Rose partit pour Herndon dans la Reo peu après que les hommes eurent conduit le bétail vers les montagnes, et elle s'inquiéta aussitôt. À son âge, elle ne pouvait pas accepter le silence de Phil, son aversion pour elle, comme s'il s'agissait d'une simple bizarrerie de plus dans l'existence. Certes, nombreuses étaient les familles dans lesquelles certaines personnes ne se parlaient pas. Mais il fallait avoir assez vécu pour le supporter, être assez vieux pour n'avoir plus de grandes attentes, pour pouvoir accepter le désagréable de la vie, être capable de faire le compte et voir le bilan.

Peter avait-il les moyens d'endurer une telle chose ? Comment allait-il supporter le mépris et le silence ? Devait-elle le préparer à s'attendre à cela ? Quelle est la mère qui ne souhaite pas montrer à son fils qu'on la respecte ? Quelle est la mère qui ne cherche pas à épargner à ses enfants le chaos avec lequel les adultes ont appris à se débrouiller ?

Juste avant midi, elle se garait à Herndon. Le volant de la Reo était placé à une hauteur et à un angle qu'elle trouvait malcommodes, et elle ne parvenait pas à décider si elle souhaitait être vue – elle, Mme Burbank – en train de se tordre le cou pour voir par-dessus ou de s'accroupir pour voir à travers. Il y avait déjà une centaine d'arroseurs automatiques qui jouaient avec une centaine de pelouses, et leur brume était traversée d'arcs-en-ciel. Devant le palais de justice, le drapeau pendait mollement au sommet du mât, tandis qu'au pied un chien reniflait ; sur les marches du bâtiment, un groupe d'hommes, le visage tourné vers le soleil, était en grande discussion. Mais au moment où Rose passa, les hommes se retournèrent et la suivirent du regard. Des éclats de soleil rebondissaient sur les vitrines du garage Ford où des gens entouraient une voiture neuve. Dans la vitrine d'une épicerie, un employé élevait des pyramides d'oranges. Rose alla y faire ses achats, mais là aussi elle eut l'impression de commettre une imposture, d'être une enfant jouant à être grande, à être Mme Burbank.

Peter était prêt, et il attendait. L'eau avec laquelle il s'était coiffé avait séché. Ses chaussures étaient cirées, et il avait mis une cravate.

« Tu ne manges pas assez, lui dit-elle.

— Je mange assez, répondit-il avec un sourire.

— Tu es si mince, aux hanches, que je ne vois pas comment tu peux empêcher tes pantalons de tomber. Vraiment.

— Ne t'inquiète pas. Je suis comme j'ai toujours été. »

Les livres de son père. Lorsqu'elle le suivit à l'étage dans la chambre où l'on aurait dit que jamais personne n'avait vécu, Rose fut saisie d'une peur qu'elle n'aurait pas su décrire et dont elle n'arrivait pas non plus à deviner l'origine. Le côté inhabité de la pièce ? Son garçon devait bien, quand même, y semer quelque désordre ! Ou alors, étaient-ce les livres de son père ? Ils lui rappelaient douloureusement Johnny et sa conviction d'être un raté.

Rose avait été fière de l'aspect soigné de Peter ; à présent elle y voyait une menace pour lui ; elle avait conscience jusqu'à la nausée du petit cheveu qu'il avait sur la langue. Ce zézaiement et son côté propret allaient lui attirer le mépris immédiat de Phil. Elle entrevit le risque, pour Peter, de se sentir si malheureux qu'il voudrait retourner dans cette chambre morte de Herndon. « Et puis tu as grandi, dit-elle. Ça ne te ferait pas de mal de prendre du poids. »

Si jamais il revenait à Herndon, on en parlerait en ville, évidemment. Les gens flaireraient le début de la fin. Parce qu'ils adorent voir ça, le début de la fin ! Mais Rose savait que se soucier de rumeurs n'était jamais bénéfique ; et si Peter était plus heureux dans cette chambre morte avec son jeu d'échecs, ses livres et ce crâne... après tout.

... s'il était plus heureux dans cette chambre jusqu'au jour où... au jour où quoi ? Son incapacité à lire l'avenir lui laissait une sensation pénible semblable à celle qu'elle avait eue lorsque les hommes sur les marches du palais de justice s'étaient retournés pour la suivre du regard : elle ne savait plus qui elle était ni où elle allait. « Est-ce que tu as songé, demanda-t-elle, à laisser simplement tes livres ici pendant l'été ?

— Les laisser ici ? Pourquoi est-ce que je les laisserais ici ?

— Il y en a tellement. » Il y en avait en effet beaucoup. La *Britannica*. Une encyclopédie médicale complète, énorme, pesante, composée de vieux volumes noirs que Peter avait achetés d'occasion et qui sentaient le moisi. Des livres sur la chair, des livres sur les os.

« J'y ai bien pensé, murmura Peter. Mais tu comprends, non ? Est-ce que tu comprends ?

— Je m'étais dit... Mais bon, bien sûr, je comprends.

— Et dès qu'on sera en route pour le ranch, dit-il, il faudra que tu me racontes ce dîner que vous avez fait pour le gouverneur. T'en as pas dit grand-chose. »

Devant chacun des deux lits en laiton, dans la chambre de Phil, il y avait une bibliothèque vitrée. Elles étaient identiques, l'une pour Phil, l'autre pour George, et elles étaient là depuis toujours. Celle de George n'avait pas été ouverte depuis des années, car elle ne contenait rien à part des numéros entassés de *St. Nicholas Magazine* et de *American Boy*. En fait, elle n'avait pas été ouverte depuis que George s'était mis au *Saturday Evening Post*. Phil pensait souvent que cette bibliothèque était un modèle réduit de la vie de George – une vie qui se résumait en grande partie à ce qu'il lisait. Il n'avait que quelques rares opinions personnelles.

La bibliothèque de Phil ne contenait ni livres ni magazines : elle servait de vitrine à des objets qui, au fil des ans, avaient retenu son attention. Derrière la vitre, il y avait des pointes de flèche qu'il avait trouvées et montées sur une planchette préalablement recouverte avec soin de feutre vert. Le montage était en soi une réalisation magistrale, chaque pointe faisant pièce, pour ce qui était de la taille et de la matière, à une autre tête de l'autre côté. L'ensemble formait ainsi un éventail. Phil avait inséré l'une des plus belles pointes à l'extrémité d'une flèche, exactement comme le faisaient les Indiens. Il y avait aussi des fossiles de trilobites et de fougères imprimés dans du grès, vestiges de l'époque où ce pays était sous des eaux anciennes. Également un crâne de loup, et une fouine que Phil avait capturée, tuée, écorchée, empaillée et exposée dans un montage réaliste où l'on voyait son corps sinueux en alerte sur une petite bûche. Chaque objet reflétait un aspect du talent et des dons de Phil, son incroyable capacité à saisir ce que rataient les autres, sa monumentale patience. Une étagère présentait des pierres, du cristal aquatique, de l'agate et un morceau de quartz aurifère de la taille du poing.

Phil souriait souvent, quand il pensait à ce morceau de quartz. Un ami du Vieux Monsieur, un ingénieur des mines, était venu de Salt Lake, il y avait quelques années de cela. Tenant le morceau de quartz dans ses mains, il avait eu les yeux presque exorbités. « Oh ! là ! là ! et où est-ce que vous avez trouvé ça ?

— Là-bas derrière, répondit Phil. Dans les collines.

— Vous l'avez fait analyser, ce morceau ?

— Non, pourquoi ? dit Phil. Pourquoi est-ce que je le ferais ? » En effet, pourquoi l'aurait-il fait, puisqu'il en connaissait la valeur ?

« Est-ce que vous avez cherché la veine d'où il provient ? » demanda l'ingénieur. Phil s'amusait de voir cet homme s'efforcer de maîtriser son excitation.

« Eh bien, dit Phil, quelques années après être tombé sur ce morceau, j'ai essayé de retrouver l'endroit. J'y suis jamais arrivé.

— Là-bas derrière, vous disiez ?

— Tout ce dont je me souviens, continua Phil innocemment, c'est que c'était en remontant le long du ruisseau, le Black Tail Creek, pas loin d'une source qui le rejoint. Ça vous semble avoir de la valeur ? » poursuivit-il en levant ses yeux bleu ciel.

« En fait, objecta le visiteur, en l'examinant de près, j'ai l'impression qu'il n'en a pas tant que ça. »

Phil attendit donc. Il savait attendre. Il ne fut pas étonné, l'été suivant, de voir une troupe chargée de sacs à dos grimper le long du Black Tail Creek. Il alla chercher les jumelles sur la bibliothèque et observa depuis la fenêtre tandis que le soi-disant ami du Vieux Monsieur et quelques-uns de ses acolytes citadins se faisaient des ampoules sur leurs jolies mains en travaillant à la pioche et à la pelle pour trouver quelque chose qui n'était pas là. Car Phil savait très bien où était la veine. Elle était à une bonne trentaine de kilomètres de l'endroit où farfouillait l'ami du Vieux Monsieur. Comme il méprisait les gens qui s'humiliaient pour de l'argent !

Juste avant que l'ingénieur et sa bande n'abandonnent et ne lèvent le camp, Phil prit son alezan et partit là-haut. Il eut grand plaisir à entendre l'individu tenter quelques explications en rougissant comme une pivoine. « Je pensais que si j'arrivais à trouver un peu de ce quartz, ça ferait bien dans le muséum, en bas.

— Ah bon, dit Phil. Amusez-vous bien. Vous allez vous arrêter en passant pour dire bonjour au Vieux Monsieur ? » Quelle bande de nuls.

Maintenant, imaginez Phil rentrant dans sa chambre un après-midi de juin et s'arrêtant brusquement. Quelque chose n'allait pas. Quelque chose avait été déplacé, et, de fait, c'était la bibliothèque vitrée de George. Pas seulement déplacée, mais enlevée. Des années de poussière grise formaient une fourrure au sol, à l'endroit même où on avait soulevé le meuble, et dans cette couche épaisse semblable à du feutre se trouvaient deux billes – de celles que les petits garçons appellent des chinoises. En les voyant, il serra de nouveau sa main en forme de poing, comme s'il se remettait à jouer aux billes. Il avait été un crack.

Bon ! Phil longea le couloir d'un pas martial, entra dans le séjour et lança à la bobonne de George trois des rares mots qu'il lui adressa en tout dans sa vie : « Z'avez vu George ? »

Elle porta la main à sa gorge. « Mais… je crois qu'il est dans le garage. »

Penché au-dessus de l'aile de la vieille Reo, George

farfouillait sous le capot levé. Sans se redresser, il tourna la tête en entendant les pas de Phil. « Qu'est-ce qu'il y a ?

— Où est passée la bibliothèque ? demanda Phil.

— La bibliothèque ?

— Tu sais bien. La tienne.

— Oh, dit George. J'ai eu un blanc une minute. J'ai dit au fils de Rose de la prendre. Il la veut pour les livres de son père. »

Les livres de son père ! « Je croyais, dit Phil, que j'allais la bricoler pour en faire une vitrine à fusils.

— Il me semble qu'elle est pas mal employée comme ça », fit George en se baissant de nouveau par-dessus l'aile de la vieille Reo.

Les livres de son père ! Debout au milieu de sa chambre, Phil considéra les billes, se baissa pour les ramasser et les mit dans sa poche. Étonnant que cette Mademoiselle Mignonnette ne les ait pas prises, elles aussi !

Car c'est sous le nom de Mademoiselle Mignonnette que Phil parla de Peter aux hommes du dortoir, et ils en rirent bien fort. Entre eux, ils lui donnèrent le même nom et le regardèrent monter tout seul sur le flanc de la colline aux armoises, explorer le terrain, s'accoutumer à l'interminable été. Pourquoi ne se seraient-ils pas moqués de lui ? Il n'avait pas l'allure d'un garçon de ranch ; il était d'une propreté méticuleuse et il zézayait. Au petit déjeuner, les hommes échangeaient des clins d'œil.

Phil savait que si on coupe une branche de saule et qu'on l'enfonce dans le sol à un endroit humide, on a le début d'un autre saule ; elle prend aussitôt racine et pousse. Quand George et lui étaient des petits minus, ils avaient chipé du bois de charpente et construit une cabane secrète loin derrière la maison. Là, ils pouvaient fumer, échapper aux Vieux et à tout le monde. Elle était si petite qu'on était obligé de s'accroupir pour y entrer. Ils avaient planté des saules tout autour. Puis, quand ils sortaient du trou d'eau où ils allaient nager, là où le ruisseau faisait un coude et où le courant dessinait des cercles lents sur une surface si calme qu'elle reflétait un ciel immaculé, quand ils sortaient de ce trou, donc, et qu'ils s'étaient séchés au soleil filtré par les saules, ils pénétraient à quatre pattes dans la cabane et s'asseyaient pour fumer ou chiquer ou lire des magazines dont certains étaient tellement pornos qu'ils auraient donné une crise cardiaque à la Vieille Dame. À cette époque, ils devaient avoir douze et quatorze ans. Au bout de la première année, George avait perdu son intérêt pour la cabane (il perdait facilement son intérêt pour tout), et seul Phil avait continué de s'y rendre pour aller nager, parfois étrangement ému par son propre reflet nu.

Il y avait longtemps, très longtemps, que les saules qu'ils avaient plantés étaient arrivés jusqu'à la cabane, qu'ils l'avaient étouffée et cachée. Puis ils avaient poussé leurs branches à l'intérieur, ils avaient bloqué la porte, barré les fenêtres et ils avaient fini par croître directement à travers le plancher pour sortir par quelques endroits du toit, de sorte qu'assez vite il était devenu impossible de distinguer la cabane des saules, car le bois avait pourri peu à peu et nourri les arbres qui se tordaient et épaississaient. Personne au monde, à part lui et George – et, une fois, quelqu'un d'autre – n'avait eu connaissance de cette cabane ; même quand on était tout près, il fallait faire de grands efforts pour repérer, dans cette forme sombre, ce qui restait du toit et de la paroi : c'était un ultime témoignage de l'enfance, comme ces billes retrouvées dans la poussière – un sanctuaire secret.

La clairière même était en fait devenue un bosquet sacré, et le trou d'eau un lieu d'ablutions ; c'était le seul endroit où Phil acceptait d'exposer son corps et de le baigner. Un endroit précieux qui ne devait jamais être profané par une autre présence humaine. Heureusement, on ne pouvait y accéder que par un unique passage à travers les saules, et ce passage était tellement recouvert de végétation qu'on était obligé de se baisser et de le prendre à quatre pattes. Dans le monde entier, ce lieu était le seul à appartenir uniquement à Phil. Posséder cela en propre, ce n'était pas demander grand-chose, pas vrai ? Même maintenant qu'il était adulte, chaque fois qu'il en repartait, c'était avec une sensation d'innocence et de pureté. La brève communion qu'il réalisait là avec lui-même rendait son pas plus léger, et il sifflait aussi gaiement qu'un jeune garçon.

On conçoit donc son indignation quand, cet été-là, alors qu'il se tenait tout nu au bord du ruisseau où il se préparait à entrer pour se laver, il entendit un bruissement qui n'était pas celui d'une pie, ni même celui d'un lapin. En se retournant, il vit Mignonnette. Le garçon était en équilibre, avec toute la tension délicate d'un cerf et des yeux tout aussi énormes. Au moment où Phil se retourna, il détala comme un cerf aurait pu le faire, en bondissant de nouveau sous la protection des buissons. Phil eut juste le temps de se baisser, de saisir sa chemise et de couvrir sa nudité. Debout dans cette attitude, il fixa l'endroit où le garçon s'était tenu, la trouée irrégulière laissée dans l'atmosphère, la laideur de ce vide. Sa surprise se mua en colère, et sa voix éclata bien au-delà du ruisseau : « Fous le camp d'ici. Fous le camp d'ici, sale petit con. »

10

Au moment où les derniers Indiens, regroupés comme du bétail, furent chassés de leurs terres et expédiés avec armes et bagages dans des réserves, le gouvernement ne faisait même plus semblant de croire aux traités. La terre était devenue trop chère pour qu'on la négocie, et il n'y avait plus de raison de craindre la violence des Indiens ; en revanche, il y avait toutes les raisons de craindre la colère des électeurs blancs. Ces derniers Indiens qui s'égaillaient le long de la vallée dans leurs bogheis déglingués ou sur de vieux poneys ensellés étaient ceux que Johnny avait aperçus du siège surélevé de sa vieille Ford modèle « T ». Ses pensées les avaient accompagnés jusqu'aux plateaux brûlés par le soleil du sud de l'Idaho où, l'hiver, le vent hurlait et le sol se fendillait sous le gel. Rares étaient les arbres qui poussaient dans un sol aussi aride, aussi acide, et l'eau potable tirée de puits peu profonds puait le soufre.

Le délégué aux affaires indiennes habitait une coquette maison en bois, peinte en blanc, et il prenait grand soin de hisser et d'amener le drapeau aux heures prescrites. Il était content de se faire assister par ses deux enfants, des gosses proprets, au regard vif, qui avaient appris à ne jamais laisser le drapeau flotter lors d'une tempête ni toucher le sol.

Le délégué n'était pas un mauvais bougre, mais en prévision de la venue d'agents du ministère de l'Intérieur il trouvait parfois opportun de faire appliquer le règlement de la réserve.

Interdiction de vendre ou de consommer de l'alcool. Tout le monde sait que les Indiens ne boivent pas aussi bien que les Blancs.

Interdiction de quitter la réserve sans autorisation. On ne peut pas embêter les Blancs en laissant vagabonder des Indiens. Les autorisations n'étaient accordées que pour des motifs urgents. Comme les Indiens n'avaient pas d'endroit où aller ni d'amis pour les héberger, la question se posait rarement.

Pas d'armes à feu. Il n'y avait aucun besoin d'armes à feu. À partir du moment où les Indiens vivaient dans la réserve, toute leur viande leur était distribuée au magasin d'État.

Mais Edward Nappo avait une arme, une carabine vingt-deux long rifle qui avait appartenu à son père. C'était la dernière chose que son père avait possédée et aussi la seule qui n'avait pas été brûlée à sa mort, comme le voulait la coutume. La petite carabine était appuyée contre le mur dans un coin de la grange où dormait la vache. Ce n'était pas un fusil bien impressionnant, mais c'était une petite arme précise, et elle avait appartenu à son père. À son père le chef.

Edward aurait été chef s'ils n'étaient pas venus dans la réserve, et, même alors, il lui arrivait de se voir en tant que chef quand il se mettait à rêver. C'était en rêvant qu'il parlait à son fils du pays qu'il avait connu enfant, du pays que ce fils n'avait jamais vu, car Jennie, la mère, était enceinte quand ils étaient partis en boghei vers le sud.

C'était une femme de bon sens, qui savait confectionner des gants et des mocassins, et tanner les peaux de cerf que les chasseurs blancs laissaient au magasin. Quand Edward racontait des histoires au petit garçon, elle se levait parfois et les laissait pour aller dans la grange où vivaient le cheval et la vache. « Pourquoi lui raconter ces histoires ? demandait-elle avec colère. Pourquoi le rendre triste ? »

Mais Edward savait que son garçon avait besoin d'histoires, elles représentaient un aliment de croissance, un fil pour ses rêves, et parfois Jennie elle-même les écoutait au lieu de se rendre dans la grange avec la vache.

Il racontait la vérité au garçon, comme son père la lui avait racontée, lui expliquant que le bruit du tonnerre était celui des sabots de bisons martelant le ciel et que la foudre était les éclairs lancés par leurs yeux.

« Des bisons ?

— Tu ne t'en souviens pas, mais ton grand-père s'en souvenait. Il le *savait*, et moi, je m'en souviens.

— Je m'en souviens », dit le petit garçon en ouvrant les yeux tout grands. Il y a des fois où on n'est pas obligé de savoir, pour se souvenir.

« Des histoires folles, commenta Jennie.

— Mais regarde comme il dort bien, après, lui fit remarquer Edward Nappo.

— Il dort, chuchota Jennie, et il rêve. »

Lorsque l'enfant eut douze ans, il y eut un hiver terrible et interminable ; des tempêtes de neige froide et sèche descendaient du nord en rafales, et la température tomba par moments à moins quarante. Quelques vieux Indiens qui, pourtant, avaient été assez forts pendant l'automne en périrent, et les nuits baignèrent dans la lueur rougeâtre des bûchers funéraires et dans le bruit des mélopées funèbres chantées par les femmes. La neige s'amoncela contre les baraques en papier.

Et puis, malheureusement, la vache tomba malade. Jennie lui confectionna un manteau dans une vieille couverture, et, durant cette maladie, Edward et le garçon entretinrent un feu dans un coin de la grange malgré leurs yeux qui pleuraient à cause de la fumée qui ne s'échappait que peu à peu par un trou. Et, tandis qu'ils attendaient en espérant et en priant, Edward raconta d'autres histoires sur les terres plus au nord, parla du pays de l'été, de champs couverts de lupins violets qui ondoyaient et se soulevaient dans la brise comme de l'eau ; il parla du cri mouillé des pluviers à la tombée de la nuit, des nuages de tempête gris foncé qui s'élevaient bien au-dessus des montagnes et, chargés d'eau, traversaient le ciel avec une lourdeur de grizzly.

« À cette époque, c'était le pays des Indiens, et ton grand-père en était le chef. »

L'enfant frotta la bague magique que lui avait donnée son père et qui avait été fabriquée à partir d'un clou de fer à cheval. « On pourrait s'enfuir. »

Edward Nappo eut un sourire en pensant à ce que dirait Jennie d'une telle fuite – cette femme pratique. On ne peut pas courir très vite, ni très loin, avec une vache malade, dirait-elle. « Ce pays, ce n'est plus celui des Indiens, maintenant.

— On pourrait aller le voir. Les gens seraient gentils avec le fils du chef. »

Edward mit une autre petite branche de peuplier dans le feu. Puis, en se retournant : « Tu crois qu'ils seraient gentils, c'est ça ? » S'éloignant du feu, il revint et s'accroupit de nouveau, projetant une grande ombre contre le mur. « Je vais te dire quelque chose. Si la vache survit… »

La vache survécut.

« C'est de la folie, dit Jennie. Ces terres, c'est du passé.

— Mais le garçon pourrait les voir. Voir l'endroit où son grand-père était chef. Voir sa tombe. »

Jennie continuait à manier les peaux de cerf, à les pétrir dans ses mains musclées, à les assouplir pour en faire des gants et des mocassins. Sa vue faiblissait à cause de la minutie requise pour coudre des perles sur du cuir. La fumée lui faisait mal aux yeux, et les lunettes cerclées de fer qu'elle s'était procurées au magasin ne l'aidaient guère. Bon, peut-être un peu. « T'es fou, et le gosse est fou. »

Mais lorsque vint l'été, Edward Nappo ne voulut pas oublier le pacte qu'il avait conclu avec lui-même et avec le petit garçon si la vache survivait. Jennie leur prépara la nourriture : des haricots en boîte, du corned-beef argentin et de gros biscuits secs et durs pour absorber le jus. Étant le fils du chef, Edward Nappo ne se crut pas tenu d'informer de son projet le délégué aux affaires indiennes qui, d'ailleurs, aurait pu l'embêter. Ils partirent donc un matin avant l'aube. Ils entendirent un engoulevent filer dans l'obscurité ; un chien efflanqué aboyait sans relâche.

Comme le cheval était vieux, ils allaient à pied, sauf quand de la poussière signalait au loin l'arrivée d'une automobile ; alors Edward estimait qu'il était plus convenable de monter dans leur carriole même si les roues tournaient de façon un peu folle sur les essieux usés. Le garçon avait jeté sur le siège les chaussures qu'il portait à l'école ; sa salopette au plastron renforcé, décolorée par des lavages aussi nombreux que vigoureux, flottait autour de sa maigre carcasse, et sa grande casquette, bien qu'habilement rembourrée par du papier journal, lui glissait jusque sur les yeux.

Edward était superbe dans sa chemise à carreaux ; il avait mis son chapeau noir de cow-boy, sans pli pour que la calotte reste bien haute.

Le pays, à mesure qu'ils allaient vers le nord, prenait un aspect étrange, mais Edward se dit que c'était peut-être parce qu'il ne l'avait jamais examiné de près auparavant. En descendant, il n'avait pas eu envie de le regarder. Comme le garçon était silencieux depuis longtemps, il lui dit : « Ne t'en fais pas pour ta mère. Elle a des choses à faire, et il faut qu'elle s'occupe de la vache. »

Le garçon avançait d'un pas pesant, le regard droit devant lui. « Je ne pensais pas à elle, dit-il, je pensais aux montagnes. »

Edward songeait aussi à elles, à ces montagnes qu'il avait si longuement décrites, avec les forêts sombres qui grimpaient sur leurs flancs jusqu'à une certaine hauteur, et plus haut la neige qui persistait tout l'été. Il avait parlé des nuages dont les ombres s'étendaient sur tout, noyant rocs et ravins, des sources qui jaillissaient des rochers. Le garçon adorait entendre dire que l'eau était douce, qu'elle était bonne à boire. Edward parla du silence dans les pins et des cris effrontés des mésangeais qu'on ne trouvait que dans ces montagnes bénies.

Il réfléchissait. Et si le délégué lançait quelqu'un à leurs trousses ? Mais il espérait arriver assez loin pour voir les montagnes. Chaque nuit, ils quittaient la route pour camper – dans des ravines, des creux, des parcs bordés de saules près d'un ruisseau. Ils choisissaient des emplacements herbeux où le cheval pouvait brouter. Si, au moins une fois, ils pouvaient voir ces montagnes ! Ensemble !

Ils se servirent un jour de la carabine. Edward eut la fierté de voir le garçon abattre une marmotte, et ils firent un festin d'un ragoût parfumé aux oignons. « On ne peut pas gaspiller les cartouches », avertit Edward. Ils n'en avaient qu'une boîte et il ne restait plus beaucoup de viande en conserve. Comme il mangeait, ce garçon ! Ils gardaient un peu d'argent liquide dans une poche de tabac Bull Durham, et, au dernier moment, Jennie avait sorti une boîte à chaussures contenant cinq paires de gants de sa confection. Edward lui avait souri. Il n'avait pas été dupe. Elle voulait justifier leur excursion en la faisant passer pour un voyage d'affaires.

« Les gants, c'est trois dollars, annonça-t-elle d'un ton sévère. Cinq pour ceux qui ont des perles et pour ceux qui ont un crispin. » Jusque-là, il n'était pas au courant de ce qu'elle prenait pour les gants. Cela lui parut une belle somme, et l'idée lui traversa l'esprit qu'elle devait mettre de l'argent de côté pour le garçon. C'était une femme étrangement ambitieuse.

Il n'était pas sûr d'avoir le courage de proposer ces gants à la vente. Il n'avait jamais rien vendu, et la seule idée de vendre lui faisait monter le sang au visage comme s'il avait mendié. Ce sont les femmes – car elles ont peu de fierté et n'en ont d'ailleurs pas besoin – qui vendent et tirent profit des choses.

Mais on pouvait faire confiance à Jennie. Les gants dans la boîte représentaient une sorte de sécurité et permettaient à son homme de s'asseoir bien droit quand des voitures passaient à toute allure.

À l'école indienne, on avait appris au garçon à

appeler son père « papa ». « Papa, dit-il, l'armoise a une odeur différente.

— Bien sûr. Parce qu'il y a de l'eau sous le sol et elle peut boire. » Les grands plateaux alcalins de la réserve avaient cédé la place à des champs verts où paissait le bétail à tête blanche des Blancs – des bêtes aussi placides que la vache de chez eux, mais beaucoup plus grasses.

« Attends, dit-il en souriant et en regardant au loin. Attends de sentir l'armoise près des montagnes. » Et il articula le mot « beau » en langue shoshone.

« Papa, qu'est-ce que c'est, là-bas devant ?

— Devant ? » Ils allaient à pied pour épargner le cheval, et quand on marche on a souvent les yeux dirigés vers le sol. « Mais ce sont des nuages.

— Ils n'ont pas bougé.

— Pas de vent. C'est parce qu'il n'y a pas de vent. » Une forme reposait sur l'horizon, et elle miroitait à travers les vagues de chaleur qui, telles des flammes, montaient de la route poussiéreuse. Il aurait pu s'agir d'un de ces nuages de tempête qu'il avait décrits au garçon, ces nuages qui s'élevaient comme des tours et basculaient sous leur propre poids.

C'étaient ses yeux, bien sûr. Ses yeux, comme ceux de Jennie, avaient été abîmés par la fumée qui remplissait leur cabane en hiver. Et après le pincement de déception qu'il éprouva en songeant que le garçon avait été le premier à apercevoir les montagnes, il se sentit heureux. Il était dans l'ordre des choses qu'un garçon fût le premier à distinguer cette beauté toute neuve ; Edward avait toujours su que c'étaient les jeunes qui voyaient tandis que les vieux n'arrêtaient pas de parler. Edward eut un sourire. Non, le délégué aux affaires indiennes ne les avait pas rattrapés, et puisqu'il ne l'avait pas encore fait, il était peu probable qu'il le fasse. Jennie avait très certainement trouvé une histoire plausible pour expliquer leur absence. Elle s'y connaissait, dans ce genre de choses. C'était stupéfiant, de voir les histoires qu'elle pouvait concocter en levant à peine le nez de son travail – et les gens les croyaient. Sa mère à elle aussi avait été douée pour ça. À sa façon, cette vieille femme était une brave vieille femme.

Comme il se sentait protégé, il élabora des plans.

Et puis une fois qu'ils seraient dans les montagnes, le délégué serait de toute façon incapable de leur mettre la main dessus.

Il utiliserait l'argent dans la poche de tabac Bull Durham pour se procurer de l'équipement de pêche et des pointes pour faire des harpons. C'était la période où les saumons remontaient la rivière. Ils pêcheraient et ils fumeraient le poisson avec des branches de saule vert doux. Il rapporterait peut-être du poisson fumé au délégué en guise de cadeau ; le poisson fumé était une des rares choses appréciées des Indiens et des Blancs.

« Peut-être encore trois jours jusqu'aux montagnes, maintenant », dit-il. Il parla au cheval.

Trois jours pile ! Le garçon le félicita !

Mais ils butèrent sur une barrière dont Edward n'avait pas le souvenir.

Phil n'avait pas de notions romantiques au sujet des Indiens. Il laissait ce genre de sentiment aux professeurs et aux rigolos de l'Est avec leurs appareils photos extravagants. Les enfants de la nature, mon œil. Des conneries. En réalité, les Indiens étaient des feignants et des voleurs. On avait bien essayé d'employer des Indiens dans les champs au moment des foins, mais, pour ce qui était des machines, ils étaient complètement abrutis, incapables de colmater un trou de taupe avec du sable. Et médiocres avec les chevaux. Quand on avait voulu installer ces Indiens avec les autres hommes, dans des tentes dressées dans les champs, les hommes s'étaient plaints des odeurs, et il avait fallu choisir : soit eux, soit les Indiens. Les Indiens volaient – tout, depuis le bétail jusqu'à une tarte sur la table de la cuisine. Les Indiens qui campaient autrefois à la limite de Herndon faisaient irruption dans les saloons la nuit et cassaient le matériel. Pas étonnant que le gouvernement ait fini par se ressaisir et qu'il les ait tous expédiés sur les plateaux.

Pour Phil, tout cela n'était qu'une grosse blague. Quand les rigolos de la ville se pointaient avec leurs appareils photos et qu'ils demandaient aux Indiens de poser pour eux, les Indiens jouaient les effarouchés, faisant semblant de croire que chaque cliché les affaiblissait ou que la photo était leur spectre. Mais, croyez-moi, vous leur montrez quelques bonnes vieilles pièces de monnaies et ils posent.

Regardez leur artisanat, disaient les rigolos de la ville. De l'artisanat ! De l'artisanat, mon cul. Phil connaissait mieux leur artisanat que les professeurs d'université. Il n'y avait pas mieux que sa collection de pointes de flèche et de harpons, et depuis des années ils la voulaient pour le musée du Capitole – un jour, sans doute, il la leur laisserait. Mais dans cette collection il y avait des pointes qu'il avait confectionnées lui-même en se servant des mêmes outils que les Indiens, et elles étaient d'une facture supérieure à celle des Indiens. Vous pouvez vous en gargariser, de leur artisanat ! Les enfants de la nature !

Ils ne savaient que tendre la main, et quand la Vieille Dame était au ranch elle rassemblait de vieux vêtements et de la literie qu'elle leur donnait, mais du coup c'était tous leurs parents et amis qui rappliquaient et tendaient leurs mains de mendiants. Il avait fallu que la Vieille Dame fasse acte d'autorité. Impossible de dire ce qui se serait passé si le gouvernement ne les avait pas expédiés. Ce n'étaient pas des éleveurs. Pas non plus des cultivateurs, et ils ne savaient même pas distinguer le maïs de l'avoine. Le pire, c'était qu'ils étaient incapables de voir en face que leur temps était fini, passé et révolu.

Phil était monté à cheval jusqu'aux avant-monts où il avait atteint le camp des vachers, une mignonne petite cabane au bord d'une source, un joli petit endroit, un beau petit corral. Un nouveau cow-boy y était à l'essai, un gars qui devait sillonner la montagne, et Phil avait prévu d'y être en milieu de matinée pour voir si le jeune homme était sorti de son sac de couchage et au travail, en train d'empêcher le bétail de traverser la frontière de l'État. Chez ces jeunes, il y en a plein qui se planquent là où on ne peut pas avoir l'œil sur eux et qui passent leur temps à lire des magazines et à fainéanter, quand ils ne font pas monter leurs copains avec une bouteille de gnôle ; et alors, ça rate pas, vos vaches se retrouvent au diable.

Phil arriva furtivement sur son cheval d'une direction invisible de la fenêtre de la cabane. Il attacha l'animal sous le couvert de la forêt et s'approcha d'un pas silencieux. Évitons les brindilles qui craquent ! Il fit une entrée soudaine dans la cabane.

Un calendrier au mur avec dessus une fille dans ses plus beaux atours – le mois de septembre de l'automne passé. Les pluies s'étaient infiltrées et l'avaient taché.

Hmmh.

Phil s'approcha de la cuisinière. Pas même tiède. Froide. La vaisselle était faite et rangée, le pot à café en fer émaillé couleur de pierre était lavé et posé à l'envers sur la plage arrière de la cuisinière.

Hmmh.

La table était dégagée, à part un bloc de papier bon marché dont la couverture était pliée vers l'arrière, sous le bloc. Une lettre avait été commencée au crayon sur la première feuille, et l'écriture, avec ses pattes de mouche et ses hésitations, était celle d'un enfant ou d'un idiot – difficile à dire.

> *Cher Maman,*
> *J'ai pri une lampe pour écrire sa. Je te dit Maman s'ai chouette d'ettre cow-boy.*

Pratiquement le seul mot qu'il savait écrire était ce qu'il était, « cow-boy ». On y était en plein. Pour eux, « ettre cow-boy » n'était plus un boulot, un travail d'homme, comme à l'époque de Bronco Henry. C'était uniquement le genre de frime qu'ils voyaient dans les films, et c'était pour ça qu'ils se payaient des étriers et des têtières plaqué argent qui les laissaient sans le sou, pour ça aussi qu'ils se payaient des disques de chansons de cow-boys qu'ils achetaient par correspondance à Montconnerie et passaient sur leurs phonographes. Ils n'avaient plus aucune idée de qui ils étaient, ne savaient plus distinguer entre le rêve et la vie, et ce n'était donc pas étonnant qu'il faille prendre son cheval pour venir les surveiller. Un jour, en plein milieu de matinée, Phil était tombé sur un de ces soi-disant cow-boys, ici dans la cabane : le mec était en train de rêvasser en écoutant des disques tandis que le bétail s'était tiré au diable. C'était peut-être son ombre barrant soudain le soleil derrière lui qui avait fait lever les yeux au gosse, l'avait tiré de cette rêverie où il se prenait pour un cow-boy.

Pendant quelques secondes, le bruit nasillard qui sortait du pavillon du phonographe avait continué sa complainte sur l'homme qui n'est qu'une pierre qui roule ou des conneries de ce genre, puis le jeune avait tendu la main et arrêté la machine.

Il ne manquait pas de bagout. « J'ai été à cheval toute la nuit. » Ils trouvaient toujours une excuse. S'il y a un truc dont on peut être sûr, c'est que tout le monde a toujours une excuse.

« Bon, je vais te dire, avait déclaré Phil d'une voix douce. Tu prends tes nippes et tu les emballes dans ton vieux petit sac, et tu commences à prendre la route. »

C'était au mois de septembre de l'année passée.

Maintenant, on était dans une autre année.

Je te dit Maman s'ai chouette d'ettre cow-boy.

Phil s'occuperait de son cas. Mais le gamin était parti, la cuisinière était froide, et il se pouvait que ce gosse n'ait besoin que d'un peu de temps – parce que, bon sang, il n'était quand même pas possible que *tout le monde*, aujourd'hui, soit nul ! Phil s'étira et se tint un moment dans l'embrasure de la porte basse à regarder de l'autre côté de la vallée et à écouter la source jouer une mélodie pleine de gaieté sur les rochers. Puis il monta dans la forêt récupérer son cheval, sauta en selle et chevaucha jusqu'à la nouvelle barrière entre les terres de l'État et la forêt. La « forêt », dit Phil. Et, dans son esprit, le mot se déforma jusqu'à devenir « far west ».

Il sauta à terre pour ouvrir la barrière : une barrière d'État, avec le poteau charnière planté dans un bloc de béton, un barda si lourd qu'il faudrait un attelage de quatre chevaux pour le déplacer, plus de barrière qu'on n'en a jamais souhaité ni vu, mais c'est comme ça dès que le gouvernement s'en mêle, et c'est toi, mec, qui le paies. Une barrière de ce calibre pour fermer une simple clôture en fil de fer barbelé ! Il se demanda combien de feuilles un bureaucrate à la noix avait grattées avant d'arriver à formuler la demande de conception de cette barrière, combien de temps avait gaspillé un nullard d'ingénieur pour accoucher de cette monstruosité, une vraie barricade ! La barrière était fermée par une grosse chaîne à rondins de longueur plus que suffisante – encore une extravagance de l'administration, certes, de peu d'importance en elle-même, mais quand on la multipliait des milliers de fois, ça revenait à jouer le jeu minable des bolchos, des syndicalos et de tous ces branleurs. Et, bon sang, c'est à peine croyable, mais Phil se pinça le doigt dans cette chaîne – pas assez pour saigner quand même. Juste un pinçon.

Il se retourna, alerté par un bruit. Un truc bizarre. Il aperçut au loin dans la ravine une sorte de véhicule tiré par un seul cheval, une sorte de carriole. Il distingua un chapeau noir, et, à sa connaissance, personne ne portait de chapeau noir à part les Indiens.

« Assieds-toi bien droit », dit Edward au garçon, mais c'était une recommandation inutile. Il était aussi droit qu'on aurait pu s'y attendre de la part du petit-fils d'un chef sur le point de tenir des pourparlers avec un Blanc. Il en avait la colonne vertébrale toute raide. Il remonta sa casquette pour se dégager le front. Edward tapota son chapeau noir pour l'épousseter, puis il le caressa du plat de la main, comme s'il le polissait.

Ils avaient marché. Quand ils avaient aperçu l'homme debout à côté de la grande barrière, ils étaient montés dans la carriole. Ils restèrent sous le regard de l'étranger pendant une bonne vingtaine de minutes.

« Pourquoi est-ce qu'il ne bouge pas ? demanda le petit garçon.

— Peut-être il veut voir qui on est.

— Tu vas lui parler de ton père ?

— Oui, ça se pourrait.

— Alors, il sera obligé de nous laisser passer. »

Edward ne se préoccupait guère de ce qui pouvait lui arriver. Quand on vous emmène dans une réserve où l'on vous vend du pain moisi et où vous n'avez pas le droit d'avoir un fusil, il n'y a plus grand-chose à faire. La seule chose qu'il espérait, c'était que son garçon puisse continuer à croire que dans ce pays leur nom était honoré, que c'était un sésame permettant d'ouvrir les barrières. Ou bien Jennie avait-elle eu raison de le mettre en garde, de lui dire de ne pas tant raconter d'histoires ?

En vérité, il y avait quelques personnes, dans ce pays, quelques Blancs qui luttaient pour les Indiens, qui considéraient les ennuis des Indiens comme si c'étaient les leurs et les transmettaient jusqu'à la capitale des États-Unis d'Amérique, loin là-bas dans l'Est, là où aucun Indien connu d'Edward n'était jamais allé. Il y avait même eu des Blancs qui étaient venus aux funérailles de son père, des Blancs qui, à des places d'honneur, avaient assisté à la destruction par le feu des couvertures de son père, de ses mocassins, de sa coiffure, du collier de son cheval, de son wigwam.

Cet homme était-il l'un d'entre eux ?

Edward arrêta adroitement le vieux cheval, comme s'il menait un animal de race, un hambletonian. « Ça va-t-y ? » fit-il avec un grand sourire. Il tendit les rênes à son fils et il descendit avec raideur.

Phil ne répondit rien.

Edward promena son regard sur les terres alentour. « Pas encore de pluie », dit-il en s'avançant vers la grande barrière.

Phil s'éclaircit la gorge.

Edward posa ses mains sur la chaîne.

Phil parla d'une voix douce. « Non mais, vous croyez que vous allez où, comme ça ? »

Il s'intercala entre Edward et la barrière.

Edward se tourna vers le petit garçon qui se tenait encore assis tout droit et tout raide, le menton relevé autant par fierté que pour empêcher la casquette de retomber. « Mon garçon et moi, on pense camper là-haut un petit moment. C'est mon fils. »

Phil ne prit pas la peine de regarder le garçon. Il sortit un sachet de tabac et – ainsi qu'il le disait toujours – il se « manufactura » une cigarette d'une seule main.

« … mon garçon », conclut Edward.

La voix de l'enfant s'éleva, claire et aiguë. « Mon grand-père, c'était le chef. »

Phil alluma sa clope, souffla l'allumette qu'il brisa en deux et dont il pinça entre ses doigts le bout noirci. Il avala la fumée.

« C'est vrai, ce qu'il dit », reprit Edward.

Phil se tenait toujours entre Edward et la barrière. « C'est vrai ? Qu'est-ce qui est vrai ?

— Mon père, dit Edward Nappo, c'était le chef.

— Ah bo-on ? fit Phil. Eh bien, je vais vous dire un truc. Rien à foutre de qui c'était. Et vous, maintenant. Vous allez regrimper dans votre tapecul, là, et avec votre gosse vous allez foutre le camp d'ici aussi vite que cette vieille haridelle peut vous tirer. »

Le visage d'Edward était tellement figé dans son sourire qu'il fut incapable d'en changer l'expression.

« On veut juste rester deux ou trois jours, dit-il. Juste le temps que le cheval, euh… le cheval se repose. Il est vraiment vieux, ce cheval.

— Rien à foutre », répliqua Phil.

Alors Edward fit demi-tour et revint vers la carriole, redoutant les yeux du garçon. Celui-ci vit Edward chercher quelque chose sous le siège et il détourna le regard. Son père pouvait-il faire autre chose que de tuer cet homme ? Ensuite ils iraient dans les montagnes et ils y vivraient toujours, tous les deux, en hommes traqués. Mais libres, libres comme ils ne l'avaient jamais été !

Edward se retourna vers l'homme avec l'objet qu'il avait sorti de sous le siège, mais ce n'était pas la carabine. Il présentait la boîte pleine de gants. L'homme en face de lui était habillé pauvrement, sans gants. Edward eut un sourire, ôta le couvercle et tendit la boîte.

« Rien qu'un jour ou deux ? » Il ne pouvait pas imaginer ce qu'il allait raconter à Jennie. Il y avait peut-être là pour trente dollars de gants. Edward souleva les gants à crispin richement ornés de perles. « Un jour ou deux, m'sieur.

— Dites donc, dit Phil. Ils sont chics, ces gants.

— Ils valent cinq tickets, précisa Edward. Pour deux ou trois jours. »

Bizarrement, l'homme ne faisait pas un geste pour toucher les gants et ne bougeait pas non plus de devant la barrière. « Vous mettez votre tacot dans l'autre sens, reprit-il. Je me laisse pas acheter et je porte pas de gants. Vous êtes tombé sur le mauvais client, coco. »

Edward remonta donc sur son siège avec sa boîte de gants. Il fit exécuter un demi-tour à son cheval, et ils reprirent le chemin de la réserve, distante de trois cents kilomètres. Edward se demanda si le cheval allait tenir.

S'il mourait, qu'adviendrait-il de la carriole ? Il ne pouvait pas regarder son fils, mais il dit : « En tout cas, on a vu les montagnes. On a vu les montagnes de mon père. »

La casquette du garçon avait de nouveau glissé sur son front.

« Je pouvais rien faire, fit Edward. T'as bien vu, je pouvais rien faire. »

Phil les suivit du regard. À sa façon, il avait de la peine pour ces pauvres bougres, et il détacha le blouson de l'arrière de la selle pour prendre la gamelle qui y était enveloppée. Mme Lewis avait concocté un repas avec une pomme et deux épais sandwichs au rosbif. C'était bon, mais cela lui donna si soif que Phil se dit qu'il allait retourner à la source sur son cheval pour s'humecter un peu le gosier.

La maison des Burbank était faite d'énormes rondins ; vue de loin, elle ressemblait à un de ces pavillons d'un étage et demi qui avaient poussé dans toute la Californie au moment de la Première Guerre mondiale ; mais un pavillon qui aurait perdu toute mesure. Les gens sensibles à ce genre de chose s'interrogeaient, quand ils la regardaient. Ce n'était pourtant pas la distance qui rendait si vaste une maison qui n'aurait pas dû paraître plus grande qu'un pavillon. En réalité, le « demi-étage » contenait une salle de bains et six grandes chambres bordées de placards mansardés où s'accumulait le bric-à-brac des Burbank. Le toit se prolongeait au-dessus d'une vaste véranda, et Peter se tenait souvent devant les lucarnes de sa chambre pour regarder, par-delà le toit, le flanc vide de la colline aux armoises où il surprenait parfois un mouvement à peine perceptible – le jaillissement d'un oiseau gris ou un saut de lapin. Des faucons au regard perçant planaient dans les airs, prêts à repérer les morts, les mourants ou les inconscients. Cette colline était si haute que le soleil tardait à atteindre les fenêtres de la maison, et elle était si abrupte que tous les sons résonnaient contre elle. Peter entendait le loquet de la porte du dortoir, les jurons d'un des aides, les chiens qui aboyaient, les vaches qui mugissaient, le bruit sec de l'échappement du groupe électrogène et, le dimanche, les coups de pistolet pendant l'entraînement à la cible ainsi que le bruit joyeux des fers à cheval sur l'acier.

Les cumulo-nimbus d'orage se levèrent à l'ouest au-dessus des montagnes ; ils changeaient de forme, mais graduellement, sous l'effet d'une faible brise : ils ressemblaient à l'Angleterre, à divers animaux, à des lapins.

Peter entendit sa mère demander : « George, est-ce qu'il va pleuvoir ? » Sa voix montait de la véranda avec une netteté gênante.

« À humer l'air, je dirais oui, articula la voix de George. Mais j'y gagerais pas ma vie. » Peter sourit. Quand George utilisait cette vieille expression, il mettait les mains dans les poches de son pantalon et regardait ses pieds.

« Je veux planter ces arbres, dit sa mère. Et davantage d'herbe. C'est quand même drôle que ta famille ne se soit pas plus occupée du jardin.

— Ma mère a essayé. Mais le sol est si pauvre. Elle parlait tout le temps des arbres de Nouvelle-Angleterre. On aurait cru que c'était un pays d'arbres. Elle s'est fait envoyer des petits ormes. Ils sont arrivés dans des sacs, mais ils sont morts. Elle parlait d'un arbuste appelé cirier, en disant que la brume et le bruit de l'océan l'habitaient. Quand elle parlait, on entendait l'océan. Avant, j'avais envie, parfois.

— Envie ?

— De voir tout ça.

— Je ne t'ai jamais entendu parler comme ça.

— Bon, mais c'est que j'ai jamais dit ces choses, il me semble. Tu sais, Rose, il n'y avait jamais personne pour m'écouter. » Peter s'imagina le sourire de George.

Devant la maison, malades à mourir, dépérissaient deux peupliers de Virginie dont les feuilles minces étaient bordées d'une sorte de suie et dont les dernières et maigres forces étaient sucées par de voraces pucerons. Un peu plus loin, il y avait un carré d'herbe brunie qui aurait pu être arrosé en détournant le fossé qui suivait le côté de la maison. Mais si on laissait l'eau couler longtemps, elle trouvait des trous secrets et inondait le sous-sol – noyant les souris, en bas, ou une portée de chatons nouveau-nés.

« Est-ce qu'un engrais ne serait pas utile ? demanda Rose.

— C'est bien possible. Dis, Rose, est-ce que Peter est heureux ?

— Peter ?

— Je l'ai vu arroser les arbres, il y a quelques jours. Je pensais à lui.

— Je crois qu'il est heureux. En tout cas, sa chambre lui plaît, et c'est gentil de ta part de lui avoir donné cette bibliothèque.

— Je n'oublie pas que je suis son beau-père. Je suppose qu'un beau-père doit faire un peu plus d'efforts qu'un père. Un garçon n'a aucune raison d'aimer son beau-père sauf si le beau-père y met du sien, j'imagine. Je sais bien comment je me sentirais à sa place.

— Et il a toujours aimé explorer. Il cherche partout. »

Peter écoutait, sans expression. Il était en train d'explorer, lorsqu'il était tombé sur Phil entièrement nu. Il revoyait ce corps blanc, sans poils. Il n'avait rien rapporté à sa mère de cet incident – évidemment –, et il avait l'impression que Phil ne l'avait pas mentionné non plus. D'une certaine façon, il y avait entre Phil et lui une sorte de lien, peut-être un lien de haine, mais Peter avait le sentiment qu'un lien, quel qu'il soit, pouvait être aussi utile qu'un autre. Il était allé se promener avec sa mère sur la colline, et ils avaient trouvé des jacinthes sous la fraîcheur des armoises, des lewisias aussi, et des fleurs de cactus cireux qui avaient le lustre surprenant des perles. « Mais c'est que je viens souvent marcher par ici, lui avait confié sa mère.

— Tu ne te promenais pas beaucoup, à Beech, lui dit-il en lui jetant un coup d'œil.

— J'ai oublié. Je ne me promenais pas beaucoup ?

— C'est le frère, pas vrai ? Il te rend nerveuse. »

Elle s'arrêta et se baissa pour ramasser un petit caillou. La vérité faisait sursauter toutes les personnes qu'il connaissait. « Il me rend nerveuse ?

— Il ne dit pas un mot quand il arrive dans le séjour. Il laisse entrer le froid.

— Mais, Peter, il ne parle à personne. »

À présent, George était sous la véranda, et il disait : « ... vienne ici, je n'avais jamais passé un après-midi si agréable, à traîner, seulement.

— Pourquoi est-ce que tu ne te ferais pas plaisir un après-midi ? Tu as ramené ces petits arbres de la brousse, je n'appelle pas ça traîner. On aurait peut-être besoin d'un peu d'engrais.

— Bon, il faut que je réfléchisse. »

George est un brave homme, pensa Peter. Puis il descendit les rejoindre sous la véranda. Il arriva si doucement qu'il les surprit. Avec lui, les portes s'ouvraient et se fermaient sans bruit. Il songea à leur dire à quel point leurs voix étaient distinctes, puis il rangea cette information dans un coin de sa tête. Son univers avait besoin de secrets qu'il gardait en réserve.

« Peter, tu marches si silencieusement. C'est à cause de tes tennis ? Regarde ces petits arbres que George a apportés. Tu veux nous aider à les planter ? Je crois qu'on aurait besoin d'un peu d'engrais.

— Du sang, dit Peter. Le sang est le meilleur des engrais.

— Mais c'est horrible ! s'exclama Rose.

— D'après ce que j'ai entendu dire, il a raison, intervint George. Pense à ces grandes mauvaises herbes qui poussent à côté de l'abattoir. Elles sont aussi hautes qu'un homme.

— Si vous êtes d'accord, monsieur, je vais prendre la brouette et rapporter de la terre de l'abattoir. Elle doit contenir une certaine quantité de sang.

— Vas-y, fonce. Et merci. »

Ils regardèrent Peter aller et venir à côté de la maison. Son pantalon propre et sa chemise blanche formaient un accoutrement étrange pour aller charger de la terre trempée de sang, une terre pas toujours bien sèche et chargée d'une odeur de mort récente. Des nuages passèrent devant le soleil, aussi humides et frais que de l'eau. « J'aimerais bien, parfois, qu'il ne m'appelle pas monsieur, remarqua George.

— C'est son père qui lui a donné cette habitude.

— Alors là, je t'assure, je ne suis jamais tombé sur un garçon aussi chouette, fit George. Je suis scié de voir que ça ne l'embête pas d'aller à l'abattoir et de bêcher pour… prendre de l'engrais. C'est quand même drôle, qu'il soit au courant, pour le sang.

— Peut-être pas, pour quelqu'un qui ne veut qu'une chose, devenir médecin. Il a…

— Il a quoi ?

— Eh bien, une sorte de froideur. Tu vois, je l'aime, mais je ne sais pas *comment* l'aimer. Je voudrais que mon amour l'aide pour quelque chose, mais on dirait qu'il n'a *besoin* de rien. Je crois que son père aurait mieux réussi s'il avait eu un peu plus de cette froideur. » Ils regardèrent les nuages recouvrir le ciel. « Tu veux bien me passer mon pull ? Merci. Le mot froideur n'est pas tout à fait exact. Du détachement, plutôt ? Je ne veux pas le critiquer. Ni John, d'ailleurs. C'était quelqu'un de bien.

— C'est ce que j'ai entendu dire, observa George. J'ai entendu dire qu'il ne poursuivait pas les gens qui ne lui avaient pas réglé ses honoraires. C'est vraiment bien, d'être comme ça. »

Un grondement lointain de tonnerre leur parvint. « Il va peut-être pleuvoir, maintenant, fit George.

— … Quand la foudre tombe dans les parages. On peut même la sentir », dit Rose. Le tonnerre retentit de nouveau, et avant que le roulement de l'écho ne disparaisse Rose ajouta : « Tiens, encore cette carriole d'Indien.

— … carriole ? Quelle carriole d'Indien ?

— Eh bien, ce matin. C'était vraiment drôle. Je les ai aperçus, ils étaient presque sur la route, au détour de la pointe rocheuse, et, tu sais, George, ils discutaient en tirant leur vieux cheval. Je les regardais, alors ils se sont arrêtés, ils sont remontés dans la carriole et ils sont passés devant moi en roulant sans regarder à droite ou à gauche. Et puis quand ils sont arrivés en haut de la côte, là – tu vois ? –, ils sont redescendus et se sont remis à tirer le cheval.

— Je dirais que c'est une histoire de fierté, remarqua George.

— Mais où crois-tu qu'ils allaient – je veux dire ce matin ? Où que ce soit, apparemment ils ne sont pas restés longtemps. Et d'où venaient-ils ?

— Je suppose qu'ils venaient de la réserve. Attends que je prenne les jumelles. » Il les prit.

« Elle doit être à trois cents kilomètres.

— En tout cas, je ne serais pas étonné qu'ils aient voulu camper dans la montagne. Tu sais, ils n'ont pas le droit d'être hors de la réserve.

— Et pourquoi, bon sang ?

— Ils se mettraient à... Oh, ils feraient des ennuis. S'il y en avait qui commençaient à revenir et à créer des ennuis, ils reviendraient tous créer des ennuis. »

George continuait à les regarder. Le vent murmurait dans les branches de houblon qui grimpaient sur le côté de la véranda. Ils étaient assis tous les deux et George observait toujours, puis il tendit les jumelles à Rose. « Je ne m'étais pas rendu compte que l'un des deux était un petit garçon, chuchota-t-elle.

— Non ? Il doit avoir onze ou douze ans. Il n'était sans doute pas né à l'époque où les Indiens vivaient par ici. Il ne pourrait pas se rappeler à quoi ressemblait ce pays.

— Alors, celui qui a le chapeau noir est son père ? Tu crois que le père a ramené le garçon ici pour lui montrer ?

— Oui, sans doute.

— Et ils ont passé si peu de temps dans la montagne ?

— À mon avis, ils n'ont pas du tout pu aller dans la montagne. » Il toussa.

« Pourquoi pas ? À cause du vieux cheval ? » Les Indiens avaient dépassé la maison, et dans quelques instants ils disparaîtraient autour de la pointe rocheuse. « Phil est parti ce matin pour aller voir ce que faisait un de nos cow-boys. Je suppose qu'il leur a fait rebrousser chemin.

— Rebrousser chemin ? Après trois cents kilomètres ? Pourquoi ferait-il une chose pareille ?

— Bon, comme je t'ai dit, au cas où ils se mettraient à revenir. Et Phil a jamais été tendre avec les Indiens, quels qu'ils soient.

— Qu'est-ce que t'entends par là, quels qu'ils soient ?

— À moins que je ne me trompe dans mes suppositions – passe-moi les jumelles –, ce vieil Indien est le fils du chef.

— Le fils du chef !

— Il est mort là-haut quelque temps avant qu'on les expédie dans les réserves. On l'a enterré sous le rocher de l'avalanche. On pourrait aller voir la tombe, un de ces jours. Monter avec un pique-nique.

— Je suppose qu'ils avaient l'intention de voir la tombe. » Rose se leva brusquement. « George, est-ce que tu peux t'imaginer ce que ressent le petit garçon ?

— Ce qu'il ressent ?

— Qu'un Blanc ait le pouvoir de renvoyer son père, le fils du chef. Imagine un peu. Il ne l'oubliera pas de toute sa vie.

— Eh bien, tu as sûrement raison. Mais à strictement... »

Strictement quoi, elle ne l'entendit jamais, car elle se précipitait pour descendre les marches. Un des aides, qui rentrait à cheval, la vit courir comme si elle avait perdu l'esprit et crier quelque chose.

Elle ne portait pas de chaussures de marche. Trébuchant avec ses talons hauts, courant et tombant, elle criait aux Indiens : « Arrêtez, je vous en prie, arrêtez. » Elle était hors d'haleine lorsqu'elle les rattrapa et elle s'appuya au flanc de la carriole. Elle sourit en levant la tête vers le vieil Indien. Elle avait enfin assez de souffle pour parler. « Je vous ai vus ce matin », dit-elle. Le vieil Indien ôta son chapeau, mais le garçon restait assis en regardant droit entre les oreilles du vieux canasson. « Je serais venue vous voir, poursuivit-elle. Je ne savais pas que vous étiez le fils du chef. »

Edward Nappo parla. « Avez-vous connu mon père ?

— Mon mari l'a connu. Voyez-vous, nous serions honorés si vous vouliez camper chez nous. Oh oui, nous en serions fiers. »

Edward Nappo baissa les yeux vers elle, une minuscule et adorable petite femme qui ne pouvait pas être d'une grande utilité pour un homme avec une vache, ni pour faire la cuisine ou confectionner des gants. En regardant son visage, on aurait même pu dire qu'elle ne survivrait pas à beaucoup d'hivers si ces hivers étaient quelque peu rigoureux. « Merci, dit Edward. Mon fils et moi serons fiers de camper chez vous. » Et lorsque Edward fit exécuter un demi-tour à son cheval, le petit garçon regarda son père avec un immense orgueil et réajusta sa casquette.

Quand un cheval trotte, ses membres se déplacent en paires croisées : le membre antérieur gauche et le membre postérieur droit avancent en même temps. C'est une allure difficile, et on est obligé de s'enlever, c'est-à-dire de se dresser sur ses étriers et d'amortir la secousse en pliant les genoux. On a beau faire, on est là à monter et à descendre comme un idiot de pantin à ressort.

Mais quand un cheval va l'amble, ses membres se déplacent en paires latérales : le membre antérieur droit et le membre postérieur droit vont vers l'avant en même temps, et c'est une allure facile, rapide et souple pendant laquelle on peut rester assis sur la selle en laissant son corps onduler sans effort selon le mouvement du cheval. N'importe quel cheval sait trotter : peu nombreux sont ceux qui savent ambler. L'alezan de Phil avait un bon amble souple, avec, dans chaque poussée de ses membres, une puissance mesurée que Phil rapprochait d'un mouvement de pistons. Il descendit le canyon à une allure rapide, grand et droit sur sa selle, se reposant de temps à autre en se soulevant sur ses étriers et en humant le soir qui arrivait, l'odeur des rochers et du sol en train de fraîchir. Des averses étaient tombées en montagne ; Phil avait été touché par la fin de l'ondée, mais il aimait bien se mouiller un peu, et l'humidité prenait et gardait la senteur des armoises nouvelles et des roses sauvages qui fleurissaient au bord de la route. Phil avait toujours aimé certaines odeurs. Au bord du chemin, le ruisseau lançait des gerbes d'eau par-dessus les rochers ; des merisiers de Virginie étaient couverts de fleurs blanches, et un cerf rentra en bondissant dans les bois où il se blottit en croyant bêtement s'être caché.

Le jeune homme du camp n'était pas rentré alors que Phil l'attendait après être allé se désaltérer à la source. Il était donc possible que ce jeunot fasse l'affaire, après tout. Phil avait pris soin de ne rien toucher dans la cabane qui puisse révéler son passage, et le sol du sentier qui menait à la maisonnette était si dur et si tassé qu'on ne pouvait pas y déceler d'empreintes récentes. Phil reviendrait vérifier sous peu, peut-être pour rien. Mais la lettre que le petit minus avait commencée indiquait qu'il risquait de prendre son travail à la légère, à la rigolade.

Phil se sentait bien. Il suivit le raccourci menant au ranch, prenant par-derrière, par les pâturages à chevaux, ce qui impliquait de descendre quatre fois de cheval pour ouvrir les barrières rudimentaires dites « barrières de mormons », faites de fils de fer barbelés. C'étaient les fermiers des terres sans eau qui les avaient mises, bloquant du même coup une vieille piste carrossable, une voie déjà ancienne à l'époque où Phil était petit, mais si rarement utilisée, à présent qu'elle était coupée par quatre barrières, qu'elle était envahie par de hautes herbes poussant en touffes. Il arrivait à Phil de ne pas refermer les barrières, pour montrer à ces cultivateurs ce qu'il pensait d'eux et des autres imbéciles qui s'étaient laissé avoir par les brochures que les chemins de fer leur avaient distribuées où on promettait monts et merveilles aux Suédois, aux Finlandais et à Dieu sait qui encore. Prenez de la terre ! Faites pousser du blé ! Eh bien, ils avaient été un bon nombre à mordre à l'hameçon. Ils obtenaient trois cents hectares ou cent cinquante du gouvernement, ils achetaient de la semence, ils labouraient, ils semaient et puis ils attendaient les pluies qui venaient rarement. Il n'en restait plus beaucoup, maintenant. Ils étaient repartis tout déconfits vers les mines ou les usines d'où ils étaient venus. Dans tout le pays, on voyait leurs cabanes ouvertes à tous les vents, avec un lit qui rouillait là où jadis un homme et une femme avaient dormi et fait l'amour. Le texte, sur les journaux dont ils s'étaient servis comme papier mural, s'était décoloré. On trouvait parfois une poupée de gosse jetée dans un coin. Réellement, ça donnait à réfléchir. D'une certaine façon, on était obligé de plaindre ces pauvres diables – c'étaient des êtres humains, eux aussi. Mais il y avait une chose que Phil, pour sa part, ne parvenait pas à leur pardonner : c'est qu'ils ne se soient pas servis de leur tête avant de se lancer, qu'ils n'aient pas étudié la situation.

Il s'érafla le dos de la main contre la dernière barrière, juste assez pour faire venir le sang, mais il le prit comme un avertissement : il fallait qu'il s'attende à quelque autre petit désagrément ; il avait remarqué, au long de sa vie, que ce genre de chose en entraînait une autre de même nature. Ce qui ne manqua pas. Alors qu'il s'était baissé sur le pommeau de sa selle pour éviter des saules formant une voûte au-dessus de sa tête, une branche le gifla vivement sur l'arête du nez. Il la saisit et la brisa en deux.

Il chevauchait à présent à travers les saules dans le pâturage des chevaux, à cent mètres à peine de l'endroit où il allait se baigner. De nouveau à découvert, là où la fléole des prés et l'agrostide poussaient en touffes épaisses, il arrêta brusquement son alezan.

Il n'en croyait pas ses yeux.

Seul, à l'écart du groupe de chevaux, se trouvait un étrange petit poney. Alors là, Phil vit rouge ! Chaque muscle de son corps élancé se raidit. Il renifla. Il tourna la tête, et, dans un creux de la ligne de saules près du ruisseau, il vit l'endroit où les Indiens avaient dressé leur tente et construit un feu. Le mince filet de fumée flottait en rubans au-dessus des arbres.

Phil fonça là-bas. Et, du haut de son cheval, il examina la situation. Le jeune Indien n'était nulle part en vue – peut-être dans la tente ou en train de rôder dans les broussailles. Le vieux bouc était de dos, et il ne se retourna pas tout de suite bien qu'il ait dû entendre Phil s'approcher. Le vieux bouc essayait peut-être de retarder l'inéluctable jusqu'au dernier moment, comme le font certains. Il était penché au-dessus du feu qui venait de démarrer. De part et d'autre de flammes de plus en plus hautes, le vieux avait placé des fourches de saule ; ces branches en soutenaient une troisième, horizontale, d'où pendait un seau cabossé, en fait un de ces bidons dans lesquels on achète de la graisse à essieux. Dans le seau, il y avait quelque chose qui, d'après ce qu'en voyait et en sentait Phil, devait être de la viande – du bœuf frais.

En fait, le vieux bouc avait l'air assez penaud.

Phil parla. « Je croyais vous avoir dit de déguerpir.

— Mais la dame, dit le vieux bouc.

— La dame quoi ?

— La dame de la grande maison. Elle a dit : campez ici. »

Phil émit une sorte de grognement. « Ah bon, c'est ce qu'elle a dit, la dame de la grande maison ? Eh bien, moi je vous dis de plier votre tente. »

Phil imprima un demi-tour à son alezan et gagna à l'amble la porte de l'écurie.

C'était une longue écurie en rondins, avec d'énormes portes à chaque bout, et elle était humide. L'obscurité soudaine et froide aveugla Phil un instant pendant qu'il menait l'alezan vers sa stalle. Il défit la selle et la suspendit à une cheville. Au moment où il commençait à conduire l'alezan vers la porte de derrière, le cheval marqua un temps d'arrêt avant d'obéir aux rênes, et Phil dut le tirer d'un coup sec. Puis, après avoir laissé l'alezan libre de se rouler dans la poussière derrière l'écurie, Phil revint à grands pas dans le bâtiment sombre et, de nouveau légèrement aveuglé par l'obscurité, il heurta presque George de front.

George était un grand adepte des jumelles. De mémoire d'homme, il y avait toujours eu une bonne paire de Bausch & Lomb, bien rangées dans leur étui, sur la vitrine de la salle de séjour. Les paires, toutes de la même marque, avaient disparu les unes après les autres, peut-être dans les valises en carton des filles ou des cuisinières qui quittaient la maison, car les jumelles sont à la fois chères et transportables. Mais il en restait toujours une paire en évidence là-haut sur la vitrine, car les cacher aurait été soupçonner quelqu'un de vouloir commettre un crime qui, pour George, était incompréhensible. Et, plutôt que de nourrir une pensée aussi pénible, il était plus facile d'en acheter de nouvelles. George passait parfois une heure entière à la fenêtre à observer le mouvement du bétail ou des chevaux, à estimer le recul des congères ou à tenter de déceler des feux de forêt. Aujourd'hui, depuis une fenêtre à l'étage, il avait suivi la rapide progression de Phil, et lorsque celui-ci s'était arrêté pour parlementer avec les Indiens George était aussitôt descendu. Il avait pris son chapeau et ses gants et il s'était rendu dans l'écurie où il avait attendu près de la stalle de Phil. Quand il était en colère, Phil disait ce qu'il avait sur le cœur sans tenir compte de la présence de qui que ce soit – aides de ranch, cuisiniers, famille, invités, amis –, et, d'une certaine façon, George lui donnait raison. Mais ce manque de retenue conférait à Phil un énorme avantage : les gens y réfléchissaient à deux fois avant de provoquer sa colère. Ils craignaient les éclats et les terribles vérités qu'il lançait – c'était même le cas du Vieux Monsieur et de la Vieille Dame.

S'il devait donc y avoir une explosion au sujet des Indiens, mieux valait qu'elle eût lieu dans l'obscurité de l'écurie.

« Mais qu'est-ce que c'est, bordel », commença Phil lorsqu'il se heurta à George. Comme toujours, quand il était troublé ou furieux, Phil avait recours à une langue peu correcte. « Mais qu'est-ce que c'est, bordel, qu'ils foutent là-bas derrière, ces Indiens ?

— T'excite pas, lui recommanda George d'un ton calme. Je leur ai dit qu'ils pouvaient camper là quelques jours.

— Tu leur as dit ça ? » Phil recula d'un pas et regarda George de la tête aux pieds. « Putain, mais t'es complètement givré ?

— Ils vont rien faire de mal, expliqua George. Je suppose qu'en 1925 on est quand même capables de tenir tête aux Indiens.

— Ce coup-ci, t'as pas la langue dans ta poche, mon petit Georgie. Mais c'est quoi ? De l'humour, de l'ironie, ou quoi ? Essaie plutôt de faire marcher ta cervelle.

— C'est bon, Phil. T'excite pas. Il faut que tu réfléchisses aux sentiments des gens.

— Aux sentiments des gens ? Aux sentiments de qui ? Les sentiments de qui, au juste ?

— Aux sentiments des Indiens, par exemple. Du jeune Indien. »

Phil toisa encore une fois George de ses yeux bleu ciel auxquels rien n'échappait, et ses lèvres se retroussèrent en un rictus. « Qu'est-ce que c'est que cet amour soudain pour les Indiens ? Ça me fait bidonner. » Et il se mit à rire. « Quelquefois, ça me reste en travers de la gorge, de voir à quel point un mec peut être aveugle, mon petit Georgie. »

George s'appuya contre la stalle. « Qu'est-ce que tu veux dire au juste, Phil ? »

Phil baissa la tête en achevant de rire, en lançant un dernier rire sec, coupant, tranchant, destiné non seulement à George mais à la femme dans la maison, à celle qui allait devoir s'en aller. « Regarde-toi bien en face, un de ces jours. Va te regarder dans la glace, jette un bon coup d'œil sur ta binette, sur ton physique. Et puis demande-toi pourquoi ta bobonne t'a épousé. »

George cilla une fois, mais sans lâcher Phil des yeux. « Tu peux penser ce que tu veux, rétorqua-t-il. Mais les Indiens resteront. » Et George se retourna, puis il quitta l'écurie. Mais comme Phil savait toucher l'endroit qui faisait mal ! Bon Dieu, comme il savait arracher une croûte sur une plaie.

11

Longtemps, longtemps avant que Mme Lewis ne soit cuisinière chez les Burbank, un arbre, dans les bois, était tombé sur M. Lewis et l'avait occis « dans la fleur de l'âge ». Mme Lewis espérait être de nouveau unie à lui dans ce qu'elle appelait leur foyer éternel, mais cette relation en suspens l'avait laissée avec un bagage de dictons acides, de remarques amères et de maximes glaciales.

« Le fruit mangé est vite oublié », observait-elle brusquement en levant les yeux de la pâte à pain qu'elle était en train de pétrir et de battre sans merci contre la surface rayée de la table en zinc. « Si nous étions seulement capables de voir devant nous, maugréait-elle, aucune rivière ne serait trop profonde. »

Rose avait émis un rire léger, hésitant. « Les choses ne peuvent quand même pas être aussi affreuses, madame Lewis.

— Vous le croyez vraiment, madame Burbank ? » avait demandé Mme Lewis.

Un jour, en disant « le monde est petit », elle était allée vers la cuisinière d'un pas traînant. Ses lourdes chaussures noires étaient fendues pour soulager les oignons que lui avaient valus toutes ces années passées à arpenter des sols d'étrangers. Elle avait laissé tomber une lettre dans les braises et l'avait regardée se recroqueviller et disparaître. « Un ami de M. Lewis, avait-elle ajouté. Il buvait avec M. Lewis. Le monde est petit. »

Elle effrayait Lola avec des histoires de filles de « mauvaise vie » qui avaient fini dans des coffres abandonnés dans des hangars et des gares, ou avec des récits de personnes amies ou ennemies dont elle se souvenait. Elle parlait d'une femme avec un ver solitaire qui lui remontait dans la gorge au moment des repas pour lui rappeler l'heure. Et quand elle terminait une histoire, Mme Lewis clignait lentement des yeux, comme une tortue.

Pour déplacer un cimetière qui bloquait le passage d'une future route nationale, il avait fallu déterrer des cercueils parmi lesquels se trouvait celui d'une amie de Mme Lewis. Un conducteur maladroit avait éventré le cercueil avec la lame de son tracteur, et l'on avait découvert que les cheveux de la femme avaient continué de pousser après sa mort.

« Le cercueil tout entier, s'émerveillait Mme Lewis, était rempli de ses adorables cheveux dorés, sauf à quelques pieds du bout où ils étaient gris. »

Quand Lola vint travailler chez les Burbank, elle utilisa une partie de sa première paie pour s'abonner à *True Romance*, un magazine que son père lui avait interdit de lire. Un jour où il l'avait surprise plongée dans un exemplaire qu'elle avait emprunté à une autre fille, il l'avait obligée à le déchirer page par page, debout devant lui. Elle lui était reconnaissante de ne pas l'avoir fouettée.

Étant deux femmes très souvent seules ensemble dans la partie avant de la maison, Rose et Lola devinrent amies – leur amitié débuta peut-être lorsque Lola voulut savoir si ce qu'on racontait sur les vedettes de cinéma était vrai. Comme les hommes du dortoir, elle croyait que si une chose était imprimée, c'est qu'elle était vraie. Elle croyait que les gens pouvaient aller en prison s'ils imprimaient des choses fausses.

« Qu'est-ce que vous cherchez à savoir en particulier ? lui demanda Rose.

— Eh bien, il y a cette grande vedette, dit Lola. Darlene O'Hare.

— Oui, il me semble en avoir entendu parler.

— Bon. On dit… » Et Lola rougit. « On dit qu'elle prend des bains de lait.

— Dans ce cas, je suis sûre qu'elle le fait. Je ne vois pas pourquoi on dirait qu'elle le fait si elle ne le faisait pas.

— Mon père ne serait jamais d'accord avec ce genre de chose.

— Je pense que votre père a raison, fit Rose. Une personne qui se prête à ce jeu-là peut tomber dans des ennuis sans fin. Une chose menant à une autre…

— Ça, c'est absolument certain, ajouta Lola avec une passion soudaine. Mon père est très strict. »

Elle parlait beaucoup de son père. Il descendait à Beech pour aller à l'église. Une fois, le chien s'étant perdu dans une violente tempête de neige, le père de Lola était parti à sa recherche en pleine nuit. Le chien était coincé dans un piège. Une autre fois, poursuivait Lola, des Suédois sans argent étaient tombés malades, et son père avait pris le peu de viande qu'il avait pour le donner aux Suédois, et il affirmait : Dieu y pourvoira.

« Et vous savez ce qui s'est passé ? continua Lola. Un cerf est entré dans la cour. Il est entré directement dans la cour et il est resté là à regarder mon père droit dans les yeux, comme s'il voulait être abattu. »

Elle écrivait chaque semaine à son père, et Rose s'inquiétait parce qu'il ne répondait jamais. Elle finit par demander : « Vous avez reçu des nouvelles de votre père ?

— Oh non, répondit Lola. Mon père n'a jamais appris à écrire. Il ne sait guère lire, non plus. Les enfants doivent lui lire les lettres. Mais ma mère lisait et écrivait merveilleusement bien.

— C'est elle qui vous a appris, alors ?

— Bien sûr. Avant même que j'aille à l'école. Et ça fait longtemps qu'elle est morte, madame Burbank. Vous savez ce qu'en a dit mon père ?

— Non, qu'est-ce qu'il a dit ? »

Lola se tenait debout avec un chiffon à poussière qui pendait mollement de sa main et, quand elle parla, elle fixa le flanc de la colline aux armoises. « Il a dit que ma mère n'aurait pas dû mourir.

— Qu'est-ce qu'il entendait par là ?

— Que le docteur n'avait pas voulu venir. Il savait qu'on n'avait pas d'argent. On n'en avait jamais, de l'argent. Mon père disait que si ç'avait été l'ancien docteur, ma mère ne serait pas morte. »

L'horloge près de la porte ronronna en s'apprêtant à sonner l'heure précédant midi. « Quel était le nom de cet autre médecin ?

— Son nom ? Quel était son nom ? » L'horloge se mit à sonner et noya totalement la voix de Lola. Rose jeta un coup d'œil sur la route par la fenêtre. Quelques heures auparavant, elle était restée sous la véranda à regarder la vieille Reo disparaître au-delà de la montée ; et, encore auparavant, elle était tombée sur une scène curieuse. George ne l'ayant pas entendue entrer dans la chambre, elle l'avait surpris devant le miroir de la salle de bains en train de s'examiner. Il avait fini de se raser et il se tenait simplement là à se regarder. Elle était ressortie sans bruit. Puis il était descendu, habillé pour aller en ville. Il n'avait pas proposé qu'elle l'accompagne. Elle n'arrivait pas à comprendre pourquoi.

« C'était comment, son nom ? demanda Rose. Le docteur Gordon – l'ancien docteur ? »

Lola la regarda avec stupéfaction. « Oui. C'est ça. Vous l'avez donc connu, vous aussi. » Lola était ébahie par cette coïncidence, le genre de hasard qui rendait crédibles les horribles histoires de Mme Lewis. « Le docteur John Gordon. »

Les lèvres de Rose s'entrouvrirent. C'était presque comme si elle avait entendu son propre nom dans la bouche d'un fantôme. « John.

— Le monde est petit », observa Lola.

Oui, pensa Rose. Bien trop petit.

Maintenant, du haut de la montée, Phil revenait à l'amble sur son alezan. C'était le jour où, George étant absent, elle devait parler à Phil, et déjà elle sentait cette même terreur qui avait précédé ses récents et terribles maux de tête.

Avait-elle mal à la tête en ce moment précis ? lui avait demandé le médecin.

Non, avait-elle dit. Pas en ce moment.

Pouvait-elle décrire ses douleurs ?

Elle avait déclaré que c'était juste derrière les yeux, une pression qui semblait vouloir lui faire sortir les yeux de la tête.

Ha ha. Lisait-elle beaucoup ?

Pas récemment. Il est vrai qu'elle avait beaucoup lu

dans le passé. Elle faisait la lecture à son mari et à son fils. « À mon premier mari », expliqua-t-elle.

Le médecin l'envoya de l'autre côté du couloir chez l'optométriste. « C'est mon beau-frère », précisa-t-il.

L'optométriste, petit et perplexe, lui fit lire les lettres, les grandes et les moins grandes. Il baissa les stores et lui projeta des lumières dans les yeux. Il la renvoya ensuite au médecin avec un mot.

« Quelles sont vos habitudes alimentaires, madame Burbank ? »

Rien de particulier ne lui vint à l'esprit, sauf qu'elle prenait rarement de petit déjeuner, et puis... En fait, elle n'avait presque jamais pris de petit déjeuner.

Ah, voilà ! La faim peut provoquer des céphalées. Avait-elle remarqué si c'était avant les repas qu'elle avait souvent mal à la tête ?

... Oui, en effet. Ça lui arrivait souvent avant midi.

« Commencez donc par un bon et copieux petit déjeuner, madame Burbank. Le petit déjeuner est le repas le plus important ! Et je peux presque vous garantir... »

Pour les hommes, le petit déjeuner était à six heures. George et Phil les retrouvaient dans la salle à manger de derrière pour un repas de flocons d'avoine, de crêpes épaisses, d'œufs au jambon et de café. Puis, pendant qu'ils restaient là dix minutes à fumer et à se curer les dents, George donnait les instructions du jour. Ensuite, les hommes partaient à la queue leu leu vers le dortoir, en fumant et en se curant encore les dents, et ils apportaient des crêpes froides aux chiens qui sautaient et gémissaient.

À l'époque où la Vieille Dame et le Vieux Monsieur

prenaient leur petit déjeuner à huit heures dans la salle à manger de devant, ils s'asseyaient face à face, chacun d'un côté de la grande surface blanche, et ils échangeaient des syllabes polies en mangeant de l'omelette, parfois du bœuf émincé à la crème sur des morceaux de toast, du maquereau salé et des pommes de terre bouillies. Et quelquefois aussi des fraises ou du pamplemousse, des mets recherchés à peine connus dans ce pays, expédiés à grands frais de Salt Lake City et susceptibles de geler. Quand ils avaient fini, ils tapotaient leurs lèvres avec leur serviette, ils touchaient la surface de l'eau de leur rince-doigts, s'essuyaient les mains, pliaient leur serviette, la roulaient et la glissaient dans des ronds en argent. Ces petites cérémonies rendaient un peu moins maudits le terrible temps d'hiver et la vue sans espoir sur la colline aux armoises qu'on avait par les fenêtres de devant, ou encore la conscience, parfois consternante, du fait que Boston se trouvait à plus de quatre mille huit cents kilomètres. Ils n'osaient jamais se communiquer mutuellement leurs doutes sur la nature de leur vie, car chacun était persuadé – et cette conviction lui était nécessaire – que l'autre estimait raisonnable, sinon gratifiante, la façon dont ils avaient passé toutes ces années. Tous les matins, une fois le petit déjeuner achevé et la table débarrassée, l'un des deux parlait au moment où le soleil émergeait de derrière la colline.

« On dirait que ça va être une belle journée. »

Ou : « On dirait qu'on va avoir une tempête. »

Ou : « Bon, la tempête ne va pas durer longtemps, tu ne crois pas ? »

Puis le Vieux Monsieur, les mains jointes derrière le dos, se mettait à faire les cent pas sur la moquette de manière très raide et toute militaire.

En avant, marche. Demi-tour. En avant, marche. Il regardait ses pieds, il les regardait marquer le pas, effectuer le demi-tour.

La Vieille Dame se réfugiait dans sa chambre rose, et là, si la pièce était chaude, elle s'allongeait un moment sur la méridienne pour contempler les montagnes au loin ou s'occuper d'un peu de broderie. Elle envoyait à l'Est des lettres volumineuses. Les gens s'étaient souvent demandé pourquoi ces deux-là étaient allés à l'Ouest alors qu'ils distinguaient à peine une vache Hereford d'une Shorthorn, qu'ils ne montaient ni ne chassaient, qu'ils ne savaient rien faire d'autre que perpétuer leurs petites cérémonies.

Rose décida de ne pas rapporter à George ce que le médecin lui avait dit au sujet du petit déjeuner ; il risquait de lui suggérer de le prendre à table comme sa mère ; mais elle était embarrassée par les domestiques. Elle avait fréquemment senti sur elle le regard de Phil quand Lola lui proposait des petits pois ou des betteraves, et elle se rendait compte que si elle était raide et gardait le dos bien droit, c'était à cause de sa gêne et pas parce qu'elle prenait une pose, comme Lola aurait pu le croire. Elle allait donc tous les matins à la cuisine se servir un bol de flocons d'avoine.

Peut-être le médecin avait-il raison.

Elle restait en équilibre sur une corde raide sans filet, et pour l'instant elle n'était pas en péril.

Puis les migraines frappèrent de nouveau très vite, et la douleur lui fit venir les larmes aux yeux. Il y avait un point sur lequel le médecin avait raison. La douleur la gagnait peu avant les repas. Encore de l'aspirine et du Bromo-Seltzer. Elle pressait fort ses doigts sur ses tempes en essayant de bloquer les nerfs.

Vers la fin de la vie de Johnny Gordon, alors qu'il

avait fait vœu de ne plus jamais boire d'alcool, Rose l'avait surpris en train de se verser un verre. Il avait tressailli et son regard avait semblé nu ; lorsqu'il avait parlé, il avait bégayé. Ce bégaiement avait étonné Rose, car elle n'avait jamais jugé Johnny. « J'ai une dent cariée, avait-il expliqué. La douleur va me tuer. »

Il avait dit la vérité. On lui arracha la dent.

Maintenant, poussée au même degré d'égarement, Rose se dirigea vers le buffet où l'on rangeait l'alcool, prenant d'abord sur son crochet la clé cachée dans le dressoir. Elle s'accroupit devant la petite porte, stupéfaite de sentir son cœur cogner si fort. Les pas de Lola dans l'escalier. Elle se releva et attendit jusqu'à ce que Lola entre dans la cuisine. Puis elle se baissa de nouveau et se dépêcha d'emporter une bouteille de whisky dans la salle de bains, la cachant au creux de son bras. Elle s'enferma à clé dans la salle de bains et se versa de l'alcool. L'effort pour l'avaler la laissa pantelante. Elle appuyait si fort sur ses tempes avec le bout de ses doigts que des flammes blanches scintillèrent dans l'obscurité de son cerveau.

Et cela fit effet. Avec un grand calme, elle se contempla dans le miroir au-dessus du lavabo. La seule autre douleur comparable était celle de l'accouchement. De ce supplice-là elle n'avait pas grand souvenir ; en tout cas il n'avait pas été plus violent que ces migraines, et il n'avait pas duré aussi longtemps.

Le repas de midi fut agréable.

« Hé, tu as l'air heureuse, aujourd'hui », lui dit George avec un sourire en s'attardant un moment dans le séjour. Il jeta un coup d'œil en direction de la salle à manger, et comme il ne voyait ni n'entendait personne, il se pencha vers Rose et l'embrassa.

« Je suis très heureuse », murmura-t-elle, et George partit en sifflant.

Quand Lola eut débarrassé la table, Rose alla remettre la bouteille en place et tourna la clé dans la serrure en se disant que le soulagement de sa douleur ne valait peut-être pas vraiment le prix de la honte qu'elle en éprouvait. Ou du moins c'est ce qu'elle pensa à ce moment-là, car en cet instant elle n'avait pas de douleur. Elle ne toucherait plus à la bouteille.

La migraine suivante mit sa résolution à l'épreuve. Rose entreprit alors ses marches inutiles sur la colline aux armoises, espérant que l'air frais et l'exercice physique la soulageraient. Et, au début, les excursions eurent un certain effet ; ce fut au cours de l'une de ces sorties, tandis que Peter était juste devant elle à dégager au hasard un chemin dans les hautes armoises, qu'elle comprit son problème. Car Peter avait déclaré : le frère te rend nerveuse.

Peut-être avait-il lu dans les livres de son père que la nervosité peut vous faire éclater la tête. Elle était restée sans rien dire ; pourquoi, en effet, ennuyer Peter qui voulait croire qu'elle était heureuse et respectée ? Mais chaque matin elle se faisait du souci pour le repas de midi, et chaque après-midi pour le repas du soir. Elle était malade à l'idée de s'asseoir avec Phil, d'être en butte à son silence, de souffrir ses grossièretés, sa façon de se gratter, de renifler, de s'adresser à George comme si elle n'était pas là. La manière qu'il avait de tirer sa chaise vers l'arrière et de l'enjamber pour s'asseoir était devenue pour Rose une obsession, de même que la manie qu'il avait de désigner du bœuf par « un morceau de vache ». Si c'était la cause de ses terribles maux de tête, comment cela finirait-il ? En réalité, il n'y aurait *pas* de fin à cette douleur palpitante qui l'enverrait de nouveau vers le buffet en se demandant comment elle ferait pour remplacer un whisky qu'il était si difficile de se procurer. Combien de temps pourrait-elle encore ajouter de l'eau à l'une des bouteilles, puis à une autre, avant que George ne s'en aperçoive lorsqu'il offrirait, comme cela lui arrivait, un verre à un ami de passage ?

Comment cela finirait-il ? Que ferait-elle quand la douleur la frapperait de nouveau, l'aveuglerait, quand aller marcher avec Peter ne serait d'aucun secours – alors qu'elle savait pouvoir trouver un soulagement certain derrière une petite porte fermée à clé ?

C'était quelque chose de tout à fait contre nature, de vivre, elle et George, dans la même maison que le frère ! Ça ne pouvait pas marcher ; on le lisait partout, et partout on voyait le résultat. Mais comment contester l'affection de George pour son frère, pour sa famille ? Si Phil pouvait seulement comprendre et se bâtir un endroit à lui. Près d'ici, s'il le fallait, une maison qui serait bien plus conforme à ses besoins. Elle comprenait pourquoi Phil ne serait pas plus heureux avec elle qu'elle ne le serait avec lui, mais il était absurde de penser que George et elle allaient faire construire dans une autre partie du ranch et laisser Phil dans une maison de seize pièces. Non, non, il était impossible que Phil s'en aille, et il était impossible que George et elle s'en aillent. D'une façon ou d'une autre, elle devait parler à Phil, lui offrir de nouveau son amitié, l'amener à comprendre. Après tout, c'était un être humain, cet homme. Est-ce que ce n'était pas un être humain ?

Mais *que* devait-elle lui faire comprendre ? Qu'il était grossier, sale et insultant ? Supposons qu'après leur « conversation » il aille raconter à son frère qu'elle l'avait traité de personnage grossier, sale et insultant. George le pardonnerait-il à Rose ? Dieu sait que les liens du sang sont forts, et une femme n'est pas liée par le sang à son mari.

Les jours qui suivirent, l'idée lui vint qu'elle était peut-être un peu folle et qu'une autre femme, en connaissant Phil, ne se serait pas laissé troubler. Ce n'était pas Phil qu'elle avait épousé. Elle entreprit toute une série de discours imaginaires qui, dans son esprit, lui paraissaient raisonnables et qu'elle débitait d'une voix égale. Chacun commençait par : « Phil, pourquoi est-ce que vous ne m'aimez pas ? »

Dans l'esprit de Rose, Phil répondait : « Je ne vous aime pas ? Je ne comprends pas… »

George lui-même avait déclaré que les silences étranges de Phil étaient juste « la façon d'être » de Phil.

Alors, toujours en imagination, Phil regarderait par la fenêtre – les conversations avaient lieu dans le séjour –, finirait par sourire, puis il tendrait sa main en signe d'amitié, et la partie serait gagnée. Du moment qu'elle aurait son amitié, Rose passerait sur ses cheveux dépeignés, les odeurs curieuses qu'il dégageait, la chaise qu'il écartait de la table et qu'il enjambait, ses bizarres moqueries quand elle jouait du piano et – surtout – ses mains pas lavées. Ces mains ! Elles *étaient* Phil ! Il avait parfaitement le droit de jouer de son banjo ! C'était la nervosité qui avait rendu Rose un peu folle. Les migraines en elles-mêmes…

Mais quand elle se retrouvait seule dans le séjour, dans le décor prévu, et que George était ailleurs, que Peter se trouvait à l'étage en train de travailler dans son bureau, elle perdait chaque fois courage, comme au bord d'un précipice. Marchant sur sa corde raide sans filet, elle était stupéfaite d'avoir eu assez d'audace pour envisager d'aborder Phil.

Il n'est qu'un homme, se répétait-elle, rien qu'un

homme avec des problèmes secrets. Or, au bord du précipice, debout sur sa corde raide, elle savait qu'il était bien plus qu'un être humain, ou bien moins ; aucun discours humain ne le toucherait.

À l'abri dans sa chambre rose, elle reprenait un tout petit peu confiance et révisait ses discours. C'était le fait de voir Phil et de l'entendre qui lui enlevait tout son courage et la laissait malade et vide – le fait de voir son regard, ses yeux, la force avec laquelle il fermait une porte, avec laquelle il ouvrait brutalement un livre. Elle craignait de le voir lancer ce rire froid et moqueur qu'elle avait entendu jaillir dans le dortoir quand il rendait visite aux aides de ranch : un rire saccadé, aussi tranchant que du verre, aussi vif qu'un éclair ; adressé à elle, ou à son fils ? Et maintenant, avec l'histoire des Indiens, elle l'avait mis en colère.

Mais, bon Dieu, qu'aurait-elle pu faire d'autre, avec ces Indiens ? Un peu d'herbe pour un vieux cheval, quelques pommes de terre, un peu de bœuf qui allait se gâter de toute façon. On perdait une quantité consternante de viande, l'été : régulièrement, un quartier entier, avarié, était livré comme un festin aux pies, aux chiens, aux chats redevenus sauvages. D'une part, il y avait cela ; de l'autre, il y avait en plus l'humiliation d'un enfant, d'un petit garçon. Rose aurait été lâche, si elle s'était tue ; et, pour dire la vérité, l'attitude de Phil à son égard était la même qu'avant l'affaire indienne.

Sa seule chance de parler à Phil serait d'en avoir le courage. Et le courage se trouvait derrière la fameuse porte fermée à clé. Pas vraiment : la dernière fois qu'elle avait pris une bouteille, elle l'avait enveloppée dans une serviette et cachée dans le panier à linge sale de la salle de bains, se disant que George ne remarquerait pas l'absence d'une seule bouteille. Ôter la bouteille était plus sûr que le dangereux expédient consistant à y ajouter de l'eau. Et puis elle la remplacerait.

Quand elle aurait parlé à Phil (se disait-elle), elle n'aurait plus jamais recours à ces subterfuges. Une fois qu'elle aurait parlé, elle confesserait à George son curieux petit vol.

L'absence de George, à table, avait toujours quelque chose d'embarrassant ; qu'il fût présent ou pas, son couvert était mis et on déposait à sa place la viande du jour. Depuis le départ du Vieux Monsieur, c'était George qui découpait le rôti. Les viandes se succédaient selon un schéma invariable, rigide, et celui qui avait l'œil pouvait savoir depuis combien de temps exactement la vache avait été abattue – la vache, en effet, car on ne tuait jamais de bœuf ; les bœufs valaient plus cher sur le marché, et ils n'étaient pas meilleurs au goût que les vaches.

La seule viande, disait-on dans cette région, dont on puisse manger encore et toujours, c'est le bœuf.

Tout de suite après l'abattage, parfois le soir même, le foie faisait son apparition en tranches poêlées jusqu'à ce que les bords se recroquevillent, et il était servi avec des oignons et du bacon. Venait alors le cœur, cuit au four et farci de pain. Les côtes duraient plusieurs jours, bouillies ou cuites à l'étouffée, plongées dans de la graisse de rognon fondue. Ensuite, c'était une semaine de rôtis, dont certains pesaient quinze kilos. En dernier venaient les biftecks – cuits sans pitié à la poêle dans de la graisse de rognon et noyés de ketchup. Mais rares étaient les morceaux de quartier avant qui parvenaient jusqu'à la table, car, lorsque les quartiers arrière étaient terminés, les mouches avaient déjà fait leur œuvre malgré les linceuls blancs qui recouvraient la viande. Ainsi partaient les quartiers avant, avec leurs asticots et le reste, pour les oiseaux et autres bêtes.

Dans cette maison en rondins, le discours humain était répugnant, un bavardage d'imbéciles et un babil d'idiots. Il n'était donc pas étonnant que les timides ne parlent que des choux et de la vitesse du vent.

Rose n'arrivait même plus à parler à Peter, mais elle se disait que le problème venait peut-être du fait qu'il avait seize ans et que c'était un garçon. Elle ne comprenait ni comment il pouvait se vouer à un avenir aussi incertain, ni les activités qu'impliquait un tel choix. Il avait capturé deux rats à bourse en inondant leur terrier, et il les avait placés dans de petites boîtes recouvertes d'un grillage. Rose ne pouvait pas imaginer qu'il en fasse des animaux domestiques ; mais il semblait les aimer et il les avait mis dans sa chambre. Lola, qui était montée faire le lit de Peter, en fut tout ébahie ; elle fit son rapport, estimant les rats à bourse en bonne santé – « de mignons petits drôles ». Plus tard, alertée par « une odeur bizarre », elle trouva les deux animaux morts, écorchés, allongés sur un journal, les pattes tournées vers le ciel.

« Tu ne devrais pas faire ça dans la maison, dit Rose à Peter. Je parle sérieusement. »

Il avait souri et l'avait entourée de son bras. « Où est-ce que ça mènerait d'écouter toujours sa mère ? »

Comme il a grandi, se dit-elle en regardant ses propres mains. Pouvait-elle lui demander quel sort il avait réservé au lapin qu'il avait si vite emporté à l'étage ?

Ce n'était pas seulement le discours humain qui était répugnant, dans cette maison, mais tout bruit soudain. Le vif cliquetis du triangle près de la porte de la salle à manger de derrière donnait un coup au cœur de Rose ; et voilà qu'il tinta, quelques heures après le départ de George pour la réunion à la banque.

Les aides du ranch jaillirent dans la pièce. Rose entendit leurs rires étouffés s'élever au-dessus de la voix insistante d'un homme qui, selon Lola, était fou et traînait parfois après les autres dans la salle à manger pour lui conter de jolies choses.

« J'aurais souhaité être morte, déclara Lola à Rose. Il est vraiment dingue. » La folie de cet homme poussa Lola à prendre plus grand soin de sa coiffure, et la lampe brûlait si longtemps sous les fers à friser que l'odeur de cheveux roussis parvenait jusqu'au bas de l'escalier. Au clair de lune, le jeune homme lui raconta qu'il faisait des économies. Il irait à Chicago, rapporta Lola, dans une école mentionnée dans les magazines ; il réparerait des postes de radio et gagnerait un paquet d'argent.

Lola ouvrit la porte de la salle à manger de devant : elle portait un rôti qu'elle posa à la place vide de George ; elle était suivie par les rires de la salle à manger de derrière. « Tout est prêt », lança-t-elle en faisant tinter le carillon près de la porte.

Pour la dernière fois, pour la toute dernière fois, Rose avait bu un verre qui lui donnerait du courage – trois verres, en fait, répartis le long de la matinée, pendant qu'elle prenait sa décision. Elle avait masqué l'odeur en suçant un bonbon à la menthe. Mais lorsque Peter descendit, elle resta tout de même à distance. Il avait les cheveux mouillés par l'eau dont il se servait pour se coiffer. Rose se sentait délicieusement calme. « Qu'est-ce que tu faisais, là-haut ?

— Je travaillais sur un lapin, dit-il.

— Phil n'est pas encore arrivé. » Elle dut à nouveau décider si Peter et elle allaient entrer et s'asseoir ou s'ils attendraient Phil – si elle gagnait quelque chose à être assise à table avec son fils à côté d'elle, ou si elle ferait mieux d'attendre par courtoisie ou par respect du protocole. Elle étouffa une douloureuse petite pointe de ressentiment à la pensée que George ne lui avait pas proposé de venir avec lui, qu'il l'avait laissée affronter une décision ridicule. Quelle importance, en effet, qu'elle entre ou qu'elle n'entre pas dans la salle à manger ? Mais le monde entier en dépendait. Quel genre de vie avait-elle, quel genre de vie avaient Peter et George, pour que quelque chose d'aussi insignifiant paraisse aussi crucial ? Sa vie s'était tellement rétrécie qu'elle passait des nuits à ruminer pour savoir quelle robe elle mettrait le lendemain ; tous les jours, elle attendait avec excitation le passage de la voiture de transport public, guettant la poussière qu'elle dégageait ; elle redoutait les dimanches car il n'y avait pas de voiture publique, donc rien à attendre, rien pour l'empêcher de penser à Phil dans sa chambre, silencieux mais *là*, derrière sa porte fermée. Elle se sentit étouffer, et des larmes jaillirent soudain de ses yeux.

Lorsque le triangle de derrière s'arrêta de tinter et que les hommes se furent attelés à leur repas, Rose se leva et lança un regard rapide à Peter qui feuilletait un magazine. Il la contempla bizarrement.

Pourquoi la regardait-il ainsi ? Qu'avait-elle fait ? Elle parla sèchement, pour s'assurer de son autorité. « Peter, je t'ai dit que je ne voulais pas que tu... fasses ce genre de choses aux lapins. Pas dans la maison. Je ne te demande pas grand-chose. » Puis elle se rendit compte que cette affaire de lapin n'était pas plus importante que celle de la voiture publique ou du choix d'une robe. « Passons à table. »

Phil les trouva donc attablés.

Il leur jeta un coup d'œil. Il tira vers l'arrière la chaise de George, s'avança entre elle et la table, coupa de la viande et la tendit à Peter qui la tendit à sa mère. Phil poussa une assiette vers Peter, tira vers l'arrière sa propre chaise, l'enjamba et s'assit. Aucune parole ne fut échangée. Tout en mastiquant, Phil contemplait au loin, de ses yeux bleu ciel, les montagnes qui s'élevaient à quatre mille mètres. Tous ceux qui s'étaient assis à cette table en avaient été les spectateurs ; la plupart d'entre eux, gênés par le silence, avides de retrouver les inflexions de la voix humaine, parlaient de la progression ou du recul de la neige au-dessus de la limite des bois. Rose avait entrouvert ses lèvres pour dire quelque chose, mais dans un brusque moment de révolte, elle refusa de rendre hommage à la montagne. Au lieu de cela, elle leva les yeux – le cliquetis des couverts lui avait été pénible. « Demain, articula-t-elle, sera la journée la plus longue.

— C'est exact, fit Peter. Le jour le plus long de l'année.

— J'aime les longues journées, reprit Rose.

— J'aimerais un peu plus de viande, dit Peter. Est-ce que tu voudrais un peu plus de viande, Rose ?

— Plus de viande ? » Elle jeta sur Peter un regard stupéfait. Jamais, jusqu'ici, elle n'avait entendu des invités ou des membres de la famille demander davantage de viande. George, en hôte accompli, veillait à en proposer avant qu'on ait à en exprimer le désir. Non seulement Peter avait défié le protocole en formulant son envie de viande avant qu'on lui en ait offert, mais en *demandant* à Rose si elle en voulait encore il s'était tout d'un coup arrogé le pouvoir de celui qui était en droit d'en proposer.

Phil se serait-il levé de sa propre initiative, et serait-il allé à la place de George pour couper d'autre viande ? Rose ne le sut jamais, car Peter, juste après avoir parlé, se leva, alla à la place de George et trancha deux parts. Avant que Rose eût pu passer son assiette, Phil laissa peser sur Peter, puis sur elle, un long regard de reptile. Il cilla une seule fois, repoussa sa chaise et quitta la table. Elle ne l'avait jamais entendu s'excuser en partant. Phil ne s'excusait pas. Mais elle ne l'avait jamais vu non plus quitter un repas avant le dessert. Le cœur battant, elle le regarda choisir un magazine sur la table du séjour, s'asseoir et se mettre à lire.

Elle laissa ensuite son regard franchir l'espace sur la table qui la séparait de Peter, et elle sourit, peu sûre de ce que pouvait signifier son sourire ; elle fit tinter la cloche d'argent.

Le dessert était un curieux mélange portant le nom d'ambroisie : des tranches d'orange saupoudrées de noix de coco en boîte. Elle toucha sa cuillère. Puis l'assiette contenant les oranges atterrit sur ses genoux, et de là sur le plancher.

« Je vais ramasser, proposa Peter à côté d'elle.

— Je ne crois pas que je veuille un dessert, dit-elle. Pas pour l'instant. » Elle se leva.

« Moi non plus », fit Peter, et ils quittèrent la table, Peter pour monter à l'étage – peut-être s'occuper de son lapin –, Rose pour se mettre devant la bibliothèque vitrée et parcourir les titres des yeux. Elle se sentait calme. Elle pouvait s'arrêter sur un titre avec autant de nonchalance que Phil avait choisi un magazine. Comme il était étrange de sentir son calme et sa nervosité aller et venir ainsi. Elle se décida pour un livre, l'ouvrit, en lut une phrase, le referma sur son doigt comme si elle voulait garder la page, comme si elle souhaitait avoir quelque chose dans ses mains, quelque chose qui occuperait ses mains pendant qu'elle parlerait et les empêcherait d'être simplement là à pendre le long de son corps.

Elle se retourna et lui parla.

« Phil, lui demanda-t-elle avec un sourire ouvert, amical et calme, pourquoi est-ce que vous ne m'aimez pas ? »

Le silence tomba à la manière d'une ombre. Rose jeta un coup d'œil sur le cadran de l'horloge comme pour y trouver un indice. Elle allait sonner dans quelques instants. Rose se retourna vers Phil. Il avait les yeux sur elle, des yeux aussi froids que ceux d'un reptile.

« Je vous en prie, Phil, dites-le-moi. »

Il le dit avant qu'elle ne l'entende. Elle s'était préparée à un autre moment de silence, et ce fut la voix de Phil qui vint à la place. « Je ne vous aime pas, dit-il, parce que vous êtes une vulgaire petite intrigante et parce que vous tapez dans la gnôle de George. » Puis il se remit à regarder sa page de magazine.

Elle leva la main pour se toucher les cheveux. Puis elle fit demi-tour. Et, aussi droite qu'elle le pouvait, elle se porta jusqu'à la chambre rose et ferma la porte derrière elle. À l'intérieur, ses épaules tombèrent, et elle avança vers le grand lit en touchant les meubles. Puis elle s'allongea sur le ventre, essayant de refouler les paroles qu'elle avait entendues. Elle avait les yeux tout à fait secs, et elle était malade de froid bien que l'été entrât doucement par les fenêtres. Elle resta étendue sous le choc, absorbant passivement les bruits du ranch au-dehors, le son métallique du loquet de la porte du dortoir, les détonations de la petite carabine utilisée par les hommes dans leur jeu de midi consistant à tirer sur des pies posées avec méfiance sur la clôture de l'abattoir, les cris de triomphe ou d'échec – des cris qui, pendant un temps, maintinrent à distance le son de la voix de Phil, son calme brutal, son œil glacial, l'expressivité cruelle du mot « gnôle », le mépris de « vulgaire » et le sourire de bois qu'elle avait gardé, elle, après avoir quitté la table –, comme si elle voulait communiquer ainsi à Peter l'idée qu'elle était capable de le protéger. Elle se sentit suffoquer dans le vide qui s'était creusé entre ses intentions et ce qu'elle avait été capable de réaliser, et sa solitude la brisa.

Puis elle entendit les pas fermes de Phil résonner devant sa porte et suivre le couloir. La récente protectrice des Indiens, la ci-devant décoratrice florale, porta son poing à sa bouche.

À l'étage, Peter se tenait debout à la lucarne donnant sur la colline aux armoises, ses fines mains posées l'une sur l'autre. Se retournant, il s'approcha du miroir au-dessus de la bibliothèque où il gardait les livres de son père, et il se peigna les cheveux avec soin. Quand il eut fini, il continua à se regarder, et il passa son pouce sur les dents du peigne. Ses lèvres formèrent un seul mot : « Phil… »

12

Si le rôle de George était de présider à table, de tenir les comptes, de palabrer avec les acheteurs, de rédiger les lettres, de répondre au téléphone et de s'assurer que la Reo était en état de marche, celui de Phil était de superviser la fenaison, d'inspecter l'équipement, d'entretenir les huit faucheuses – quatre John Deere et quatre McCormack-Deering –, les six grandes râteleuses, les six râteleuses légères à deux roues, les deux chèvres de levage, la cabane-cuisine et la cabane-salle à manger – petites maisons montées sur patins qu'on traînait de camp en camp. Il veillait à ce qu'on sorte les douze grandes tentes de la remise, qu'on les déroule et qu'on les examine pour déceler les déchirures éventuelles. Il déterminait, au début de l'été, l'endroit où l'on puiserait l'eau des principaux ruisseaux pour irriguer, il surveillait la croissance de l'herbe et décidait de la date des foins – dès que possible après le 4 Juillet [1], le « 4 glorieux » dans l'esprit de Phil.

Le 4 Juillet, les saisonniers qui se rassemblaient devant les salles de billard de Herndon se lançaient

1. Jour de la fête nationale des États-Unis. *(N.d.T.)*

dans une ultime fête avant de s'engager pour les fenaisons dans les ranchs disséminés autour de la ville.

Une ultime fête : et, pour se soutenir pendant les quatre-vingt-dix jours de fenaison, ils auraient le souvenir des drapeaux dans les rues, celui des éclats de soleil sur les cuivres de la fanfare municipale de Herndon dont les graves et les aigus retentissaient sur la pelouse rase et odorante jouxtant la gare, ils auraient le souvenir du rodéo sur le champ de foire, celui de la poussière et des hot dogs, des pétards lancés la nuit précédente, des feux de joie et – s'ils avaient cette chance – le souvenir d'avoir bu à volonté et d'avoir écouté les chuchotements excités d'une petite dame à l'étage. Certes, la police les ramassait – elle coinçait ceux qui se rendaient malades et troublaient l'ordre public, ceux qui souffraient de relâchement de leurs principes. Elle les arrêtait pour vagabondage et, pendant une nuit ou deux, ils allaient chanter, pleurer et se battre dans les cellules sordides derrière le palais de justice. Ils arrivaient dans les ranchs encore tout pâles de leurs festivités, silencieux et l'air contrit. Ils descendaient de la voiture de transport public devant le ranch des Burbank, ou bien ils venaient en stop, ou ils montaient à pied de Beech où ils avaient débarqué d'un train de marchandises. Prêts à travailler, les yeux injectés de sang, les mains tremblantes, mais partants et volontaires. « Salut, vieille branche », leur disait Phil en les accueillant devant la maison.

« Salut, Phil », répondaient-ils, et Phil leur serrait la main, ému par leur fidélité. Car c'était là quelque chose qui touchait Phil, et plus d'une fois il avait senti sa gorge se nouer. Il traitait bien ces hommes, et, pour lui, ils faisaient du bon travail, répétant tranquillement entre eux qu'ils le connaissaient comme leur poche.

« Eh bien, une année de plus », leur rappelait Phil, fier de cette continuité, de pouvoir dire qu'il y avait encore quelque chose qui restait inchangé dans sa vie. Il faisait avec eux le tour de la maison jusqu'à la grange où les chiens à la mémoire courte se hérissaient et aboyaient.

« La ferme, les clebs ! » disait Phil en riant, et il leur lançait un caillou. En glapissant, les chiens se réfugiaient sous la grange, et leurs aboiements n'étaient plus que des provocations assourdies. Les saisonniers déroulaient leur couchage sur le foin et puis, une fois tous les hommes rassemblés, l'équipe partait vers les champs avec les machines, les chevaux, les tentes et la cabane-cuisine.

S'il y avait une chose qu'on pouvait dire en faveur de Phil, c'est qu'il n'était pas snob. Il avait à cœur de rendre à César ce qui était à César – il l'avait toujours fait et il se gagnait ainsi la confiance d'hommes qui n'avaient jusqu'alors jamais parlé aussi franchement à un autre être humain. Tous les ans revenait un vieil homme aux cheveux blancs qui avait travaillé dans un cirque ; ses mouvements et son maintien étaient ceux d'un garçon, mais ses yeux reflétaient les tragédies qu'il avait avouées à Phil. Car, malgré sa prestance, il avait été tout au bas de l'échelle du cirque : c'était lui qui enlevait les déjections des chevaux et des éléphants. Sans moralité, en cette vilaine époque, il avait séduit bien des jeunes femmes par la gaieté de ses yeux. La dernière était morte après avoir mis son enfant au monde.

Le choc de cette mort l'avait ramené à la raison ; il avait adopté une liste de règles morales strictes que seule la fragilité humaine lui faisait transgresser très brièvement de temps à autre. Il se hissa au poste de conducteur d'attelage et conduisit de ville en ville une cage écarlate contenant des lions. Il se procura une bible qu'il lisait à la lueur de la lampe, se préparant à résister aux nouvelles tentations et à devenir le genre de père qu'il souhaitait être.

Imaginez ce que ce fut pour lui de découvrir que la petite fille aux cheveux d'or – si adorable que les artistes du cirque la touchaient parfois pour s'assurer de leur chance avant de monter au trapèze – était à son tour attirée par le trapèze et qu'à l'âge de douze ans (elle avait toujours ses cheveux d'or) on la présenta à l'affiche comme la plus jeune artiste aérienne du monde ! Son père avait encore dans son portefeuille un prospectus tout ramolli, et ce fut ce papier, soigneusement déplié pour qu'il ne se déchire pas aux plis, qui fut à l'origine de l'amitié entre ce père et Phil. C'est ainsi que le sort récompense les hommes qui nettoient les saletés d'animaux, en leur accordant des enfants dont ils sont fiers !

Mais Phil savait que le sort punit les orgueilleux et précipite les espoirs à terre. Un soir, devant un millier de visages, l'enfant tomba du fil tendu dans les airs et, brisée, fut transportée dans sa loge. Voilà ce que Phil avait vu dans les yeux du père, voilà ce qui avait poussé cet homme à abandonner le cirque pour errer d'un petit boulot au suivant. Après cette tragédie, il cessa de se plaindre, et Phil découvrit en lui un homme habile à mener un attelage, un être qu'il admirait pour son courage et pour son attachement obstiné à la bible en lambeaux qui l'avait pourtant laissé choir et qu'il lisait la nuit à la lumière d'un falot, avec son ombre immense projetée contre la paroi de la tente et sa tête massive penchée sur les paroles de Dieu. Et Phil avait mal pour lui, car Phil savait lui aussi ce que c'était qu'avoir de la peine.

Doté pour sa part de la moralité la plus rigide qui soit, Phil portait peu souvent des jugements sur ceux qui étaient encore plus mal lotis que lui en ce domaine. Parmi les gens qui travaillaient pour lui, un de ceux qu'il appelait fièrement ses amis se trouvait être un ancien détenu. Cet homme n'avait pas eu besoin de se livrer à la moindre confession, car les sens exercés de Phil lui avaient livré tout ce qu'il lui était utile de savoir : il avait perçu le regard, saisi le rire amer, senti les coups de soleil terribles d'un individu qui avait passé à l'ombre les années précédentes. De même que le vieil homme du cirque gardait une bible comme un autre aurait gardé une arme de poing, cet ancien détenu avait avec lui une petite édition en cuir souple des *Sonnets* de Shakespeare. Phil n'était pas du genre à poser des questions ni à faire des commentaires sur la cicatrice – elle faisait penser à un coup de couteau de poche –, car qui peut savoir pourquoi les gens font ce qu'ils font, qui peut connaître les pressions qu'ils endurent ? Ce qui comptait – et ce qui suscitait l'admiration de Phil –, c'était que cet homme fût sorti de prison avec une chose de valeur, la froide détermination de faire face avec dignité à la fin de vie qui l'attendait inévitablement : une mort dans quelque hospice pour indigents ou une institution de ce genre, voire dans un baraquement de fortune à la périphérie d'un Herndon où sa disparition ne serait pleurée que (peut-être) par une autre personne comme lui.

Cet homme du nom de Joe avait acquis en prison une compétence remarquable même si elle était simple, un talent fantastique pour tresser et torsader le crin de cheval, un art si raffiné qu'il ne pouvait l'avoir acquis qu'au prix d'un désespoir absolu.

Cet homme du nom de Joe était soit jeune pour quarante ans, soit vieux pour trente ans et, dans une boîte à cigares, il conservait plusieurs chaînes de montre tissées dans du crin blanc et noir et dont le diamètre n'excédait pas celui d'un crayon. L'esprit rapide de Phil avait calculé que chaque chaîne contenait une centaine de mètres de crin. Oui, un homme pourvu de temps sans limites pouvait accomplir n'importe quoi.

Les soirs d'été, après le travail, duraient longtemps. Le soleil s'attardait au-dessus des montagnes, teintant de rouge la fumée de lointains feux de forêt ; puis il plongeait brusquement, suivi de longues traînées de sang. Phil aimait le moment où la disparition du soleil était aussitôt suivie d'un silence stupéfiant, d'un calme surnaturel dans lequel se glissaient de petits bruits (de la même façon que les choses de la nuit se fraient un chemin dans l'obscurité) : les feuilles de saule qui chuchotent, les branches qui se frôlent et se touchent, l'eau qui caresse et câline les pierres lisses du ruisseau, les voix humaines paresseuses, rapprochées par l'amitié, qui filtrent à travers la toile de tente. Ce soleil disparu suscitait une fraîcheur soudaine dans laquelle la brume se levait et, lourde d'une odeur d'herbe coupée, flottait à la manière d'un spectre au-dessus du ruisseau.

Après avoir pris le temps de digérer un peu leur souper, les huit hommes qui manœuvraient les faucheuses sortaient tête baissée de leur tente, faisaient une pause pour roter et s'étirer, puis allaient tranquillement vers les rails d'attache près desquels ils avaient amené leur machine avant de dételer. La faucheuse avait une mécanique simple : deux roues comme une carriole, mais aussi un siège monté sur l'axe. Facile à guider bien que lourde, c'était un véhicule idéal à faire tirer par des chevaux à moitié dressés tant que la barre de coupe restait levée. Mais dès qu'on abaissait celle-ci, avec ses deux mètres dix de long et ses dents coupantes qui allaient et venaient en coulissant sur le porte-lame, il n'existait pas de machine plus dangereuse. Si innocente, si dangereuse. Il ne se passait pas d'année sans qu'un homme, quelque part au cœur de cette large vallée, soit projeté hors de son siège sur le trajet de la barre de coupe. S'il avait de la chance, il ne perdait qu'un pied ou une main, et il hurlait tandis que son sang coulait ou bien il demeurait allongé en état de choc. Parce qu'ils conduisaient des chevaux à moitié sauvages et qu'ils vivaient dangereusement, parce que, après leur travail, alors que les autres traînaient, ils démontaient les barres de coupe et les aiguisaient sur des meules qu'ils chevauchaient comme des bicyclettes en tenant très délicatement la redoutable lame, ils recevaient une rémunération supplémentaire. On les traitait avec une déférence étrange : on leur attribuait les tentes les plus récentes, on écoutait ce qu'ils disaient, ils étaient les premiers à se servir dans le plat de viande et pouvaient prétendre aux meilleurs steaks.

Phil était assis en tailleur devant la tente qu'il partageait avec trois de ces habitués, dont deux faucheurs. Et il regardait les faucheurs en train d'aiguiser leur barre de coupe ; le cri de l'acier contre la roue de la meule suffisait à vous faire grincer des dents. L'homme qui s'appelait Joe, l'ancien détenu, avait travaillé comme faucheur ; mais il n'était pas revenu.

Il avait pourtant promis.

« Je reviendrai », avait-il affirmé à Phil. Ils avaient échangé une poignée de main. Il était soit mort, soit en prison. Comment, sinon, expliquer la chose ? Il ne pouvait pas s'agir d'une simple trahison, car Phil avait senti quelque chose entre eux, une reconnaissance.

On était le soir, à l'heure des conjectures ; Phil méditait sur la façon dont un homme transmet un don à un autre, sur la façon dont le caractère humain, semblable aux chaînes et aux cordes de cuir brut tressées, se tisse à partir d'un brin de ceci et d'un brin de cela – parfois avec une grande beauté et parfois fort mal. C'était simplement en hommage à Joe et à Bronco Henry, ces deux grands du tressage et du nattage, que Phil tressait à présent. Chacun des deux lui avait transmis quelque chose.

À côté de lui, dans une bassine en fer-blanc, une grosse poignée de lanières de cuir brut trempaient dans l'eau. Blanchies par le soleil, gonflées par l'eau, elles ressemblaient à de gros vers.

Au départ, Phil avait eu l'intention de ne tresser que trente ou cinquante centimètres de corde en cuir brut ; il voulait juste se prouver qu'il savait encore le faire bien. Une corde de ce genre, séchée avec soin à l'abri du soleil et finie au suif, était aussi forte qu'une corde de chanvre et plus à sa place dans un corral : c'était un serpent intelligent. L'homme qui s'appelait Joe prétendait avoir refusé cinquante dollars pour le rouleau de dix mètres qu'il conservait dans une valise en carton, et Phil n'en doutait nullement. Il admirait le refus de Joe de céder contre de l'argent l'œuvre de ses mains talentueuses. Ce mépris de l'argent et ce respect du temps étaient encore quelque chose que Joe avait appris en prison. De même, Bronco Henry avait appris à mépriser la mort et, ainsi, il s'était lui aussi placé à l'écart de la tribu habituelle des hommes.

Phil venait juste de commencer à tresser quand son alezan, dont le licou était noué à la barre d'attache, leva brusquement la tête, s'ébroua et hennit. Phil fut fier de voir que son alezan avait un nez, une oreille et un œil aussi fins que ceux d'un cheval sauvage, et puis presque aussitôt, entre le silence qui s'était fait soudain et le crissement aigu de l'acier contre les meules, Phil entendit le cliquetis des chaînes d'un harnais.

Ce devait être George, dans le chariot à ressorts.

C'était George, en effet, et le chariot était chargé de conserves et d'un quart de bœuf enveloppé d'un linceul blanc. Mais il n'y avait pas seulement les conserves et le bœuf, il y avait Rose la Fleur assise bien droite là-haut à côté du frangin George et le petit Chochotte installé tout au bout du chariot avec ses pieds chaussés de tennis toutes neuves qui frôlaient l'herbe rase. Quel spectacle, de les voir débarquer ainsi entre les saules dans le grand parc : George ressemblait à une bosse sur un rondin, avec son chapeau planté tout droit sur sa tête ; la femme avait un foulard rouge noué et entortillé autour de la tête, un foulard qu'elle devait trouver charmant ou, comme les femmes disaient en ce temps-là, sensationnel. « Sensationnel » était le mot. Pour Phil, c'était tout à fait ce qu'une squaw aurait pu mettre. Quelle peine elle se donnait, cette traînée, pour avoir l'air de quelqu'un !

Le chariot passa lentement en grinçant devant les tentes ouvertes ; la femme regardait droit devant elle, mais Phil vit qu'elle avait légèrement rougi. George arrêta son attelage devant la cabane-cuisine, et le cuisinier, un vieux bonhomme tout maigre avec un torchon noué autour du ventre, sortit en fumant un cigare ; quand il aperçut la femme, il le jeta.

George descendit du chariot en s'aidant de ses mains et grogna des salutations à l'adresse du cuisinier. La femme voulut descendre aussi, mais avant même qu'elle ne commence le garçon avait fait le tour pour lui donner la main : le petit marquis de Falbalas qui aide maman à sortir du carrosse, quelle mignonne petite attention. Puis la femme arrangea le chiffon qu'elle avait sur la tête et baissa les yeux vers les hautes bottines à lacets toutes neuves qu'elle avait commandées, supposa Phil, dans le catalogue envoyé de l'Est par une maison à laquelle on achetait des boussoles, des fusils et des objets semblables, une maison que Phil surnommait avec humour Dufric, Dufrac & Dufroc mais qui plaisait beaucoup à la Vieille Dame et au Vieux Monsieur aux alentours de Noël.

Peut-être le garçon et Phil avaient-ils remarqué chez la femme une chose que George n'avait pas vue, à savoir qu'elle avait vraiment besoin d'être aidée pour descendre. Est-ce qu'elle continuait à picoler ? Il faudrait carrément tomber ivre mort sous le nez de George, avant qu'il ne se rende compte d'une chose pareille. Franchement, Phil avait été étonné que cette femme soit du genre à picoler. D'abord, il s'était dit que ce n'était peut-être que la fois où elle avait voulu lui parler. Mais il avait vérifié ; ouais, elle avait versé de la flotte dans l'alcool – un stratagème vieux comme le monde – et elle avait même piqué deux ou trois bouteilles. Il aurait parié sa chemise qu'il pouvait dénicher l'endroit où elle les avait cachées. Tout ce qu'il avait à faire, désormais, c'était attendre qu'elle se pende : parce qu'elle avait une personnalité d'alcoolique, comme elle aurait pu le savoir en lisant les livres de son médecin de mari. Dès la première fois qu'elle avait été pompette en sirotant les bouteilles de George. Picolette-Pompette-Rosette !

Le petit marquis de Falbalas était lui aussi attifé de nouveaux atours. En plus de ses tennis neuves, il paradait dans un nouveau Levi's. Mais dans ce coin, la première chose que faisait un homme quand il avait un jean neuf, c'était de le mettre quelques jours dans le ruisseau avec une pierre qui le maintienne sous l'eau et de le laisser tremper jusqu'à ce qu'il rétrécisse à la bonne taille et perde sa teinture bleue ainsi que sa bourre. On reconnaissait un rat des villes au fait que justement il ne procédait pas de cette façon.

Le petit marquis de Falbalas resta un moment à côté de sa maman, puis Phil le vit regarder de l'autre côté de la clairière en direction d'un saule où une famille de pies avait construit un nid minable avec des brindilles et des petites branches. Alors, avec un aplomb incroyable, le garçon franchit soudain la clairière en passant devant les tentes ouvertes, sans doute, se dit Phil, pour aller voir.

Pendant les soirées paresseuses, les soirées somnolentes chargées de la senteur des feux de foin frais que les saisonniers allumaient pour écarter les moustiques, Phil avait parlé aux hommes de ce garçon, leur racontant comment il s'enfermait dans sa chambre avec ses livres et ses images, comment les garçons de Beech s'étaient moqués de lui parce qu'il était incapable de faire la différence entre une balle en chandelle et une balle sortie, comment le garçon confectionnait et disposait des fleurs en papier, et probablement les hommes éprouvaient-ils de l'hostilité – il ne pouvait en être autrement – à l'égard de ce monstre qui n'était ni garçon ni fille, ce fils de toubib à la noix qui maintenant circulait dans un des chariots des Burbank pour la seule raison que sa mère avait la binette avenante. Ces hommes – dont beaucoup souffraient de relâchement de leurs principes – repéraient vite les injustices.

Phil continuait à tresser les lanières de cuir brut ; il les soulevait une à une, les gardant en l'air pour laisser l'eau dégoutter. L'agilité de ses doigts lui permettait d'avoir les yeux libres pour regarder le garçon traverser l'espace découvert ; à chaque pas, sa jambe frottait contre l'autre et le denim rigide de sa salopette faisait zip-zip-zip. Aussi raide qu'un bonhomme de bois, le garçon se déplaçait avec un infime déhanchement féminin que Phil pouvait à peine supporter, et ses nouvelles tennis étaient aussi blanches que vulnérables. La femme, un peu à l'écart pendant que George palabrait avec le cuisinier, suivait le garçon des yeux, et Phil la vit se raidir quand le premier sifflet strident partit comme une flèche au moment où le garçon passait devant la deuxième tente ; le genre de sifflet que les hommes réservent aux filles. Il aurait été mieux de mourir, pour le garçon, que de susciter un tel mépris.

Ce grossier sifflement, qui résultait des racontars de Phil et qui avait été tout aussi bien entendu par George et par la femme que par le garçon, persuada Phil que c'était lui et non pas George que les hommes considéraient comme le patron du ranch ; car non seulement la présence de la femme n'avait pas réussi à protéger le garçon, mais celle de George non plus.

Dites donc !

Mais Phil accordait quand même quelque chose au gamin. Il ne marqua ni temps d'arrêt ni la moindre hésitation en effectuant ce parcours hostile devant les tentes ouvertes. Il ne semblait même pas entendre, mais une fois qu'il eut dépassé les hommes qui l'observaient, goguenards, il leva les yeux vers les saules, vers le nid minable et les petites pies qui chancelaient et qui pépiaient sans avoir la présence d'esprit d'aller se percher quelque part.

Phil regardait en tressant. Le gamin n'était pas obligé d'aller retrouver sa maman en prenant le même chemin qu'à l'aller. Il pouvait passer derrière les tentes et éviter ainsi les sourires et les regards.

Le gosse fit demi-tour et se remit à marcher directement devant les tentes ouvertes. Bizarrement, il n'y eut pas de sifflets.

Bon, Phil avait à cœur de rendre à César ce qui était à César. Ce gamin témoignait d'une audace peu commune. Est-ce que ce ne serait pas un truc vraiment marrant, pour Phil, d'arriver à sevrer le gamin de sa maman ? Un truc vraiment bien ? Oui, ce jeune sauterait sur l'occasion de se faire un ami – de devenir l'ami d'un homme. Quant à la femme – eh bien, se sentant abandonnée, elle deviendrait de plus en plus dépendante de la bibine, de la bonne vieille bouteille.

Et puis quoi ?

Et puis ceci. La cassure entre la femme et George surviendrait encore plus tôt ; car ce brave vieux George, si lent d'esprit qu'il soit, finirait forcément par penser que si sa femme avait ce problème de boisson, c'est qu'il avait échoué à la rendre heureuse.

C'était presque trop parfait.

Et également parfait d'une autre façon, miraculeuse, celle-là. Car en cet instant il tenait entre ses mains l'instrument qui le conduirait à la solution finale, la corde à peine ébauchée – en l'offrant, il avait le moyen de commencer à attirer le garçon et de l'éloigner de sa mère. Cette corde deviendrait, en quelque sorte, le lien qui les unirait. Il fit une pause, gardant ses mains immobiles. Il les souleva au-dessus de la peau brute et les considéra, l'une contre l'autre, telles deux grosses araignées. Il se sentait soudain possédé, ensorcelé, et son esprit tout entier s'enflait de son idée : la corde même qu'il avait entre les mains était le moyen de la fin.

« Peter… » Doucement.

Le garçon continua de marcher d'un pas raide vers la cabane-cuisine où les derniers filets d'une fumée mince et sans force s'élevaient vaguement de la cheminée tordue et rouillée, puis, emportés, disparaissaient au-dessus des saules.

« Peter… ! » Phil parla avec un peu plus de force, car il crut un instant que le gamin pourrait avoir l'audace de rester sourd à son appel.

Brusquement, le garçon vira comme un voilier et s'avança vers lui, puis s'arrêta, enfonçant ses mains dans les poches de son Levi's raide et neuf.

« Vous voulez me voir, monsieur Burbank ? »

Phil prit une expression d'étonnement feint, puis il regarda tout autour en tournant la tête à droite et à gauche comme s'il cherchait quelqu'un. « Tu as dit monsieur Burbank ? Je ne connais pas de monsieur Burbank. Pete, je m'appelle Phil.

— Oui, monsieur Burbank, dit Peter. Vous voulez me voir ?

— Bon, dit Phil. Faut croire que ce n'est pas facile pour un jeune homme de s'habituer à appeler un vieux bonhomme comme moi tout simplement Phil – au début. »

Puis il souleva la nouvelle corde. « Regarde, Pete. »

Peter regarda. Phil eut l'impression que la corde se reflétait dans les yeux de Peter. « Du beau travail, monsieur.

— Est-ce que tu as jamais fait du tressage, Pete ?

— Non, monsieur, jamais.

— Pete, dit Phil, je réfléchissais. Entre toi et moi, au début, les choses sont parties du mauvais côté.

— Ah bon, monsieur ?

— Laisse tomber le monsieur, déclara Phil en toussant un peu. C'est l'impression que j'ai eue. Ce genre de chose peut se produire entre des gens, tu sais. Entre des gens qui finissent par devenir bons amis.

— Je suppose que ça peut se produire.

— Bon, tu sais quoi ?

— Quoi… Quoi donc, Phil ?

— Tu vois ? Tu y es arrivé. À m'appeler Phil. Je vais terminer cette corde et je te la donnerai. Je la finirai, je te la donnerai et je te montrerai comment on s'en sert. Puisque tu vas être ici au ranch, autant apprendre à te servir d'un lasso, pas vrai ? Et à monter. C'est un endroit où on peut se sentir seul, ici, sauf si on se bouge dans le bon sens.

— Merci, Phil. Combien de temps faudra-t-il, pour terminer cette corde ? »

Phil eut à nouveau l'impression bizarre que la corde tout entière se reflétait dans les yeux de Peter ; le garçon s'y intéressait, ça, c'était évident. Phil haussa les épaules. « Je pense qu'en y travaillant de temps à autre je pourrais la finir avant que tu reprennes tes cours. »

Peter regarda attentivement les lanières de cuir brut qui trempaient dans la bassine. « Ça ne prendra donc pas très longtemps, Phil, dit-il.

— Tu n'as qu'à t'arrêter la prochaine fois que tu descends ici au camp. Tu n'as qu'à descendre pour voir à quelle vitesse j'avance. »

Le garçon lui sourit pour de bon, puis il se retourna et revint vers le chariot dans sa salopette en jean raide et neuve qui faisait zip-zip-zip comme des ciseaux.

Il est bizarre, celui-là, se dit Phil. Oui, monsieur. Non, monsieur. Un gosse inhumain. Il parle comme un disque Victrola. Merci monsieur. Mais comme il l'a dit, ce gamin, ça ne va plus prendre très longtemps.

13

Elle lui manquait, à Peter, sa chambre de Herndon si bien rangée, de même que lui manquaient les parties d'échecs avec un garçon à lunettes, grand et efflanqué, qui était devenu son ami et dont le père était professeur dans le secondaire. Comme Peter, ce garçon n'avait jamais eu d'ami auparavant, et il était parfois pris d'un fou rire incontrôlable qui le laissait tout affaibli avec des larmes dans les yeux. Peter aurait aimé pouvoir discuter encore avec lui de l'existence possible de Dieu, pouvoir échanger leurs visions de cet avenir où l'un deviendrait un chirurgien célèbre et l'autre un professeur de lettres anglaises non moins célèbre. D'abord en plaisantant, puis avec le plus grand sérieux, ils en étaient venus à se donner mutuellement du « docteur » et du « professeur », mais jamais devant les autres.

Ces deux garçons avaient exploré un autre Herndon, le Herndon nocturne de maisons dont l'obscurité n'est troublée que par une lampe dans l'entrée, celui de magasins où ne veillent que quelques petites ampoules économiques au-dessus de caisses enregistreuses de style rococo. Ils avaient connaissance des hommes qui montaient et descendaient l'escalier dérobé des chambres bleu-blanc-rouge, de la voiture de patrouille du chef de police qui, mystérieusement en mission, surgissait à un coin de rue. Mais ils connaissaient surtout la gare, les bancs de bois durs et vides, la salle d'attente où l'on n'entendait que le murmure de l'eau qui coulait avec de faibles gargouillis du distributeur d'eau potable, le cliquetis frénétique et soudain du télégraphe dans la pièce encombrée où leur ami, le télégraphiste de nuit, gardait les yeux fixés au loin en prenant des messages de Dieu sait qui. Seul lui aussi, cet homme accueillait avec plaisir ces garçons bizarres qui venaient boire le café noir et amer qu'il préparait sur un réchaud à méta. Il leur avouait son rêve d'apprendre l'espagnol et d'aller en Argentine, un pays où il y avait des perspectives d'avenir. Il étudiait donc l'espagnol par correspondance, et les deux garçons ne voyaient pas pourquoi il ne pourrait pas réaliser ses rêves – d'ailleurs, ils le lui disaient.

« *Buenas noches* », avaient-ils appris à lancer en le retrouvant le soir. « *¿ Qué tal ?* » Alors il se levait de sa place devant le clavier du télégraphe, tirait le verrou et les laissait entrer. Qui savait ce qui se passerait si un inspecteur des chemins de fer débarquait à l'improviste ? Personne d'autre, dans tout Herndon, n'avait le droit d'entrer dans cette pièce la nuit, dans ce sanctuaire ; personne d'autre n'aurait compris le rêve que faisait naître chez eux, chez le futur professeur et le futur chirurgien, l'évocation de ces lieux lointains par le télégraphe.

Pour que sa mère et lui puissent connaître ces lieux lointains, Peter accueillit favorablement la nouvelle relation que lui proposait Phil. Il lui fallut passer outre au reproche qu'il lut dans les yeux de sa mère. Peu d'êtres humains, pensa-t-il, comprennent beaucoup de choses ; et les femmes encore moins que les autres.

Il se tenait à présent dans la chambre rose de sa mère. Il n'y serait jamais à l'aise, car c'était là qu'un étranger était autorisé à jouer les maris, et – que cela entrât dans le plan de Peter ou pas – le fait était que les objets personnels de cet homme étaient rangés à côté de ceux de sa mère dans le placard, que les rasoirs à main bien aiguisés de cet homme se trouvaient près des parfums et des crèmes de sa mère. Les objets de George, donc, d'un homme qui n'avait pas encore fait ses preuves, qui n'avait rien accompli de plus que présenter sa mère au gouverneur de l'État lors d'un dîner dont elle ne soufflait mot.

Il venait de descendre de sa chambre après avoir lu, et, au pied de l'escalier, sa mère avait brusquement ouvert la porte en lui disant :

« Peter, pourrais-tu venir pour que nous parlions un peu ? » Il fut troublé en voyant la forme de sa bouche : il pensa à une feuille au vent.

Dans la chambre rose, il resta debout à regarder la pluie tomber sur les faucheuses sorties des champs et ramenées ici, il resta à contempler la fumée qui passait lentement dehors par les portes de la forge où travaillait Phil, à examiner les appareils de levage, ces hautes et minces structures dont les mâts lui rappelaient des potences. Il resta si longtemps debout à regarder que sa mère ouvrit de nouveau la bouche et que ses yeux cherchèrent ceux de son fils. « Qu'est-ce que tu vois, là-bas ?

— Rien que la pluie. De quoi devons-nous parler ? » Depuis longtemps il redoutait les discussions avec sa mère, car elles les ramenaient désormais inévitablement à la nostalgie du passé, et tout ce qui se rapprochait de la sentimentalité rendait Peter nerveux. Il avait envie de serrer les poings.

« On peut parler de ce qu'on veut. Je suppose que je me sentais seule. George est parti à cheval quelque part.

— Tu as l'air d'avoir froid, dit-il. Je vais te chercher ton pull.

— Il a pris son cheval bai, fit-elle. Tu es devenu très ami avec Phil, pas vrai ?

— Il me fait une corde.

— Il te fait une corde ?

— Il est habile de ses mains. Il la fait avec du cuir brut.

— C'est quoi, le cuir brut ? »

Il demeura patient. « Pas grand-chose. Juste des lanières de peau de vache séchée qu'on met à tremper, et puis, bon… on les façonne.

— On les façonne ?

— On les tresse.

— Peter, j'aimerais que tu ne fasses pas ça avec ton peigne. »

Il cessa de passer son pouce sur les dents du peigne. « Je ne m'en rendais pas compte. »

Façonner, se dit-elle. Se rendre compte. Il se tenait près de la fenêtre, et Rose ne se sentait pas très bien à cause de la lumière du dehors qui se pressait contre ses yeux. Peter lui donnait l'impression d'être toujours debout, de ne jamais s'asseoir, d'être toujours prêt à bouger, à écouter, mais jamais à se reposer ou à prendre part à quelque scène ou conversation que ce soit, d'être juste là, patiemment… À faire quoi, patiemment ? À attendre ? Il avait fait entrer avec lui dans la chambre une odeur curieuse, vaguement familière. « Des petits bruits comme celui-là, quand j'étais petite, ça me faisait toujours quelque chose le long du dos, quand on commençait à écrire au tableau. Il y avait cette Mlle Merchant.

— Mlle Merchant ?

— Oui. Elle mettait des étoiles après nos noms, au tableau. J'ai oublié pourquoi, mais c'était quand on avait fait quelque chose de bien. Je me souviens des étoiles et aussi qu'on pouvait choisir la couleur qu'on aimait. Mlle Merchant prenait alors la bonne craie et dessinait l'étoile sans détacher une seule fois la craie du tableau. En fait, elle ne dessinait pas l'étoile, elle l'écrivait. Maintenant, je me demande pourquoi on avait toujours des étoiles et pas des carreaux ou des piques. Pourquoi pas des cœurs ? Je me demande pourquoi c'étaient des étoiles. »

Le visage tourné de profil, il répondit d'un ton calme et comme un ventriloque, en bougeant à peine les lèvres : « Parce que les étoiles sont censées être inatteignables.

— Oui, inatteignables », dit-elle en craignant d'avoir un peu mangé le mot. C'était ainsi qu'elle parlait, ces temps-ci, avec la peur de manger les mots, surtout les plus traîtres d'entre eux, comme « inatteignables ». Elle articula avec lenteur : « Mais elles n'étaient pas inatteignables, quand on était au cours moyen. Et puis, Peter, on avait une boîte pour les messages de la Saint-Valentin ; une grande boîte que quelqu'un apportait de chez lui. Nous la couvrions de papier crépon, nous collions de grands cœurs rouges dessus, mais il y avait des cœurs de travers parce que nous n'arrivions pas tous à plier le papier de façon à faire coïncider exactement les deux bords. Certains élèves dessinaient les cœurs à main levée. » Elle ne savait pas alors si la faiblesse qu'elle ressentait provenait de la lumière froide qui venait battre contre ses yeux ou de l'odeur qui entourait Peter.

« Tu recevais donc plein de messages d'amoureux ? dit-il en bougeant à peine les lèvres.

— Comment ça, plein ?

— Parce que tu étais si belle, déjà ? »

Elle se demanda comment il avait pu dire une telle chose. Comment il avait pu aussi mal la comprendre. Car elle avait seulement cherché à lui montrer – et à se persuader elle-même – qu'elle avait eu jadis une identité, un bureau à elle, une patère numérotée pour accrocher son manteau au vestiaire, une place sur la liste d'appel, une vue par la fenêtre sur les balançoires et sur la clôture en bois. Ou bien avait-il raison de deviner qu'elle se vantait des étoiles gagnées et des messages d'amoureux reçus parce que... parce qu'elle était belle ? Quelle horreur, d'orienter une conversation de façon à obliger l'autre à dire : Parce que tu étais belle !

Il avait parlé avec une intensité si inhabituelle qu'elle le regarda bouche bée, et elle remarqua la rougeur, rare chez lui, qui imprégnait sa peau claire. « Tu as bien dû connaître un bruit qui te donnait la chair de poule.

— Je ne m'en souviens pas », dit-il. Il s'en souvenait, pourtant, il se rappelait la peur panique qui montait comme une boule dans sa gorge quand quelqu'un lui criait « chochotte ». Il craignait de se retrouver le nez en sang, d'étouffer si quelqu'un le pressait contre le sol. Jadis, il avait connu la peur d'entrer dans une pièce ou d'en sortir. « Il faut que je remonte, déclara-t-il, j'ai quelque chose à finir. »

Elle se mit debout avec précaution et, en souriant, elle tendit la main et la passa à plat sur les cheveux bien peignés de son fils. « On a bien parlé, n'est-ce pas ? murmura-t-elle. L'un pour l'autre, ajouta-t-elle en utilisant un mot traître, nous ne sommes pas inatteignables. »

Levant les yeux, il rencontra le regard de Rose et le retint. « Mère, dit-il, tu n'es pas obligée de faire ça. »

Elle essaya de détacher son regard et elle fut sur le point de demander : obligée de faire quoi ?

Mais elle n'osa pas, car il allait répondre : obligée de boire. Et tout serait éventé.

Les yeux de son fils la retenaient toujours. « Je veillerai à ce que tu ne sois pas obligée de le faire », poursuivit-il.

Elle aurait voulu savoir comment. Si elle avait parlé, leur vie aurait peut-être connu un cours très différent, mais, Dieu la garde, elle resta sans rien dire.

Il la laissa alors (personne ne savait refermer une porte plus silencieusement que lui), et elle se retourna pour contempler la pluie tomber interminablement sur les machines à couper le foin. De Peter ne subsistait que l'odeur qu'il avait apportée avec lui.

Elle se chuchota : du chloroforme.

Il ne manquait plus qu'un mètre quatre-vingts à la corde de cuir brut pour être terminée. Phil aurait pu la finir tout de suite par un joli nœud de marque ou un nœud de bonnet turc ; mais il continua à y travailler ; il en était venu à attendre avec plaisir les moments où le garçon se tenait près de lui pendant qu'il s'employait à tresser et à presser les lanières. Peter était parfait, comme public. Fasciné, il écoutait Phil lui parler du temps jadis, et il était tellement réceptif, tellement pris dans les filets gris du passé, que Phil avait un jour éclaté de rire en le voyant paralysé de ravissement. Il avait les yeux dans le vide, dirigés vers la colline aux armoises devant lui, comme s'il était hypnotisé. « Qu'est-ce que tu vois, là-bas, mon vieux ? » lui demanda Phil, amusé de voir le gosse pris au dépourvu. Il cessa de bouger les mains.

Les yeux de Peter se déplacèrent lentement vers Phil ; on aurait dit des yeux de somnambule. « Phil, je pensais à autrefois. »

Phil regarda le visage du garçon baigné par la lumière qui entrait de biais par les portes de la forge. « Ça m'étonne pas, dit Phil lentement. Ne laisse surtout pas ta mère faire de toi une chochotte. Il y avait de véritables hommes, en ce temps-là. » Le gamin hocha la tête avec gravité. Phil parla d'une paroi rocheuse qu'il connaissait et qui s'élevait en solitaire au-dessus d'une source. Quelqu'un y avait gravé des initiales et une date : 1805. « Ce devait être un type de l'expédition Lewis et Clark, précisa Phil. Il a fallu cinquante ans de plus avant que des Blancs s'installent ici pour de bon. Et tu sais, Pete, quand j'avais à peu près ton âge, j'ai trouvé des tas de pierres derrière cette colline, là-bas, et on aurait dit qu'ils menaient quelque part. J'ai jamais su où, exactement, je ne les ai pas suivis jusqu'au bout. Ça te dirait qu'un jour, toi et moi, on aille de nouveau les chercher ? Et si on les suivait jusqu'au bout ? »

Le soleil – le Vieux Sol, comme l'appelait Phil – se retirait vers le sud. Les nuits refroidissaient, le givre du matin se faisait épais et restait tard, résistant avec obstination à la montée d'un soleil de plus en plus pâle. Les orages de montagne firent descendre le bétail vers les prés, vers l'herbe coupée et brunie qu'ils allaient brouter jusqu'à la venue des neiges. Presque à tout moment, on pouvait lever les yeux et apercevoir quelques vaches flanquées de leurs grands veaux de printemps en train de suivre à la queue leu leu des pistes bien dessinées dans les armoises de la colline en face de la maison. Il arrivait qu'une vache ait des jumeaux, mais ces veaux supplémentaires n'étaient jamais assez nombreux pour remplacer ceux qui étaient morts dans les collines ou sur les plateaux – les jarrets coupés, arrachés et mangés par des loups, ou alors le corps gonflé après avoir succombé à la maladie du charbon, la « patte noire », comme on l'appelait dans ce pays. « T'en fais pas, mon vieux, dit Phil à Peter. J'aurai terminé ta corde avant que tu reprennes tes cours. »

Phil avait appris à Peter à monter. Il lui avait confié un cheval bai de tempérament doux, et, ensemble, ils chevauchaient dans les prés où Peter l'aidait à poser des piquets de clôture autour des meules de foin. À midi, ils mangeaient des sandwichs au jambon et à la moutarde, puis des pommes, et Phil racontait des anecdotes sur Bronco Henry. « On a passé du bon temps, cet automne, pas vrai, mon vieux ? » lui demanda Phil. C'était vrai, Phil s'amusait bien.

« C'est quelque chose que je n'oublierai pas, Phil », répondit posément Peter.

Phil gardait la corde, le lien qui les unissait, enroulée comme un serpent dans un sac où il l'enfonçait à mesure qu'elle grandissait, qu'il progressait sur l'extrémité à terminer.

À dire vrai, Phil n'avait jamais envisagé d'utiliser les peaux qu'on jetait une à une, côté chair dehors, pardessus le plus haut piquet de la clôture quand on abattait des vaches. Des pies prudentes nettoyaient les bouts de chair qui collaient encore à la peau, car les hommes du dortoir n'étaient pas très adroits pour écorcher les bêtes, pressés d'en finir et de retourner là où ils pourraient raconter des bêtises et faire les zouaves avec leurs harmonicas. La plupart des peaux avaient été trouées à de mauvais endroits, ce qui les rendait pratiquement inutilisables, mais avant que Phil ne se lance dans cette corde, il ne s'en servait pas de toute façon. En l'espace d'un an, il pouvait y en avoir vingt, là, à sécher et à rétrécir, exposées au soleil et à tous les types de temps. Phil demandait alors aux hommes de les entasser, de les arroser de kérosène et de les brûler. Comme elles puaient, alors !

Presque tous les mois de septembre, avant qu'on ne brûle les peaux, des visiteurs passaient – autrefois dans des chariots, à présent dans des camions tout brinquebalants – pour essayer d'acheter les peaux un dollar pièce, voire un dollar vingt-cinq, mais Phil leur riait carrément au nez. Les peaux qu'ils se procuraient ici et là à ce prix, ils les revendaient le double, et certains d'entre eux se faisaient ainsi de bons paquets d'argent. Des Juifs, toute cette bande, des Juifs en quête de peaux, des Juifs en quête de camelote, des Juifs en quête d'un dollar vite gagné, qui marchandaient du fer rouillé, des cadres de faucheuse, des cadres de râteleuse, des bouts de tuyau et tout ce qui peut se trouver dans un ranch. Mais plutôt que de vendre à ces filous, Phil préférait laisser le bric-à-brac s'accumuler et les peaux sécher et rétrécir sur la clôture jusqu'à ce qu'il s'avise de les faire brûler. Phil n'avait rien contre les bons Juifs, les Juifs intellectuels talentueux, du moment qu'il n'était pas obligé de frayer avec eux. Mais ces Juifs-là, tout de même !

Ces Juifs-là, ces Juifs errants, comme il les appelait, bâtissaient des fortunes sur de l'ordure. Comment croyez-vous que le type qui était devenu propriétaire du grand magasin de Herndon avait démarré ? Phil se souvenait bien de l'époque où, sur le siège d'un chariot minable, il allait marchander des peaux de bêtes mortes. Et maintenant, quoi ? Maintenant il avait sa maison en ville, une grande demeure blanche avec des colonnes, la plus grande maison de Herndon, une pelouse verte et des arroseurs automatiques dessus. Devant, une Pierce-Arrow dans une allée de graviers, et il donnait des fêtes avec des lanternes vénitiennes et des trucs de ce genre, tout ça à partir de peaux, de machins au rebut et d'un œil rivé sur le bon vieux dollar.

Greenberg.

Voilà que maintenant il s'appelait Green – oui, sans blague. Green ! Il s'était glissé dans la bonne société de Herndon et fréquentait Trucmuche de la banque – le pote de George. Phil gloussa en se rappelant quelque chose. Lors d'une de ses rares visites à Herndon pour se faire couper les cheveux, Phil était confortablement incliné en arrière dans le fauteuil de Whitey Potter parce qu'il avait décidé de ne pas lésiner et de s'accorder un rasage maison – la raison principale en étant que, lorsqu'il rasait, Whitey parlait moins. Whitey était en effet un de ces coiffeurs qui croient qu'on le paie pour bavasser. Bon, Phil était donc allongé, avec ses longues jambes et ses chaussures de ville noires de mauvaise qualité bien en évidence. C'était un samedi, les deux autres coiffeurs donnaient du ciseau dans les crinières hirsutes de deux citadins, et le salon résonnait de bavardages animés, quelques personnes lisaient *Elks Magazine* ou d'autres revues que Whitey mettait là pour l'agrément et l'édification de sa clientèle, tout cela en humant l'odeur de la bonne vieille lotion capillaire Lucky Tiger, et ainsi de suite.

Une femme qui attendait, toute pomponnée avec une fourrure autour du cou et un diam de la taille d'un œuf de poule sur l'un de ses petits doigts. C'était la fille catholique que Green (Greenberg) avait épousée pour effacer la malédiction de ses origines. Avec cette catholique, il s'était introduit dans une église, ici à Herndon – justement l'église où la Vieille Dame en personne s'était commise un moment –, et Phil subodorait que toute une nouvelle génération prenait Greenberg et sa femme pour autre chose que ce qu'ils étaient réellement. En tout cas, il y avait une génération de nouveaux Greenberg qui grandissaient en se prenant pour des Green, et l'un des enfants, une fille, était justement là avec la femme à attendre son papa.

On le voit, le salon était donc plein et, en ce samedi, il brillait de tout l'éclat du soleil, des miroirs et des rangées de flacons, tandis que les hommes bavardaient, plaisantaient, fumaient et lisaient *Elks Magazine*. Les gamins entraient et sortaient en courant de l'hôtel où les vieux avaient pris place. Soudain, l'ami Whitey actionna le levier, redressant Phil et le rendant au monde que l'on quitte quand on s'allonge pour se faire raser, le monde de rêve de la bonne vieille lotion Lucky Tiger.

« Alors, ça ira à votre *suffisance* ? » demanda Whitey avec humour, reprenant les paroles exactes que Phil lui avait lancées un jour en lui tendant les soixante-quinze *cents* de la coupe et un pourboire de vingt-cinq *cents*. Sacré mec, ce Whitey.

Phil plongea son regard dans le grand miroir qui, avec celui qui lui faisait face, reflétait l'infini, et il considéra son visage mince, nu, avec son expression de renard. « Épatant, mon brave, dit Phil. Ça ira pour la *suffisance*. » C'est alors que l'homme dans le fauteuil d'à côté s'adressa à Phil.

« Comment allez-vous, monsieur Burbank ? »

lança-t-il d'une grosse voix empreinte de cette cordialité qu'on cultive au Rotary Club.

Une voix forte et pleine ; une voix si forte qu'après les deux ou trois secondes du silence de Phil les gens levèrent les yeux de leur *Elks Magazine*.

Phil parla à son tour. « Eh bien, ça alors, mais c'est M. Greenberg ! »

Je peux vous dire que le silence se fit aussitôt, et le visage de la femme devint aussi rouge que la teinture de ses cheveux roux. Greenberg ? On aurait mieux fait de dire *Red*berg [1].

Non, pour sa part, Phil préférait voir les peaux pourrir sur la clôture et la ferraille tomber en poussière de rouille plutôt que se faire avoir par leurs paroles mielleuses, plutôt que les laisser se servir de *lui* et tirer profit, selon leur habitude, de la crédulité des autres ou de leur négligence, quand ce n'était pas tout bonnement de leur charité pure et simple. Les choses en étaient arrivées au point où ces guignols ne s'arrêtaient plus que rarement au ranch des Burbank, car ils avaient appris par leur téléphone arabe que les Burbank n'étaient pas des pigeons – un téléphone arabe d'ailleurs en tout point semblable à celui des tsiganes.

« *Just Like a Gypsy* », comme le jouait Rosette-Pompette sur son piano.

Bon, voilà pour les Juifs. Et maintenant, il s'avérait que Phil avait finalement trouvé un moyen idéal pour employer ces peaux. Si c'est pas incroyable, ça !

---

1. En anglais, *green* signifie « vert » et *red* signifie « rouge ». *(N.d.T.)*

Malgré tous les conseils patients de Phil, Peter avait une assiette médiocre sur son cheval. Phil trouvait pathétiques, et même attachants, les efforts du garçon pour se tenir droit, ne pas forcer sur les rênes et se soulever pour le trot enlevé.

« Ce qu'il te faut, Pete, c'est t'entraîner. »

Mais ce n'était pas seulement pour s'entraîner que Peter partait à cheval derrière la colline et, de là, vers d'autres collines qui ondulaient dans le lointain. Car là-bas, dans ces terres secrètes, il médita beaucoup, chercha longuement et se livra à un exercice proche de la prière, une prière qui prit la forme d'une supplique au nom de son père.

Il chercha sans trêve, ses yeux gris jetant des regards aussi vifs que les jaillissements des minuscules oiseaux gris fonçant d'un buisson d'armoise à un autre. Il trouva le squelette d'un cheval avec une campanule qui poussait à travers l'œil du crâne, tandis qu'un coyote efflanqué l'observait d'une éminence voisine. Il trouva des agates et des silex du genre de ceux que les Indiens utilisaient pour faire des pointes de flèche, des champs entiers de figuiers de Barbarie qui recouvraient le sol comme une couverture, et une cartouche de calibre onze millimètres rendue verte par le temps et l'oxydation. Il trouva une petite pierre en forme de prisme qui semblait avoir été taillée par la main de l'homme et, en la mettant dans sa poche, il se dit qu'il flatterait Phil en lui demandant de l'identifier ; mais, pendant longtemps, il ne trouva pas ce qu'il cherchait.

Puis, un après-midi, il arrêta son cheval devant un léger affleurement de roche rose pâle : il aurait pu s'agir d'un caprice de la nature si, plus loin, il n'y avait pas eu un autre affleurement, puis encore un autre. Chacun se trouvait à vingt pas exactement du précédent, comme disposé selon un plan humain ou selon une ancienne cérémonie, chacun placé comme une sentinelle signalant quelque chose. Il devait s'agir des tas de pierres concassées dont Phil avait parlé. Certains d'entre eux étaient pratiquement enfouis dans le sol, et Peter se mit à les suivre. Mais le soleil se couchait, le froid des montagnes descendait, et Peter fit demi-tour avant d'arriver au bout. Ce soir-là, il aurait amplement eu l'occasion de rapporter sa trouvaille à Phil, car celui-ci passa la soirée dans sa chambre à gratter sur son banjo, et Peter savait que c'était là une invitation qui lui était faite d'entrer pour parler. Mais il garda sa découverte secrète.

Le lendemain, il partit à cheval de bonne heure, suivit les tas de pierres de plus en plus loin et, à midi, il mangea son repas en regardant les dernières vaches des troupeaux descendre des pentes en ordre dispersé. Il les regarda emprunter des pistes anciennes qui serpentaient à travers les grandes armoises, puis il remonta sur son cheval bai et se remit à suivre les pierres.

À mesure qu'il avançait, les tas se faisaient de plus en plus petits, et il pressa l'allure comme s'il devait en trouver la fin avant qu'ils ne disparaissent. Ils disparurent en effet au bord d'une ravine sans eau dont la gorge était bouchée par des éboulis et de la pierraille que de gros rocs polis et arrondis par des inondations subites avaient précipités des hauteurs, mais aussi par des racines d'armoise grises et poreuses ainsi que par les planches grisâtres, décolorées par le temps, d'une cabane abandonnée. Et il y avait aussi des amarantes, ces bruyères fantomatiques que le moindre vent rend à la vie et qui savent si bien effrayer les chevaux. Dans cette ravine bordée d'un côté par une ancienne piste à bétail, Peter trouva exactement la bête morte qu'il cherchait. Et le fait que Phil l'eût mené d'une certaine façon à cette découverte n'était que justice, estima-t-il.

Il regarda autour de lui avec le même calme que celui des coyotes qui l'observaient, et il prêta l'oreille ; puis il plongea la main dans sa poche et en retira des gants qu'il passa comme un chirurgien aurait pu le faire. Il descendit de cheval, sentit Dieu sourire et se mit au travail.

Il était impensable qu'un homme, au ranch, restât oisif un autre jour que le dimanche, et cela peut expliquer pourquoi même le Vieux Monsieur, emprisonné dans ses croyances et n'ayant rien d'autre à faire, arpentait le plancher de façon rigide et militaire en usant le poil de la moquette avec la même obstination qu'un autre mettait à creuser des trous pour les poteaux ou à ferrer un cheval. Cela explique pourquoi George, qui estimait qu'il ne pouvait demander à personne de faire une chose qu'il n'aurait pas faite lui-même, nettoyait la fosse d'aisances : c'était un travail qu'il ne pouvait demander à personne d'autre. Rose le regardait par la fenêtre de la salle à manger (et derrière lui il y avait la grande beauté des montagnes Rocheuses), en train de plonger un seau cloué à une longue perche dans les profondeurs puantes de la fosse. Elle le voyait se retourner en s'étouffant chaque fois qu'il vidait le seau dans la caisse en fer d'une brouette. Alors, elle aussi tournait la tête.

Et George était si souvent loin d'elle ! Quand Peter et Phil allaient à cheval dans les prés pour poser des clôtures autour des meules de foin, George partait dans une autre direction, lui aussi à cheval, pour faire la même chose. Pourquoi n'était-ce donc pas George et le garçon qui partaient ensemble ? Et comment devait-elle remplir ses journées futiles, avec Lola qui s'occupait du ménage et Mme Lewis de la cuisine ?

Elle se rendait souvent à Herndon en voiture, pour « faire des courses », comme le rapportait la gazette *The Recorder*. Au grand magasin Green's, c'était une proie facile pour les vendeuses quand elle venait acheter des chapeaux, des gants ou des chaussures. Elle essayait robe sur robe, et elle était sûre qu'on les avait commandées juste pour elle. Elle se mit à considérer les vêtements comme des déguisements, des costumes, des masques derrière lesquels elle cachait cet être inutile et apeuré qu'elle devenait. Elle faisait tout mettre sur son compte car elle avait peu d'argent liquide. Il n'était jamais venu à l'idée de George de lui donner un compte courant et un chéquier. Telle la reine d'Angleterre, la mère de George n'avait en effet jamais eu plus d'argent sur elle qu'il ne lui en fallait pour les pourboires, et c'est ainsi qu'il donnait de temps à autre un billet de dix à Rose quand elle prenait la voiture pour aller en ville – un peu d'argent à glisser dans son sac à main. De la monnaie, pour reprendre les mots de George. Munie de ce billet, après avoir fait mettre sur son compte peut-être deux cents dollars de chaussures, de chapeaux et de robes, elle s'occupait de ce qui l'avait fait venir en ville. Elle allait d'abord à la pharmacie se procurer une « ordonnance », puis à une maison de Kentucky Avenue où elle entrait par l'arrière en se détestant, une maison qui, l'été, était couverte de jasmin de Virginie pourpre.

Un après-midi, elle se fit peur : sa voiture sortit de la route. Elle reçut l'aide d'un éleveur voisin, puis mentit à George au sujet de l'aile légèrement endommagée.

Ses maux de tête continuaient. Craignant de

s'exposer aux remarques éventuelles de Phil – des remarques qui risquaient désormais de survenir n'importe quand et en présence de George –, elle se confinait dans la chambre rose, et c'était là qu'elle buvait. Il lui sembla détecter quelque chose de systématique dans la façon dont Phil exerçait sa pression ; elle était certaine qu'il n'avait pas révélé à George qu'elle buvait, et elle sentait que Phil savait que le non-dit est plus fort que la chose dite. Car elle l'avait surpris en train de l'observer avec une patience curieuse, comme un chasseur à l'approche.

Mais que la maison était froide ! Isolée par ses rondins et par d'épaisses couches de plâtre terreux, elle ne laissait aucune chance au soleil, et l'humidité de la cave inondée remontait du sous-sol par infiltration. Rose ne comprenait pas comment marchait la chaudière ni comment on l'atteignait en passant d'un bloc de bois trempé d'eau au suivant ; elle ne saisissait pas le fonctionnement des divers tirages dont parlait George, elle ne savait pas combien il fallait mettre de pelletées de charbon ni à quel moment. C'est pourquoi le feu mourait souvent en ces jours pluvieux de fin d'été, et Rose échouait dans ses tentatives pour le rallumer. Elle demandait pardon à George de ces échecs, et lorsque, sans se plaindre ni rien dire, il descendait l'escalier pour réparer les dégâts, c'est à peine si elle pouvait supporter les bruits du sous-sol, la porte en fer qui claquait ou la bêche qui raclait contre le sol en ciment. Prêtant l'oreille, elle se déplaçait dans la chambre rose en s'habillant pour le dîner ; elle arrangeait le masque, souhaitant faire plaisir à George par son allure, espérant qu'il ne remarquerait pas que ses gestes étaient de plus en plus hésitants et qu'elle touchait les meubles en traversant la pièce.

Elle avait plus de chance avec la cheminée. Elle se mit donc à faire brûler des choses au rebut qu'elle trouva dans la grange et dans l'atelier de forge. S'habillant de jodhpurs vert foncé qu'elle avait achetés un jour où elle avait eu le courage de croire qu'elle apprendrait peut-être à monter, elle partait à la recherche de morceaux de bois, de caisses ayant contenu des oranges ou des pommes, de bouts de bâton qui restaient lorsqu'on confectionnait des dents de râteau, de bûches portées dans la remise pour soutenir des machines et puis abandonnées.

Alors que sa provision de choses combustibles au rebut diminuait, elle constata que ses efforts pour ne pas avoir froid et pour s'occuper contribuaient à ranger un peu les lieux, à leur conférer un certain ordre, et cela lui donna la sensation d'accomplir quelque chose. Elle n'avait jamais compris pourquoi la cour du ranch le plus riche de la vallée devait ressembler à un dépôt d'ordures, mais à présent elle avait rassemblé et entassé dans un endroit dégagé, entre la grange et la forge, un ensemble impressionnant d'objets au rebut comprenant beaucoup de vêtements jetés, de chaussettes et de salopettes, de chaussures volées par des chiots sous les lits du dortoir, toutes déformées et rétrécies par le mauvais temps.

Il y avait des ordures qu'elle ne pouvait pas toucher : ainsi la panse pleine d'herbe d'une vache récemment abattue que les hommes étaient censés avoir enterrée assez loin mais que des chiens adultes avaient exhumée et ramenée dans la cour avec les intestins qui traînaient. Elle ne pouvait pas non plus toucher les têtes coupées qui avaient été déterrées.

« Ça ne me fait rien », lui disait Peter. Et, à l'aide d'une fourche, il mettait les intestins, les panses et les têtes muettes dans la brouette en fer, puis il les emportait vers un nouvel enterrement. Les chiens, principaux endeuillés, le suivaient du regard.

Elle estima que les peaux jetées sur les poteaux les plus hauts de la clôture de l'abattoir devaient faire mauvaise impression sur les gens qui passaient devant le ranch. Que pouvaient-ils penser de ces pies qui se battaient pour des bouts de chair ?

« Oh, dit George, dans quelque temps Phil brûlera les peaux. Il les brûle une fois par an. »

Parfois, dans le dortoir, Phil regardait les bandes dessinées. *The Katzenjammer Kids*[1], *Happy Hooligan, Maggie and Jiggs*. Il avait observé comment les hommes bougeaient les lèvres en lisant, et il se demandait si les plus intelligents d'entre eux voyaient le commentaire social derrière l'humour grossier. Lesquels d'entre eux percevaient dans les enfants Katzenjammer le triomphe absolu de l'espièglerie, l'irrépressible esprit de la jeunesse ? Pouvaient-ils s'identifier à Happy Hooligan, cet abruti qui avait un pot de fer comme chapeau et la bêtise comme armure ? Comment percevaient-ils Gaston et Alphonse qui, avec leurs « après vous, mon cher Alphonse » et leurs « après vous, mon cher Gaston », soutenaient que les manières étaient plus importantes que l'intelligence ? Il les avait bien écoutés rire de Maggie et de Jiggs, s'esclaffer en voyant Jiggs filer en douce au bistro de Dinty Moore pour se repaître de corned-beef et de chou alors qu'il était censé se trouver à l'opéra. Mais voyaient-ils que l'auteur de cette histoire, celui qui traçait à l'encre les limousines et

1. Paru en français sous le titre *Pim, Pam, Poum. (N.d.T.)*

coloriait les belles tenues de fête de Maggie, ne faisait que ridiculiser des arrivistes ?

Qui s'étonnera alors qu'avec de telles pensées en tête Phil, voyant George scruter dans ses jumelles les montagnes au-delà des plateaux, lui ait soudain demandé : « Hé, Jiggs, qu'est-ce qu'il se passe, là-bas ? »

George était resté sans bouger, les yeux collés sur son spectacle. Puis, baissant lentement les jumelles, il s'était retourné. « Jiggs ? avait-il fait. Jiggs ? »

Des nuages d'orage s'entassaient, menaçants, au-dessus des montagnes vers le sud. Rose craignait le tonnerre, et la foudre qui tombait parfois si près que la sonnette du téléphone tintait et que l'air se mettait brusquement à sentir l'ozone. Elle avait à l'esprit l'histoire qu'avait racontée George : un agent des chemins de fer, à Beech, avait été frappé par la foudre et tué au moment où le train entrait en gare ; six vaches qui s'étaient blotties contre une clôture en fil de fer barbelé avaient été tuées instantanément lorsqu'un éclair avait touché ce fil à plus de un kilomètre de là. Sur tout le pays, cet après-midi-là, pesait le silence annonçant la première tempête d'automne. Mme Lewis n'était pas encore arrivée de sa cabane pour marmonner et commencer à saisir la viande. Lola était à l'étage avec son magazine, *True Romance*. Elle avait montré à Rose l'histoire qu'elle gardait pour un après-midi comme celui-ci. Elle s'intitulait : « Pourquoi j'ai vendu mon bébé ».

Debout dans la chambre rose, un pull posé sur les épaules, Rose réfléchissait vaguement au « costume » qu'elle allait porter pour la soirée.

« Tu es toujours si jolie, lui disait George. Je me sens si fier de toi. »

Elle s'inquiétait pour George, et aussi pour Peter qui se trouvait dans les prés. Elle se demanda si elle supporterait d'entendre le téléphone tinter. Était-on en sécurité près de la fenêtre ? Le vent secouait les feuilles du peuplier de Virginie malade.

Qu'est-ce que c'était, là ? De la poussière ?

De la poussière sur la route ! Et il en émergea un véhicule, une minable camionnette qui ralentit, hésita, entra tout doucement dans la cour et s'arrêta.

Rose se leva avec précaution. Elle avait appris, ces derniers mois, à marcher prudemment, à aller de la chaise à la table ou de la chaise au mur en y posant les mains comme si elle y puisait de la force. Il lui était impossible de traverser une pièce d'une seule traite : elle risquait de tituber et de trébucher. Elle gagna le séjour, prudente, et regarda, dehors, l'étrange camionnette. Sur la portière du conducteur, on avait peint d'une main malhabile le mot PEAUX ; la couleur de la carrosserie était si vieille qu'elle en était crayeuse, et sur le plateau s'entassaient des peaux empilées les unes sur les autres, arrimées par des cordes bien serrées.

Elle cilla, stupéfiée par la tenue habillée de l'homme qui ouvrit la portière et descendit du véhicule. Il portait un costume de ville sombre, un chapeau de feutre assez large de couleur foncée, et une barbe qui faisait penser à celle d'un prophète. Une chaîne en or, sans éclat dans l'air assombri, s'étalait sur son gilet. Au moment où il franchissait la petite barrière et se mettait à gravir les marches, Rose aperçut l'autre silhouette dans la camionnette. Son fils ?

Elle ouvrit la porte avant qu'il ne frappe.

Il ôta son chapeau et s'inclina légèrement. « Bonjour, madame. »

Quelle voix douce, se dit-elle. Quelle voix douce et bienvenue. « Bonjour, murmura-t-elle.

— Je me demandais si vous aviez des vieilles peaux », dit-il.

C'était une question posée pour la forme, car on voyait l'abattoir à moins de cent mètres. « Je me demande bien », dit-elle, et elle passa devant lui pour aller sur la véranda où elle posa la main sur la chaise et resta là, le regard fixé sur les peaux. Une horreur. « Je constate que oui, dit-elle. On les brûle, vous savez. »

Au loin, un grondement de tonnerre.

« Vous les brûlez ? » L'homme regarda le chapeau sombre au bout de sa main et leva les yeux vers Rose.

« Oui, j'ai cru comprendre qu'ils les brûlent.

— Pourquoi ne pas en tirer trente dollars, madame ?

— Trente dollars ?

— Je ne vois pas comment je pourrais en offrir davantage.

— Oh, ce n'est pas ça, dit-elle en agrippant le dossier de la chaise.

— C'est quoi, alors, madame ? »

Elle n'aurait pas su expliquer à cet homme ce que c'était, si ce n'était pas ça. Mais trente dollars, c'était une somme bizarre. Trente dollars ne voulaient rien dire pour les Burbank. Trente dollars auraient jadis signifié une fortune pour elle et pour Johnny Gordon, mais un chèque de trente dollars établi au nom des Burbank irait rejoindre toute une liasse de chèques qu'on n'encaissait pas. Elle les avait vus dans une case du bureau de George : des remboursements envoyés par des maisons de vente par correspondance, des petits dégrèvements d'impôts, quelques dollars versés par quelqu'un pour une vieille selle, au total une centaine de dollars en chèques qui parfois remontaient loin dans le temps. Ces chèques, les brûlait-on rituellement à intervalles réguliers comme les peaux ? À cette pensée, un vague sourire flotta sur ses lèvres.

« Quoi donc, madame ?

— Rien. J'ai dit quelque chose ? » Elle s'accrocha à la chaise. Quand elle allait faire ses « courses », George lui donnait toujours dix ou vingt dollars, et c'était tout. Grâce à ses comptes de crédits d'achats, elle pouvait se procurer ce qu'elle voulait sauf ce qu'elle trouvait à la pharmacie et dans la maison couverte de jasmin de Virginie. Là, c'était en espèces. « Non, ça me paraît être une somme raisonnable. » Trouvant ensuite le silence long, elle parla de nouveau : « Faites le chèque au nom de mon mari.

— De votre mari ? »

Elle sentit des larmes jaillir dans ses yeux et sourit pour en cacher l'effet.

« Quoi donc, madame ? demanda-t-il.

— J'ai dit quelque chose ? » Non, pensa-t-elle, c'est Phil qui brûle les peaux. C'est Phil qui doit avoir le chèque. Il n'a qu'à brûler le chèque à la place des peaux. « Faites le chèque au nom de Phil, dit-elle.

— De Phil, madame ?

— Mais oui, de Phil, voilà. » Elle se demanda pourquoi l'homme avait l'air de trouver cela bizarre. « Non, dit-elle brusquement, ne faites pas ça. » Si le chèque devait rester sans être encaissé ou s'il devait être brûlé, pourquoi demander à toute force un chèque ? Pourquoi pas des espèces ? Elle aurait de l'argent liquide en main ! « Est-ce que ça vous gênerait de me le donner en liquide ?

— Mais pas du tout, madame. » Elle l'observa avec attention sortir une longue bourse, comme un bas noir avec à une extrémité un cadre métallique brillant qu'on fermait en poussant une petite boule derrière une autre. Il l'ouvrit et plongea la main, remuant les pièces qui étaient dedans. Jadis, lorsque Johnny et elle étaient arrivés dans cette région – il y avait vraiment très, très longtemps –, dans cette région où on aimait les dollars en argent, un patient avait payé Johnny avec deux pièces de un dollar en argent, et Johnny était resté là à grimacer un sourire en faisant tinter les pièces dans sa poche. « Rien ne rend aussi bien le bruit de l'argent que ces pièces, avait-il dit. Le joli, joli bruit de l'argent, le joli bruit de l'argent, ma jolie dame. » Elle regarda l'homme sortir des billets, des billets tout usés qui avaient dû passer bien des fois de main en main contre une faveur ou une autre. Il les lui tendit ; elle les prit. « Merci.

— Merci à *vous* », dit-il, et il s'inclina pour sa petite révérence cérémonieuse. Puis il se tourna, et d'un bras il adressa un geste à l'autre personnage. Ensuite, il descendit sans se retourner. Elle le regarda partir et, en le regardant, elle éprouva une drôle d'envie de le suivre, de l'appeler, de lui rendre l'argent, mais elle avait la gorge sèche et sa langue était sans vie. Et puis, en vérité, sentir les billets lui donnait une impression de sécurité qui lui était précieuse. Elle demeura là, agrippée au dossier de la chaise, et continua de regarder tandis que la camionnette s'éloignait de la maison, décrivait lentement un virage et s'engageait avec un grondement sur le pont de bois menant à l'abattoir. Des pies s'élevèrent comme un nuage et se reposèrent une à une, telles des cendres sales, sur une clôture à une distance plus prudente.

Rose se retourna avec précaution, se rééquilibra une dernière fois en s'aidant du dossier de la chaise et passa à l'intérieur de la maison. Une fois dedans, elle se mit à rire toute seule. Que c'était étrange, tout cela !

Que c'était étrange, étrange.

Depuis qu'elle avait épousé un Burbank, elle était devenue sournoise.

Elle était devenue malhonnête.

Elle était devenue alcoolique – une vulgaire ivrogne. Depuis des semaines, elle n'était plus jamais totalement à jeun. Si George avait continué sans rien dire, c'était uniquement à cause de sa gentillesse. Mais, dans quelques semaines, il demanderait le divorce. Et maintenant le bouquet : elle découvrait qu'elle était devenue une petite voleuse pour trente dollars.

Elle oublia de se rappeler la longue, très longue distance entre la porte de la chambre et le lit, et elle se retrouva sans chaise à portée de main, sans table secourable. Elle chancela et tomba à mi-distance du lit, perdit un escarpin, une de ces chaussures si élégantes, si raffinées, que Rose ne s'y habituerait jamais – des chaussures commandées spécialement pour elle, prétexte pour une de ses « courses ». Des chaussures bonnes pour Mme Vanderbilt, cette Mme Vanderbilt qui n'existait que dans l'esprit de Johnny, oui, seulement là. Il avait cru que Rose était une Mme Vanderbilt, alors elle l'était. Elle ne pouvait rien être s'il n'y avait pas quelqu'un pour croire en elle, rien du tout. Elle ne pouvait rien être d'autre que ce que quelqu'un croyait qu'elle était.

Elle laissa là son escarpin et tituba jusqu'au lit, jusqu'au grand lit des Burbank. Couchée dessus, elle mit son poing contre sa bouche.

C'est là que George la trouva endormie, avec trois billets de dix dollars éparpillés près d'elle comme des feuilles.

14

Les piquets en tas constituaient des sanctuaires pour les petites créatures vivantes. Là-dessous, les rats à poches étaient à l'abri des blaireaux qui les auraient avalés tout rond. Les lapins y étaient protégés des coyotes qui grattaient les piquets avec leurs griffes et leurs dents. Comme elles y vivaient jusqu'à ce que les hommes se décident à utiliser les piquets pour ériger des clôtures autour des meules, ces petites créatures vivantes en connaissaient tous les coins et les recoins et, de leur petite voix, elles pouvaient effrontément insulter les grosses bêtes. Elles partageaient leur forteresse avec des animaux encore plus petits qu'elles, des taupes et des souris, et elles aidaient ces petits à guerroyer contre les serpents qui se glissaient à l'intérieur avec un bruissement de peau contre le bois afin de manger la progéniture d'un autre. À l'aide de ses longues pattes de derrière, un lapin est capable d'éventrer complètement un serpent.

Un des divertissements des jeunes aides du ranch consistait à déloger les rats à bourse, les lapins et les souris. Ils s'épuisaient à soulever les piquets les uns après les autres pour dévoiler la cachette d'une créature terrifiée, devenue trop confiante. Avec quelle émotion on la voyait se recroqueviller, les yeux affolés de peur, les membres tremblants, espérant encore s'en tirer en ne bougeant pas. Souvent, les garçons la laissaient détaler vers une autre cachette et ils voyaient en imagination la peur se calmer lentement, la confiance revenir. Et puis ils se remettaient à déplacer les piquets salvateurs, travaillant avec une patience imperturbable jusqu'à ce qu'à nouveau la petite créature soit exposée à des dangers indicibles. Quelques-uns des garçons, finalement lassés, cessaient le jeu. D'autres étaient peut-être distraits par les cris d'un oiseau, un pluvier qui faisait semblant d'avoir une aile brisée et voletait presque à portée de main pour les éloigner de ses œufs ou de ses petits. Rares étaient ceux qui éprouvaient les premiers tiraillements de conscience. D'autres encore, qui s'ennuyaient ou qui se sentaient désappointés par ce qu'ils avaient cru être un divertissement plus excitant, torturaient les pauvres créatures ou les écrasaient à coups de bâton, mais même cela était parfois étrangement décevant. C'est ainsi qu'on apprend à mesurer le vide de la poursuite du plaisir.

On disait généralement de Phil qu'il n'avait pas perdu un certain air d'adolescence ; on le voyait à ses yeux, aux pas que faisaient ses pieds très cambrés. Il avait quarante ans, mais son visage était vierge de rides, à part celles qui, autour des yeux, suggèrent un homme qui regarde fréquemment et longtemps au loin. Seules ses mains avaient vieilli, et cela uniquement à cause de l'orgueil incompréhensible qu'il mettait à ne pas porter de gants. Oui, il se délectait encore des jeux de jeunes garçons. Lorsqu'il demeurait un moment oisif à l'ombre d'un saule, il pouvait lui arriver de prendre son couteau de poche, de déplier la grande et la petite lame, et puis, en tenant le couteau entre le pouce et l'index, de le lancer de façon qu'il se retourne une, deux, voire trois fois avant de se planter dans la terre à un angle de quarante-cinq degrés exactement. C'est ainsi qu'il restait un as de ce jeu ancien qu'on appelait marmonne-la-cheville : celui qui perdait devait arracher avec les dents une cheville enfoncée au ras du sol. Il avait de la terre dans la bouche. Phil avait souvent joué à ce jeu avec George, et George avait dû extraire bien des chevilles du sol.

Phil avait un jour stupéfié le jeune fils d'un maquignon qui s'était vanté auprès de lui d'être un champion aux billes. Ce garçon avait en effet montré un sac en peau de chamois plein de billes chinoises, d'agates, de billes en verre et d'autres de moindre valeur, faites de terre cuite et vernies. Un petit gars bien gras, s'était dit Phil, un gosse cupide qui fait circuler son précieux sac de billes de main en main pour les faire tinter comme des richesses au fond de son escarcelle. George et le maquignon – un nouveau venu – étaient assis à discuter sur le marchepied de la luxueuse voiture du marchand de bestiaux. Phil était accroupi à quelque distance lorsque le gros gamin s'approcha de lui d'un pas nonchalant et parla.

« Vous voulez voir mes billes ? demanda-t-il avec un aplomb incroyable.

— Mais bien sûr », dit Phil en souriant agréablement.

Ce gosse, comme il avait l'air rapiat, avec sa façon de regarder à gauche et à droite avant d'ouvrir son sac, de se mettre à genoux et de laisser s'écouler les précieuses billes. « Il y en a deux cents, dit-il doucement.

— Tu m'en diras tant ! » répondit Phil qui écoutait en même temps George palabrer avec l'acheteur.

Le gamin rassembla les billes au creux de sa main et les fit tomber les unes sur les autres. « Z'avez déjà joué aux billes, quand vous étiez un petit garçon ? demanda-t-il.

— Oh, juste un peu.

— Vous savez quoi ? s'enquit l'enfant.

— Non, quoi ?

— Moi, j'étais champion de billes à l'école cette année. » Les yeux de l'enfant défièrent ceux de Phil.

« Tu m'en diras tant ! » répéta Phil.

Les voix de George et du marchand continuaient à ronronner. Ils n'étaient encore arrivés à rien de précis, Phil le savait, et il pouvait donc porter son attention sur autre chose. Le soleil tapait sans merci sur le milieu du pré où ils avaient mis les bœufs qu'ils voulaient montrer au maquignon, et les bœufs ont beau être curieux, ils se tenaient à distance, la tête baissée, intrigués par la belle voiture.

« Moi, j'ai été le champion deux ans de suite. » Le gamin était gras, trop gras pour cette chaleur. Il aurait eu besoin de pas mal d'exercice pour éliminer sa graisse. C'était un gosse des villes, Phil le savait, mais il s'était accoutré avec des bottes et un chapeau de cow-boy comme son père. Drôle de costume, songea Phil, pour un champion de billes.

« Je suppose que t'es fier de toi », dit Phil sèchement.

Oui, le soleil était chaud. On avait l'impression que George et le marchand allaient encore bavasser un bon bout de temps. Le maquignon avait sorti un bloc de papier et comptait. « Vous voulez faire une partie de billes, monsieur ? »

Quelle outrecuidance, se dit Phil. « Hé, fiston, j'ai pas mes billes.

— Je peux vous faire une sorte de prêt avec les miennes.

— Comment est-ce que tu pourrais faire une "sorte de prêt" avec n'importe quoi ? Bon. Et si je t'en achetais deux ou trois ? »

Le gros gamin eut un regard voilé ; on pouvait voir sa cervelle grassouillette en train de s'agiter et de compter. Exactement comme son père qui écrivait sur le bloc avec son esprit calculant à toute allure. Il y avait ces billes en terre cuite : il pouvait les vendre, les regagner et faire un bénéfice net de tout ce qu'il aurait pu soutirer à Phil par ses tricheries.

Et, bien évidemment, le gamin poussa de côté avec sa main quelques billes en terre.

« Tu me les vends combien, fiston ? »

Son vieux l'avait mis à bonne école. « Elles valent vingt-cinq *cents*. »

Elles n'en valaient pas dix, Phil le savait. « D'accord. » Phil sortit le petit porte-monnaie qu'il avait sur lui, avec sa monnaie en argent et quelques pièces de vingt dollars en or dans le fond.

« Allez-y, monsieur, tirez le premier, insista l'enfant.

— Oh ! là ! là ! dit Phil. Je ne peux pas laisser un invité tirer en deuxième. Vas-y d'abord, fiston. »

Le gosse était plutôt bon. Il gagna quatre des billes que Phil avait achetées avant même que Phil commence à jouer. Phil ramassa un petit bâton et redessina le cercle que le garçon avait tracé sur le sol. « C'est mon tour, maintenant, c'est ça ?

— Oui, m'sieur, c'est votre tour, fit le gamin en léchant la sueur sur sa lèvre supérieure.

— C'est comme ça que je dois tenir la bille pour tirer ? demanda Phil.

— Plutôt comme ça.

— Oh », dit Phil. Puis il mit un genou à terre, comme autrefois, et voilà que ce geste le ramena à l'époque où il était petit garçon, avec la sensation du soleil – ce bon Vieux Sol – sur le dos et la poussière de la terre sur les phalanges, avec aussi la grande respiration qu'on prend avant de projeter avec force la bille dans le cercle. « J'y vais ! » et il fit sauter hors du cercle dix des billes en terre bon marché. « T'es d'accord si je t'échange ces dix contre une de tes billes en verre et si on joue avec celles en verre ? »

Les yeux ronds de stupéfaction, le gosse fit oui de la tête.

Eh bien, messieurs, Phil gagna absolument toutes les billes de ce gosse et, lorsqu'il les eut toutes devant lui, il les ramassa et les remit dans le sac de l'enfant. « Reprends tes billes, lui dit-il. Ton vieux t'a peut-être montré deux ou trois trucs pour être plus malin que les autres, mais il est loin de t'avoir tout dit. » Et quand l'enfant eut repris son sac, il n'essaya plus de le montrer mais le serra contre lui de toutes ses forces. Phil adorait donner des leçons aux autres. Il se releva et se dirigea vers la voiture où George et le marchand étaient encore en train de discuter. « À mon avis, vous ne voulez pas ces bêtes », dit Phil d'une voix traînante. Et, en regardant le marchand en face : « À mon avis, vous nous faites juste perdre notre temps, à mon frère et à moi. »

Phil savait encore confectionner un cerf-volant et le faire voler. Jusqu'à ces derniers temps, George et lui jouaient à se lancer des balles de base-ball le dimanche, et Phil avait été un excellent gardien de première base. Il savait aussi fouetter une toupie. Il était sans âge et il ne perdait jamais son air d'adolescent. Les autres se demandaient ce qui leur était arrivé : d'où venaient les rhumatismes, les articulations douloureuses, le petit ventre ? Où était passé le goût délicieux et ancien du monde qu'ils avaient perdu ?

Se sentant d'humeur joueuse comme un jeune garçon, Phil attira l'attention de Peter sur un lapin qui venait de détaler et de se cacher sous un tas de piquets, là, à l'endroit où ils posaient une clôture. Ce tas était vieux et n'avait pas servi depuis des années. Les ouvriers avaient apporté dans le chariot des piquets tout neufs, en pin très odorant, et ils les avaient empilés sans emporter les vieux piquets pour en faire du bois à brûler. Il était possible que le lapin ait toujours disposé de ce tas, si on en jugeait par son insouciance. Il gambadait comme s'il était le propriétaire des lieux, et Phil l'avait déjà aperçu lorsqu'il s'était arrêté avec Peter pour manger à midi. Le soleil brillait avec force, et il faisait si chaud qu'ils s'étaient mis à l'ombre du tas de piquets, le dos contre le bois, les jambes étendues. Phil choisit un brin de fléole sèche qui poussait près de lui et se mit à en sucer et triturer le bout avec ses lèvres tout en trouvant curieuse la manière dont semblaient luire le visage et les bras de Peter. Il toussa et ôta le brin d'herbe de sa bouche. « T'es drôlement bronzé », dit-il. Et, après un moment de silence : « Le truc, avec Bronco Henry, c'est qu'il n'avait jamais manié de lasso et qu'il n'était jamais monté à cheval avant d'avoir ton âge. Hé, regarde ce lapin ! »

Il était si hardi qu'il aurait pu être domestique. Phil eut un sourire, ôta son chapeau, visa et le lança au lapin. Tel un faucon, le chapeau s'éleva, projeta une ombre de faucon et redescendit. Le lapin se recroquevilla en apercevant l'ombre, puis il bondit en direction des piquets. Phil se déplia, passa d'un pas nonchalant sous le soleil, récupéra son chapeau et l'épousseta. Puis, en fronçant les sourcils, il se baissa et agita le piquet au sommet de la pile. Le bruit de la secousse, la chaleur du soleil et l'odeur de l'après-midi le firent sourire et provoquèrent chez lui de longues, de très longues pensées. « Hé, Pete, s'écria-t-il. Voyons combien de temps il faudra avant que Jeannot Lapin fonce à découvert. » C'était ce que les garçons faisaient : ils pariaient sur le nombre de piquets qu'ils devraient bouger avant que les animaux ne s'enfuient.

Peter se plaça d'un côté du tas, Phil de l'autre, et ils se mirent à enlever les longs bouts de bois les uns après les autres, les posant à l'écart. Au dixième, le lapin était toujours terré quelque part dessous, en attente. Phil crut l'apercevoir une fois ; c'était sans doute le cas, parce que ses yeux le trompaient rarement. De cela on pouvait parier sa chemise.

« Il a du cran, ce petit couillon », murmura Phil. Faire parler Peter, c'était comme lui arracher une dent. Il fallait lui poser des questions directes. Quand Peter parlait, Phil éprouvait la curieuse sensation d'être récompensé.

« Je pense qu'il lui en faut, du cran, dit Peter.

— J'aurais cru qu'il aurait déjà tenté sa chance », remarqua Phil.

Ils enlevèrent deux piquets de plus ; le second rompit l'équilibre instable des autres qui s'effondrèrent comme d'énormes jonchets avant d'arriver à une autre configuration ; il y eut alors, dessous, un mouvement précipité qui fut noyé par un coup de tonnerre.

Et puis quoi ? Le lapin émergea avec une patte cassée ; il s'agitait et poussait le sol de sa patte valide, mais il peinait. Phil regarda Peter le ramasser et le tenir dans le creux de son bras. « Les piquets lui sont tombés dessus, dit Phil.

— Apparemment, dit Peter.

— Eh bien, abrège ses souffrances, ordonna Phil. Je suppose que le plus rapide, c'est de lui enfoncer la tête. C'est drôle, quand même. S'il avait pas eu ce putain de cran, il se serait pas blessé.

— C'est apparemment comme ça que ça marche, dans la vie », répliqua Peter.

Ce garçon était donc philosophe à sa façon ? Phil eut un sourire. « Apparemment, ça nous montre qu'on sait jamais d'avance », conclut Phil.

Il regarda Peter caresser la tête du lapin pour le calmer, et un instant plus tard lui tordre le cou avec une telle dextérité que Phil ne put s'empêcher de l'admirer – il n'avait jamais vu faire ça aussi bien. À présent, les pattes arrière du lapin, libérées des tensions du cerveau lorsque la moelle épinière avait été sectionnée, étaient détendues et pendaient sans bouger dans la main de Peter ; les yeux se voilaient dans la mort. Il n'y avait pas du tout de sang ! Mais c'était Phil qui saignait : il venait de s'écorcher contre quelque chose de pointu.

Peter regarda le sang qui coulait. « Une coupure profonde, observa-t-il.

— Mais on s'en fout », dit Phil avec flegme. Il sortit son foulard bleu et tamponna la plaie. Le tonnerre gronda avec des échos dans toute cette vaste vallée ; des nuages cachèrent le soleil. Phil mouilla son index de salive et le leva. La salive lui permettait de sentir la moindre brise. « On n'aura pas cet orage, annonça-t-il, le vent vient du sud. » Mais il se sentait frustré et grognon. Le jeu du lapin n'avait pas marché, et il n'avait pas réussi à éprouver la nostalgie que désirait son cœur. Lorsqu'ils repassèrent de l'autre côté du tas de piquets pour finir de manger, il mentionna encore Bronco Henry. « Oui, reprit-il, Bronco Henry, quand il est arrivé dans le coin, connaissait que dalle au lasso et à la monte. Il en savait moins que toi, mon vieux Pete. Oui, parce que toi, ces jours-ci, tu te tiens bien sur un cheval ! Mais, bon sang, comme il a appris ! Et il m'en a appris, des choses. Il m'a appris que si on a du cran, y a rien qu'on puisse pas faire – du cran et de la patience. L'impatience, c'est une marchandise qui se paie cher, Pete. Il m'a aussi appris à me servir de mes yeux. Regarde là-bas, là. Qu'est-ce que tu vois ? demanda Phil en haussant les épaules. Tu vois un flanc de colline. Mais Bronco, lui, quand il regardait là-haut, qu'est-ce qu'il voyait, à ton avis ?

— Un chien, répondit Peter. Un chien qui court. »

Phil resta à regarder fixement, puis il passa sa langue sur ses lèvres. « *Putain*, dit-il, c'est juste maintenant, que tu viens de le voir ?

— Je l'ai vu dès mon arrivée, répondit Peter.

— Bon, pour reprendre. Je crois que ce dont un homme a besoin, c'est de partir avec un handicap. »

Peter avait ramené ses genoux contre son corps et passé ses bras autour d'eux. « Mon père parlait d'obstacles, et il disait qu'il fallait les enlever.

— C'est peut-être une autre façon de le dire. Bon, Peter, tu dois faire face à quelques obstacles, ça c'est sûr et certain, ouais, Peter mon brave. » Il venait de prendre un accent irlandais, car les Irlandais l'amusaient par leur hardiesse et leur espièglerie.

« Quelques obstacles ? demanda Peter avec un regard doux.

— Regarde ta mère.

— Ma mère ?

— Comme elle s'arrose le jabot. » Phil retint son souffle. En avait-il trop dit ? Trop vite ? S'était-il aliéné Peter avant d'avoir mis en œuvre la totalité de son plan ? En continuant de sourire agréablement et avec compréhension, il se demanda pourquoi il venait de parler ainsi. Était-ce pour une raison qu'il ne saisissait pas tout à fait lui-même ? Oh, bordel !

« Elle s'arrose le jabot ? » dit Peter. Et Phil pensa qu'il faisait semblant d'être intrigué comme s'il ne connaissait pas cette vieille expression.

« Je parle de boire, Peter, de picoler. » Le jeune homme tressaillit en entendant le mot « picoler ». Un peu trop fort pour lui ? Mais merde, c'était précisément le petit tressaillement qui permettrait à Phil d'y voir clair. Il lui fallait mesurer ce tressaillement, le juger, et quand il l'eut vu il comprit qu'il n'avait pas trop parlé, qu'à présent il était devenu *impossible* d'en dire trop. « Je suppose que tu sais qu'elle a été à moitié biturée tout l'été.

— Oui. Oui, je sais. Avant, elle ne buvait pas.

— Elle ne buvait vraiment pas ? » Encore un peu de cet accent irlandais, pour maintenir les choses à un certain niveau de légèreté. Mais était-ce possible ?

« Non, jamais.

— Mais ton papa, Pete ?

— Mon père ?

— Ton père. Ton papa. Je suppose qu'il se rinçait bien la dalle. La bibine, non ? » Le cœur de Phil battit un peu plus vite. Avait-il trop parlé ? Est-ce que le garçon ne s'était pas un peu raidi ? Phil sentit le goût de sa lèvre supérieure.

« Jusqu'à la fin, répondit Peter. Et puis il s'est pendu. »

Phil fit un geste pour toucher le garçon, mais il retira sa main et sa voix baissa d'un ton. « Pauvre gosse, dit-il, et Peter esquissa un faible sourire. Ça va s'arranger quand même, pour toi.

— Merci, Phil », murmura Peter.

Les nuages de tempête s'éloignèrent comme Phil l'avait prédit. Les deux hommes partirent à cheval vers la maison, et alors qu'ils coupaient à travers un petit carré d'armoises, ils tombèrent, dans un angle, sur le nid abandonné d'un centrocerque des Rocheuses où ne restaient que quelques coquilles. Il est très rare de trouver le nid d'un de ces grands tétras. Il faut ouvrir l'œil, ce que faisait toujours Phil.

De la même manière, bordel, il remarqua, bien avant qu'ils ne passent devant l'abattoir, que les peaux avaient disparu. Phil avait un esprit photographique ; tout détail que rencontrait son œil demeurait gravé dans ces profondeurs obscures où, pour le reste d'entre nous, ne font que flotter et dériver des formes absurdes et filiformes, où de petits signaux s'allument et s'éteignent tandis que vogue une masse indéfinie.

Phil constata que les peaux avaient disparu et il vit rouge. Il se dressa sur ses étriers. « Merde, alors ! » dit-il, et il éperonna son alezan qui accéléra et allongea le pas pour entrer dans la cour.

« Phil, Phil, qu'est-ce qui se passe ? demanda Peter. Il y a un problème, Phil ?

— Un problème ? Un problème ? Toutes ces putains de peaux sont parties. Cette fois, elle est allée trop loin !

— Vous croyez que c'est elle, Phil ? Qu'elle les a vendues ?

— Tu l'as dit, oui. Ou alors elle les a *données* !

— Mais pourquoi aurait-elle fait ça, Phil ? Pourquoi ? Elle savait bien qu'on avait besoin des peaux.

— Parce qu'elle avait un coup dans le nez.

Pompette. Bourrée. Hé, fiston, tu devrais savoir, avec les bouquins que t'a laissés ton père, que ta maman a ce qu'on appelle un tempérament alcoolique. Dans tes bouquins, ça doit se trouver juste à la lettre A.

— Phil… Vous n'allez rien lui dire ?

— Rien lui dire ? aboya Phil. Non, je dirai rien. C'est pas mon problème à moi, mais il y a un truc qui est bien certain, c'est que l'ami George va lui parler, lui. Il est grand temps qu'on le mette en face de quelques *vérités*, ce rigolo. »

Ils pénétrèrent dans la longue et sombre écurie où l'on sentait la poussière, le foin et le fumier. Oui, et aussi les années. Une lumière pâle tombait en lames des fenêtres bizarres, toutes en hauteur.

« Phil ? »

La langue de Phil était à présent gonflée de colère. « Hmmmh ? »

Alors le garçon lui toucha le bras. Il le toucha. « Phil, j'ai du cuir brut pour finir la corde.

— Tu en as ? Et qu'est-ce que tu fais, *toi*, avec du cuir brut ? »

La main du garçon resta exactement à la même place. « J'en ai coupé, Phil. Je voulais apprendre… à tresser comme vous. S'il vous plaît, voulez-vous prendre ce que j'ai ? » Ils étaient face à face, et la main du garçon restait toujours à la même place. « Vous avez été bien avec moi, Phil. »

Prendre ce que j'ai. Vous avez été bien. En cet instant, en ce lieu qui avait l'odeur des années, Phil sentit dans sa gorge ce qu'il avait déjà ressenti une fois et, Dieu en est témoin, c'était une chose qu'il n'avait jamais compté ni souhaité éprouver de nouveau, car lorsqu'on la perd on a le cœur qui se brise.

Oh, certes. Il était possible que la proposition du

garçon ne soit qu'un vulgaire stratagème pour tirer sa jolie petite maman du pétrin. Mais vouloir *tresser* comme lui ! Quelle raison aurait eue ce garçon d'avoir du cuir brut s'il n'avait pas envie de tresser comme lui ? De l'imiter ! Pourquoi, sinon, aurait-il découpé des lanières de cuir ? Peter voulait *être* lui, se fondre avec lui de la même manière que Phil, une seule fois auparavant, avait voulu ne faire qu'un avec un autre, et cet autre avait disparu, piétiné à mort sous les yeux de Phil qui, âgé de vingt ans, regardait depuis le garde-fou le plus haut de ce corral pour chevaux sauvages. Ah, bon sang, mais Phil avait presque oublié ce que peut faire le contact d'une main – son cœur comptait les secondes pendant lesquelles la main de Peter restait sur lui, et il était ravi par la pression qu'il y sentait. Elle lui disait ce que son cœur souhaitait savoir.

Dites, n'était-ce pas le destin (car il faut bien croire en quelque chose), n'était-ce pas le destin qui avait voulu que le garçon le voie dans sa nudité, dans cette cachette connue de lui seul et de George – et de Bronco Henry ? De même, il avait vu la nudité du garçon lors de cette éternité pendant laquelle le garçon était passé fièrement et sans protection devant les tentes ouvertes, en butte aux moqueries et aux marques de mépris – en paria. Mais Phil savait, Dieu en est témoin, il savait parfaitement ce que c'est que d'être un paria, et il avait détesté le monde par crainte que le monde ne le déteste le premier.

Il parla d'une voix rauque : « C'est très gentil à toi, Pete », et il glissa son long bras autour des épaules du garçon. Il avait déjà été tenté de le faire ce jour-là, mais il s'en était abstenu parce qu'il avait juré, par fidélité à cette ancienne histoire, de ne jamais plus se permettre ce geste. « Je vais te dire un truc. Désormais, pour toi, tout va aller comme sur des roulettes. Et tu sais quoi ? Je vais travailler pour finir cette corde dès ce soir. Pete, tu veux bien me regarder la finir ? » Ce soir-là, Pete regarda donc pendant que Phil la terminait, traitant par le mépris la plaie toute fraîche qu'il avait sur sa main.

Peter était ému, lui aussi. Par un concours de circonstances dont le mystère dépassait de très loin ses prières païennes, sa pauvre mère lui avait ôté son plan des mains, et, tandis qu'il était là, debout, à sentir la main qui lui agrippait l'épaule, il eut l'impression d'entendre une voix lui chuchoter qu'il était aussi spécial qu'il croyait l'être.

Pour Phil, être le premier à la table du petit déjeuner était une question d'orgueil.

« Eh bien, messieurs, disait-il d'un ton faussement cérémonieux au moment où ils entraient sans se presser par la porte de derrière, nous avons passé une nuit de plus. Bonjour à vous ! »

Il pouvait aussi lancer *« Gut' Morgen »* en souvenir d'un Allemand qui avait jadis travaillé dans le ranch. Les dialectes le ravissaient. Il aimait un bon petit déjeuner bien copieux et il supportait mal les gens à l'estomac réticent. « Prends donc deux œufs de plus, insistait-il auprès d'un jeune qui était malade et pouvait à peine garder son café. Allez, vas-y. » Tout en lançant un clin d'œil aux autres hommes. Des flocons d'avoine et de la crème, de grosses crêpes, des œufs sur le plat, des tranches de jambon rose, du café avec une crème épaisse, ce repas ne variait jamais et jamais ne varierait. Aucun des jeunes ne désobéissait à Phil, et les hommes semblaient s'amuser du spectacle. Phil aimait bien vanner les gens et il aimait aussi les égayer : au petit déjeuner, il les égayait, y compris George.

George, qui avait le sommeil pesant, n'était jamais apparu, pas même autrefois, avant que les autres ne soient assis et servis, et son silence était aussi contagieux que l'était l'entrain matinal de Phil. Parfois, Phil en était irrité et il asticotait George.

« T'as passé une mauvaise nuit, George ? demandait-il avec un clin d'œil aux autres. T'es resté coincé dans les bras de Morphée ? »

Depuis son mariage, George avait parfois cinq minutes de retard pour le petit déjeuner, et, quand il apparaissait, ceux qui mangeaient vite avaient déjà nettoyé leur assiette, reculé leur chaise et commencé à rouler une cigarette.

Récemment, George étant descendu avec un retard de plus de cinq minutes, Phil avait lancé avec des yeux ronds et un air innocent : « Qu'est-ce qui t'est arrivé, George ? Ta bobonne a roulé sur ta chemise de nuit ? »

Phil riait encore en se souvenant du silence choqué, car pour ces hommes, ces gens sans attaches, ces errants sans foyer, il n'y avait que deux sortes de femmes : les femmes de bien et les mauvaises femmes. Les mauvaises n'avaient pas davantage droit au respect que des animaux, et c'est comme des animaux qu'on les utilisait et qu'on en parlait.

Ah, mais les femmes de bien ! Elles étaient pures, sans sexe et aussi sacrées que Dieu. Les femmes de bien, c'étaient la sœur, la mère et celle dont on avait été amoureux quand on était enfant et dont le regard vous faisait fondre le cœur. Les hommes gardaient les portraits et les photos de ces femmes de bien dans leur valise, c'étaient leurs icônes et leurs autels.

Quant au petit bout de femme qu'ils voyaient de

temps à autre dans la cour ou, récemment, en train de traîner des objets au rebut presque aussi gros qu'elle en portant sa drôle de petite main à son front pour empêcher ses cheveux de lui tomber dans les yeux, c'était une femme de bien qu'on ne pouvait pas considérer en termes de lit et de chemise de nuit.

George rougit dans ce silence plein des bruits de souris que faisaient les couverts et du cliquetis de la vaisselle. Les hommes gardèrent leurs yeux sur leur assiette, et le moment passa tandis que Phil tendait le bras en travers de la table pour prendre les crêpes – son geste impoli de passer le bras devant le voisin, geste qui faisait remonter la manche de sa chemise en chambray bleue très haut sur son poignet, découvrant une peau d'une blancheur choquante, le genre de peau qu'on aurait trouvé sous une pierre. Et que ses mains étaient rouges et gercées – des mains de ce monde, égratignées et abîmées.

On compte sur ce qui est habituel et attendu, sur le lever du soleil, le cri glaçant des oies sauvages volant en V vers le sud, le moment où la glace se brise, où l'herbe verte apparaît timidement le long des pentes exposées au sud, sur les brises enivrantes qui troublent les camassies pourpres. Le soleil, les oies, la glace et les camassies qui ondulent, tout cela indique un futur et un monde connus.

Mais, aujourd'hui, c'était Phil qui était en retard. Pas de salut jovial pour la cuisinière, pas de « Bonjour à vous », pas de bonjour dans un des dialectes qui l'amusaient.

Mme Lewis apporta le premier service de crêpes, avançant lourdement et lentement sur ces pieds qui lui donnaient si peu de satisfaction.

Ni George ni Peter n'avaient encore fait leur

apparition. Il y avait une curieuse animation parmi les hommes, une nervosité qu'ils espéraient cacher en poursuivant leurs variations sur une plaisanterie qui s'était ébruitée quelques instants plus tôt dans le dortoir. Un des hommes avait attrapé une couleuvre, certainement une des dernières de la saison, car le gel frappait maintenant partout. Cet homme – personne ne savait qui c'était au juste – avait mis la couleuvre dans le couchage d'un autre homme endormi. Celui-ci s'était réveillé, avait senti quelque chose, puis touché, et il avait compris qu'un serpent reposait, confortablement lové, engourdi, contre sa gorge. C'était le seul, à présent, à être maussade et furieux, prenant cette plaisanterie pour le genre de farce qu'on joue à un enfant. Comme son unique réalisation, jusqu'à ce jour, était d'avoir grandi, il veillait jalousement sur sa dignité. Quand il trouverait celui qui lui avait fait ce coup-là, il lui rendrait la monnaie de sa pièce, on avait intérêt à le savoir.

« Je parie que cette couleuvre était vraiment endormie, dit un des hommes en pouffant un peu de rire. Mais il fallait bien que ce soit un serpent. Moi, j'aurais pas voulu dormir avec toi.

— J'te l'ai demandé, peut-être ? » grogna l'homme.

George entra et dit bonjour.

Peter arriva en silence et s'assit. Il prit une crêpe. Celui qui mangeait le plus vite avait déjà fini ; il avait repoussé sa chaise et commençait à se curer les dents.

L'homme qui se curait les dents, peut-être parce qu'il était fier d'avoir terminé encore une fois le premier, fut tenté d'envoyer une vanne à Phil pour son retard et il ouvrit la bouche pour parler, mais il la referma aussitôt en voyant le visage de Phil. Celui-ci n'avait apparemment pas bien essuyé sa figure sur l'essuie-mains des

W-C du fond – ou alors, était-ce de la sueur ? – et il s'était contenté de passer des doigts malhabiles dans ses cheveux. Il tira sa chaise et s'assit.

Il s'assit et rien de plus. Mme Lewis entra lourdement avec une tasse de café fumant qu'elle posa devant lui. Il tendit la main, souleva la tasse, la reposa et, immobile, regarda sa main. Il jeta un coup d'œil autour de la table avec une expression douce et étrange, recula sa chaise, se leva et quitta la salle à manger. On ne le revit qu'une demi-heure plus tard, assis sur le seuil de la forge. Le soleil qui venait juste de dépasser la colline aux armoises était en plein sur son visage. Le givre qui s'était formé au sol se retirait peu à peu.

On vit ensuite Phil revenir vers la maison à pas lents, avec la dignité d'un vieillard. Il entra dans sa chambre et ferma la porte. Il ne fit aucun bruit, à l'intérieur, et ne répondit pas lorsque George vint frapper. George prit une grande inspiration et fit une chose inouïe : il ouvrit la porte de son frère sans y être convié. « Je vais t'emmener à Herndon, dit-il.

— D'accord », dit Phil.

Il s'était accoutré de son costume de ville qui tombait mal ; il avait mis ses chaussures du magasin des surplus de l'armée. Il y avait longtemps qu'il ne s'était pas assis dans le fauteuil de Whitey Potter, et son épaisse chevelure avait tellement poussé que son chapeau restait comiquement haut placé, comme celui d'un clown. Il paraissait tout anguleux quand il traversa le séjour pour sortir. En le voyant s'approcher, Rose passa du séjour à la cuisine où, d'une main tremblante pour se donner une meilleure raison d'avoir quitté la pièce, elle se versa une tasse de café. Elle n'arrivait pas à comprendre le silence béant, dans la maison, ni ce qui s'y passait. La dernière fois qu'elle vit Phil fut lorsqu'il traversa la cour en direction du garage où la vieille Reo envoyait des anneaux de fumée d'échappement dans l'air froid du matin. Phil se tint à l'écart tandis que George sortait la voiture en marche arrière. En face, sur la colline, il n'y avait que de l'ombre. Rose but son café à petites gorgées ; elle s'était fait tellement peur deux jours avant en s'effondrant ivre sur le lit qu'elle n'avait bu aucun alcool depuis, décidée à être à jeun quand George lui parlerait comme il allait certainement le faire. Pourquoi n'avait-il encore rien dit ? Pourquoi ? Elle était écrasée par l'idée irrationnelle que tout ce qui se passait ce matin était sa faute. C'est ainsi que la culpabilité étouffe et rend malade.

La Vieille Dame et le Vieux Monsieur furent d'accord qu'il n'y avait rien d'autre à faire que prendre le premier train pour Herndon où George, selon ce qu'il leur avait télégraphié, viendrait les retrouver.

« Non, dit la Vieille Dame, elle le fait bien. Si le pourboire est assez gros, elles le font bien. » Elle parlait de la femme de chambre, estimant qu'elle s'occupait bien d'arroser les géraniums qui donnaient à leur chambre d'hôtel l'air d'un petit chez-eux. « Quelle heure est-il ? »

Le Vieux Monsieur, dans sa redingote de style vaguement prince Albert, sortit sa montre de la poche de son gilet. « Il est exactement cinq heures trente-sept.

— Je déteste ces montres minuscules, dit-elle en désignant d'un froncement de sourcils le tout petit cadran de la montre montée sur rubis qu'elle avait au poignet. Je ne les ai jamais aimées. On ne peut pas les lire et elles ne restent jamais à l'heure. On pourra trouver quelque chose à manger dans le train. »

Brusquement, la Vieille Dame se couvrit le visage de ses mains, et aussitôt le Vieux Monsieur alla vers elle comme s'il s'était attendu à ce geste.

« Allons, allons, chuchota-t-il.

— Excuse-moi, ça va, maintenant », affirma-t-elle.

Quelques instants plus tard, ils quittèrent la chambre et refermèrent la porte ; le Vieux Monsieur vérifia qu'elle était bien fermée. Ils avaient déjà fait descendre leurs bagages dans le hall. Plus loin dans la salle à manger, quelques clients de passage qui n'étaient pas familiers avec le rythme du grand hôtel dînaient de bonne heure sous les chandeliers.

« Non, je vais tout à fait bien, dit-elle au Vieux Monsieur alors qu'ils suivaient le chauffeur vers la porte à tambour. Je m'étais préparée à ce genre de chose. »

Phil eut de la chance d'avoir son costume de ville avec lui, car ce fut un dimanche soir qu'il en eut besoin – mais, bien sûr, M. Green du magasin Green's se serait fait un plaisir d'ouvrir pour la circonstance. Le temps était au beau ; c'était l'été indien, avec son indolence. À la campagne aussi, il y avait cette indolence, une langueur dans l'air et le parfum d'encens de lointains feux de forêt. La corvée hivernale de donner à manger aux bêtes n'avait pas encore commencé, de sorte que les gens avaient du temps libre, ce lundi. Il y eut un représentant de tous les magasins dont les Burbank étaient clients et même de magasins dont ils n'étaient pas clients mais où on gardait un œil sur l'avenir. Il y eut évidemment une délégation de la banque. Les éleveurs eux-mêmes vinrent avec leurs enfants et leurs femmes. Certaines d'entre elles portaient des fourrures d'animaux de la région – castors, fouines et renards roux – que leurs maris avaient capturés et dont les peaux avaient ensuite été transformées en cadeaux de Noël par des fourreurs de la capitale. Comme l'enterrement avait lieu à deux heures (l'heure habituelle dans ce pays), ils avaient prévu un bon déjeuner, soit au Sugar Bowl Café, soit à l'hôtel, et un agréable petit rendez-vous après la cérémonie, car nombre d'entre eux ne se voyaient jamais en dehors de ces occasions très particulières.

À George, évidemment, était revenue la sinistre obligation de choisir un cercueil parmi ceux qui se trouvaient à l'arrière du salon funéraire Baker. Mais il ne tombait qu'une faible lumière par les fenêtres donnant dans l'allée de derrière ; on faisait exprès de les laisser sales pour que les gens qui traînaient là ne puissent pas regarder facilement l'attirail des morts et les caisses de bois quelconque décorées avec du simili-argent. Mais il y avait là aussi un cercueil fort cher, en acajou, acheté en pensant peut-être aux Burbank et à deux ou trois autres familles. « Non, n'allumez pas, murmura George. J'y vois suffisamment.

— Courage, George, lui dit Baker.

— Ça ira. Je vais prendre celui-là.

— De la belle ouvrage, George, lui dit Baker. L'hommage qui convient à un homme de qualité. Je savais que vous auriez à cœur de faire les choses comme il faut. »

L'église avait une odeur de fumée de charbon et de vieux bois brun. Ceux qui n'étaient pas de l'église épiscopale – épiscalope, comme l'appelait Phil – chuchotèrent qu'il était scandaleux de ne pas faire d'éloge funèbre. Il y avait tant de choses à dire sur Phil, affirmaient-ils, sur son intelligence, sa gentillesse, sa grande familiarité, sa simplicité. Et comment oublier la manière dont il jouait du banjo et sifflait avec gaieté, son aspect adolescent, les choses qu'il avait fabriquées de ses mains puissantes, couvertes de gerçures et de cicatrices : les petites chaises sculptées, les objets de fer forgé. Mme Lewis, restée au ranch, versa une larme sur un œuf à repriser avec lequel Phil l'avait un jour surprise.

Le Vieux Monsieur et la Vieille Dame allèrent directement de la tombe à la gare ; sinon, ils auraient dû passer la nuit à Herndon. Ils n'avaient rien à dire à quiconque et ils le savaient.

« Ne prends donc pas cet air, ordonna la Vieille Dame au Vieux Monsieur. Tu n'avais rien à voir avec ça, absolument rien. On est ce qu'on est, on fait ce qu'on est obligé de faire, et on finit comme le sort le veut.

— Est-ce que je peux te rappeler que cela vaut aussi pour toi ? dit doucement le Vieux Monsieur.

— Il y a eu tant de fleurs », constata la Vieille Dame. Assez pour fleurir ensuite toutes les chambres de l'hôpital de Herndon, et même les salles des indigents.

« Je t'ai observée, dit le Vieux Monsieur, quand tu as embrassé Rose.

— Ah, maintenant on l'appelle Rose ? Tu regardais, alors ? Mais bien sûr. Je n'en espérais pas moins.

— Tu peux, bien sûr. Et j'ai remarqué que tu ne portais pas tes bagues.

— Mes bagues ? Ah, oui.

— J'ai toujours aimé tes mains. Tu sais, tu n'as jamais eu besoin de bagues.

— Et elle encore moins, je crois. Mais parfois ça fait plaisir. Un symbole ? En tout cas, merci, merci vraiment. Je l'ai examinée, quand elle est descendue de la voiture, qu'elle a donné la main à George et comment elle l'a soudain regardé. C'est si bien, tous les deux. Alors, je suis allée vers elle et j'ai dit : Voilà… »

Comme ils occupaient le seul grand compartiment privé du train rapide vert olive allant à Salt Lake City, la Vieille Dame put pleurer un peu sans être dérangée. Quand elle eut enfin terminé, le Vieux Monsieur se leva, assura son équilibre au moment où le train penchait en prenant un grand virage, puis ouvrit l'un des sacs dont il retira deux paquets de cartes marqués d'un monogramme. Il appuya ensuite sur le bouton de l'employé du wagon-salon qui arriva en souriant, apporta une table et l'installa. Là, assis près de la fenêtre, les Burbank jouèrent à la banque russe, mais la voiture pouvait filer aussi vite qu'elle voulait, la pleine lune flottait à côté d'eux sans se forcer, tel un ballon jaune au bout d'une ficelle.

« Je suppose, dit la Vieille Dame, que j'ai toujours su qu'il se passerait quelque chose d'étrange.

— … laisse perplexe. Mais tu as dit que tu étais préparée. Souviens-toi aussi que tu as toujours eu de la patience, tu as toujours été gentille. »

Elle se pencha brusquement en avant sur son siège et se mit à se pétrir les mains pour les empêcher de trembler. « De la gentillesse ! » Sa voix se brisa. « Mais, bon Dieu, est-ce qu'on a autre chose ?

— Non, rien d'autre, en fait. »

Elle eut un sourire et dit d'une voix douce : « Tu sais ? On est censés passer Noël avec eux. C'est elle qui l'a demandé. Je me sentais si vieille, avant.

— Je te jure, ça ne se voyait pas.

— C'est vrai ? Mais c'est parce que je t'ai toujours eu. Je t'ai toujours eu, comme elle l'a, *lui*. Elle n'a que trente-sept ans.

— Il y a des fois où tu es difficile à suivre.

— Ah bon ? Vraiment ? » Elle leva le menton et le regarda droit dans les yeux.

Le médecin de Phil, lui aussi, était perplexe. Quand Phil était entré à l'hôpital, il lui avait fait une prise de sang et il en avait fait une culture. Cette culture, une petite gelée pâle dans une éprouvette, il l'avait déjà envoyée à l'hôpital d'État où on était expert en ce genre d'affaire. Les ultimes convulsions de Phil, bien qu'heureusement brèves, avaient été vraiment effrayantes. Bon, le médecin saurait dans un jour ou deux ce qui s'était passé. Il pensait que cette histoire d'expédier la culture, ainsi qu'il l'avait dit à une infirmière, ressemblait au geste de verrouiller l'écurie une fois le cheval volé.

La culture dans l'éprouvette lui révélerait ce que quelqu'un savait déjà.

Peter, qui attendait patiemment au ranch pendant l'enterrement, passa une journée intéressante. Un des chiens, un colley de sang mêlé, l'avait suivi partout hors de la grange en jouant avec lui-même : il essayait de mordre son reflet sur une des fenêtres de la cave, fenêtre qui, à cet endroit, était au niveau du sol. C'était le premier des chiens à l'adorer. Son premier ami. Quand Peter rentra, le chien se mit à gémir devant la porte d'entrée. Peter passa ensuite quelque temps à feuilleter gravement les *Saturday Evening Post* entassés par George. Il trouva au milieu des magazines l'illustration d'un des petits rêves de George, une brochure assez mal en point sur les voitures de marque Pierce-Arrow. Il fut sur le point de sourire, car il éprouvait soudain une chaleureuse proximité avec George. Qui aurait pu se retenir d'admirer ces splendides machines, la courbe insolente de leurs ailes et les phares sertis dedans ? C'étaient là les voitures des grands et des puissants, et il savait que seule la Locomobile (chérie entre autres par le vieux général Pershing) pouvait rivaliser avec la Pierce.

Le soleil avait fait son tour, glissant vers l'arrière, et l'ombre noire de la maison traversait la route pour remonter sur la pente de la colline. Peter feuilletait les livres de la vitrine du séjour, regardant de près (car la lumière baissait) et prenant note de la variété des sujets. Ici, les *Mémoires de la cour de Russie*, par une grande-duchesse, étaient tout contre un exemplaire des *Herbes de l'ouest des États-Unis*, puis il y avait une édition moderne des *Jeux de cartes* de Hoyle – des livres pour les rêves, des livres pour les faits. Et ensuite le *Book of Common Prayer*[1]. Peter se dit qu'il allait sans doute servir ce jour même à Herndon et il le sortit. Le livre s'ouvrit aux Psaumes, sixième jour. Mais, comme on était le 4 septembre, Peter revint en arrière et, comme l'ombre grimpait sur le versant de la colline en face, il lut les psaumes de l'office du soir. Le vingtième verset était curieusement pertinent et poussa Peter à tourner la page et à lire l'office pour l'enterrement des morts, également pertinent, ainsi qu'un office beaucoup plus court qu'il ne l'avait imaginé, un peu plus long que le rituel pour la célébration du mariage qu'il avait déjà lu à peine neuf mois auparavant. Pas beaucoup de paroles, se dit-il, pour célébrer l'oubli. En le lisant aussi lentement que le ferait le prêtre blafard, il trouva qu'il ne lui fallait que quinze minutes de la grande horloge pour arriver au bout – en comptant les pauses qu'il convient d'observer aux virgules et aux points. Mais il faudrait

1. Livre du rituel de l'Église anglicane. *(N.d.T.)*

transporter le cercueil dedans et dehors, et il serait encombrant. L'office tout entier pouvait donc prendre une bonne demi-heure.

À Herndon, depuis les fenêtres de la chambre proprette et calme où il vivait, Peter avait suivi des yeux une demi-douzaine de processions jusqu'au cimetière sur la colline, à un kilomètre et demi de là. Il avait vu le soleil s'arrêter et étinceler sur les carafes et les bocaux contenant les tiges de fleurs en train de pourrir. Le corbillard avançait si lentement qu'il lui fallait toujours une bonne demi-heure, mais on se dépêchait un peu l'hiver. En revanche, aujourd'hui, il faisait doux. Viendraient ensuite les paroles qu'« il était convenu de prononcer sur la tombe » : il y en aurait pour un quart d'heure à peu près (si l'on tenait compte de la vitesse de lecture du prêtre), et puis il y aurait le trajet de retour avec le corbillard vide – un fourgon Buick bleu de cette année. Peter avait lu un article là-dessus dans le *Recorder* de Herndon. Baker, l'entrepreneur de pompes funèbres, était allé à Chicago avec sa famille dans l'ancien corbillard. Là, il avait pris possession du nouveau véhicule qu'il avait ramené en faisant halte pour des pique-niques et de nombreuses petites aventures relatées avec un humour subtil par le rédacteur du journal.

Ensuite, il y aurait le café et les sandwichs quelque part, les salutations et les au revoir, de sorte qu'il serait plus de cinq heures quand tout serait terminé, et il ferait noir.

Mais quel enchantement que ces paroles dans le livre de rituel, quelle majesté, quelle puissance elles avaient ! Comme son père aurait adoré qu'on les dise sur sa tombe – mais on ne les avait pas dites, car il avait joué à être Dieu et s'était éliminé lui-même. Mais que ces paroles auraient été belles à lire – à chanter au-dessus de son père !

L'heure du souper était passée depuis longtemps lorsque sa mère et George rentrèrent. La fille était sortie de la cuisine et s'était adressée à Peter avec respect. « Voulez-vous que je laisse leur place mise ?

— Oui, s'il vous plaît », avait-il dit. Puis il était monté, il s'était soigneusement lavé les mains et s'était mouillé les cheveux avant de les peigner. Peu de temps après, les chiens lancèrent leurs prévisibles aboiements. Peter se peigna de nouveau avec soin, se leva, alla ouvrir la fenêtre et regarda au-dehors. Ils furent d'abord cachés par l'ombre de la colline ; mais il entendit la voix douce de sa mère. Ensuite, ils apparurent lentement au clair de lune. Qu'elle était adorable, sous la lune, et comme il était bien de voir George s'arrêter, la prendre dans ses bras, l'embrasser ! Pourquoi, sinon pour ceci, pour que se joue au clair de lune cette scène marquant le véritable début de la vie de sa mère, pour quoi d'autre son père se serait-il éliminé ? Pour quoi d'autre se serait-il sacrifié et serait-il enterré sous cette colline, à Beech, sous une poignée de fleurs en papier, fidèle à son propre livre de rêves ?

Les chiens restèrent dans l'ombre en gémissant lentement, puis se tinrent étrangement cois. Peter fut assez ému pour chuchoter le verset des Psaumes qui l'avait tellement touché quelques heures plus tôt.

> Sauve ma vie de l'épée
> et ma bien-aimée du pouvoir du chien.

Il se demanda si l'on utilisait souvent ce livre de prières, s'il ne pourrait pas en découper ce petit bout et le coller à la place qui lui revenait dans son album : ce serait une note finale bien supérieure aux pétales de rose qui, bien que toujours rouges, avaient perdu leur parfum. Car sa mère était sauvée, à présent, grâce au sacrifice de son père et au sacrifice qu'il avait lui-même pu accomplir par les connaissances puisées dans les grands livres noirs de son père. Le chien était mort.

Dans l'un de ces livres noirs, un après-midi d'août, Peter avait découvert que l'anthrax – le charbon, ou la patte noire, comme on l'appelait par ici – est une maladie de l'animal qui peut se transmettre à l'homme, et qu'elle gagne sans difficulté la circulation sanguine par les coupures ou les crevasses de la peau quand on travaille le cuir brut d'un animal malade – par exemple lorsqu'un homme avec des mains abîmées utilise une peau contaminée pour tresser une corde.

POSTFACE
par Annie Proulx

Le Pouvoir du chien (The Power of the Dog) a été publié en 1967 par Little, Brown à Boston ; l'éditeur habituel de Thomas Savage chez Random House avait en effet demandé des changements que l'auteur avait refusés. Le livre a reçu des critiques extrêmement élogieuses. Il est resté pendant presque deux mois sur la liste des ouvrages « Nouveaux et recommandés » du *New York Times*, et il a fait l'objet de cinq options pour un film (jamais réalisé). C'est le cinquième et, pour certains lecteurs dont je fais partie, le meilleur des treize romans de Savage. Il s'agit d'une étude psychologique à forte tension dramatique, inhabituelle parce qu'elle traite d'un sujet rarement abordé à cette époque, celui de l'homosexualité refoulée qui s'exprime sous forme d'homophobie dans l'univers masculin des ranchs. Ce livre dur et brillamment écrit se range parmi les œuvres de fiction sans complaisance sur le Far West, au même titre que *Track of the Cat* de Walter Van Tilburg Clark, *The Big Rock Candy Mountain* [1] de Wallace Stegner, et

1. *La Bonne Grosse Montagne en sucre*, traduit de l'américain par Éric Chédaille, Phébus, 2002. *(N.d.T.)*

Noon Wine d'Anne Porter. Bien que Savage ait écrit des romans forts et intelligents, situés dans l'Est pour certains et dans l'Ouest pour d'autres, ce sont ses livres de la région Montana-Idaho-Utah qui sonnent le plus vrai et qui nous restent gravés dans l'esprit. Un aspect douloureux, solitaire et terrible de l'Ouest est saisi à jamais dans ces pages, et le plus fascinant, le plus poignant de ces romans est bien *Le Pouvoir du chien*, œuvre de grand art littéraire.

Bien qu'on inclue rarement Savage parmi les auteurs de westerns littéraires, il est l'un des premiers des écrivains du Montana, de ce célèbre groupe régional d'auteurs que n'unit aucun lien formel. Ses romans ont la richesse que donnent des personnages bien développés, et ils sont écrits avec des phrases claires, bien équilibrées, ainsi qu'avec des descriptions de paysages aussi importantes que frappantes. Le tout laisse transparaître un don naturel pour la tension dramatique et littéraire. À mesure que son écriture a pris de la maturité, il est devenu évident que Savage était un observateur pénétrant de la condition humaine. Selon le critique Jonathan Yardley, dans un article sur *For Mary, With Love* : « Au fil d'une carrière à la fois longue et remarquablement productive, [Savage] s'est révélé comme un écrivain réellement important ; il est honteux, presque scandaleux de constater que si peu de lecteurs l'ont découvert. »

La plupart des critiques de la fin des années 60, tout en reconnaissant la tragédie interne du roman *Le Pouvoir du chien*, ont éludé la question de l'homosexualité pour ramener les choses à une lutte simpliste entre le bien et le mal, ou entre la cruauté et la décence de la bonté, voire pour parler, si cela signifie quelque chose, « de la guerre de méfiance entre la compulsion et l'intelligence[1] ». Un seul commentateur, écrivant anonymement dans *Publisher's Weekly*, même s'il est effarouché par la scène de castration des veaux de la première page, a compris ce dont traitait *Le Pouvoir du chien* et l'a dit clairement :

> Un roman puissant et nerveux qui, cependant, s'ouvre par un premier paragraphe d'une brutalité si crue et si gratuite que bien des lecteurs en seront dissuadés de continuer. La scène se passe dans l'Utah de 1924. Sur un fond très rude de pays d'élevage, M. Savage tisse l'histoire de deux frères : George, lent, maladroit, intrinsèquement brave, et Phil, homosexuel refoulé. Lorsque George épouse une veuve et la fait venir au ranch, Phil lui mène une vie si infernale que la femme se met à boire en cachette. Puis Peter, le fils adolescent de cette femme, un garçon à la fois brillant et bizarre, vient passer l'été et se rend compte de ce qui se passe. Alors que Phil complote pour parvenir à une liaison homosexuelle avec le jeune Peter, celui-ci élabore, pour se venger de lui, un moyen si diaboliquement adroit qu'il fait froid dans le dos. Krafft-Ebing sur fond régional western, voilà qui présente un fort intérêt littéraire mais beaucoup moins d'attrait commercial[2].

Le livre a fait l'objet de nombreuses critiques élogieuses – « nerveux et fort », « une tragédie puissante », « le meilleur roman de l'année » et même, selon Roger Sale dans *The Hudson Review*, « le meilleur livre que je

1. Eliot Fremont-Smith, *New York Times Book Review*.
2. *Publisher's Weekly*, 2 janvier 1967.

connaisse sur l'Ouest moderne » –, mais il s'est peu vendu. Emily Salkin de Little, Brown, dont l'énergie est aujourd'hui derrière la réimpression de ce roman négligé, tout en observant que les chiffres de vente de sa maison ne remontent pas jusqu'à 1967, déclare : « Je ne peux pas m'imaginer qu'il s'en soit vendu plus de mille exemplaires brochés[1]. » Même si on trouve encore à l'occasion ce roman sur une étagère dans des ranchs, il est aujourd'hui pratiquement inconnu du public qui lit, y compris des spécialistes de la littérature de l'Ouest. On peut donc se réjouir que *Le Pouvoir du chien* connaisse une deuxième chance auprès des lecteurs actuels.

Thomas Savage est né en 1915 à Salt Lake City, dans l'Utah. C'était l'enfant d'un couple d'une beauté physique remarquable : Elizabeth (Yearian) et Benjamin Savage. Elizabeth Yearian était la fille aînée d'une famille d'éleveurs de moutons célèbre dans l'Idaho ; sa mère, impérieuse, puissante, pourvue de bonnes relations, était connue sous le nom de « la Reine du Mouton ». Le ranch avait été fondé à la génération précédente lorsque le patriarche du clan avait découvert de l'or.

Savage avait deux ans lorsque ses parents ont divorcé. Trois ans plus tard, sa mère épousait un riche éleveur du Montana qui s'appelait Brenner ; dès lors, Savage fut élevé au ranch sous le nom de Tom Brenner, dans le comté de Beaverhead, dans le sud-ouest du Montana. Il avait la chance d'appartenir à deux clans aussi excentriques que tentaculaires – les Yearian et les Brenner – qui lui fournirent une foule de modèles de personnages ; la chance aussi d'appartenir à deux clans

1. Emily Salkin, correspondance privée, 10 octobre 2000.

riches et connus, les Brenner pour le bœuf, les Yearian pour le mouton. La famille avait une importance énorme, surtout chez les Yearian. Dans son roman autobiographique, son livre le plus connu (*I Heard My Sister Speak My Name*, qui doit reparaître chez Little, Brown en 2001 sous le titre de *The Sheep Queen*), il écrit :

> Nous nous aimons tous. Ma tante Maude, celle du milieu, m'a dit un jour : « Tu sais, Tom, nous nous sommes toujours aimés entre nous davantage que nous n'avons aimé les autres. » Ce n'est pas que nous nous croyions meilleurs que quiconque, mais nous sommes d'une compagnie plus agréable, du moins les uns pour les autres. Nous aimons nous amuser[1].
>
> [...] Tous les ans, nous organisions un pique-nique – et nous pouvions être cinquante – à l'endroit même où George Sweringen avait découvert de l'or. Nous mangions ce qu'il avait mangé : des haricots, du bacon, de la truite grillée sur le feu et des tartes aux pommes séchées. Nous avions l'impression de pouvoir le toucher rien qu'en tendant le bras, lui et sa femme Lizzie qui avait si souvent chanté des cantiques. Nous étions fiers d'eux, et nous avions le sentiment qu'ils auraient été fiers de nous. Ils nous auraient aimés plus qu'ils n'auraient aimé quiconque[2].

---

1. Thomas Savage, *I Heard My Sister Speak My Name*, Boston, Little, Brown, 1977, p. 138.
2. *Ibid.*, p. 140. « Sweringen » est le nom fictif que Savage a utilisé à la place de « Yearian ».

Le comté de Beaverhead faisait partie d'un Montana où l'on rompait les chevaux sauvages à la selle, un pays aux mœurs rudes et viriles disparu depuis longtemps mais que deux générations à peine séparaient alors de l'époque des pionniers. C'était un univers masculin, avec des bœufs, des moutons, des chevaux, des chiens, des fusils, des clôtures et des propriétés. Les espaces non clôturés existaient encore dans les mémoires vivantes, ainsi que les affrontements avec les Indiens. Dans les années 20, la maison du ranch des Brenner bénéficiait de l'électricité (fournie par un groupe électrogène Delco ensuite remplacé par un aérogénérateur Wind Charger) et d'une certaine élégance. Il y avait quelques voitures automobiles dans le Montana des années 20, et le jeune Savage était un passionné des équipages les plus prestigieux. Son intérêt pour les voitures classiques est affirmé dans *Trust in Chariots*, son quatrième roman, où il est question des escapades d'un homme qui, fuyant le mariage, voyage sur tout le continent à bord d'une Rolls-Royce – ce qui n'est pas sans rapport avec le fait que Savage ait acheté en 1952 la Rolls-Royce exposée à la Foire internationale de 1939. Au pays des ranchs, cependant, le train gardait toute son importance et le cheval était toujours un moyen de transport de premier rang ; on considérait les hommes selon leurs capacités équestres. Dans la plupart des ranchs, on mangeait de la nourriture maison : de la viande de son propre bétail ou du gibier, des pommes de terre, des haricots. On prenait son café noir. Mais la table des Yearian, comme celle des Brenner, présentait une variété de mets recherchés et une abondance peu commune pour cette époque.

La culture de l'Ouest était soumise à l'impératif moral du travail, et il fallait un solide gaillard (il le faut toujours) pour tenir un ranch. Ce genre de vie rurale a plus ou moins disparu des États-Unis du XXIe siècle ; la plupart des gens ne peuvent même pas s'imaginer une société sans routes goudronnées, sans télévision, sans radio, sans voitures, douches chaudes, téléphones ou avions. Et peu nombreux sont ceux qui peuvent connaître ce mélange de travail physique éprouvant et de richesse discrète qui caractérisait certains vieux ranchs. Tel a été l'univers de Thomas Savage pendant les vingt et une premières années de sa vie. Après sa sortie du lycée du comté de Beaverhead (où il prétend ne pas avoir appris grand-chose hormis une technique rapide de dactylographie) et deux ans à l'université du Montana à étudier l'écriture, il a rompu des chevaux à la selle et gardé des moutons dans le Montana et dans l'Idaho pendant quelques années, se livrant au rituel du samedi soir où l'on va en ville pour se soûler, « où on s'asseyait sur un marchepied de voiture et on se mettait à vomir [1] ». Son expérience de débourreur de chevaux apparaît dans son premier article publié, « The Bronc Stomper » (« Celui qui rompt les chevaux sauvages »), écrit pour la revue *Coronet* en 1937 sous le nom de Tom Brenner et peu remarquable sauf en ce qui concerne son sujet exceptionnel. Des années plus tard, Savage a écrit :

> En 1936, j'ai commencé à me demander ce que je faisais à errer dans tous les sens, et peut-être me suis-je mis à trouver une direction. J'ai écrit un article sur la façon dont on rompt un cheval à la selle, je l'ai envoyé à *Coronet* et j'ai eu la

1. Thomas Savage, *I, Thomas Savage, am the author of* « *The Power of the Dog* », 1967, p. 5. Essai autobiographique utilisé à des fins promotionnelles par Little, Brown.

> stupéfaction de recevoir un chèque de soixante-quinze dollars. J'en ai investi et perdu cinquante dans des actions de mines d'or. J'ai dépensé les derniers vingt-cinq à acheter une robe rouge à une jeune cousine qui avait été invitée au bal de l'avant-dernière année du lycée. Je n'ai rien vendu d'autre pendant sept ans [1].

Une certaine agitation se faisait jour en lui, à présent, et la possibilité d'un autre genre de vie que l'élevage commençait à miroiter dans le lointain. Il s'est inscrit pour des études de lettres anglaises dans un établissement d'enseignement supérieur, Colby College, situé à Waterville, dans le Maine.

> Le jour de mon vingt et unième anniversaire, je me suis réveillé en train de garder des moutons dans la vallée de Bitterroot. Je me suis demandé ce que je foutais là, et mon beau-père, le meilleur des beaux-pères, qui était toujours amoureux de ma mère, m'a envoyé à Colby où se trouvait, m'avait-on dit, une charmante jeune fille qui était allée au lycée de Missoula, dans le Montana. Nous nous sommes écrit tout l'été, puis je suis revenu et nous nous sommes mariés pendant l'été 1939 [2].

Une fois diplômé de Colby, Savage prit un travail peu agréable d'agent général pour une compagnie d'assurances de Chicago. Au fil des ans, il occupa également les emplois de cow-boy, journalier de ranch, aide-plombier, soudeur et chef de train. Il enseigna aussi

1. *Ibid.*, p. 5-6.
2. Thomas Savage, correspondance personnelle, 15 septembre 2000.

l'anglais à l'université Suffolk de Boston, puis à Brandeis et, plus brièvement, à Franconia College dans le New Hampshire, ainsi qu'à Vassar. Pendant tout ce temps, il écrivait régulièrement.

Son mariage avec Elizabeth Fitzgerald, qui devint elle aussi romancière, dura jusqu'à ce qu'elle meure, en 1988. Ils eurent trois enfants : deux fils, Brassil et Russell, et une fille, Elizabeth. En 1952, les Savage achetèrent une propriété sur la côte du Maine où ils vécurent jusqu'à ce que le blizzard de février 1978 arrache la maison à ses fondations. « Il nous a fallu vingt-cinq mille dollars pour réparer la maison », déplore Savage. L'année suivante, il reçut une bourse de la fondation Guggenheim qui l'aida à écrire *Her Side of It*, l'histoire d'un écrivain alcoolique aux prises avec ses démons.

En 1982, les Savage vendirent leur maison du Maine et déménagèrent sur une île du Puget Sound où ils firent bâtir sur un terrain que Savage avait reçu de sa sœur morte depuis longtemps, celle-là même qu'il avait immortalisée dans *I Heard My Sister Speak My Name*. Thomas Savage a quitté l'île après la mort de sa femme et vit aujourd'hui à Virginia Beach, près de sa fille.

Alors qu'il était étudiant à Colby, Savage a commencé sa carrière d'écrivain par une nouvelle sur l'importance de la voie ferrée pour une communauté d'éleveurs isolée du monde extérieur par un col de montagne et par les hivers rigoureux du Montana.

> Je l'ai expédiée à Ed Weeks, alors rédacteur en chef de *The Atlantic*. Il me l'a renvoyée en observant qu'il n'y avait pas d'êtres humains dans ce texte, et il m'a suggéré d'en faire un roman. [...]

J'ai écrit le brouillon de *The Pass* à Colby. Dean Mariner me permettait de sécher les cours du moment que j'écrivais [1].

The Pass est paru chez Doubleday en 1944, avec Thomas Savage comme nom d'auteur. En effet, à la naissance de son premier enfant, Tom Brenner avait écrit à Salt Lake City pour avoir un certificat de naissance, et il avait entamé le laborieux processus de faire rectifier toutes les attestations de ses emplois passés et de ses études pour qu'y figure son nom de naissance, Thomas Savage. « Tout très difficile, mais finalement réussi, sauf avec la société Phi Beta Kappa [2] qui a refusé de changer le nom de ma femme, de le faire passer de Brenner à Savage [3]. » Cette complexité familiale de noms et d'identités, de culture de la côte Est et des montagnes de l'Ouest, d'écriture et de travail manuel, de passé perdu et de secrets privés est une caractéristique de la vie de Savage, de ses romans et de leurs personnages. Cet enchevêtrement d'abandon, de perte, de familles brisées, de situations émotionnellement difficiles, se retrouve dans les œuvres de Savage et se rapporte dans une très large mesure à sa propre vie. Avec ce drame humain intense qui tourbillonnait autour de lui, et grâce au point de vue extérieur qui était le sien dans la maison Brenner, Savage a pu développer un regard d'une extrême acuité sur les nuances du langage corporel, sur les intonations, les silences. Il a dit à

1. *Ibid.*
2. Cercle honorifique où sont admis les étudiants ayant obtenu un niveau très élevé de notes durant leur cursus universitaire. *(N.d.T.)*
3. Thomas Savage, correspondance personnelle, 15 septembre 2000.

plusieurs reprises qu'il ne fait que peu de recherches et s'appuie sur sa propre expérience de vie, sur ses souvenirs et son imagination. Le roman autobiographique de 1977 intitulé *I Heard My Sister Speak My Name* raconte sous forme de fiction l'apparition extraordinaire mais vraie dans la vie de Savage, alors qu'ils avaient tous les deux la cinquantaine, d'une sœur aînée dont, comme tous ses proches, il ignorait l'existence. Sa mère si belle était déjà morte depuis une décennie, mais, en fouillant dans des documents et autres papiers juridiques, on a découvert une fausse identité qu'elle avait adoptée temporairement longtemps auparavant et, du même coup, son secret : en 1912, elle avait donné naissance à une petite fille et, comme dans un mélodrame antique, elle avait abandonné l'enfant sur les marches d'une église. Ce roman est particulièrement utile pour étudier les sources de Savage.

Le premier roman de Savage, *The Pass*, est imprégné de descriptions de paysages d'une grande profondeur qui exercent un pouvoir sans faille sur le destin et les vicissitudes des éleveurs et des agriculteurs scandinaves installés dans les grandes prairies bordant un col redoutable. L'amour des habitants pour ce col défie la raison : ils sont attachés à la brume bleue de l'automne, aux étendues herbeuses, et ils adorent se mettre à l'épreuve des tempêtes de printemps et des périodes de sécheresse torride. Le roman est parsemé de brillants portraits qui montrent la magistrale force de Savage pour présenter la vie intérieure de ses personnages, surtout des femmes qu'il traite avec une profondeur et une compréhension peu communes. La langue et les pensées des habitants du ranch, dans *The Pass*, sont saisissantes de vie, même aujourd'hui, et font penser à *The Meadow*, cette biographie d'un lieu écrite par James Galvin, ainsi qu'aux histoires du pays chilcotin, superbes et drôles, de l'écrivain canadien Paul St. Pierre dans *Breaking Smith's Quarter Horse* ou encore dans *Smith and Other Events*.

Un sentiment de grande nostalgie et d'empathie avec le paysage de l'Ouest teinte ce roman, et on a du mal à se défaire de l'idée que Savage, dans les bornes plus étroites de l'Est, a recréé, pour des raisons tant personnelles que littéraires, le pays d'où il venait. Mais vivre dans un tel pays exige tout de soi et finit par tout prendre. Lorsque, dans *The Pass*, un personnage meurt de froid, gelé sur la piste de ses pièges, une jeune épouse déclare à son mari : « La prairie l'a tué. Il aimait la prairie, et elle l'a tué. » Un pays aussi dur peut tuer de bien des façons, comme Savage le montre dans ses romans de l'Ouest. Quelques années après *The Pass*, il déclare lors d'un entretien :

> J'ai toujours cru que le paysage formait les gens. Quelqu'un va dire, par exemple, que les gens de l'Ouest ont quelque chose de différent. Et je pense en effet que dès qu'on quitte Chicago pour aller vers l'ouest, on trouve que les gens sont très différents. D'abord, il y a chez eux une ouverture. Il me semble que cette différence des gens de l'Ouest tient en partie au fait qu'ils estiment impossible de regarder les montagnes Rocheuses – ou de regarder l'horizon qui est tout aussi vaste – et de considérer qu'il existe une Europe ou des voisins ou quoi que ce soit d'autre [1].

1. Entretien avec Jean W. Ross, *Contemporary Authors Online*, The Gale Group, 1999.

The Pass ainsi que *Lona Hanson* et, dans une certaine mesure, *Le Pouvoir du chien* peuvent être considérés comme des romans tardifs de l'âge d'or du paysage dans la fiction américaine, période qui couvre plus ou moins la première moitié du siècle dernier. Dans ces romans, le paysage n'est pas seulement un arrière-plan décoratif, il sert aussi à conduire l'histoire et à orienter la vie des personnages, comme on le voit dans les œuvres de Willa Cather, Marjorie Kinnan Rawlings, Walter D. Edmonds, William Faulkner, Flannery O'Connor, John Steinbeck, et dans presque tout ce qu'a écrit Hemingway. Tous ces livres vibrent d'un sentiment du lieu, et c'est une technique qui convient bien pour décrire les dix régions fortement différenciées des États-Unis, mais aussi l'esprit pionnier et la marche en avant de la démocratie capitaliste en quête de nouvelles ressources. En 1948, au moment de la parution du livre de Norman Mailer, *Les Nus et les Morts*, avec ses personnages arc-boutés dans leur opposition à la terre brute ou dans des positions visant à la manipuler, ce genre de roman de paysage était en voie de disparition.

Le titre de l'ouvrage principal de Savage, *Le Pouvoir du chien*, se rapporte sur plusieurs plans à un détail saisissant du paysage ; c'est un détail que Phil Burbank peut voir, mais pas son frère George. De fait, Phil utilise cette combinaison lointaine de rocher et de pente qui ressemble à un chien pour en faire une sorte de test : ceux qui ne sont pas capables de la distinguer manquent d'intelligence et de perception. Et cela prouve, pour lui, qu'il possède une sensibilité aiguë et particulière.

Dans l'affleurement rocheux, sur la colline qui s'élevait devant la maison du ranch, dans le fouillis des buissons d'armoises qui défiguraient le versant de la colline comme de l'acné, il voyait la forme étonnante d'un chien en train de courir. Les pattes de derrière, sveltes, projetaient vers l'avant les épaules puissantes ; le museau tout chaud était baissé dans la traque de quelque pauvre chose effrayée – de quelque idée – qui s'enfuyait en franchissant les ravines, les bosses et les ombres de ces collines du nord. Mais, dans l'esprit de Phil, il n'y avait aucun doute sur la manière dont se terminerait la traque. Le chien aurait sa proie. Phil n'avait qu'à lever les yeux vers les hauteurs pour sentir l'haleine du chien. Mais si vivant et saisissant que fût cet énorme chien, seule une autre personne l'avait vu, et ce n'était en aucun cas George[1].

D'une certaine façon, Phil est aussi le chien ; et, à l'inverse, il en est la proie. Le chien est également un trait d'union avec les beaux jours de jadis. Mais le titre du roman vient avec toute sa force du livre de rituels de l'Église anglicane :

Sauve ma vie de l'épée
et ma bien-aimée du pouvoir du chien[2].

Le ranch des Burbank est situé dans le sud-ouest du Montana, près de la station d'expédition de bétail de Beech, et, pendant de nombreuses années, ce sont les parents de Phil et de George, ceux qu'on appelle « le

1. Thomas Savage, *Le Pouvoir du chien*, p. 88.
2. *Ibid.*, p. 338. Psaume 22-21.

Vieux Monsieur » et « la Vieille Dame », qui l'ont dirigé. Les vieux Burbank sont des gens riches venus de l'Est, et ils ont maintenu un style de vie relativement luxueux pendant leurs années au ranch. Mais, quand le roman commence en 1924, ils ont pris leur retraite dans une suite d'un hôtel de Salt Lake City après un obscur malentendu avec Phil. Les Burbank sont les éleveurs les plus importants de la vallée. Quand l'histoire débute, les deux fils dirigent le ranch. Phil est âgé de quarante ans, George de trente-huit. Les deux hommes partagent la même chambre, comme ils le font depuis leur enfance par tradition et par habitude.

Dans le ranch, Phil se charge du foin, du rassemblement du bétail, de la main-d'œuvre, de la conduite des troupeaux jusqu'à la voie ferrée, du travail quotidien sur ce vaste domaine, tandis que George supervise les aspects financiers et commerciaux, va à des rendez-vous avec des banquiers et le gouverneur, et remonte aussi la pendule le dimanche après-midi. Dans la division du travail propre au milieu rural, le travail du ranch revient à l'homme[1]. Phil passe pas mal de temps dans le dortoir avec les ouvriers à parler du bon vieux temps où les ouvriers des ranchs étaient de vrais hommes et où le plus grand d'entre eux s'appelait Bronco Henry. Phil tire fierté de s'entendre aussi bien avec les cow-boys, et il estime que George, en revanche, a quelque chose qui les met mal à l'aise.

Ces frères sont des modèles d'opposition. Phil est svelte et beau ; il est brillant et extrêmement doué, c'est

1. Will Fellows, *Farm Boys : Lives of Gay Men from the Rural Midwest*, Univ. of Wisconsin Press, 1996 et 1998, illustre bien la division rigide selon le sexe que connaît l'Amérique rurale conservatrice.

un grand lecteur, un taxidermiste, il sait tresser le cuir brut et le crin de cheval, il sait résoudre des problèmes d'échecs, il est forgeron et ferronnier, il collectionne les pointes de flèche (il les fabrique même avec plus d'habileté qu'un Indien), il joue du banjo, c'est un excellent cavalier, il peut construire des chèvres à glissières pour entasser le foin, c'est un brillant causeur. C'est aussi quelqu'un de brutal qui s'échauffe facilement, qui critique avec virulence tout ce qui l'entoure ; il sait infailliblement ce qu'il peut dire de plus cruel et il adore faire enrager les gens. En fait, c'est un sale vachard. Il ne prend qu'un bain par mois en été, pas dans la baignoire, mais dans un point d'eau caché, et il tient à ne jamais porter de gants, de sorte qu'il a les mains gercées, sales et pleines de cals. Il se fait rarement couper les cheveux. Il estime que les gens ont besoin d'obstacles dans leur vie pour qu'ils puissent faire l'effort de s'élever au-dessus.

George, au contraire, est quelqu'un de flegmatique qui apprend avec lenteur mais possède une bonne mémoire, qui éprouve de la compassion pour les gens, n'accuse jamais personne et n'a pas grand-chose à dire. George est trapu (Phil l'appelle « Gras-double » pour l'énerver), il est constant alors que Phil est volatil, et bon alors que Phil est cruel. On peut facilement considérer ces frères comme des personnifications du bien et du mal, d'Abel et de Caïn, de la faiblesse et de la force, du normal et du bizarre. Tous ces points de comparaison sont justes en partie, mais les deux personnages sont bien plus complexes.

Dans une salle de bar, Phil, qui boit avec beaucoup de modération car il craint ce qu'il pourrait révéler à un moment où il ne tiendrait plus sa langue, humilie et maltraite Johnny Gordon, le médecin du village qui ne sait pas résister à l'alcool et s'est enivré. Cet acte aura des conséquences tragiques, car le médecin, taraudé par l'humiliation, se suicidera un an plus tard. La faiblesse et la fierté dégoûtent Phil qui ne rate donc jamais l'occasion de lacérer quelqu'un par ses commentaires mesquins. Après le médecin ivre, il humilie également le propriétaire juif d'un grand magasin qui avait débuté en achetant des peaux, puis un gros gamin avec un sac de billes, et enfin un vieil Indien ; il dégouline de haine et de mépris. Il déteste tellement les arrivistes juifs que, plutôt que vendre ses vieilles peaux au marchand ambulant, il les brûle sans aucun profit. Il est singulièrement phobique – et il l'exprime bruyamment – à l'égard des *sissies* (« chochottes »), terme encore très prisé dans l'Ouest pour désigner des hommes ou des garçons efféminés. Il montre un mépris tout particulier pour Peter Gordon, ce fils du médecin qui avait trop bu, le qualifiant de « chochotte » parce que, pour son malheur, il est devenu très adroit dans la confection de fleurs en papier. C'est ce fils qui découvre le corps de son père et qui hérite de sa bibliothèque médicale. Si l'on connaît bien son talent pour les roses en papier crépon, on sait moins que ce garçon montre une curiosité dévorante pour la médecine et pour les plantes sauvages dont il dessine avec minutie les réseaux complexes des feuilles et des racines.

Il y a un personnage qui n'est mentionné que quelques rares fois sans jamais être décrit et qui revêt une importance cruciale pour le roman : Bronco Henry, le cow-boy idéal de la jeunesse de Phil. Les allusions furtives à ce héros se répètent, et peu à peu le lecteur découvre que l'emprise émotionnelle de Bronco Henry sur le cœur amer et sans amour de Phil est extrêmement forte. Rien ni personne ne pourra jamais égaler Bronco Henry. Nous sommes amenés à comprendre qu'à un certain moment dans le passé Phil a désiré – touché, peut-être aimé – Bronco Henry. Et qu'il s'est passé quelque chose d'épouvantable. Nous n'apprenons que vers la fin du livre l'accident qui a tué Bronco Henry sous les yeux de Phil alors âgé de vingt et un ans. Et nous apprenons en même temps que c'est Bronco Henry qui, le premier, a vu le chien en train de courir dessiné dans le paysage.

Mais ce ne sont pas des sentiments d'amertume et de perte qui font de Phil un homme brutal et une méchante langue. La mort de Bronco Henry n'explique pas pourquoi il cultive à un degré presque pathologique ce qui lui donne l'air d'être le contraire d'une « chochotte » : il sent mauvais, il est sale, il a les mains calleuses, il parle de façon délibérément non grammaticale, il montre une compétence extraordinaire pour des activités aussi viriles que celles de monter à cheval et de tresser des cordes de cuir brut. Le ressort principal de la personnalité complexe de Phil, c'est peut-être qu'en voulant toucher et posséder Bronco Henry il a dû reconnaître et affronter le bloc énorme de sa propre homosexualité. Son obstacle privé est désormais une chose en lui qu'il connaît, une chose qui, dans l'univers de cow-boys qu'il habite, est horrible et ignoble au-delà de toute expression. Suivant en cela le code de l'Ouest, il s'est remodelé sous les traits d'un éleveur viril et homophobe. Nul ne pourrait prendre ce rustre malodorant de Phil pour un efféminé. Sous cet éclairage, on peut considérer ses propos blessants comme des sarcasmes préventifs destinés à désarçonner et à confondre d'éventuelles critiques. « Il avait détesté le monde par crainte que le monde ne le déteste le premier[1]. » Des crocs lui étaient poussés.

Savage fait énormément monter la tension en permettant à George de s'intéresser à Rose, la veuve du médecin, et, finalement, de l'épouser en secret. Lorsqu'il le révèle à Phil, il déclenche un cataclysme, car Phil, dans son ressentiment, tient cette veuve pour une intrigante qui ne cherche qu'à s'emparer de l'argent des Burbank. Le couple s'installe dans la grande chambre à coucher qui a jadis été celle du Vieux Monsieur et de la Vieille Dame, mais Phil consacre toute son énergie à transformer la vie de la nouvelle mariée en véritable enfer, et cela par mille petits stratagèmes moqueurs et masqués ; il finit par la pousser à boire en cachette.

On annonce alors que Peter, le fils efféminé de Rose, âgé de seize ans, va venir passer l'été au ranch. Phil, atterré, songe :

> Ou alors, était-il possible que George se soit mis à cogiter sur ce que serait l'été prochain, quand le gosse serait dans la maison à entrer et sortir sournoisement, rappelant constamment à ce brave Georgie qu'il n'avait pas été le premier à tringler Rose ? Il avait comme l'impression que George détestait les chochottes autant que lui, et maintenant on allait en avoir une justement là, dans la maison, à farfouiller et à tout écouter. Phil ne supportait pas leur façon de marcher et de parler[2].

Phil prépare les travailleurs qui vivent dans le dortoir à la venue de la chochotte en décrivant les manières

1. *Le Pouvoir du chien*, p. 324.
2. *Ibid.*, p. 160.

affectées de Peter et les fleurs en papier. Peter arrive, et, dans la maison du ranch, les tensions deviennent aussi palpables que des cordes ; les repas sont désormais une véritable horreur. Le garçon ne peut rien faire de bien. Quand il surprend Phil tout nu dans son point d'eau secret, Phil se met à hurler de rage. Mais le garçon a un regard aussi perçant que Phil, et il perçoit non seulement ce que Phil est en train de faire à sa mère, mais encore bien davantage. Il a des façons calmes et observatrices, une froideur que Rose a toujours trouvée stupéfiante. Dans un incident où Peter est la cible de tous, même Phil doit reconnaître chez lui quelque chose de courageux et d'inflexible au moment où le garçon passe devant les ouvriers du ranch dans son jean bleu, neuf et raide, alors que quelqu'un vient de se moquer de lui en le sifflant comme une femme.

> Bon, Phil avait à cœur de rendre à César ce qui était à César. Ce gamin témoignait d'une audace peu commune. Est-ce que ce ne serait pas un truc vraiment marrant, pour Phil, d'arriver à sevrer le gamin de sa maman ? Un truc vraiment bien ? Oui, ce jeune sauterait sur l'occasion de se faire un ami – de devenir l'ami d'un homme. Quant à la femme – eh bien, se sentant abandonnée, elle deviendrait de plus en plus dépendante de la bibine, de la bonne vieille bouteille.
>
> Et puis quoi [1] ?

Il prévoit que Rose boira de plus en plus et que George finira par la rejeter. Phil fait donc le premier pas, proposant à Peter de lui donner la corde de cuir

1. *Ibid.*, p. 282

brut qu'il est en train de tresser, proposant de lui apprendre à monter à cheval et à manier le lasso, lui offrant son amitié – que Peter semble accepter. Lors de cette amitié en volte-face (qui n'est pas sans rappeler les ouvertures souriantes de Long John Silver à Jim Hawkins), il parle à Peter d'une personne extraordinaire, d'un homme du bon vieux temps, Bronco Henry :

> « Et il m'en a appris, des choses. Il m'a appris que si on a du cran, y a rien qu'on puisse pas faire – du cran et de la patience. L'impatience, c'est une marchandise qui se paie cher, Pete. Il m'a aussi appris à me servir de mes yeux. Regarde là-bas, là. Qu'est-ce que tu vois ? demanda Phil en haussant les épaules. Tu vois un flanc de colline. Mais Bronco, lui, quand il regardait là-haut, qu'est-ce qu'il voyait, à ton avis ?
>
> — Un chien, répondit Peter. Un chien qui court. »
>
> Phil resta à regarder fixement, puis il passa sa langue sur ses lèvres. « *Putain*, dit-il, c'est juste maintenant, que tu viens de le voir ?
>
> — Je l'ai vu dès mon arrivée », répondit Peter[1].

Pour accompagner ce changement d'attitude, une sensualité de plus en plus forte se fait sentir. Cette sensation est encore intensifiée quand Phil, qui ne touche jamais personne, passe son bras autour des épaules du garçon. Ce geste d'intimité est provoqué, comme dans une parenthèse émotionnelle, par la rage qu'éprouve Phil contre Rose parce qu'elle a vendu quelques vieilles peaux au marchand juif. Peter écoute avec un visage

1. *Ibid.*, p. 320.

impassible la diatribe vengeresse de Phil, mais il a son plan secret, un projet qui fait froid dans le dos, bien plus terrible que toutes les cruautés sadiques de Phil, car Peter joue déjà le grand jeu.

Lorsqu'on lit le roman autobiographique de Savage, *I Heard My Sister Speak My Name*, on y trouve une grande partie du matériau qui façonnera les personnages du *Pouvoir du chien*. George Burbank est conçu d'après le beau-père de Savage, un homme solide, pondéré, calme. Le Vieux Monsieur et la Vieille Dame sont des illustrations fictives des vieux Brenner. Un des frères Brenner a servi de modèle à Phil Burbank. Le Tom Burton fictif de *I Heard My Sister Speak My Name* écrit à la femme qui s'est avérée être sa sœur pour lui parler de leur mère. Il décrit le deuxième mariage de sa mère à un riche éleveur et les insultes subtiles que lui inflige Ed, le deuxième frère.

> Ed était un célibataire professionnel, un homme qui déteste les femmes. Il était brillant, bon aux échecs, vif pour résoudre des casse-tête ou pour les jeux de langage. Je me rappelle qu'il connaissait le sens du mot « baobab ». Il lisait beaucoup de ces revues d'un niveau très élevé aujourd'hui disparues : *Asia, Century Magazine, World's Week, Mentor*... Quant à *Country Life*, il l'écartait comme si elle s'adressait à des arrivistes et à ceux qui ont besoin des béquilles de la richesse.
>
> Il était maigre, et il avait un profil taillé à la serpe sous une épaisse chevelure noire qu'il ne faisait couper que quatre fois par an. Il méprisait les villes où on se fait coiffer, où les hommes se réunissent pour des conversations badines et bêtes, où l'on mâche de la nourriture en public. Son nez, long et

> pointu, était une antenne qui captait vite la moindre rumeur pour l'envoyer à son cerveau où elle était amplifiée. [...] Son rire était un braiment insultant qui poussait et chassait l'air devant lui.
>
> Il disait bien des choses vraies sur les autres hommes. Je ne l'ai jamais entendu en dire une seule de gentille[1].

Burton décrit ensuite comment cet oncle par alliance s'est consacré à sa demi-sœur :

> La petite fille devint le principal instrument de torture d'Ed ; il se mit à la courtiser pour l'éloigner de ma mère. Il s'y prit fort bien. [...] Ed amena la petite fille à changer d'avis au sujet de ma mère. Que sa fille puisse trouver Ed aussi adorable et aussi réceptif à ce que la petite souhaitait a dû pousser ma mère à se demander si elle était folle[2].

Quand la mère de Burton/Savage jouait du Schumann ou du Schubert au piano, Ed allait dans sa chambre et répliquait par des chansons bruyantes sur son banjo. « Son but était de détruire ma mère, et c'est ce qu'il a fait[3]. » Cette malveillance, Savage la fait croître comme une mauvaise herbe dans *Le Pouvoir du chien*, et il en obtient de grands effets. Même si, quand il était enfant, Savage avait souvent souhaité la mort de son oncle par alliance, il était trop jeune pour « trouver la clé de sa faiblesse et le détruire ». À la fin, cet homme s'est détruit lui-même. Alors qu'il dressait une clôture

1. *I Heard My Sister Speak My Name*, p. 223-226.
2. *Ibid.*, p. 228.
3. *Ibid.*

autour d'une meule de foin en se servant de piquets « tout glissants de bouse de vache mouillée par les pluies d'automne », une écharde est venue se loger dans « la paume de sa main nue et calleuse[1] ». Il est mort en quelques jours du charbon, une maladie provoquée par un microbe, *Bacillus anthracis*, qui peut se transmettre de l'animal à l'homme par les insectes, le lait, et par le maniement de cuirs et de tissus infectés.

Avec son sens inné de la dramaturgie littéraire, en utilisant ces fragments de son histoire familiale au Montana, Savage a su créer un roman palpitant, chargé de tension. C'est une chose que d'avoir dans sa musette d'écrivain un matériau brut extraordinaire, mais c'en est une autre que d'assembler les morceaux en une histoire forte et classique qui fixe à jamais un lieu et un événement dans l'imagination du lecteur. À partir du souvenir que son enfance lui a laissé d'un homme odieux, Savage a créé, par sa virtuosité, un des personnages les plus fascinants et les plus pervers de la littérature américaine. Bizarrement, il a réalisé son souhait enfantin de voir cet homme mort, car chaque fois qu'un nouveau lecteur retient son souffle devant l'horrible satisfaction que procure la mort de Phil, l'enfant qu'a été Thomas Savage le tue de nouveau tout aussi sûrement que le personnage de fiction appelé Peter Gordon élimine l'implacable ennemi de sa mère.

---

1. *Ibid.*

Collection « Littérature étrangère »

ALLISON Dorothy
Retour à Cayro

ANDERSON Scott
Triage

ANDRÍC Ivo
Titanic et autres contes juifs de Bosnie
Le Pont sur la Drina
La Chronique de Travnik
Mara la courtisane

BANKS Iain
Le Business

BAXTER Charles
Festin d'amour

BENEDETTI Mario
La Trêve

BERENDT John
Minuit dans le jardin du bien et du mal

BROOKNER Anita
Hôtel du Lac
La Vie, quelque part
Providence
Mésalliance
Dolly
États seconds
Une chute très lente

CONROY Pat
Le Prince des marées

COURTENAY Bryce
La Puissance de l'Ange

CUNNINGHAM Michael
La Maison du bout du monde
Les Heures
De chair et de sang

DORRESTEIN Renate
Vices cachés
Un cœur de pierre

EDELMAN Gwen
Dernier refuge avant la nuit

FEUCHTWANGER Lion
Le Diable en France
Le Juif Süss

FITZGERALD Francis Scott
Entre trois et quatre
Fleurs interdites
Fragments du paradis
Tendre est la nuit

FRY Stephen
Mensonges, mensonges
L'Hippopotame
L'Île du Dr Mallo

GALE Patrick
Chronique d'un été

GEMMELL Nikki
Les Noces sauvages
Love Song

GLENDINNING Victoria
Le Don de Charlotte

HARIG Ludwig
Malheur à qui danse hors de la ronde
Les Hortensias de Mme von Roselius

JAMES Henry
La Muse tragique

JERSILD P. C.
Un amour d'autrefois

JULAVITS Heidi
Des anges et des chiens

KENNEDY William
L'Herbe de fer
Jack « Legs » Diamond
Billy Phelan
Le Livre de Quinn
Vieilles carcasses

KNEALE Matthew
Les Passagers anglais

LAMB Wally
La Puissance des vaincus

LAMPO Hubert
Retour en Atlantide

MADDEN Deirdre
Rien n'est noir
Irlande, nuit froide

MASTRETTA Ángeles
Mal d'amour

MCCANN Colum
Les Saisons de la nuit
La Rivière de l'exil
Ailleurs, en ce pays

MCCOURT Frank
Les Cendres d'Angela
C'est comment l'Amérique ?

MCFARLAND Dennis
L'École des aveugles

MCGAHERN John
Journée d'adieu
La Caserne

MCGARRY MORRIS Mary
Mélodie du temps ordinaire
Fiona Range

MILLER Henry
Moloch

MILLER Sue
Une invitée très respectable

MORGAN Rupert
Poulet farci
Une étrange solitude

MURAKAMI Haruki
Au sud de la frontière, à l'ouest du soleil

NARAYAN R. K.
Le Peintre d'enseignes
Le Conte de grand-mère
L'Ingénieux Mr. Sampath
En attendant le Mahatma

O'CASEY Sean
Une enfance irlandaise
Les Tambours de Dublin
Douce Irlande, adieu
Rose et Couronne
Coucher de soleil et étoile du soir

O'DELL Tawni
Le Temps de la colère

O'FARRELL Maggie
Quand tu es parti

PAVIĆ Milorad
Le Dictionnaire Khazar. Exemplaire féminin
Le Dictionnaire Khazar. Exemplaire masculin
Paysage peint avec du thé
L'Envers du vent. Le roman de Héro et Léandre
Le Rideau de fer
Les Chevaux de Saint-Marc

PAYNE David
Le Dragon et le Tigre : Confessions d'un taoïste à Wall Street
Le Monde perdu de Joey Madden

Le Phare d'un monde flottant

PEARS Iain
Le Cercle de la Croix

RAYMO Chet
Dans les serres du faucon
Chattanooga

ROSEN Jonathan
La Pomme d'Ève

SALZMAN Mark
Le Verdict du soliste

SHARPE Tom
Fumiers et Cie
Panique à Porterhouse

SIMPSON Thomas William
Pleine lune sur l'Amérique

SOYINKA Wole
Isara

STEVANOVIĆ Vidosav
La Neige et les Chiens
Christos et les Chiens

'T HART Maarten
La Colère du monde entier

TOBIN Betsy
Dora

TRAPIDO Barbara
L'Épreuve du soliste

UNSWORTH Barry
Le Nègre du paradis

USTINOV Peter
Le Désinformateur
Le Vieil Homme et M. Smith
Dieu et les Chemins de fer d'État
La Mauvaise Carte

VALLEJO Fernando
La Vierge des tueurs
Le Feu secret

VREELAND Susan
Jeune fille en bleu jacinthe

WEST Dorothy
Le Mariage

WIJKMARK Carl-Henning
Da capo

ZANIEWSKI Andrzej
Mémoires d'un rat

ZWEIG Stefan
La Guérison par l'esprit
Trois poètes de leur vie
Le Combat avec le démon
Ivresse de la métamorphose
Émile Verhaeren
Journaux 1912-1940
Destruction d'un cœur
Trois maîtres
Les Très Riches Heures de l'humanité
L'Amour d'Erika Ewald
Amerigo, récit d'une erreur historique
Clarissa
Un mariage à Lyon
Le Monde d'hier. Souvenirs d'un Européen
Wondrak
Pays, villes, paysages. Écrits de voyages
Hommes et destins
Voyages
Romain Rolland

Impression réalisée sur CAMERON par

BUSSIÈRE CAMEDAN IMPRIMERIES

GROUPE CPI

à Saint-Amand-Montrond (Cher)
en août 2002

N° d'édition : 3863. N° d'impression : 023436/1.
Dépôt légal : août 2002.

Imprimé en France